契诃夫小说选

[俄罗斯] 契诃夫◎著　姚锦镕◎译

長江出版傳媒 | 长江文艺出版社

高端阅读指导委员会

（系各省教研员）

译本序

安东·巴甫洛维奇·契诃夫，19世纪末俄国伟大的作家，著名戏剧作家。他的作品以幽默和深刻见长，与莫泊桑、欧·亨利并称为世界三大短篇小说家。

契诃夫1860年生于罗斯托夫省塔甘罗格市一个小商人家庭，祖父是赎身农奴，父亲曾开设杂货铺。1876年杂货铺倒闭，全家迁居莫斯科。契诃夫只身留在塔甘罗格，靠担任家庭教师以维持生计和继续求学。

1879年契诃夫进入莫斯科大学医学系学习。毕业后在兹威尼哥罗德等地行医，广泛接触平民和了解生活，这为他日后的文学创作提供了生动而丰富的素材。1880年开始文学创作。他早期的作品以“契洪特”的笔名发表，大都是供消遣的滑稽故事，《外科手术》便是这类作品之一。但他很快就摆脱了这种风格，认真思考起了重大的社会问题，目光转向了广大民众所遭受的不公、贫穷愚昧的生活。他的小说短小精悍，简练朴素，结构紧凑，情节生动，笔调幽默，语言明快，寓意深刻。他善于从日常生活中发现具有典型意义的人和事，通过幽默可笑的情节进行艺术概括，塑造出完整的典型形象，以小见大，以此来反映当时的俄国社会。

契诃夫一生创作了七八百篇短篇小说，早期作品大多数是短篇小说，如《胖子与瘦子》《小官吏之死》《苦恼》《万卡》等，再现了“小人物”的不幸和软弱，劳动人民的悲惨生活和小市民的庸俗猥琐。而在《变色龙》及《普里希别耶夫中士》等作品中，作者鞭挞了忠实维护专制暴政的奴才及其专横跋扈的丑恶嘴脸，揭示出黑暗时代的反动精神特征。1890年，契诃夫不顾身虚力弱，到政治犯流放地萨哈林岛进行考察，目睹种种野蛮、不幸的事实后，提高了自己的思想境界，深化了创作意境，创作出表现重大社会课题的作品。《在流放地》就是这类作品，

《六号病房》是猛烈抨击沙皇专制暴政的作品；《带阁楼的房子》揭露了沙俄社会对人的青春、才能、幸福的毁灭，讽刺了自由派地方自治会改良主义活动的于事无补；《未婚妻》是契诃夫生命后期所创作的一篇小说，在作品中他相信旧制度一定灭亡，新生活早晚会来！正如女主人公所想象的，“一种崭新、广阔、自由的生活展现在她的面前，这种生活，尽管朦胧，充满了神秘，却吸引着她，呼唤她的参与”。

《套中人》是契诃夫短篇小说的代表作。作品创作于1898年，其时沙皇俄国正处于专制统治时期，人们失去了思想与言论上的自由，别利科夫就是这种环境造就的一个令人可恶而可悲之人，他性格上的顽固保守、躲避现实、害怕变革和人格上的卑劣，是他可恶之处；而可悲之处表现在整天六神无主、谨小慎微，因多疑而诚惶诚恐，为了维护专制制度而丧失了自我。而《出诊纪事》则表明资本主义“魔鬼”不仅压榨工人，而且也折磨着工厂主后裔的良心，他们意识到生活没有意义和不合理，因而深深感到抑郁不安，在《醋栗》和《姚内奇》里，契诃夫刻画了自私自利、蜷伏于个人幸福小天地的庸人的心灵空虚和堕落，并指出：“人所需要的不是三俄尺之地，不是庄园，而是整个地球，整个大自然，在这个广阔天地里人才能展现出他自由精神的全部品质和特性。”而《峡谷里》则揭露农村中商人对农民的欺诈和盘剥，真实反映了资本主义渗透农村的情况。

契诃夫后期转向戏剧创作，主要作品有《伊凡诺夫》（1887）《海鸥》（1896）《万尼亚舅舅》（1896）《三姊妹》（1901）《樱桃园》(1903)，都曲折反映了俄国1905年大革命前夕一部分小资产阶级知识分子的苦闷和追求。

契诃夫的小说有着独特的艺术风格，这就是朴实、简练，艺术描写具有客观性，同时富于幽默感。他的小说没有多余的东西，很少有抽象的议论。他善于用不多的文字表现深刻的主题。契诃夫的短篇小说大多是截取日常生活中的片段，善于从日常生活中发掘具有典型意义的人和事，在平淡无奇的故事中透视生活的真理，在平凡琐事的描绘中揭示出某些重大的社会问题，使得其作品朴素得跟现实生活一样真实而自然。如《苦恼》中写一位马车夫姚纳，在儿子夭折的一星期里，几次想跟别人诉说内心的痛苦，却遭到各怀心事的乘客的冷遇，万般无奈之下，他只有向老马倾诉自己的不幸与悲哀。作者借助这一平淡无奇的故事，揭示出黑暗社会中的世态炎凉、人情冷漠和小人物孤苦无告的悲惨遭遇，具有震撼人心的艺术力量。

契诃夫从不轻易在小说中直接表达自己的感情倾向、发表主观议论，而把这种主观倾向寓含于客观冷静的艺术描写之中，让生活本身来说话，做到含而不露、耐人寻味。如《渴睡》中写 13 岁的小女孩瓦里卡白天不停地为主人干活，晚上还得整夜给主人的小孩摇摇篮。她困极了，可小孩总是哭哭啼啼，使她根本无法入睡。最后她捏死了摇篮中的小孩，倒在地上酣然睡着了。作者冷峻的描绘中，蕴含着深刻的社会意义：瓦里卡的命运究竟将会如何？对此作者留给了读者自己去思考。

契诃夫主张"简洁是才能的姊妹""写作的艺术就是提炼的艺术"，其小说大多是速写式的，既没有冗长的景物描写和背景交代，也很少大起大落、曲折离奇的情节和急剧变化的紧张场面；而是情节简单、发展迅速、人物不多、主次分明，语言精练明快，善于运用白描式的个性化语言刻画人物性格、塑造典型。比如《变色龙》中仅仅写了狗咬人一件事，警察断案一个场面，四个人物，故事情节发展极其简单，作者仅仅抓住了警官奥楚美洛夫在审案过程中的五次"变色"，便收到极其强烈的讽刺效果。

1904 年 6 月，契诃夫因肺炎病情恶化，前往德国的温泉疗养地黑森林的巴登维勒治疗，7 月 15 日逝世。

我国最早介绍契诃夫作品的是 1907 年商务印书馆出版的《黑衣教士》，是吴梼根据日文用文言文译出来的。两年之后的 1909 年，周作人和周树人合译的《域外小说集》出版，其中收有契诃夫的两个短篇小说（《在庄园里》和《在流放中》），此后各杂志陆续发表了周作人的又一译作《可爱的人》（现通译《宝贝儿》）、鲁迅翻译的《坏孩子》（现译作《熊孩子》）等八个短篇。最早开始大规模翻译契诃夫小说的是赵景深。1930 年上海开明书店出版了他从英文转译的八卷本的《契诃夫短篇杰作集》，共收契诃夫小说 162 篇。但向中国读者介绍契诃夫作品的最大的功臣当属汝龙。从 1950 年到 1958 年，上海平明出版社和新文艺出版社先后出版了共收二百多篇小说的《契诃夫小说选集》，后来上海译文出版社出版了他翻译的契诃夫全集。

在契诃夫众多小说中，《变色龙》《万卡》《套中人》等先后入选我国各地出版的中小学教科书。

译者在翻译过程中参考过国内外不同版本的《契诃夫小说选》，特别是许多注解及资料是从这些书籍和网上文章中选取的，特向有关译作者表示感谢。

姚锦镕

2015 年于浙江杭州

目录

小官吏之死

一个美好的夜晚，一位同样美好的庶务官，大名伊凡·德米特里奇·切尔维亚科夫，正坐在剧院第二排的座椅上，眼对望远镜，观看轻歌剧《科尔涅维利的钟声》①。看着看着，只觉得身子飘飘然起来。但是，突然间——说来小说里出现“突然间”的字样是常有的事。小说的作者没错，不是吗，生活中不乏意外事件——突然间他的脸皮皱了起来，眼皮向上一翻，喘不过气来……他放下望远镜，头一低……一声“阿欠”!!! 瞧见没有，他只是打了个喷嚏。打喷嚏嘛，不问什么场合，谁也不犯禁的。庄稼汉会打，警长会打，有时甚至连二三品的高官也会打。谁也免不了打个喷嚏。切尔维亚科夫自然丝毫不会为此而感到不自在。他只是拿出手绢擦擦脸，像个知书达礼的人那样，打量一下四周，看看自己这一个喷嚏有没有打扰到别人。这一看不要紧，只害得他顿时心慌意乱起来。只见坐在自己前面第一排座椅上的一位老者拿着手套擦自己的秃脑门和脖子，嘴里还嘟嘟哝哝着什么。切尔维亚科夫认出这老者居然是在交通部门任职的三品文官布里扎洛夫将军。

“我的唾沫星子准溅上他了!”切尔维亚科夫暗想，“虽说他不是我的顶头上司，是别的部门的长官，可到底不妥。得跟他赔个不是。”

切尔维亚科夫清了清嗓子，身子前探，凑着将军的耳根低声说道：“对不起，大人，我的唾沫星子溅上您了……我是无意的……”

“没事，没事……”

“看在上帝的分上，敬请原谅……我可是无意的!”

---

① 《科尔涅维利的钟声》：法国作曲家普朗盖特（1847—1903）所作的轻歌剧。

“嘿，您请坐下吧！听戏！”

切尔维亚科夫挺不自在，尴尬一笑，看起了戏。看着看着，再也没有方才那种飘飘欲仙的感觉了。只觉得浑身的不自在。幕间休息的时候，他来到布里扎洛夫跟前，在他四周来来去去走了几圈，终于鼓起勇气，大着胆嗫嚅道：

“方才我的唾沫溅上您了，大人……敬请原谅……我可是无心的……”

“嗨，别说了……我早已不放在心上了，您干吗老提起？”将军说罢，撇了撇嘴唇。

“说是不放在心上，可瞧他那眼神多凶狠。”切尔维亚科夫疑疑惑惑地望着将军，心想，“连话也不想多说。得跟他解释解释，我那是完全无心造成的……打喷嚏到底是自然规律，别认为我想啐他。他即使现在不这么想，过后准这么认为……”

切尔维亚科夫回家后，把自己的失礼行为告诉了妻子。在他看来，妻子对这一事件的反应态度不免失之轻率。开始时她吓了一跳，后来听说对方是“别的部门的长官”，便放宽了心。

“不过你还是过去给人家赔个不是，”她说，“要不他还以为你在公共场合不懂礼貌！”

“正是！我是道过歉了，可他怪怪的……一句中用的话也没说。再说当时也没时间多谈。”

第二天切尔维亚科夫穿上新制服，刮了脸，向布里扎洛夫将军解释去了……他一进将军的接待室，就看到里面有不少访客，将军本人就在这些求见的人中间，开始接待来客。将军细细询问过几个人后，便抬头看了看切尔维亚科夫。

“大人，您还记得吧，昨天在阿尔卡吉亚剧场，”庶务官报告说，“我打了个喷嚏……不小心唾沫星子溅上了您……对不……”

“多大的事……天知道！您到底要干吗？”将军转身招呼起下一个来访者。

“他连话也不想跟我说！”切尔维亚科夫见此情景，顿时脸色变得煞白，“可见，他生气了……不行，不能就此罢休……我得给他解释解释……”

将军接待完最后一名来访者，正要回内室，切尔维亚科夫拔腿追了上去，嘟嘟哝哝道：

“大人！请原谅我斗胆向您说几句，我这是出自一片悔恨之心！我完全是无意的，请海涵，大人！”

将军听罢摆起了哭丧脸，手一挥。

“天哪，您开哪门子玩笑！”他说着，进了门，不见了他的人影儿。

“开哪门子玩笑？”切尔维亚科夫心想，“哪门子玩笑也没开！身为将军，居然还不理解！早知道是这样，我死活也不会向这爱摆架子的人赔不是了。见他的鬼！我这就给他写封信，再也不去找他了！真的，再也不去找他了！”

切尔维亚科夫回家的路上就这么捉摸着。但结果他还是没有给将军写信。他想呀想，绞尽了脑汁还是想不好如何下笔。第二天只得再去向他当面解释。

“昨天我打扰了您，大人，”他一见将军向他投过疑惑的目光，忙嗫嚅道，“我来并非与大人您开什么玩笑，我是因为打了喷嚏，唾沫星子溅了您，大人，我是来赔不是的。我没想过开什么玩笑。我哪有那么大的胆子敢开玩笑？要是你我彼此会开什么玩笑，那还谈得上上下之尊吗？”

“滚！”将军听得火冒三丈，脸色铁青，浑身哆嗦，大喝道。

“什么？”切尔维亚科夫吓得顿时丧魂失魄，低声问道。

“滚！”将军跺了跺脚，又喝了一声。

这时的切尔维亚科夫已五脏六腑俱裂，什么也看不见，听不到，艰难地退到了门外，来到街上，拖着沉重的步伐迷迷糊糊向家里走去。回到家，制服也不脱，翻身倒在沙发上……一命呜呼。

（1883 年）

熊孩子

两个人，一位是外表讨人喜欢的年轻小伙子伊凡·伊凡内奇·拉普金，另一位是翘鼻子的年轻姑娘安娜·谢苗诺夫娜·扎姆布里茨卡娅，两个人双双下了陡峭的河岸，在一张长椅上坐了下来。长椅就摆在水边，藏在稠密的柳丛里。好一处奇妙的所在！在这样的地方坐着，恍如置身世外——见到你的只有水中的游鱼和水面上闪电般奔来跑去的水蜘蛛。年轻人拿来渔竿、抄网和装着蚯蚓的小罐等渔具。他们一坐下来就钓起了鱼。

"好高兴，你我终于能单独相处了，"拉普金东张西望，先开了口，"我心中有千言万语要对你诉说，安娜·谢苗诺夫娜……千言万语……我第一次见到你时……鱼儿在咬你的钩了。当时我就一清二楚：我这辈子该为什么活着，知道自己崇拜的偶像在哪儿，自己勤劳而真诚的生命该奉献给谁……咬钩的该是条大鱼……一见到你，我破天荒第一次爱上了，爱得死去活来！别忙着拉竿，最好让它多咬一会儿……告诉我，亲爱的，求你了，我能不能指望得到——不，不是你情我愿——我配不上，我不痴心妄想，能不能指望得到……拉竿！"

安娜·谢苗诺夫娜一手用力高高拉起了鱼竿，一声尖叫，只见半空中闪动着一条银绿色的小鱼儿。

"老天爷，是条鲈鱼！啊，啊……快拉！鱼儿脱钩了！"

鲈鱼脱了钩，掉到草地上，蹦蹦跳跳向亲爱的老家逃去，咚的一声，钻入了水中！

拉普金忙去抓鱼，鱼没抓到，无意中抓着安娜·谢苗诺夫娜的一只手，无意中把她的手往嘴唇上送……对方想抽回手，但慢了一步，两双嘴唇无意中凑在一起，吻了起来。这场景完全是无意中发生的。吻了一遍，又来一遍，接着便是山盟海誓，海枯石烂……多幸福的时刻！不过世间的生活中是没有绝对幸福可言的。幸福本身通常含有毒素，要么就是往往会受到外来毒素的影响。这一次也不例外。就在这一对男女热吻的时候，突然传来了一阵笑声。两个人一齐往河上看去，不禁惊呆了。一个光着身子的小男孩就站在齐腰深的水里，他便是中学生科利亚，安娜·谢苗诺夫娜的弟弟。他待在水中，看着这一对年轻人，脸上挂着恶笑。

"啊哈，你俩倒是在亲嘴儿？"他说，"好哇！我这就告诉妈妈去。"

"我希望您是个正直的人，"拉普金涨红着脸，喃喃道，"偷看是种卑鄙的行为，告状更是恶劣、下流，可恶……希望您做个正直高尚的人……"

"拿一卢布来，我就不说！"高尚的人说，"要不我就去告状。"

拉普金从口袋里掏出一卢布，给了科利亚。对方的一只湿淋淋的手紧紧攥住了钱，一声呼哨，翻身游走了。接下去这一对年轻人再也没心亲嘴了。

第二天拉普金从城里给科利亚送来颜料和一只皮球，他姐姐送给他自己所有的药丸盒，后来还把几颗刻着狗脸的纽扣也给了他。这熊孩子显然非常喜欢这些玩意儿。为了得到更多的礼物，便监视起了这一对儿的行踪。拉普金跟安娜·谢苗诺夫娜去哪里，他便跟到哪里。时刻不让他俩单独待在一起。

"坏家伙！"拉普金恨得咬牙切齿，"小小的人儿，坏到家了！将来不知会变成什么样的货色！"

整个六月，科利亚搅得这对恋人不得安生。他时时威胁说要去告状，紧跟他俩的行踪，要他俩送礼物。他贪心不足，最后还想要一只怀表哩。有什么法子？只好答应送他表了。

有一次吃午饭的时候，刚端上方格片糕，他突然哈哈大笑起来，挤着一只眼睛，问拉普金：

"要说出来吗，啊？"

拉普金顿时脸孔通红，不吃片糕，反而啃起餐巾来了。安娜·谢苗诺夫娜霍地跳了起来，直往另一个房间奔。

这种尴尬的局面一直维持到了八月底，就在拉普金向安娜·谢苗诺夫娜求婚的这一天，才告终。啊，这是何等幸福的一天！拉普金与未婚妻的父母交谈过后，得到二老的允许，首先跑到花园里找科利亚。找到他后，高兴得几乎要号啕大哭了，他一把揪住熊孩子的一只耳朵，安娜·谢苗诺夫娜也跑了过来，见到科利亚，一把揪住他另一只耳朵。请各位好生看看，科利亚被揪得哭哭啼啼、求饶的场景，是何等的赏心悦目：

“两位亲爱的，我的好人儿，宝贝儿，我再也不了！哎哟哟，请原谅我吧！”

后来这一对有情人坦白承认，在两个人相恋期间，从未体验过揪熊孩子耳朵时那种遍及通体的痛快，那种无可比拟的幸福感。

（1883 年）

胖子与瘦子

两位朋友在从莫斯科通往彼得堡的尼古拉铁路的一个站点上邂逅。两个人中一位是胖子，一位是瘦子。那胖子刚在站点的餐厅用过午餐，嘴唇油光锃亮，活像两颗熟透了的樱桃。他身上散发出一股烈性葡萄酒和橙花的气息。瘦子呢，刚从车厢里出来，费劲地拖着提箱、大包小包和几只纸板盒子。他的身上则有一股火腿肠和咖啡渣的气息。他的身后，有个尖下巴的瘦女人在东张西望，那是他的妻子，此外还有他的儿子，一位高个子的中学生，眯着一只眼睛。

“波尔菲里！”胖子一见瘦子，大声招呼起来，“是你吗？亲爱的！多少年没见了！”

“老天爷！”瘦子惊呼起来，“米沙！我少年时的朋友！哪阵风把你吹到这儿来的？”

于是两个老朋友亲吻了起来，吻了一次又一次，连吻了三次，眼望着对方的泪眼。两人无不为这次意外相遇而惊喜交集。

“亲爱的！”亲吻之后，瘦子先开了口，“真没有想到！太意外了！我说，你好好瞧瞧我！啊，你还是那么帅！那么倜傥风流，那么讲究打扮！啊，老天爷！你时来运转了？发财了？结婚了吗？你瞧，我成家了……她是我妻子路易莎，娘家姓万岑巴赫……新教徒……他是我儿子，纳法奈尔，中学三年级学生。纳法尼亚①，这位是我小时候的朋友！中学同班同学！”

纳法奈尔想了想，摘下帽子。

“中学时的同学！”瘦子接着说，“你还记得，大家怎么拿你开心的

---

① 纳法尼亚：纳法奈尔的爱称。

事吗？大家管你叫赫洛斯特拉特①，因为你用香烟把公家的一本书烧了一个窟窿。我的外号叫厄菲阿尔特②，因为我喜欢告状。哈，哈……那时我俩还是少不经事的孩子呢。别害怕，纳法尼亚！走近点儿……这位是我的妻子，娘家姓万岑巴赫……新教徒。”

纳法尼亚犹豫片刻，躲到了父亲的背后去了。

“你好吗，朋友？”胖子得意洋洋地看着朋友，问，“在哪里高就？做到几品官了？”

“是在供职，亲爱的！是八品文官，两年了。得过一枚斯坦尼斯拉夫勋章。薪水不算高……嗨，凑合着过呗。妻子教音乐。我呢，私底下用木料做些烟盒，挺不错的烟盒！一只卖一卢布。要是一下子买十只或更多的，可以让些价。凑合着过呗。知道吗，原本是个科员，如今上调到本部门任科长……往后就在那儿任职了。我说，你呢？怕已是五品文官了吧？啊？”

“不，亲爱的，还要高哩。”胖子说，“我已经是三品文官了……还得过两枚星章。”

瘦子一听脸色发白，目瞪口呆，但很快脸色舒展开来，现出喜气洋洋的笑容来，脸上、眼睛里似乎火星四射。他整个人像是蜷缩起来，弯腰弓背，矮了大半截儿……他的手提箱、大包小包和纸板盒全都蜷缩起来，现出条条皱纹来……他妻子的尖嘴巴越发尖了。纳法奈尔挺直了身子，扣上制服上所有的扣子……

“我，大人……可说是非常高兴！您可说是我少年时的朋友，一下子青云直上，做了这么大的官！嘻，嘻，大人！”

“得了吧！”胖子皱起了眉头，说，“干吗用这样的腔调！你我是少年时的朋友，何必用官场上的那套奉承？”

“哪能呢……您说哪里去了……”瘦子的身子蜷缩得越发厉害了，笑嘻嘻地说，“承蒙您大人的好意……鄙人如沾再生甘露……大人，他是犬子纳法奈尔……这是贱妻路易莎，新教徒，某种意义上……”

胖子刚想说句客气话，可只见瘦子脸上一副诚惶诚恐、低三下四的寒酸相，直要呕出来。他扭过脸，伸出手来告别。

---

① 赫洛斯特拉特：古代希腊人，他为了扬名于世，在公元前356年焚烧了世界七大奇观之一的阿泰密斯神庙。

② 厄菲阿尔特：古代希腊人，曾引波斯军队入境，出卖同胞。

瘦子只握住对方三只指头，深深鞠了一躬，嘴里发出中国人那样的“嘻嘻”笑声。他妻子也莞尔一笑，纳法奈尔双脚咔嚓一声，挺身敬礼，把制帽也掉落到了地上。一家三口又喜又惊。

（1883 年）

勋　章

初级军事中学教师，十四品文官列夫·普斯佳科夫跟他的朋友列坚佐夫中尉是邻居。元旦一早他就迈步向朋友家踱去。

“你瞧，是这么回事，格里沙，”像通常一样，祝贺过新年好之后，他说，“要不是万不得已，我是不会来打搅你的。今儿你能不能借我你的斯坦尼斯拉夫勋章一用？是这么回事，今儿我要去商人斯皮奇金处吃饭。你是知道的，这个斯皮奇金不是个好人，他特别喜欢勋章，把脖子上或扣眼上没挂勋章的人都看成了坏蛋。再说，他有两位千金……一位叫娜斯佳，一位叫季娜……你是我的老朋友，我才对你说这话……亲爱的，你是理解我的。劳驾，勋章借我一用吧。”

普斯佳科夫结结巴巴地说罢，红着脸，羞怯怯地望了望门外，中尉骂了他一声，还是把勋章借给了他。

下午两点，普斯佳科夫坐车去斯皮奇金家，皮袄稍稍敞开了点，眼望着自己的前胸，只见列坚佐夫的勋章金光闪闪，珐琅质光芒夺目。

“人家见了不知该有多尊敬哩！”中学老师清了清嗓子，心想，“小小的玩意儿，只值五卢布，效果大着哩！”

车到斯皮奇金家门口，他敞开了皮袄，慢腾腾地付了车钱，他只觉得那车夫见了他身上的肩章、纽扣和斯坦尼斯拉夫勋章，惊呆了。普斯佳科夫洋洋得意地咳嗽了一声，进了屋。他在前厅脱了皮袄，朝大厅打量了一眼。只见厅内的餐桌后已坐着十五个人，正在用餐。人声鼎沸，杯盘叮当。

“按铃的是哪个？”听到主人问，“哦，是列夫·尼古拉依奇，请，请。您可是来迟了。不过不碍事……我们刚吃。”

普斯佳科夫挺起了胸，抬起了头，搓起了手，进入厅内。一看吓了一跳。原来跟季娜坐在一起的是他的同事，法语老师塔拉姆布良。一旦被这法语老师看见自己的勋章那就出丑了，一辈子都见不得人，丢尽了脸面……普斯佳科夫首先想到的是快摘下勋章，要不掉头走掉。可勋章缝得牢牢的，转身也不可能。他便赶紧用右手捂住了勋章，弓起了背，给在座的人都鞠了躬，却不伸出手去，一屁股坐到了一张空座位上，正好就坐在同事法语老师的正对面。

“看来他是喝醉了。”斯皮奇金一见他那一副尴尬相，心想。

普斯佳科夫面前摆着一盘汤，他用左手拿起了汤勺，但想到用左手喝汤不合规矩，便说，他已吃过东西，不想再吃了。

“我已吃过些东西……谢谢了……”他说，“我刚从我叔叔大司祭叶列耶夫家来，他硬要我那个……吃饭。”

普斯佳科夫心里怨气冲天，懊恼异常。原来汤的香气扑鼻，清蒸鱼诱人的热气阵阵袭来，好不叫人难以抵挡。教书先生想拿开闲着的右手代左手掩住勋章，可甚是不便。

“那会被发现的……再说胸前横着一只手像打算唱歌似的。老天爷，这顿饭快点结束吧！我好到小饭铺里吃去！”

上了第三道菜后，他胆战心惊斜眼偷看了法语老师一眼，塔拉姆布良不知为什么现出来异常难堪的神情，眼望着他，也是不动刀叉。两人对视了一阵之后，越发显得不自在，低下了头，眼睛看着空盘子。

“坏小子，被他发现了！”普斯佳科夫心想，“看他那嘴脸，准被他发现了！他这流氓，本是个爱播弄是非的家伙。明天准到校长那里去说我的坏话！”

主人和来客吃完了第四道菜，吩咐上第五道。

有位先生站了起来。他高高的个子，鹰钩鼻子，鼻孔大大的，尽是毛，天生一对眯缝的细眼睛。他理了理头发，说开了：

“嗯，嗯，嗯，这个，我提议为在座的花容玉貌的女士干一杯！”

闹哄哄的吃客纷纷站起来，拿起杯子。各房间顿时响起了震耳的“干杯”声。女士们个个笑脸盈盈举杯碰盏。普斯佳科夫站起来，左手拿酒杯。

“列夫·尼古拉依奇，劳驾把这杯酒递给娜斯塔西娅·季莫费耶夫娜！”有个男的递来一杯酒，对他说，“您得让她喝下去！”

这下普斯佳科夫在劫难逃了，非得动用他的右手不可了。斯坦尼斯拉夫勋章和那根已被弄得皱巴巴的红丝带终于露出了真容，光彩夺目。教师脸色发白，垂下了脑袋侧身偷望法语教师，对方万分惊讶地疑疑惑惑也看着他。他的嘴角出现了狡猾的笑意，窘态也慢慢地消失了……

“尤里·奥古斯托维奇！”东道主对法语教师说，“请把酒瓶放回原处！”

塔拉姆布良迟疑地伸出右手去拿瓶子……哦，多走运！普斯佳科夫也看见他的前胸有枚勋章。那可不是斯坦尼斯拉夫勋章，而是一枚货真价实的安娜勋章①。可见法语老师也在搞瞒天过海的把戏。普斯佳科夫得意地笑开了，高高兴兴、舒舒坦坦地坐了下来……现在再也不用为斯坦尼斯拉夫勋章藏藏掖掖了！要说作假，两人都是半斤八两，用不着担心谁会去告发谁了。

“嗯嘿嘿……”斯皮奇金一见法语老师胸前的勋章，哼了一声。

“可不是！”普斯佳科夫说，“怪事儿，尤里·奥古斯托维奇！节前我们学校申请授勋的大有人在，可得奖的只你我两人！真是怪事一桩！”

塔拉姆布良快活地点了点头，露出左边翻领后的三级安娜勋章。

饭后普斯佳科夫走遍了各房间，把勋章让女士们欣赏个够。他心情舒畅，自在得意，只是胃里空空如也。

“早知道如此，”他醋意浓浓地看着塔拉姆布良与斯皮奇金在聊勋章的事，心想，“早知如此我干脆佩戴一枚更高级的弗拉基米尔勋章。唉，还真没想到！”

唯有这一点令他感到遗憾。要说其他方面他无不心满意足。

（1884 年）

① 斯坦尼斯拉夫勋章比安娜勋章低一等。

外科手术

地方自治局医院。大夫回家结婚去了，病人交给医士库里亚京医治。库里亚京是个胖子，四十来岁，上身穿一件破破烂烂柞丝绸的单排扣短上衣，下身是条破旧的花呢裤。看他的神色，给人一种身负重责又喜气洋洋的感觉。他左手的食指和中指间夹着一支冒着刺鼻臭气的雪茄烟。

诵经士封米格拉索夫进了接诊室。他是一个又高又结实的老头，穿着窄腰肥袖的棕色长袍，腰间束着一条宽皮带。他的右眼患白内障，半睁半闭着，鼻子上有一颗疣子，远看像一只很大的苍蝇。诵经士的眼睛快速寻找圣像，没有找到，便对着一个盛着石碳酸溶液的长颈大玻璃瓶画了一个十字，接着便从红布中里取出一块圣饼，边鞠躬边把它放到医士面前。

“哦，哦……多谢了，”医士打着哈欠，问，“哪里不舒服?”

“祝礼拜天快乐，谢尔盖·库兹米奇……求您帮个忙……对不起，正如圣诗里说的：‘我所饮的，搀着眼泪。’几天前，我坐下跟老婆子一块儿喝茶——哎哟，我的上帝！我连一点一滴也喝不进去，就想躺下，还不如死掉的好……刚喝那么一丁点儿，就痛得我浑身没半点儿力气了！除了牙痛，这整个半边脸……那个痛呀就别提了！耳朵里也突然痛起来，活像里面有颗钉子，或是别的什么东西：一阵阵刺痛，一阵阵刺痛！罪过！犯戒呀……可耻的罪恶迷住心窍，终生在懒惰中……报应呀，谢尔盖·库兹米奇，报应呀！大司祭神甫做完弥撒后怪我：‘你呀，叶菲姆，口齿不清，鼻音很重。唱诗时，叫人一点儿也听不清你唱什么。’请您来评评理：要是连嘴都张下开，还能唱诗?脸都肿了，不行啊，整夜没睡……”

“噢，可不是……您请坐……张开嘴！”

封米格拉索夫坐下来，张开了嘴。

库里亚京皱起了眉头，往他嘴里看去，只见那些因年深日久和吸烟而发了黄的牙齿中间有颗龋齿。

“助祭神甫要我敷上辣子泡酒，可不管用。格利克里娅·阿尼西莫夫娜——求上帝保佑她老人家身体健康——给我一根从阿索斯圣山带回的细线，让我扎在胳臂上，还要我用热牛奶漱口。我呢，老实说吧，线倒是扎上了，可牛奶，我没有照办，因为我敬畏上帝，正值斋戒期①……”

“那是迷信……”没人作声，过了一会，医士说，“这颗牙齿得拔掉，叶菲姆·米海伊奇！”

“您更清楚，谢尔盖·库兹米奇。您上过学，这种事内行，知道该怎么办：什么该拔，哪儿上点药水或别的什么就能对付……所以才让您干这一行，恩人哪，我祝您健康，让我们一辈子日夜为我的亲爹祈祷……”

“小意思……”医士谦虚起来，来到柜子前，翻找起拔牙的器具，“一点儿外科手术……小意思……这点儿手术我做多了，有足够的手劲就成……毫不费劲……不久前，地主亚历山大·伊凡内奇·叶吉佩茨基来医院……也是牙痛……他也是有文化的，事事都要问个一清二楚，干些什么，怎么干，全要问。跟我握手，用我的名字和父名称呼我……他在彼得格勒待过七年，访遍了所有的专家教授……他在我这里待了好久……拿耶稣的名义求我：‘把那牙拔了吧，谢尔盖·库兹米奇！’干吗不拔呢？能拔。不过得懂门道，不懂门道不行……牙齿嘛，千差万别。有的用夹钳拔，有的得用专门的牙钳，还有用螺旋钳的……得区别对待。”

医士拿起专用牙钳，看了看，犹豫片刻，放下，拿起一把夹钳。

“听着，嘴巴张大些……”他说着，来到诵经士跟前，“咱们这就拔了……毫不费劲……只要扎破牙床……顺着垂直轴心往外拽……这就成了……（他扎破了牙床）成了……”

“您是我们的救命恩人……我们这些蠢人啥也不懂，是主让你们成

---

① 俄俗：牛奶被认为是荤食。

了行家……”

“你的嘴巴张着，那就别发议论啦……这牙容易拔。可有的牙根常常拔不出来……这一颗不费劲儿……（他把夹钳放上去）别忙，身子别动……一动不动坐着……眨眼工夫……（用力拽）……关键是，要往深里拔（使劲拽）……别把牙根弄断了……”

“我们的天父呀……圣母娘娘呀……哎哟哟……”

“不对劲儿……不对劲儿……怎么啦？手别乱抓挠！把手放下！（使劲拔）这就好……快了，快了……这事儿可不简单哩……”

“天父呀……爹娘呀……（一声尖叫）天使呀！哎哟哟……拔呀，拔呀，你倒是要拔五年吗？”

“知道吗，这是……外科手术……一下子完不了……快了，快了……”

封米格拉索夫痛得把双膝抬得几乎和胳膊肘一般高，十个指头胡乱抓挠起来，瞪大眼睛，喘着粗气……涨得发了紫的脸上冒出了冷汗，眼睛里涌出泪水，库里亚京站在诵经士面前累得直喘气，跺着脚，费劲儿拔着……最折磨人的半分钟眼看就过去了——不料夹住牙齿的钳子掉了下来。诵经士跳将起来，手指伸进嘴里，一摸，嘴里那颗龋齿还在老地方。

“瞧你拽的！”他用哭笑不得的腔调说，“把你拽到阴间才好！太感谢啦！没本事，别来拔牙！痛得我两眼发黑……”

“你干吗两手乱抓挠？”医士也生气了，“我在拔牙，你倒好，老来碰我的手，还说了无数蠢话……傻瓜！”

“你才是傻瓜！”

“乡巴佬，你以为牙齿是好拔的？你来试试！这可比不得爬到钟楼上撞钟！（戏弄他）‘没本事，没本事！’你倒是说呀，你怎么教训起人来了！真有你的……我给叶吉佩茨基老爷，也就是亚历山大·伊凡内奇拔过牙，那一位什么事也没有，他可是一声不吭……人家比你高贵，手也不乱抓挠……坐下！我说：坐下！”

“我都晕头转向了……先让我喘口气……哎哟！（他坐下）别拔得太久，用力拔吧。你别拽，用力拔……麻利点儿！”

“倒开导起行家来了！天哪，这么一个无知无识的粗人！跟这种人混在一起……准叫你发疯！张开嘴！（他放进夹钳）外科手术，老兄，可不是闹着玩的……这比不得在唱诗班里唱诗……（他用力拽）别哆嗦……原来是颗老牙，牙根很深……（他使劲拽）别动……这就对了，这就对了……别动……好，好……（响起断裂声）我早知会这样！”

封米格拉索夫一动不动坐了片刻，似乎失去了知觉。他昏迷了……他的眼睛茫然望着空间，惨白的脸冷汗涔涔。

“要是用专门牙钳就好了……”医士嘟哝着，“太意外了！”

诵经士回过神来，立即把手指塞进嘴里，在病牙的地方有两个肿块。

“恶，恶鬼……”他破口大骂，“让你们这些恶鬼待在这里，是要我们的命呀！”

“你还骂人……”医士嘟哝着，把夹钳放回柜子，“无知无识的粗人……你在神学校里还欠挨鞭子……叶吉佩茨基老爷，也就是亚历山大·伊凡内奇，他在彼得堡待了七年……多有学问……他的一件外衣就值一百卢布……可是人家不骂人……你有什么了不起？不碍事，死不了！”

诵经士拿起桌上的圣饼，一手捂着脸颊，回家去了……

（1884 年）

变色龙

警官奥楚美洛夫身穿崭新的军大衣，手里拿着个小包，走过集市广场。他身后跟着一名警察。此人长着一头红棕色的头发，端着一只粗箩筐，里面满装没收来的醋栗。四下里一片寂静……广场上不见一个人影儿……店铺和酒馆的门洞开着，活像一张张饥饿的嘴巴，对着这大千尘世。附近见不到叫花子的踪影。

“该死的，你竟敢咬人？”奥楚美洛夫突然听到有人说话，“伙计们，别放它走！今儿可不许咬人！抓住它！啊……啊！”

传来了狗吠声。奥楚美洛夫侧身一看，只见商人彼楚京的柴房里蹿出一条狗，用三条腿跑路，不住回头张望。后面追着一个人，穿着浆硬的花布衬衫和敞开怀的坎肩。他追着追着，身子往前一探，扑倒在地，抓住那条狗的后腿。紧跟着又传来狗叫声和人喊声：“别放走它！”紧跟着，小铺子里探出一张张瞌睡蒙眬的脸，很快柴房附近聚起了一群人，像是从地底下钻出来的。

“长官，可不能闹出乱子来！”那警察说。

奥楚美洛夫往左微微转过身子，向人群走过去。就在柴房门口附近，他看见刚才那个人站着，敞开坎肩，举起右手，伸出一根血淋淋的手指头给众人看。他那喝得半醉的脸上似乎写着：“看我不揭你的皮，混账东西！”而他那根手指分明就是一面凯旋的的旗帜。奥楚美洛夫一眼就认出此人便是首饰匠赫留金。人群中心，地上就躺着这场乱子的罪魁祸首——一条白毛小猎狗，尖尖的脸，背上有一块黄斑，前腿劈开，浑身哆嗦。它那泪汪汪的眼睛里流露出痛苦和恐惧的神色。

“到底是怎么回事？”奥楚美洛夫挤进人群，问，“待在这儿干什么？干吗拿手指给人看？刚才哪个在闹闹嚷嚷的？”

“这不，长官，我走着走着，没碍着谁……”赫留金攥着空拳头一声咳嗽，说，“我正跟米特利·米特利奇谈柴火的事，忽然间，这个坏东西无缘无故过来咬了我手指一口……请别见怪，我是个干活的人……我干的活可精细哩。这下我的手指儿一星期都不能动弹了，得让狗主人赔我的损失。长官，法律上可没这样的条款，说是被畜生咬了得忍着，活该自己晦气。要是人人都得遭狗咬，活在世上还有什么意思？”

“哼！说得好……”奥楚美洛夫清了清嗓子，扬了扬眉毛，严厉地说，“说得好……谁家的狗？这事我决不会置之不理。我会让你们看看我是如何处置那些放狗出来闯祸的人的。现在该管管那些不愿遵纪守法的先生了。这个混蛋，得罚他的款，让他好长个记性，放任狗或别的畜生出来祸害人有什么好果子吃！瞧我的厉害吧！叶尔德林！”警官转而对警察说，“查查去，看是谁家的狗，打个报告上来！这狗得处死。刻不容缓！可能是条疯狗……我说，这是谁家的狗？”

“像是席加洛夫将军家的！”人群中有人说。

“席加洛夫将军家的？哼！叶尔德林，帮我把身上的大衣脱下来……这鬼天气，热极了！看来快要下雨了……有件事我就是不明白，它怎么会咬了你呢？”奥楚美洛夫转身问赫留金，“它怎么能够得上你的手指儿呢？狗这么矮小，可你长得又高又大。你的手指儿多半是被钉子扎坏的，后来脑瓜子生出个坏主意，说是被狗咬的。你这人，谁都知道是怎么个家伙！我可看透你们这班鬼东西！”

“他，长官，为了寻开心。把雪茄烟戳到狗脸上，狗才不傻哩，才咬了他一口……他这人就爱胡闹，长官！”

“你胡说，独眼龙！你瞎了眼，干吗还胡说八道？咱们的长官个个都心明眼亮的，知道哪个在胡说八道，哪个面对上帝凭良心说话……要是我胡说，让调解法官审判我得了。法律上写得明明白白……现如今讲人人平等……我的一个兄弟就在宪兵队办事，要是想知道……”

“少来这一套！”

“不，这狗不是将军家的。”那警察经过深思后，说，“将军家没有这样的狗。他家的狗大多是大猎狗……”

“你有把握吗？”

“有把握，长官……”

“我自己也知道是这么回事。将军家的狗都很名贵，都是优良品种。

可这狗——鬼知道是什么玩意儿！论毛色没毛色，模样没模样。纯粹是下贱货。他家能养这样的狗吗？你们有脑子没有？要让这样的狗跑到彼得格勒或莫斯科去，会得到什么下场，你们知道吗？他们才不管什么法律，转眼就要了它的小命！我说赫留金，你遭了殃，我决不袖手旁观……得给他们颜色看！是时候了……”

“可说不定是将军家的……”警察捉摸后大声说道，“它脸上可没写明是哪家的……前不久我在他家院子里就见过这样一条狗。”

“错不了，准是将军家的。”人群中有人说。

“哼！叶尔德林老弟，把大衣再给我穿上。有风哩……吹得我好冷……你且带上这狗去将军家问问。就说是我找到派人给他送去的。告诉他，以后别再把狗放出来跑到大街上来了……这狗可名贵哩。要是让哪个蠢猪往它鼻子上戳烟卷儿，用不多久不就毁了它吗？狗可都是娇嫩的畜生……我说你这乱嚼舌头的家伙，把手放下来！用不着展览自己的脏手指啦！都是你自己不好！”

“将军家的厨子过来了，问问他去……喂，普罗霍尔！过来，亲爱的！瞧瞧这狗……是你们家的吗？”

“亏你想的！我们家从来没有这样的货色。”

“不用多问了，”奥楚美洛夫说，“是条流浪狗！不必多说了……既然是流浪狗，必定是流浪狗无疑……打死完事。”

“这不是我们家的狗，”普罗霍尔接着说，“可它是将军兄弟家的狗。是他不久前一起带过来的。我们家老爷不喜欢这样的狗，可他兄弟喜欢……”

“莫非他的兄弟符拉季米尔·伊凡内奇来了？”奥楚美洛夫问，他整个脸上洋溢着可爱的笑容，“天哪！我还不知道哩！他要来住一阵子吧？”

“要待一阵子。”

“老天爷！他这是想念自己的兄弟哩……可我竟不知情！如此说来是他的狗了？太高兴了……拿走吧……小狗儿好好的……挺机灵……咬了这家伙一只手指儿！哈，哈，哈……瞧你干吗哆嗦？呜，呜……你这小坏蛋，生气了是不是……真是条好狗儿。”

普罗霍尔招呼小狗跟着自己离开了柴房……在场的人把赫留金狠狠取笑了一顿。

“看我不好好收拾你!”奥楚美洛夫边披上大衣,边对赫留金威胁说,然后沿着集市广场径自走了。

(1884年)

牡　蛎

至今，我费不了多大劲，仍能清清楚楚想起那件事。那是秋天傍晚，天阴沉沉的，下着雨。当时我正跟我父亲一起走在莫斯科一条人来人往的大街上。突然我觉得自己害上了一种稀奇古怪的病。身上倒没觉得哪里疼痛，只是两条腿软绵绵的，支撑不下去了，要说的话全卡在喉咙口，吐不出来，脑袋无力地歪向了一边……看来我这就要倒下去，不省人事了。

要是那时候把我送进医院，大夫一准在我床头的病历上写下"Fames"① 这个词。医学教科书上可没这个词。

我亲爱的老爹搀着我站到了人行道上。他身上穿的是破旧的夏季大衣，头戴的是一顶破呢帽，雪白的棉花都露出来了，脚上的套靴又大又重。他是个爱面子的人，怕人家看出自己光着双脚没穿袜子，便在破靴子外套上一双旧皮靴筒。

可怜而又糊涂的怪人，随着他那件做工考究的夏季大衣变得越来越破旧，越来越肮脏，我对他的爱反而越来越深厚。五个月前他就来莫斯科想谋个文书之类的职位。五个月来他一直在四处奔波，无奈之下，直到今天才咬紧牙沿街行起乞来。

前面是座高高的三层楼房，门面上挂着一块蓝色的招牌，上写"饭馆"两字。我的脑袋软弱无力地后仰，左右歪着。我不由自主地朝上一看，只见楼上窗子里透出明亮的灯光，屋内人影幢幢。我还看见一架管风琴的右边部分，看见两张彩色的画片儿和几盏灯……我眼盯着一扇窗子，见到了一块白色的东西，方方正正，一动不动，在四周一片深棕色

① Fames：拉丁文，意为饥饿。

的背景衬托下，显得分外醒目。仔细一看，原来是墙上的一张白色的招子，至于上面写些什么，就看不清了……

我的眼睛盯着那张纸足有半个钟头都没有移开。上面白花花的字把我给深深吸引住了，仿佛给我的脑子施了催眠术。我竭尽全力想认出那些字，可还是白费劲。

最终我那怪病逞起了威。

马车驶过的辚辚声在我听来有如阵阵响雷，街道上那冲天的臭气在我闻起来就有上千种之多，饭馆和街上的闪闪灯光看起来就像是炫目的闪电。我的五官全都紧张起来，变得异常敏锐。我开始见到了许多前所未见的东西。

"牡蛎……"我到底看清了那招子上的字。

多怪的字！我已在世上活了整整八年又三个月，可怎么就没听说过这两个字。这到底是什么意思？难道是店老板的名字①？可招牌往往都是挂在大门上的，怎么会贴在墙上的呢？

"爹，牡蛎是啥玩意儿？"我费力地把脑袋转过去，沙哑着声音问。

我爹没听见我的话。他正专心注视着来往行人……凭他的眼神看出，他想对行人说句话，可那话重得像秤砣挂在哆哆嗦嗦的嘴唇上，就是说不出口。他甚至已向一个人迈出了一步，触碰一下那人的衣袖，可一等那人回过头来，他却说了句"对不起"，不知所措地倒退了回来。

"爹，牡蛎是啥玩意儿？"我又问了一句。

"是一种动物……生活在海洋里……"

我的脑海里立即出现了一种前所未见的海洋动物。大概既像鱼，又像虾一类的玩意儿。它既然活在海洋里，只要加上胡椒粉和月桂叶，定能做出美味可口的热汤来，要不也可以把它做成带脆骨的酸汤，或者是虾酱、拌着冰冻的洋姜什么的……我有滋有味地想象起来，想着如何把它从市场上买回，赶快动手收拾起来，立马下锅……快，得赶紧动手，因为大伙都饿极了！这时厨房里飘来阵阵煎鱼和虾汤的香味。

我感到那香味刺得我的上颚和鼻子阵阵发痒，渐渐地遍及全身……饭馆啦、我爹啦、白色的招子啦、袖子啦，全都冒出那种味儿，而且非常浓烈，惹得我嘴巴不禁咀嚼起来，就那么不停地咀呀嚼呀，我的嘴里

---

① 旧俄的饭馆常以老板的姓氏命名。

像是真的有那么一块海洋动物似的……

我感到满意至极，两条腿不由得弯了下去。我担心自己这就要倒下去，忙抓住我爹的衣袖子，身子紧贴着他那件湿漉漉的夏大衣。我爹缩起了身子，哆哆嗦嗦。他这是冷哪……

“爹，牡蛎是素菜还是荤菜？”我问。

“这东西要生吞活剥。”爹说，“牡蛎有壳，像乌龟那样，不过……它有两片壳。”

猛然间，鲜美的香味儿不再惹得我浑身发痒，我的幻想顿时消遁……我这才完全明白是怎么回事了！

“好恶心，”我小声说，“好恶心！”

原来牡蛎是这么个玩意儿！我还以为它是像青蛙一样的动物哩。现在这只青蛙就躲在两片壳里，睁着又大又亮的眼睛，盯着人看，还不停地摆动那丑陋的下颚。我的想象中，人们如何把它从市场上买回，它就包在硬壳里，伸出两只螯，眼珠子亮闪闪的，皮肤黏糊糊的……孩子见了都四散躲开。厨娘直皱眉头，提起它的螯，把它放到碟子里，端到餐厅去。大人们便拿起一只大螯往嘴里送……活生生的，连同它的眼睛、牙齿、爪子，一股脑儿吞下肚！牡蛎呢，吱吱直叫，拼命咬人的嘴巴……

想到这里，我禁不住皱起了眉头。可是……可是我的牙齿不知怎么的，又咀嚼了起来。那玩意儿虽说可怕，令人讨厌、恶心，可我还是吃了它，狼吞虎咽，生怕吃出它的怪味儿，闻到它的恶臭来。吃完了一只，又看到第二只、第三只在闪动它们的眼珠子。我还是把它们全吃下了肚。接着我吃起了餐巾、碟子、我爹的靴子，还吃了那招子……把我见到的东西全都吃了下去，因为我感到，只有不停地吃东西，我的病才会好起来。那些牡蛎瞪起了吓人的眼珠子，要多丑就多丑，一想到它们我就浑身哆嗦，可我还是要吃！吃！吃！吃！

“拿牡蛎来！拿牡蛎来！”这呼声是从我的胸膛里发出来的，我伸出了双手。

“行行好吧，诸位先生！”我听到我爹那低沉而压抑着的声音，“叫人羞于出口，可，上帝！我实在挺不下去了！”

“拿牡蛎来！”我揪住爹的大衣后襟，喊叫道。

“小小的年纪，还想吃牡蛎哩！”我听见身旁有人奚落道。

来了两位先生，在我面前一站。他俩都戴着圆筒礼帽，笑嘻嘻地看着我的脸。

“瞧你这小家伙还想吃牡蛎？当真想吃？太有意思了！你倒是说说，怎么个吃法？”

我记得一只有力的大手把我拖进了灯光灿烂的饭馆，立即围上来一大帮人，个个好奇地打量着我。我挨着桌子坐了下去，吃起了一种黏糊糊的东西，有点咸，冒着潮气和霉味儿。我一个劲狼吞虎咽起来，眼不看，也不问吃的是啥玩意儿。我以为，只要我一睁眼看，准会看到一双双闪闪亮的大眼睛，一只只张牙舞爪的大螯……

我牙齿一咬，只觉得咬上了一种硬邦邦的东西，随之响起了咔嚓咔嚓声，什么东西被我咬碎了。

“哈，哈，哈！他连壳也要吃了！”有人笑道，“傻瓜蛋，壳也能吃吗？”

我记得，后来我口渴得要命。我躺在床上，胃很痛，怎么也睡不着觉。我嘴里发烫，还有股怪味儿。我爹从这个墙角到那个墙角，不停地来回走动，双手比比划划。

“你像是着凉了，”他喃喃道，“我感到脑子里……像是待着一个人……也许是今天我没有……没有……没有吃过东西……我这人，说真的，是有点怪，有点蠢……眼看着那几个先生掏出十个卢布来买牡蛎，那我为什么不上前求他们要几个钱……借几个钱呢？看样子他们会给的。”

直到第二天清晨我才睡过去，梦见一只长螯的青蛙躲在硬壳里，眼珠子直转。到了中午我渴得醒过来，睁眼找爹，只见他还在那里来来回回走着，双手比比划划……

（1884 年）

预谋犯

法院审讯官面前站着一个身材矮小、形销骨立的庄稼汉。他的上身穿着粗布衬衫，下身是条打满补丁的裤子，胡子拉碴，满脸的雀斑，一双眼睛耷拉在浓眉里，让人不易看清，一脸阴沉而冷漠的神情。蓬乱的浓发已很久没有梳理，像顶帽子，使得他的面容越发显得似蜘蛛般阴沉。他光着脚。

“杰尼斯·格里戈里耶夫，”审讯官开言道，“过来，我要问你。本年七月七日铁路看守人伊凡·谢苗诺夫·阿金福夫沿线巡查时，在一百四十一公里处，撞见你正在拧铁轨上固定枕木的螺丝帽。就是这螺丝帽……他把你同这颗螺丝帽一齐扣下了。是这样吗？”

“啥？”

“事情是像阿金福夫说的那样吗？”

“没错，是这样。”

“好。那你为什么要拧螺丝帽？”

“啥？”

“你别‘啥啥啥’的，回答我的问题：你为什么要拧螺丝帽？”

“要是用不着，俺才不去拧哩，”杰尼斯斜眼望着天花板，嘶哑着嗓子答道。

“你要这螺丝帽做什么用？”

“螺丝帽吗？俺们拿它做坠子……”

“你说的‘俺们’是谁？”

“俺们，老百姓呗……也就是克利莫夫斯克的庄稼人。”

“听我说，老乡，你别跟我装傻，说正经的！别给我撒谎，还扯什么坠子什么的！”

“俺一辈子没有撒过谎，这会儿说俺撒谎……”杰尼斯眨巴着眼睛，嘟哝道，“再说，老爷，没坠子行吗？你要是把鱼饵、蚯蚓什么的挂在钓钩上，不加个坠子，它能沉到水底？还说俺胡扯哩……”杰尼斯冷笑道，“鱼饵要是浮在水面，管啥用！鲈鱼，梭鱼，江鳕，就爱往深水钻。鱼饵要是漂在水面上，只有赤梢鱼才来咬钩，再说那种事也少见……俺们那条河就没有赤梢鱼……这种鱼喜欢大江大河。”

“你别跟我讲什么赤梢鱼！”

“啥？这可是您自己问的呀！俺们那儿，地主老爷们也都这么钓鱼的。最不懂事的娃娃没有坠子也不去钓鱼。当然啦，也有一种人啥也不懂，没有坠子也去钓鱼。傻瓜蛋才不管啥法……”

“如此说来，你拧下螺丝帽是为了拿它做坠子？”

“不为这个又为啥，总不能拿它当羊拐子玩吧！”

“你要做坠子尽可以拿铅块，子弹壳……或者钉子什么的……”

“路上可捡不到铅块，得花钱去买。钉子嘛，不管用。螺丝帽这东西最好不过了……沉沉的，还有个小窟窿。”

“别跟我装蒜！倒像是昨天才出生的，要么是天上掉下来的。难道你不明白，你这傻瓜蛋，拧掉螺丝帽会造成什么后果？要不是看守人及时发现，火车就要出轨，多少人会丧命！你就成了杀人凶手！”

“老天爷，千万别出这档子事，老爷！干吗要去坑害人？难道俺们不信教，或是什么恶人？谢天谢地，好老爷，别说俺一辈子没害死过一个人，压根没动过这种念头……圣母娘娘，饶恕俺们吧……瞧您说的，老爷！”

“那么依你看，火车是怎么出事的？告诉你：你拧下两三颗螺丝帽，就要翻车！”

杰尼斯一声冷笑，眯起眼睛怀疑地瞧着审讯官。

“得了吧！多少年来，俺村的人一直拧螺丝帽，上帝保佑，可从来也没见翻车。哪有翻车、死人的事儿……要是我搬走铁轨，要么，比方说扛一根大木头横在铁路上，噢，那敢情会闹得火车出轨，可是……呸！还说颗螺丝帽哩！”

“你要明白：那些螺丝帽是用来固定铁轨和枕木的。”

“这个俺们懂……俺们拧下的又不是所有的螺丝帽……还留着许多呢……俺们办事也不是没脑子……俺们懂……”

杰尼斯打了个哈欠，在嘴巴上画个十字①。

“去年这里就有一列火车出轨，”审讯官说，“现在我明白为什么了……”

“啥？”

“我是说，现在我明白，去年那火车为什么会出轨……我知道为什么了！”

“您有文化，这档子事内行，大人……天知道，谁明白……您刚才说了一大通道理，可那个看守人也是庄稼汉，啥也不懂，只知道一把揪住俺的后脖领，拖着俺就走……先得说出个理来，再拖人也不迟！俗话说得好，庄稼人有庄稼人的理……您再记上一笔，老爷，他还扇俺两个耳光，一拳打在俺胸口上。”

“搜你家的时候，又搜出另外一颗螺丝帽……那颗螺丝帽你是在什么地方、什么时候拧下的？”

“您是说小红箱子底下那一颗吗？”

“放在哪儿我说不上，只知道又搜出一颗。你什么时候拧下的？”

“俺可没拧，那是伊格纳什卡给俺的。他是独眼龙伊凡的儿子。俺这是说小箱子底下的那一颗，要说院子里雪橇上的那一颗是俺同米特罗凡一块儿拧的。”

“哪个米特罗凡？”

“米特罗凡·彼得罗夫……您没听说过？他在俺们村编大鱼网，卖给老爷们。他得用许许多多这类螺丝帽。算来编一张网得用十来颗……”

“听好了……《刑法》第一千零八十一条规定：凡蓄意破坏铁路，致使该线路上行驶中的运输工具发生危险，且肇事者明知该行为将造成不幸后果——听明白了吗？明知！而你不可能不知道，拧掉螺丝帽会造成什么后果——该肇事者当判处流放并服苦役。”

“您当然懂得多……俺们是无知无识的人，俺们哪能懂？”

“你什么都懂！你就会撒谎，装蒜！”

“干吗撒谎？您要是不信，问村里人得了……不加坠子只能钓钓欧鲌。赤梢鱼是最次不过的鱼了，没有坠子，就连它也不上钩。”

---

① 一种迷信说法，打哈欠后画十字可以不让魔鬼进入口中。

“瞧你还赤梢鱼说个不停!”审讯官微笑着说。

“俺那儿可没有赤梢鱼……俺有时用蛾子当饵，不加坠子，让钓丝在水面上漂，只有雅罗鱼来咬钩，再说那也少见。”

“行了，你给我住嘴……”

这下谁也不吭声了。杰尼斯换着脚站定，瞅着蒙上绿绒布的桌子，使劲眨巴眼睛，仿佛面前看到的不是绿绒布，而是红太阳。审讯官飞快地写着什么。

“俺可以走了吧?”沉默半晌后丹尼斯问。

“不行。我得把你押起来，送进大牢。”

杰尼斯不再眨眼，抬起浓眉，不解地望着审讯官。

“怎么要进大牢?老爷!俺可没有这个闲工夫，俺得去赶集。伊戈尔欠俺三卢布的腌猪油钱，俺得去讨回来……”

“住嘴，别妨碍我办事。”

“坐大牢……要是犯了事，去也行，可是……活得好好的……凭什么?俺又没有偷东西，也没跟人打架……您要是怀疑俺拖欠税款，老爷，那您千万别信村长的话……您一定得问问常任委员先生……他，那个村长，没有良心……”

“住嘴!”

“俺不说得了……”杰尼斯嘟哝着，“村长尽造假账，这个俺敢对天起誓……俺家三兄弟：老大库兹马·格里戈里耶夫，老二伊戈尔·格里戈里耶夫，再就是俺，杰尼斯·格里戈里耶夫……”

“你妨碍我办事……喂，谢苗!”审讯官叫道，“把他押下去!”

“俺家三兄弟，”过来两名强壮的士兵，押着杰尼斯走出审讯室，可杰尼斯还嘟哝个不停，“亲兄弟也不来帮帮自家的兄弟……库兹马没有纳税，那你，杰尼斯，就得来承担……什么法官!俺东家是将军，可惜死了，但愿他升天——要不他准会给你们这些法官一点儿厉害瞧瞧……审案子也得有本事，不能胡来……你哪怕用树条抽我一顿，可是得有凭有据，凭良心……”

(1885年)

普里希别耶夫中士

“普里希别耶夫中士！你被指控于今年九月三日言语冒犯并殴打本县警察日金、村长阿利亚波夫、乡村警察叶菲莫夫三人。现有见证人伊凡诺夫和加夫里洛夫，以及另外六个农民。尤其是前三人是在执行公务时受到侮辱的。你认罪吗？”

退伍中士普里希别耶夫，满脸皱纹和肉刺，手贴裤缝立得笔直，嗓子沙哑而低沉，回答时一字一句说得清清楚楚，活像在发布命令：

“长官，调解法官先生！按法律条款，法院当然有理由要求双方陈述当时种种情况。有罪的不是我，而是另外那些人。整个事件是由一具死尸引起的——愿他的灵魂升天！三号那天，我同老婆安菲莎安安分分、规规矩矩地走着。走着走着，看见河岸上聚了一大堆各式各样的人。我请问：老百姓有什么权利在这地方集会？为的哪般？莫非律书上写着，老百姓可以成群结伙走动？我喊了一声：散开！然后推开众人，要他们回家去，还下令乡村警察揪住他们的领子，把他们轰走……”

“对不起，我问你：你既不是本县警察，也不是村长，你有权驱散人群吗？”

“无权，无权！”审讯室各个角落里的人齐声喊道，“他搅得人不得安生，大人！我们受了他十五年的罪了！自从他退伍回来，从此害得人心惶惶，在村里待不下去了。他可把大家害惨了！”

“说得没错，大人！”村长作证说，“村子里民怨沸腾。没法跟他一起过活了！凡是捧着圣像去教堂，婚礼，要不，比如说吧，出了什么事，他都要横插一杠，叫叫嚷嚷，吵吵闹闹，非由他来维持秩序不可。他揪小伙子的耳朵，跟踪监视婆娘们，生怕她们出事，他简直成了她们的老公公了……前几天，他挨家挨户下令不许唱歌，不许点灯。他说，没见法律规定可以唱歌的。”

“且慢，待会儿您再提供证词，”调解法官不让村长继续说下去，“现在，让普里希别耶夫继续陈述。说吧，普里希别耶夫！”

“遵命，先生。”中士嘶哑着嗓子，说，“您，长官，刚才说到，驱散人群不关我的事……那好，先生……可要是民众闹事呢？难道能允许乡民胡作非为吗？哪一部法典里写着，可以放纵百姓，听其胡来的？我绝不许可，先生。要不是我来驱散人群，给他们点手段瞧瞧，谁又能挺身而出？谁也不懂现行的规章制度，可以这么说，长官，全村只有我一人知道怎样对付平民百姓。而且，长官，我什么都能弄懂。我不是庄稼汉，我是中士军官，退役的军输给养员，在华沙当过差，还在司令部呢，先生。后来，请注意，我堂堂正正退了伍，当了消防队员，先生。再后来，由于病后体弱离开了消防队，在古典男子初级中学当了两年门卫……所有的规章制度我全知道，先生。可是庄稼汉都是粗人，啥也不懂，就应该听我的，因为——那也是为他们好。就拿眼前这件事来说吧……我是驱赶了人群，可是岸边沙地上躺着一具捞起来的死尸。我请问：有什么根据，尸体可以躺在这个地方？难道这正常吗？县警察管什么的？我说了：为什么你这个县里的警察不把此事报告上级？兴许这个淹死的人是投水自尽，但兴许这案子有点要流放到西伯利亚的性质——说不定是一桩刑事凶杀案……可是本县警察日金满不在乎，只顾抽他的烟。他还说：‘这人是谁，怎么跑来指手画脚的？他是你们这儿的什么人？好像我们离了他就不知道如何是好了。’我回答说：‘既然你只知道干站着，不管不问，可见你这个傻瓜就不知道该怎么办。’可他说：‘我昨天就把这事报告了县警察局局长。’我请问：为什么报告县警察局局长？根据哪部法典的哪条哪款？碰到这类案子，比如有人淹死，有人上吊，或者诸如此类的事，难道归县警察局局长管吗？我说，这是刑事案件，民事诉讼……我说，眼下得派专人呈报侦查员先生和法官们。我还说，第一步你得写份报告，送交调解法官先生。可是他，这个县警察，只是张着嘴傻笑。那些庄稼汉也一个样。大家都笑，长官。我可以对天起誓，我说的没错。喏，这人笑了，那人笑了，日金也笑了。我说，你们都龇牙咧嘴干吗，可是县警察开口了：‘这类案子调解法官管不着。’我一听就火冒三丈。县警察，你是这么说的吗？”中士转身问县警察。

“是这么说的。”

“大家都听见他有关所有普通百姓的话是怎么说的：‘这类案子调解法官管不着。’大伙都听见他说什么来着……这话可把我给惹火了，也吓着我了，长官。我说：‘你再说一遍，把自己说过的话再说一遍！’他又把原话说了一遍……我便冲着他说：‘你怎么能这样说调解法官先生？你身为县警察，能说反官府的话吗？啊？’我说，‘你知道吗，要是调解法官先生愿意，就可以凭你这话，判你行为不端把你送交宪兵队！你知不知道，调解法官凭你这句政治性的言论，就可以把你驱逐出村，发配到别的地方去？’可村长说：‘超出自己权限的事调解法官一件也办不了。他只能审判些鸡毛蒜皮的小事。’他就是这么说的，大伙都听到了……‘你怎么不把官府放在眼里？’我说，‘你别跟我闹着玩，到头来准没你好果子吃。’当年在华沙，在男子中学我当门卫时，只要听到有不当的言论，我就朝人街张望，看有没有宪兵在，要是有，我就说：‘过来，老总。’把事儿一五一十全向他报告。如今在村子里你能向哪个报告……闹得我气炸了肺。如今的人肆无忌惮，目无法纪，气得我挥起了拳头……当然啰，我揍得并不费劲儿，只是给人家轻轻几拳，好让他再不敢对长官您说这样的话。这时县警察出来替村长说话了，所以我把县警察也给揍了……事情就这样闹了下去……我那是在气头上，长官，不揍事儿对付不了。见了蠢家伙不动拳头，心里过意不去。特别是遇到大事儿……见到有人闹事……”

“得了！即使有人闹事，自然有管事的人。有县警察、村长、村警。”

“县警察管不了那么多的事，再说他也没有我更了解情况。”

“不归你管的事，用不着你了解！”

“啥？不归我管？怪哩……有人闹事，居然不归我管！难道还要我夸他们做得对吗？他们不是向您告状嘛，说我禁止他们唱歌……唱歌有什么好的？放着正事儿不干，倒要唱歌……他们还时兴晚上点着灯闲坐在一起。该去睡了，他们倒好，又是笑又是闹的。我都记下了！”

“记下什么？”

“点灯闲坐的家伙。”

普里希别耶夫从口袋里掏出一张油腻腻的纸条，戴上眼镜，念了起来：

“点灯闲坐者如下：伊凡·普罗霍罗夫，萨瓦·米基福罗夫，彼得罗夫。大兵的寡妇舒斯特罗娃同谢苗诺夫·基斯洛夫私姘。伊格纳特·斯韦尔乔克大搞妖术，他的老婆玛芙拉是巫婆，每天夜里跑出去挤人家的牛奶。”

“别念了！”法官制止了他，转而询问证人。

普里希别耶夫中士把眼镜往脑门上一推，惊讶地打量法官，看得出，对方并不站在他这一方。他的眼睛闪闪发亮，鼻子通红。他看了看法官，又看看证人，怎么也不明白法官干吗那么激动，审讯室的角角落落里干吗会响起叽叽喳喳的不满声和忍着没大声发出的嘻嘻笑声。他怎么也想不通对他竟是这样的判决：监禁一个月。

“为什么？”他疑疑惑惑地摊开双手，问，“凭哪部法典的哪条哪款？”

不过有一点他终于明白了：世道已经变了，他再也没法活下去了。他心情沉重，心灰意冷。他出了审讯室，只见一大群庄稼汉聚在一起，交头接耳。他出于习惯，禁不住挺直身子，双手紧贴裤缝，用那沙哑的嗓子，怒气冲冲地高声嚷道：

“老百姓，都给我散开！不得聚众！各自回家！”

（1885 年）

伤心

车工格里戈里·彼得罗夫，正赶着雪橇把生病的老伴送到地方自治局医院去。想当年他是加尔钦乡里远近闻名的出色工匠，可又是名最没出息的庄稼汉。这一趟外出他得赶三十俄里的远路，加上道路糟透了，连官方的邮差也望而生畏，更何况车工格里戈里这样的懒汉呢。刺骨的冷风扑面而来。举眼望去，漫天的大雪飞舞，叫人分不清雪团是由天上落下，还是从地上扬起的。雪团迷离，见不到田野、电线杆和森林。每当格里戈里遇上迎面而来的强风，甚至连眼前的车轭也几乎看不见了。瘦弱的老马艰难地一步挨着一步往前走去，四腿深深陷在雪堆里，费了浑身的气力才能拔将出来，累得晃起了脑袋。这车工焦急赶路，从座位上跳起，不时挥鞭抽打马背。

"玛特廖娜，你就别哭了……"他小声嘟哝道，"忍着点儿，天保佑，眨眼间你就到医院了。巴维尔·伊凡内奇会给你药水喝，要么给你放血，要么他发慈悲，用酒精给你擦身，错不了，腰痛病说没事就没事了。巴维尔·伊凡内奇会尽心尽力的……别看他嘴里嚷嚷，使劲跺脚，可是会尽心尽力的……多好的老爷，待人和和气气，愿上帝保佑他身体健康……等我们一到，他会巴结着从诊室里奔出来，这个那个问个没完：'怎么回事？'他会嚷嚷，'为什么现在才到？为什么不早些来？难道我是一条狗，得成天围着你们这些鬼东西转？为什么不在上午来？回去，别让我见到你。明天再来！'我就对他说：'医生老爷！巴维尔·伊凡内奇！好老爷！'哎，你倒是迈腿呀，该死，恶鬼！驾！"

车工给了马一鞭，不再理会老太婆，径自低声说了下去：

"'好老爷！说句老实话，我敢对上帝，敢对十字架起誓：天刚亮我就动身了。可哪能按时赶得到？老天爷……圣母娘娘……发怒了，送来了这么一场暴风雪。您老人家也知道，再好的马也赶不来，要说我那马，老爷您也看到了：哪是什么马，丢人现眼的货色！’可是巴维尔·伊凡内奇一听准会皱起眉头，大声嚷嚷：‘我知道你们这些人。总能找出理由来！特别是你，格里什卡①！我早就把你看透了！这一路过来怕是又进了五六家酒馆吧！’我就回答他：‘敢情我是恶棍，是异教徒？老太婆快要归天了，只剩下一口气了，我还一趟趟跑酒馆？瞧您说的，饶恕我吧！叫那些酒馆见鬼去吧！’巴维尔·伊凡内奇便吩咐人把你抬进医院去。我就给他下跪……对他说：‘巴维尔·伊凡内奇！老爷！我们对您千恩万谢啦！您要原谅我们这些傻瓜，混蛋，不要生我们庄稼人的气！是该把我们轰出去，可您老人家为我们操够了心，瞧您的脚都沾上雪了！’巴维尔·伊凡内奇会瞪我一眼，像要揍我，说：‘你疯癫癫地给人下跪，傻瓜，还不如平时少灌几杯马尿，可怜可怜自己的老太婆。真该揍你一顿才是！’‘说得对，真该揍，巴维尔·伊凡内奇，您就揍我一顿吧！既然您是我们的大恩人，亲爹，我们怎能不下跪呢？老爷，我说的是大实话……就像当着上帝的面……要是我撒谎，您就啐我的眼睛：只要我的玛特廖娜，也就是这个老太婆，病治好了，又能操持家务了，那么只要是您老人家吩咐我做的事，我件件都办到！小烟盒，您想要的话，我可以用卡累利阿桦木做……还有槌球，还有九柱戏的木柱，我都能车得同洋货一个样……这些玩意儿我都替你做！一个子儿也不收您的！在莫斯科，这种小烟盒能卖四个卢布，可我不要您一个子儿。’医生会笑着说：‘行啊，行啊……我心领了！只可惜你是个酒鬼……’我，老伴儿，知道怎么跟那些老爷们打交道，没有哪个老爷我不能跟他搭上几句的。只求上帝保佑，别迷路才好。瞧这暴风雪！迷得我的眼睛都睁不开了。”

车工唠唠叨叨个没完没了。他这下就像开了闸门的水，说起来收不住嘴，好减轻些痛苦的心事。他说的话不少，可脑袋里的想法和问题更多。一桩桩伤心事猛地向这车工袭来，令他措手不及，害得他此刻不知所措，定不下心来认真想一想。在此之前，他一直过着无忧无虑的生活，处于醉酒后那种迷迷糊糊的状态，既不知道伤心，也不知道欢乐，可是现在却突然感到心情十分痛苦。这个无忧无虑的懒汉和酒鬼不知不

① 格里什卡：格里戈里的小称。

觉中变成了另一个人，急得团团转，心事重重，急着赶路，甚至敢于跟暴风雪对着干了。

这车工记得，灾祸是从昨天傍晚开始的。昨晚他回到家里，照例又喝得烂醉如泥，照例又骂骂咧咧，挥拳打人。老太婆瞧了一眼自己的老冤家，那眼神是前所未见的。往日，她那双老眼里布满了痛苦和顺从，就像那些经常挨打、吃不饱肚子的狗，可现在她的眼神严厉而呆滞，像圣像上的圣徒或者快要咽气的人。哀伤就是从这双奇怪的、不祥的眼睛开始的。车工惊呆了，赶紧向邻居借了一匹老马，立即把老太婆往医院送，一心指望巴维尔·伊凡内奇能用些药粉或者油膏让老太婆的眼神变回去。

“你呀，玛特廖娜，那个……”他低声嘟哝道，“要是巴维尔·伊凡内奇问起我揍不揍你，你就说：‘从来不揍！’往后我再也不揍你了。我凭十字架向上帝起誓！再说，难道我是生性狠毒才揍你？揍了没丁点儿好处。我心疼着你哩。换了别人就不会这么伤心，可我现在急着送你去看病……我尽力了。这风雪，这风雪！上帝啊，你爱怎么干都可以！只求你别让我们迷路……怎么，腰痛？玛特廖娜，你怎么老不吭声？我问你呢：腰痛吗？”

他感到奇怪，老太婆脸上的雪怎么老也不化。奇怪，那张脸不知怎么显得特别干瘪，灰白里透着蜡黄，因而显得神情严厉而呆滞。

“唉，蠢婆娘！”车工嘟哝道，“我是凭良心对你，上帝作证……可是你，那个……咳，真是蠢婆娘！再这样，我索性不把你送医院让巴维尔·伊凡内奇来治了！”

车工放下缰绳，犹豫起来。他不敢回头看一眼老太婆：他害怕！问她什么，她不答应，同样叫人害怕。最后，为了探个明白，他没有回头，只是去摸她的手。手冰冷，拉起后又像鞭子一样落了下去。

“这么说她死了。糟了！”

车工哭了。他不只可怜老太婆，更感到沮丧。他心想：世上的事变得真快！他的伤心事刚开始，怎么就到头了？他还没来得及跟老太婆好好过日子，对她表表心意，疼她，怎么她就死了？他跟她一起生活了四十年，这四十年就像在烟里雾里糊里糊涂一晃就过去了。酗酒、打架、受穷，没过上一天好日子。而且，像故意恼他似的，就在他醒悟到要疼爱老太婆、离了她就没法生活、他实在对不起她的时候，她却死了。

“是啊，她还去要过饭！”他回想往事，“是我亲自打发她去要饭的，多糟糕的事儿！她，蠢婆娘，再活上十来年就好了，要不，她还真的以为我是那种人哩。圣母娘娘，我这是往什么鬼地方赶呀？现在不用去看病了，该去下葬了。往回走！”

车工掉转马头，使劲抽马。道路变得越来越难走了。现在，连车轭都看不见了。雪橇有时撞到小云杉上，黑乎乎的东西擦伤他的手，又从眼前闪过。举目望去又变得白茫茫一片，风吹雪舞。

“再从头活一次就好了……”车工心想。

他回想起，四十年前的玛特廖娜是个年轻、漂亮、快活的姑娘，出身富贵人家。父母把女儿嫁给他，贪图他有好手艺。凭着那份嫁妆原本完全可以过上好日子，糟就糟在，婚礼后他喝得烂醉如泥，一头倒在暖炕上，从此就迷迷糊糊，好像直到这一刻都还没有清醒过来。婚礼他倒记得，可是婚礼之后出了什么事，哪怕要他的命，他也记不起来了，只知道成天不是酗酒，倒头睡觉，便是打架。四十年就这样过去了。

云团般的白雪渐渐变得灰暗起来。暮色渐浓。

“我这是往哪儿赶呀？”车工猛地醒悟过来，“该把她埋了，可我得去趟医院……我都变傻了！”

车工再次掉转雪橇，又抽起了马。老马鼓足全身的劲儿，喷着鼻子，开始小跑起来。车工接二连三抽它的背……身后响起撞击声，他哪怕不回头，也知道是死去的老太婆的脑袋撞着雪橇。天色变得越来越暗，风越刮越冷，越来越刺骨……

“再从头活一次就好了……”车工心想，“我要添置一套新工具，接下活儿……挣来的钱全交给老太婆……该这么办！”

后来他居然把缰绳弄丢了。他寻找起来，想把缰绳捡起来，却怎么也不行。他的手活动不了了……

“算了……”他心想，“让马自个儿走吧，它反正认得路。这会儿得睡会儿……葬礼前，安魂祭前，得躺会儿。”

车工闭上眼睛，打起盹来。不久他听到马站住不走了。他睁眼一看，自己面前有一团黑乎乎的东西，像是小木屋，又像大草垛……

他真想从雪橇上爬下来，看看是怎么回事，可是全身软绵绵的，即使冻死，也懒得动弹了……于是他安静地睡着了。

他醒过来，发现躺在一间四壁油漆过的大房间里。窗外射进明亮的阳光。车工看到床前有许多人，首先他想做的事就是要让人看到自己是个明事理的规矩人。

“请来参加老太婆的安魂祭，乡亲们!”他说，“还要告诉东家一声……”

“唉，得了，得了！你躺着!”有人打断他。

“天哪！巴维尔·伊凡内奇!”车工看到身边的医生吃惊地说，“老爷！恩人!”

他想跳下床，扑通一声给医生跪下，但感到手脚都不听使唤。

“老爷！我的腿在哪儿？胳膊呢？”

“你跟胳膊和腿说声再见吧……都冻坏了！唉，唉，你哭什么，你已经活了一辈子，谢天谢地吧！恐怕活了六十年了吧——你也活够了!”

“伤心哪，老爷，我好伤心哪！请您开恩原谅我！要再活上五六年就谢天谢地了……”

“为什么？”

“马是借来的，得还人家……要给老太婆下葬……这世上的事怎么变得那么快！老爷！巴维尔·伊凡内奇！我给您做个顶好顶好的卡累利阿桦木烟盒，再车个槌球……”

医生挥挥手，走出病房。车工算是活到头了。

（1885 年）

苦恼

我们的苦恼该向谁诉说……

暮色苍茫。大片大片湿雪在刚点亮的街灯四周懒洋洋地飘舞，落在房顶、马背、人的肩膀和帽子上，积成软软、薄薄的一层。车夫姚纳·波达波夫浑身雪白，活像个幽灵。他在车座上坐着，一动不动，身子前倾，伛到了活人的身子所能伛到的最大程度，哪怕往他身上倒上一大堆雪，他也会觉得没必要把身上的雪抖掉……他那匹小马也是一身素白，一动不动。它那呆滞的身子、那瘦骨嶙峋的身架、那棍子般僵直的腿，活像是花一个戈比就能买到的马形蜜糖饼干。这时它也许在想心思。不论是谁，只要硬要它离开犁头，离开熟悉的灰色田野，硬被抛到这地方来，抛到这个光怪陆离、喧嚣声不绝于耳、行人熙熙攘攘的旋涡中来，怎么不叫它心事重重呢……姚纳和他的瘦马停在那儿一动不动已经很久了。他俩还在午饭以前就从大车店里出来，至今还没拉到一趟生意。可是现在全城已经暮色很浓了。街灯黯淡的光已经变得明亮活跃，街上也变得热闹起来了。

“赶车的，维堡区。走！”姚纳听见有人喊道，“赶车的！”

姚纳身子一阵哆嗦，透过粘着雪花的睫毛望出去，看见一个穿着带风帽的军大衣的军爷。

“维堡区！”那军爷又喊了一声，“你睡着了还是怎么的？维堡区！”

姚纳抖动一下缰绳表示听到了，随之马背上和他肩膀上便有大片大片的雪掉落了下来……那个军爷坐上了雪橇。车夫咂吧着嘴唇，接着天鹅似的伸长了脖子，微微欠起身子，挥了挥鞭子，他的这一动作倒不是出于必要，而是习惯使然。那匹瘦马也伸长脖子，弯起它那棍子般的腿，迟疑地迈开了步子……

“你这是往哪儿瞎闯，鬼东西！”姚纳立刻听见前后来去的黑影当中有人喊道，“你这鬼东西，倒是往哪里瞎闯？靠右走！”

“你就不会赶车吗！靠右走！”军爷凶巴巴地说。

一个赶轿式马车的车夫破口大骂。一个行人恶狠狠地瞪他一眼，抖掉自己衣袖上的雪。他刚跑过马路，肩膀撞在那匹瘦马的脸上。姚纳在车座上如坐针毡，显得局促不安，胳膊肘往外撑开，转动眼珠子，恶鬼附身似的，仿佛不知道自己到底待在什么地方，为什么待在那儿似的。

“他们全是混账家伙！”那个军人打趣地说，“是故意来撞你，或者故意要扑到马蹄底下去。他们都是互相串通好的。”

姚纳回过头去打量了一眼乘客，努了努嘴唇……他分明想要说话，可喉咙里吐不出一个字来，只发出咝咝的声音。

“什么？”军爷问。

姚纳撇着嘴苦笑一下，费劲动了动嗓子眼，这才发出沙哑的声响：“老爷，那个，我的儿子……这个星期死了。”

“是吗……他是患什么病死的？”

姚纳转过整个身子，对乘客说：

“谁知道呢，多半是得了热病吧……在医院里躺了三天就死了……上帝的旨意。”

“拐弯啊，魔鬼！”黑暗中有人喊道，“你瞎了眼还是怎么的，老狗！用眼睛瞧着！”

“走吧，走吧……”乘客说，“照这样下去，明天也到不了。快走！”

车夫就又伸长脖子，欠了欠身子，重重而漂亮地挥动鞭子。后来他有好几次回过头去看乘客，可是对方却闭着眼睛，分明不愿意再听了。到了维堡区，他把雪橇停在一家饭馆门前，自己坐在座位上弯下腰，又一动不动了……湿雪又把他和他的瘦马落得满身是白。一个钟头过去，又一个钟头过去……

人行道上有三个年轻人路过，把套靴踩得很响，互相咒骂，其中两个人又高又瘦，第三个矮小，驼着背。

“赶车的，上警察桥！”那个驼子用破锣般的声音说，“三个人……给二十戈比！”

姚纳抖动缰绳，吧嗒着嘴唇。二十戈比，这价钱不公道，可他顾不上讲价了……一个卢布也罢，五戈比也罢，如今他都不在乎，只要有人坐车就行……那几个青年人推推搡搡，骂声不绝，来到雪橇跟前，三个人一齐抢着要坐上座位。问题来了：只有两个座位，哪一个得站着呢？经过长时间的咒骂、争执、指责以后，问题总算解决：站着的应该是驼子，因为他最矮。

“好，走吧！”驼子答应下来，用破锣般的嗓音说，对着姚纳的后脑壳直喷热气。

“快跑！嘿，老兄，瞧瞧你的这顶破帽子！全彼得堡也找不出比这更糟的了……”

“嘻嘻，……嘻嘻……”姚纳笑着说，“凑合着戴吧……”

“喂，你少废话，赶车！莫非你这一路就这样磨蹭下去？是吗？想吃我的脖儿拐吗……”

“我的脑袋痛得要炸开了……”其中一个高个子说，“昨天在杜克玛索夫家里，我跟瓦斯卡一块儿喝了四瓶白兰地。”

“我不明白，你干吗撒谎？”另一个高个子生气地说，“他就像畜生，开口就撒谎。”

“要是我说了假话，就叫上帝惩罚我！我说的全是实情……”

“要说实情，虱子能咳嗽也是实情了。”

“嘻嘻！”姚纳笑道，“这些老爷真叫快活！”

“呸，见鬼……”驼子愤然道，“你到底赶不赶车，老不死？就这样赶车？你抽它一鞭子！唷，魔鬼！唷！使劲抽它！”

姚纳感到背后的驼子在扭动身子，发出颤抖的声音。他听见骂他的话，看到这几个人，孤单的感觉就逐渐从他的胸中消解些了。驼子不住地骂骂咧咧，骂尽了天底下一些稀奇古怪的脏话，直骂得透不过气来，咳嗽不已才罢休。那两个高个子讲起一个叫娜杰日达·彼得罗芙娜的女人。姚纳禁不住回过头去看了看他们。正好他们的谈话短暂地停顿一下，他再次回过头去，嘟嘟哝哝说：“我的……那个……我的儿子这星期死了！”

“大家都要死……”驼子咳了一声，擦擦嘴唇，叹了口气，说，“得了，你赶车吧，你赶车吧！诸位先生，照这样的走法我再也受不了啦！他什么时候才会把我们拉到呢？”

“那你就给他使点劲……赏他一个脖儿拐！”

“老不死，你听见没有？我可要赏你脖儿拐了……跟你们这班人讲客气，那还不如索性走路的好……你听见没有，老滑头？我们的话你压根就没听进去？”

倒不是姚纳感觉到，而只是听到自己的后脑勺上响起“啪”的一声。

“嘻嘻……”他笑了起来，“这些个快活的老爷……愿上帝保佑你们！”

“赶车的，你有老婆吗？”高个子问。

“我吗？嘻嘻……这些快活的老爷！我的老婆现在成了一堆烂泥了……哈哈哈……待在坟墓里……现在我的儿子也死了，可我还活着……你说怪不怪，死神认错门了……它该来找我，却找了我的儿子……”

姚纳回转身，想讲一讲他儿子是怎样死的，不料驼子轻轻地呼出一口气，说，谢天谢地，他们终于到了。姚纳收下二十戈比车钱，久久地看着那几个游荡的人的背影，只见他们走进一个黑暗的大门，不见了。他又落到了孤身一人的境地，寂静再次向他袭来……刚忘却的苦恼，如今重又出现，更有力地撕扯他的胸膛。姚纳的眼睛不安而痛苦地打量街道两旁川流不息的人群：在这成千上万的人当中有没有一个人愿意听他倾诉？然而人群来去匆匆，谁都没有注意到他，对他的苦恼更是不闻不问……苦恼无边无涯。如果姚纳的胸膛裂开，那种苦恼滚滚地涌出来，那它就会淹没全天下，可话虽如此，它却是人们看不见的。这种苦恼就藏在一个狭小的躯壳里，即使白天打着火把也见不到……

姚纳瞧见一个扫院子的仆人拿着一个小蒲包，就决定跟他攀谈一下。

“老哥，现在几点钟了？”他问。

“九点多……你停在这儿干什么？把你的雪橇拉走！”

姚纳把雪橇赶到几步开外的地方，弯下腰，听凭苦恼来折磨他……他觉得现在向别人诉说苦恼已无济于事了……可是过不了五分钟，他就挺直身子，晃着脑袋，仿佛感到一阵剧烈的疼痛似的。他拉了拉缰绳……他实在难以忍受下去了。

“回大车店，”他想，“回大车店！”

那匹瘦马仿佛领会了他的想法，小跑了起来。大约过了一个半钟头，姚纳已经坐在一个肮脏的大火炉旁。炉台上、地板上、长凳上，处处响起人们的呼噜声。空气又臭又闷……姚纳瞧着那些睡熟的人，搔了搔自己的身子，后悔不该这么早就收工……

“连买燕麦的钱都没挣到，”他想，“这就是我的苦恼所在。一个人要是管好自己的事……让自己吃得饱饱的，马也喂得饱饱的，那他就永远没什么可操心的了……”

角落里有一个年轻的车夫站起来，睡意蒙眬中清了清嗓子，往水桶那边走去。

“你是想喝水吧？”姚纳问。

“可不是，想喝水！”

“那就喝个痛快吧……我呢，老弟，我的儿子死了……你听到我说的话吗？这个星期在医院里死掉的……竟有这样的事！”

姚纳看一下人家听了他的话有什么反应，可是没丁点反应。那个青年人连头盖脑蒙上被子，睡了。老人连连叹气，搔着身子……就像那个青年人渴了要喝水，他渴望说说话儿。他的儿子去世快满一个星期了，可他还没好好跟人谈过这事……得找人详详细细把这事的前后经过好好说说才是……应当讲一讲他的儿子怎样生病，受些什么痛苦，临终说过什么话，怎样死掉……应当描摹一下怎样下葬，后来他怎样到医院里去取死人的衣服。他乡下还有个女儿阿尼霞……关于她也得讲一讲……是啊，他现在有一肚皮话要说。人家听了该连连惊叫、叹息、掉泪……要是能跟娘们儿谈一谈，那就更好。她们虽然都很傻，可是听不上两句就会号啕大哭起来的。

“去看一看马吧，”姚纳想，“睡觉的时间有的是……不用担心，总能睡够的。”

他穿上衣服，来到马厩，他的马就在那儿。他想起燕麦、草料、天气……关于他的儿子，他独自一人的时候是不能想的……跟别人谈一谈倒还可以，至于想念他，为自己描摹他的模样，那太可怕……

“你在吃草吗？”姚纳看见了马的眼睛闪闪发亮，便问，“好，吃吧，吃吧……既然没挣到买燕麦的钱，草料还是有的……是呀……我老了，不能赶车了……该由我的儿子来赶车才对，我不行了……他可是个地道的车把式……只要他活着就好了。……”

姚纳沉默了一会儿后，接着说：

“就是这样嘛，伙计，我的小母马……库兹玛·姚内奇不在了……过世了……无缘无故死了……比方说，你现在有个小驹子，你就是这个小驹子的亲娘……忽然，比方说，这个小驹子过世了……你不是要伤心吗？”

那匹瘦马嚼着草料，听着，向它主人的手上呵气。

姚纳讲得入了迷，就把他心里的话统统对它讲了……

（1886 年）

噩　梦

农业机关常务委员库宁是位三十来岁的年轻人，从彼得堡回到自己的庄园波利索沃后，做的第一件事就是打发人骑马去请辛科沃村的当地教士雅科夫·斯米尔诺夫。

过了约莫五小时，雅科夫来了。

“幸会，幸会！”库宁在前厅迎候他，说，“我在这儿已生活并服务了一年了，现在你我该认识认识了。见了您不胜荣幸！可……想不到您竟这般年轻！”库宁惊叹道，“请问贵庚？”

“二十八，先生……”雅科夫教士说，轻轻握住对方伸过来的手，脸无端红了起来。

库宁领着来客进了书房，打量起他来。

“好一副粗俗的脸，活像是村妇的脸。”他暗自思忖道。

千真万确，雅科夫那张脸带有不少“女人气”。翘鼻子、通红的脸颊、蓝灰色的大眼睛，外加稀稀拉拉几乎看不见的眉毛、红棕色的干枯长发梳得顺直，像根根棍子，散落在双肩上，唇髭刚长不久，凑合着蓄成真正男子汉的唇髭，他那胡子在宗教学校的学生口中不知为什么叫“搔痒棍”：稀稀拉拉，皮肉尽露，用手去理，用梳子去梳也是多此一举。莫非还是拔了爽快……这几根少得可怜的玩意儿，不平不整，便成了一小团乱麻，有如这是雅科夫一心要乔装成教士，硬把胡子粘上去，半道上被人扯去了一截。他身上穿的法衣，是那种掺了菊苣的淡咖啡色，两个胳膊肘还有大块补丁。

“怪人一个……”库宁眼望着他那溅满泥浆的衣襟，心想，“头一次来做客，居然想不到穿得体面些……”

“请坐，神甫，”他说得有些不客气，显得有几分怠慢，说着把圈椅推到了桌前，“坐吧，您请！”

雅科夫教士手抱拳，对着双拳咳嗽了一声，不自在地挨着椅沿坐了下去，双手放到了膝盖上。这位身材矮小、胸窄小、脸上热汗淋漓、面色通红的人儿一开始就给库宁留下了极不好的印象。此前库宁绝没有想到在俄罗斯竟存在面貌这等猥琐而可怜的教士，而从雅科夫的举止、手掌放在膝盖上的姿势，以及端坐在椅沿上的动作看来，他更显得缺乏尊严，甚至透出奴颜婢膝的气息。

“我呢，神甫，请您来有事相商，”库宁身子往椅背上一靠，说了起来，“有幸负有一件令人愉快的责任，帮助您完成一项有益的事业……那就是，我从彼得堡回来后，在桌子上看到了一封首席贵族写来的信，叶果尔·德米特里耶维奇说到你们辛科沃村要办一所教区学校，他建议我担当起照管该学校的重任。神甫，我很高兴，愿全身心投入……竭尽全力。对这一建议我欣喜异常。”

库宁说罢，在书房里踱起步来。

“您与叶果尔·德米特里耶维奇当然都知道，我并没有那么多的钱。我的庄园已抵押出去了，我的生活来源全靠做常务委员的那点薪金。所以您不能对我寄予太大的希望，不过我还是会尽力而为的……神甫，你认为学校应该什么时候开学？”

“等到有了钱……”雅科夫教士答道。

“现在您有多少钱了？”

“几乎没一分钱。村会上已做出了决定，每个男丁每年交三十戈比，可他们只是口头上说说，单第一批设备至少得两百卢布……”

“哦，不错……遗憾的是我手头没这笔钱……”库宁叹了口气，“我这一趟外出钱全花光了……甚至还举了债。我们一起想想别的法子吧。”

库宁嘴里念念有词，动起了脑子。他说出了自己的设想，眼盯着雅科夫教士的脸，看他是不是赞同自己的想法。可对方的脸上一片空白，除一脸的腼腆和不安外，毫无别的反应。一看叫人不由以为，库宁说的是神乎其神的事儿，雅科夫教士听了不得要领——他听，只是出于礼貌，同时又担心对方会看穿他什么也听不进去似的。

“显然，这小个子不是个脑子灵的人……”库宁心想，“胆子出奇的小，呆笨得可以。”

只有到了仆人端进托盘来，上面放着两杯茶和一盘小甜面包，雅科夫教士才显出几分生趣，脸上现出些许笑意。他拿过给自己的那杯茶，立即喝了起来。

“我们要不要给主教大人写封信？”库宁大声说出了自己的想法，“说实话，提出开办教区学校的主意不是地方自治局，也不是你我，而是教会当局。他们应该切实地指出资金来源才是。我记得，在哪里见到过已为这笔开支拨出过一笔经费了。你是不是已有所闻？”

雅科夫教士专心喝着茶，没有立即做出回答。他只是抬起头，一双蓝灰色的眼睛打量库宁，想了想，像是突然想起了对方的问话，摇了摇头，以示不知道。他那张难看的脸上从一只耳朵到另一只耳朵满脸现出的是心满意足的表情，一种低俗、贪吃的神情。他喝着茶，口口都喝得有滋有味，每杯都喝得点滴不剩，最后把杯子放到桌子上，又拿了起来，朝杯底看了看，又放回去。脸上的满足感便随之消失……接着库宁看到客人从盘子上拿过一只甜面包，吃了一口，把剩下的拿在手里翻来覆去转了转后，迅速塞进了自己的口袋里。

“嘿，作为一名教士，这也太不合体统！”库宁心想，轻蔑地耸耸肩，“这算什么呢，是教士的贪心，还是孩子气的表现？”

库宁又让客人喝了一杯茶，然后送他去了前厅，自己躺倒在沙发上，对雅科夫的来访感到十分不快。

“多古怪，多不礼貌的一个家伙！”库宁想，“肮脏、邋遢、粗鲁、愚蠢，也许还是个醉鬼……我的天，竟是这么一个神职人员，这么一个精神之父！这么一个百姓的教师！可以想象，每次祈祷前，助祭冲着他喊‘祝福吧，人间的主宰！’时，他的声音里含有几多讽刺的意味。好一个人间的主宰！这样的主宰，没一丝一毫尊严，没半点教养，像个小学生，竟把面包塞进自己的口袋……呸！天哪，主教在选取这样的人担任教职时，他的眼睛哪里去了？他们把这样的人派来做教师，他们把百姓看成什么人了？这里需要的竟是这样的人……”

于是库宁又想到了，俄国的教士该是什么样的人……

“譬如说，让我来当神甫……凡是有教养、热爱自己事业的人必大有作为……要是我，早就开办起学校了。布道词呢？如果是名真诚的神甫，心怀对事业的爱心，他就会宣讲出鼓舞人心、美妙而动听的布道词！”

于是库宁闭上眼睛，默默地编起了布道词。不多久，他就在桌前坐了下来，奋笔疾书。

“送给这红头发的家伙，让他在教堂里宣读……”他心想。

很快就是星期天，一早，库宁坐车去了辛科沃村商谈办学校的事，顺道看了看那里的教堂。他是该教区的教民。尽管道路泥泞不堪，倒是天高气爽，阳光明媚，照得这一带的皑皑白雪亮晶晶的，白雪在与大地作别时，像颗颗钻石，发出耀眼的光芒。白雪旁冬小麦的幼苗茁壮成长，绿油油的，白嘴鸦在上空庄严翱翔。一只白嘴鸦落到了地上，蹦跳了几下，才站稳了脚跟。

库宁到了木造的教堂前，只见灰色的教堂已经破败，教堂的门廊原涂过白漆，现已全都剥落，看上去像是两根难看的车杠，门口上方的圣像，现在成了模糊不清的黑点。这一贫困的景象深深触动了库宁的心，让他不禁生出怜惜之情。他垂下眼睛，进了教堂，在门口停下了脚步。祈祷刚刚开始，老态龙钟的诵经士弓着背，用一种低沉而含糊的男高音诵读祷词。雅科夫教士，没有助祭协助，独自一人主持祈祷，手摇提炉，在教堂里来回巡视。要不是库宁走进这贫穷潦倒的教堂时怀着谦卑的心情，一见雅科夫教士他会对他微微一笑的，他面前站着的矮小的雅科夫穿着件皱巴巴、特别长的旧黄布法衣，下摆拖到了地面。库宁一见这些教民起初吃惊不小：眼见到的一色是老人和小孩……有劳力的大人哪里去了？青年和壮年人哪里去了？但站了一会，细看那些老年人的脸后，原来他把一些年轻人也当成了老人了。不过他对自己这看错人的小小失误并没太放在心上。

教堂内也和外面一样，一片灰色，一副破败相。圣幛和深棕色的墙上没有一处不是因年深日久被烟火熏得黑乎乎的，处处斑斑驳驳。窗子倒有不少，可全是灰蒙蒙的，所以教堂里笼罩着一片昏暗。

“这儿倒是灵魂纯洁之人祈祷的好地方……”库宁心想，“如果说罗马的圣彼得教堂以其雄伟宏大而令人赞叹，那此处则以其谦卑和简朴使人倾倒。”

但是雅科夫教士一步上圣坛，开始祈祷，库宁那虔诚的心情便一扫而光了。雅科夫教士年纪轻轻，宗教学校一出来就直接到这里来做司祭，没有形成做礼拜的一套固定模式。他读经文的时候，仿佛还在选择什么样的嗓音合适：是响亮的男高音，还是低沉的男低音？他跪拜的姿势不正规，走起路来急匆匆的，开关圣幛的中门用力过猛……一看就知道，诵经士年老多病，又是个聋子，司祭对他说什么，也听不清，因而老发生些小误会。没等雅科夫把该念的祷词念完，他就张嘴唱了起来，要么就是雅科夫教士早已祈祷毕，老诵经士还是竖起耳朵对着圣坛，听着，就是不张嘴。待别人扯了扯他的衣襟，他才唱起来。老诵经士的嗓音苍老沙哑、病态，上气不接下气，颤颤巍巍，模糊不清……他的声音原已没腔没调，偏叫一个个脑袋刚到唱诗席的小男孩给他帮腔，那孩子扯起喉咙发出刺耳的高亢童音，有意与他作对似的，两个声音极不协调。库宁立了片刻，听了听，便到外面抽烟去了。他大失所望，厌恶地打量着这灰色的教堂。

“人们都说民众的宗教感情失落了……”他叹了口气，“这也不足为奇！这样的神职人员，但愿他们派更多的来这里才好!”

此后库宁两三次进出教堂，每次进去心头憋得慌，急着跑出来透透气。终于等到了祈祷结束，他径直去了雅科夫教士家。神甫的房子内部与普通的农舍大同小异，不同的是屋顶铺的干草整齐些，窗上挂着白窗帘。雅科夫教士领着库宁进了一个明亮的小房间，是泥地，没铺地板，四壁糊着廉价的壁纸。虽说房主人也追求尽量把房间布置得漂亮些，譬如说，墙上挂些装在框子里的照片、一只时钟，一把剪刀当成了这钟的钟摆，但整个陈设毕竟显得过于简陋。一看家具，人家还以为这些都是雅科夫教士挨家挨户搜罗来的：有人给了他一张缺了一条腿的圆桌，另一家人送他一条板凳，那张椅背向后弯曲得很厉害的椅子则是第三家人给的，第四家人送的椅子椅背虽是直的，可坐的地方已凹下去了，第五家人大方地给了他一张类似沙发的玩意儿，背是平的，坐的地方满是窟窿，活像只筛子。这宝贝疙瘩被漆成了深红色，油漆味刺鼻。库宁原想坐到椅子上，转念一想还是坐到板凳上牢靠。

“您这是第一次来我们教堂吧？”雅科夫教士说着，把自己的帽子挂到了歪歪扭扭的钉子上。

“是初次登门。是这么一回事，神甫……谈正事前，能不能赏我一杯茶，要不我整个灵魂都渴干了。”

雅科夫教士眨巴起了眼睛，咳了一声，去了隔板后面，接着响起了窃窃细语声。

“大概是跟妻子说话……”库宁想，“我倒想看看这个红头发的神甫有个什么样的太太……”

不一会，雅科夫教士从隔板后出来，红着脸，大汗淋漓，勉强挤出点笑容，在库宁对面挨着沙发沿坐了下来。

“这就生上茶炊。”他说着，眼不望客人。

“老天爷，他们到现在还没生茶炊！”库宁大吃一惊，暗自思忖，“没奈何，只好等了！”

“我给您带来一篇信稿，”他说，“是我写给主教的。喝了茶后我来念念……也许您可以作些补充……”

“好的，先生。”

一阵沉默。雅科夫教士不时战战兢兢偷眼看了看隔板，理理头发，擤擤鼻子。

“这天气还真不错，先生。”他说。

“是不错。不过我感兴趣的是昨天我读到过的一则消息……沃尔斯克地方自治局通过了一项决议，要把自己所管辖的所有学校都交教会管理。这挺有其特色。”

库宁说罢站起身，在泥地上踱起了步，说了自己的一些设想。

“这倒没什么，”他说，“只要教会的人能认清自己所负的高尚使命，清楚理解自己的责任就好办了。令我遗憾的是，我知道有些神职人员，其知识水平和道德品质连在军队里当个文书也不配，遑论做教士了。我想您会同意的：一个不称职的教师给学校带来的损害远不及不称职的教士大。”

库宁打量了一眼雅科夫教士，只见他弓着背，在苦思冥想，显然没听客人说话。

“雅沙！你过来！”只听隔板后面传来女人的声音。

雅科夫教士身子哆嗦了一下，到隔板后面去了。接着又响起了窃窃私语声。

库宁急着要喝茶，难受极了。

“不行，这茶是没指望喝到了！”他看了看钟，心想，“看来，我成了不受欢迎的人了。主人金口难开，一言不发，只是呆坐着眨巴眼睛。”

库宁拿来帽子，等雅科夫教士一来，就告辞了。

“这一个上午算是白白糟蹋了，”回去的路上库宁懊恼地想道，“他是根木头！一个树桩！他对学校毫无兴趣，无异于我对去年的雪一样漠不关心。不行，我不能跟着他胡混了！跟他一起将一事无成！一旦被首席贵族知道，这儿的教士是这等货色，他就不会在为学校的事操心了。先得物色个好教士，然后再张罗学校的事！”

现在库宁简直恨死了雅科夫教士了。这个人，他那可怜而可笑的身材，皱巴巴的法衣，女人的脸孔，做祷告的模样，他过的那生活，官场上那种畏首畏尾、毕恭毕敬的态度，无疑亵渎了库宁胸中仅存的那点儿宗教感情，这种感情跟他吃奶时听到的童话一起悄悄地遗存至今的。他对他人事业的一片热心和真诚，却遇到这般冷淡和漠然的对待，是他的自尊心所万万不能容忍的。

当天晚上，库宁在房间里来回踱步，苦苦思索，最后毅然决然在桌前坐了下来，给主教写了封信。他请求拨款，祈求祝福，同时真诚地，像儿子那样，恳切地陈述了自己对辛科沃村教士的看法。“他年轻，”他写道，“缺乏足够的教养，看来还贪杯，这样的人不符合俄罗斯民众世世代代对教士所提出的要求。”写完信，库宁深深松了口气，满以为自己做了件大好事，心满意足地睡了。

星期一早晨，库宁还躺在床上，下人通报说雅科夫教士来访。他很不愿起床，便吩咐回说他不在家。星期二他出席调解法官会审法庭，星期六才回来。后来从下人处听说，那些天雅科夫教士天天都来找他。

“他可真的喜欢上我的那些小甜面包了！”库宁心想。

星期天，快到傍晚时分，雅科夫教士又来了。这次不但是他的衣襟，连帽子也沾上了污泥。像上次一样，他也是脸孔通红，满身是汗。同样挨着椅沿坐下去，库宁决心不提学校的事，不再对牛弹琴。

“巴威尔·米哈伊洛维奇，我给您带来了一份教科书的单子……”雅科夫教士先开了口。

“谢谢。”

从种种迹象看来，雅科夫教士不是为这单子而来的。他的整个神情显得很不安。但与此同时，脸上又显出果断的神色，像一个人灵机一动，突然想出了一个什么主意来。他急着要说出一件重大的、极其必要的事件，眼下正鼓起勇气，克服胆怯。

“他干吗一言不发？”库宁恼了，“瞧他若无其事地坐着，我可没时间跟他耗下去。”

神甫费劲地想打破这相对无言的尴尬局面，掩盖内心的挣扎，勉强挤了点笑容出来，这一笑害得他涨红了脸、直冒汗，与他那蓝灰色的眼睛和呆滞的目光形成了鲜明的对照。库宁实在看不下去，便转过了身子，感到可恶至极。

“很抱歉，神甫，我得外出了……”他说。

雅科夫教士一听，身子哆嗦了一下，像个梦中人挨了人家一棍子，可他还继续笑着，慌慌张张动手掩好自己的衣襟。库宁见了只觉得这人既可恶，又可怜，想变变自己生硬的态度。

“神甫，请下次再来吧……”他说，“不过分别前我要对您提出一个请求……是这么回事，我心血来潮，写了两份布道词……这就让您看看……合适的话，请读读。”

“好的，先生……”雅科夫教士说着，伸出手，手心盖住了桌子上库宁写的布道词，“我收下，先生……”

他立了片刻，犹豫了一阵，把衣襟裹得更紧，忽然收起了脸上硬挤出来的笑容，果断地抬起了头。

“巴威尔·米哈伊洛维奇，”他说，看得出来，他竭力想要把话说得响些，清楚些。

“请问什么事？”

“我听说，您打算……辞退自己的文书……现在正要物色新的……”

“是的……那么您是不是要向我推荐什么人吗？”

“我，知道吗，我，这个，您能不能把这个职位提供给……我？”

“莫非您要辞掉神职吗？”库宁惊讶之余，问道。

“不，不。”雅科夫教士立即答道，不知为什么，他的脸色发白，浑身哆嗦了起来，“求上帝保佑！如果您怀疑我有这想法，那就不必了，不必了。我这只是想抽出点时间……好增加点收入……不必了，不麻烦您了！”

“哼……收入……可我每月给文书的钱只有区区二十卢布！”

“天哪，只要十卢布我就求之不得了！”教士喃喃道，还回头看了一眼，“十卢布我就心满意足了！您……觉得挺奇怪吧，谁听了都觉得奇怪。会说一个多贪心的教士，多爱财的教士——他的钱都用在哪里了？我自己也觉得是贪心……责备起了自己，怪罪起了自己……愧对众人……我对您，巴威尔·米哈伊洛维奇，说句良心话，请正直的上帝为我作证……”

雅科夫教士喘了口气，接着说了下去。

“在来这里的路上，我已想好了一大段要向您表明心迹的话，可……现在全忘了，不知该说些什么了。我每年都有一百五十卢布的收入。大家都奇怪这些钱我都花在哪里了……我凭良心向您解释……每年我都要为我弟弟彼得交给宗教学校四十卢布。他在学校里一切都是免费的，可笔墨纸张得由我……”

“哦，我信，我信！可您为什么要说这些呢？”库宁听了客人说了这些坦露心迹的话，只觉得心情沉重，不敢正视对方那饱含泪水的目光，只是挥挥手，说。

“还有，先生，我要为自己这个教职向正教管区监督局交一笔款项，至今还没还清。按规定，我得为该职位交纳两百卢布，即每月交十卢布……请细想，我还剩下多少？此外我每月还得向阿夫拉阿米神甫至少付十卢布！”

“哪个阿夫拉阿米神甫？”

“就是辛科沃村我的前任阿夫拉阿米神甫。他之所以失去该职位是因为……体弱多病。可他现在还住在辛科沃村！你叫他怎么办？谁来养活他？他年纪大了，但还得有地方住，有吃、穿、用吧！我容不下眼看着他沿街乞讨！那样我的罪孽可就大了！我的罪孽可就大了！他……已债台高筑，我没替他还清债务，也是我的罪过。”

雅科夫教士猛地站了起来，呆呆地眼望着地面，在房里来回快步走了起来。

“天哪，天哪！”他时而举起手，时而放下，喃喃道，“救救我们，发发慈悲吧！如果你无能为力，信仰不坚定，何必来担任这一教职？我绝望之极！圣母，救救我吧！”

“别激动，神甫！”库宁说。

“饥饿难当呀，巴威尔·米哈伊洛维奇，”雅科夫教士接着说道，“请多多包涵，我已到了山穷水尽了……我知道，只要我求人，愿叩头哈腰，人人都会帮助我的，可我……做不到！我怕丢脸！我怎么能向庄稼人求助呢？您在此地供职，您是看见的……谁会伸手向乞丐求助？向有钱人告助吗？我做不到向地主告助！我有自尊心！有廉耻！”

雅科夫教士挥挥手，双手焦急不安地搔搔头。

“廉耻！天哪，我有廉耻！我自尊，不愿让别人看到我潦倒。您来我家做客时，我们没一片茶叶，巴威尔·米哈伊洛维奇，丝毫没有！可自尊心逼得我不愿对您说出实情！我为自己的一身衣服，为这些补丁而害臊……为自己的法衣、为挨饿而害臊……那么教士的自尊心正当吗？”

雅科夫教士到了书房中央，停了下来，像是库宁不在身边似的，径自说了下去。

“就算我忍受得了饥饿和羞辱，天哪，殊不知，我还有妻子！知道吗，她可是好人家出身的！她有一双白净的手，那么温柔，习惯于喝茶，吃白面包，睡床单……她在娘家弹钢琴……年纪轻轻，还不到二十岁……也许她喜欢梳妆打扮，爱撒娇，坐着车串门拜客……可到了我这里，还不如厨娘，没脸上街见人。我的天哪，我的天哪！她唯一的乐趣就是每当我去做客，带回去一只苹果或小甜面包之类的东西……”

雅科夫教士又搔起了头。

“结果我与她之间已没有了爱，剩下的只有同情……我一见她就生出怜悯之心！天哪，这叫什么世道？这些事，即使登在报上，人们还不相信呢……这世道什么时候才到头？”

“别说了，神甫！”库宁被他说话的口气惊呆了，几乎是喊了起来，“您为什么把生活看得这等阴暗？”

“请多包涵，巴威尔·米哈伊洛维奇，”雅科夫教士像是喝醉了，嘟哝道，“请多包涵……这些无非是空话，请不要在意……我只是在自责，我还要自责……还要自责！”

雅科夫教士回头看了一眼，低声说了起来：

“有天一大早，我从辛科沃到卢契科沃村去。我一眼就看见河岸上立着一个女人，不知在干什么……我走近一看，惊得简直不相信自己的眼睛了。太可怕了！伊凡·谢尔盖伊奇大夫的妻子坐在那儿洗衣服……大夫的妻子，可是贵族女子中学毕业的！为了免得被人看见，早早起来，跑到离村一俄里外的地方洗衣服……是自尊心在作怪！她一见我来到她身边，见到她那穷酸相，脸孔通红通红起来……我心慌意乱，害怕极了，赶紧跑到她跟前，想帮帮她，可她把要洗的衣服藏了起来，生怕我见到她那些破破烂烂的衬衣……”

“听来简直叫人不可置信……”库宁说罢坐了下去，几乎是恐惧地打量着雅科夫教士的脸。

“确实难以置信！巴威尔·米哈伊洛维奇，从来没有哪位大夫的妻子会到河边去洗衣服的！哪个国家也没有这样的事！我，作为这个教区的教民，又是教士，这样的事怎能容忍得下？可又能怎么办呢？怎么办呢？我自己都是让她丈夫看病而不付钱的呀！您说得对，这种事难以置信！连自己的眼睛都不相信了！知道吗，祈祷的时候，往圣坛外一看，就会看到自己的教众，饿着肚子的阿夫拉阿米和教士的妻子，我又想起了大夫的妻子，她那双被冷水冻得发紫的手——您相信吗，我就会忘了一切，发起了呆，像个傻瓜，茫然若失，直到教堂执事提醒我才回过神来……多可怕！”

雅科夫教士又走动起来。

“耶稣，我的主！”他挥起了双手，“神圣的圣徒们！我连祈祷也做不下去了……您跟我谈学校的事，我像个木偶，什么也听不进去，心里只想着吃的……甚至在圣堂上也是这样……您说，我这是怎么了？”雅科夫教士回过了神，说，“您得出门了。非常对不起，我只是随口说说……请原谅。”

库宁默默地握了握雅科夫教士的手，送他到了前厅，自己回到书房，站到了窗口。他看见雅科夫教士出了房子，把头上那顶褪了色的宽边帽子低低地压到了眼睛上，垂下头，像是因为自己方才向人说了心里话而感到害臊，悄悄地沿着大路离去。

“没看见他的马车在哪儿。”库宁想。

库宁一想到这几天教士都是徒步来找他的，很是过意不去，辛科沃村离他家有七八俄里之遥，路上泥泞不堪。接着库宁看到车夫安德列和一个小男孩巴拉蒙蹦蹦跳跳地过了几个水洼，溅得雅科夫教士一身是泥，两个人跑到他跟前，接受祝福。雅科夫教士取下帽子，慢声慢气地祝福了安德列，又给那小男孩祝福，摩挲那孩子的脑袋。

库宁用手擦了擦眼睛，离开窗子，模糊的眼睛把房间看了个遍，房间里似乎还回响着那战战兢兢、气喘吁吁的声音……他看了看桌子……幸好雅科夫教士匆忙间忘了拿走他写的布道词……库宁快步走过去，拿起布道词，撕了个粉碎，厌恶地丢到了桌子底下。

“我居然一无所知！”他翻身倒在沙发上，呻吟道，“我在这一带当了差不多一年的常务委员、荣誉调解员、学校理事会成员！简直成了瞎了眼的木偶，大少爷！尽快帮他一把！尽快！”

他的身子痛苦地翻来覆去，手压两鬓，紧张地思索起来。

“二十日我能领到两百卢布薪金……找个合理的借口送给他和大夫

的妻子一笔钱……这样无损他俩的自尊心。也帮帮阿夫拉阿米神甫……”

他扳起指头算起了钱，算着算着，不由得担起心来，原来他两百卢布仅够支付管家、仆役和送肉来的汉子……他不禁想起了还不算遥远的过去，那时他还只有二十岁，糊里糊涂挥霍掉了父亲的产业。给妓女送昂贵的扇子，一天就给了车夫库兹明十卢布，虚荣心作怪给女演员送礼。啊，这些白白丢掉的钱要是用在现在，那能派得了多少用场，一卢布，三卢布，十卢布，这些钞票张张都作用不凡！

“阿夫拉阿米神甫一月只要有三卢布就能过活了，”库宁想道，“给一卢布，教士的妻子就可做件衬衣，大夫的妻子就可雇洗衣妇了。反正我要帮帮他们！一定要帮！”

库明突然想到自己给主教写的告密信，浑身抽搐起来，仿佛冷不防被一股凉气吹到似的。一想起这件事，他只感到不论在自己面前，还是面对那无形的真理，羞愧难当，无地自容。

但凡心存善意、酒足饭饱而遇事不假思索之人，想做有益的事往往这样开始，也往往是这样结束的。

（1886年）

格里沙

格里沙，是个胖墩墩的小男孩，出生才一年又八个月。他跟着保姆一起在林荫道上玩。他身披一件很长的棉斗篷，系着围巾，戴顶大帽子，帽子上有只毛球，脚上是双暖和的长统靴。他感到又热又闷，加上四月明亮的阳光，照得他眼睛酸痛难忍。

他胆怯地迈着步子，摇摇晃晃，看起来整个人挺笨拙，表明他对周围的世界还十分困惑好奇。

至今他所熟悉的世界只限于那个四四方方的房间：房内的一个角落摆着他的床，另一角是他保姆的箱子，第三个角落里放着的是一把椅子，最后的那个角落点着长明灯。要是往床底下看，见到的是一只断了胳膊的洋娃娃和一面鼓。保姆箱子后面各式各样的东西可就多了：有线轴，有纸片儿，有缺盖子的小盒子，还有断胳膊缺腿的小丑。在这个天地里，除了保姆和格里沙，妈妈和一只小猫咪也是房间的常客。妈妈像那洋娃娃，小猫咪便像爸爸的皮大衣了，所不同的是皮大衣没眼睛，也缺尾巴。那个叫儿童室的世界有扇门，直对着一个宽敞的地方，大家就在那里吃饭喝茶。里面有格里沙坐的椅子，四脚高高的。还挂着一只钟，那钟挂在那儿唯一的作用是摇它的钟摆，敲出它的叮当声。餐室可通向一个房间，房间里有几张红色的沙发，地毯上有个斑点，黑乎乎的，为了这个斑点，格里沙没少被人戳指头，吓唬他。这个房间后面还有一个房间，那里除了爸爸可以出入，别人是不被允许进去的——爸爸可真是个极神秘的人物！保姆和妈妈让人一看就明白了：她俩给格里沙穿衣、喂饭，安顿他睡觉。可爸爸都干吗呢——看不透。还有一个捉摸不透的人——那就是姑姑。那面鼓就是她送给格里沙的。她一会儿出现，一会儿又不见了踪影。她上哪儿去了？格里沙不只一次朝床底下、箱子背后和沙发下找，可就是见不到她……

现在这个世界里，阳光刺眼，来来往往那么多爸爸、妈妈、姑姑，害得他不知跑到谁跟前才好。可最古怪、最奇特的数那些马。格里沙眼看着那些奔来跑去的腿，怎么也闹不明白是怎么回事。他瞧了瞧保姆，想让她给说说，可她就是一声不吭。

突然，他听到了可怕的脚步声……一群士兵迈着整齐的步子，沿着林荫道直向他走过来，个个红着脸，胳肢窝下夹着洗蒸汽浴用的桦树笤帚。格里沙吓得浑身冰凉，疑疑惑惑地打量保姆，想知道：危不危险？不过保姆没拔腿跑，也没哭起来，就是说，这不危险。格里沙目光随着这队士兵过去，自己也按他们的脚步跑了起来。

有两只长着长脸的大猫伸出舌头，尾巴高高翘起，跑过了林荫道。格里沙心想，他也得跑，便跟着猫跑了起来。

“别跑！”保姆粗暴地抓住他的肩，喊道，“哪里去？哪个叫你淘气的？”

来了一个阿姨，坐了下来，手拿着木盆，里面放着橙子，格里沙走了过去，一声不吭，拿来一只橙子。

“你这是干吗？”陪着他的保姆责问他，还敲了敲他的手，夺下了橙子，“傻瓜！”

这时候格里沙发现脚下有片碎玻璃，跟长明灯那样闪闪发亮，他真想高高兴兴捡起来，可害怕小手儿又挨打，不敢动。

“您好！”突然有个又粗又响的声音差不多在他耳根响了起来，只见身旁站着一个高个子，衣服上的纽扣闪闪发亮。

他开心地看到，那人向保姆伸出手，与她站在一起，说起了话。闪烁的阳光、车子的喧闹、马匹和闪闪亮的纽扣——这一切是多么新奇，一点也不可怕，让格里沙觉得好不痛快，他竟哈哈笑了起来。

“走吧，咱们一起走吧！”他拉住那人的后襟，喊道。

“去哪儿？”那人问。

“咱们一起走吧！”格里沙一个劲地催着。

他很想说，要是爸爸、妈妈、小猫咪也一起跟着来，那才叫美哩，可舌头不听使唤，说出来的不是想说的话。

不多久，保姆离开林荫道，转了一个弯，领着格里沙进了一个大院子，院子里还积着雪。纽扣闪闪发亮的男人也跟着他俩。一行人小心翼翼地绕过了积雪和水洼，上了一道又脏又暗的楼梯，进了一个房间。房内烟雾腾腾，散发着煎肉的气味。有个女人立在炉灶前煎肉饼。厨娘和保姆亲了亲嘴，然后和那男人一起在凳子上坐下，轻声交谈了起来。格里沙衣服裹得严严实实，觉得热不可耐，气闷难当。

“来这儿干吗？”他环顾四周，心想。

他看见了黑乎乎的天花板、两只角的火钳和炉灶，炉灶看上去像只黑洞洞的大窟窿……

“妈……妈！”他拖长声音喊了起来。

“得了，得了，别喊！”保姆嚷道，“再等会儿！”

厨娘把一只瓶子、两只酒杯和一个馅饼摆上了桌，两个女人和那纽扣闪闪亮的男人好几次碰杯喝酒，那男的一会儿搂住保姆，一会儿搂住厨娘，后来三个人一块儿轻声唱了起来。

格里沙伸手去拿肉饼，保姆给了他一块。他吃着，眼望厨娘喝酒……他也想喝。

“给！阿姨，我也要喝！”他说。

厨娘让他就着她的杯子喝了一口，他被呛得鼓起了眼珠子，皱起了眉头，咳嗽起来，好一会儿挥起了手。厨娘看得笑开了怀。

回家后，格里沙把听到的和看到的说给妈妈、墙壁和床铺听。他不单用嘴说，更请脸和双手帮忙，演示太阳多明亮，马如何跑，那炉灶如何可怕，厨娘如何喝酒……

晚上，他怎么也睡不了觉，胳肢窝下夹着桦树枝笤帚的士兵、大猫、玻璃碎片、放着橙子的木盆，闪闪亮的纽扣——一件件，一桩桩，全都聚成了一团，压着他的脑子。他辗转反侧，嘟嘟哝哝，最后激动得禁不住哭了起来。

“你发烧了！”妈妈摸了摸他的脑门，说，“这到底是怎么回事？”

“炉子！”格里沙哭道，“炉子，你走开！”

“怕是吃多了……”妈妈断言道。

格里沙刚体验过的生活经历，得来的新印象，快要挤破他的小脑瓜子了，可这时妈妈给他灌下的是一汤勺的蓖麻籽油。

（1886年）

太太们

费多尔·彼得洛维奇是某省国民学校的校长，自认为是正直不阿、心地善良的人。一天，他在自己的办公室里接见了中学教师弗列缅斯基。

“不，弗列缅斯基先生，”他说，“你非退职不可。您说话的口齿这么不清，不能继续做教师了。您的嗓子怎么弄坏的？”

“一次我浑身冒汗，喝了冷啤酒……”老师嘶哑着嗓子答道。

“太遗憾了！当了十四年之久的老师，居然碰上了这档子倒运的事儿。就这么点小事毁了自己的前程。今后您打算怎么办？”

老师什么话也答不上来。

“您成家了吗？”校长问。

“已娶了妻子，还有两个孩子，大人……”老师沙哑着声音说。

相对无言。校长从桌后站起身子，不安地在房间里走过来又走过去。

“我一时也想不好该如何安顿您！”校长说，“教师您是做不成了，离领退休金的年龄还不到……放您出去听凭命运的摆布，四处找门路，我又于心不忍。您在我们的眼中也算是自家人了，都任教了十四年，就是说，我们该帮帮您……可怎么帮呢？我能为您出什么力呢？”

沉默。校长边来回踱步，边动起了脑子。弗列缅斯基被自己的不幸搅得心灰意冷，坐在椅子边上，也在想心事。猛地校长眉开眼笑起来，甚至还用手指儿打了一个榧子。

“说来也怪，此前我怎么就没有想到呢？”他匆匆地说了起来，“听我说，我这里有个好主意……到了下周，我们养老院的文书就要退休了。您要是愿意，去接他的班！算您走运！”

弗列缅斯基没想到自己会这么走运，也眉开眼笑起来。

“好极了，”校长说，“今天您就把申请报告递上来……”

打发走弗列缅斯基，费多尔·彼得洛维奇如释重负，甚至还有点得意。从此他再也见不到这个弯腰弓背、口齿不清的教员的身影了。他挺高兴，自己居然为弗列缅斯基找到这么个空缺。他觉得自己问心无愧，办事公道，心地善良，不愧是个大好人。但是这种好心情没继续多久。他回家后，坐下来吃午饭的时候，他的妻子纳斯塔西娅·伊凡诺夫娜突然想起了一件事：

“啊，差点忘了！昨天尼娜·谢尔盖耶夫娜来看我，为一位年轻人求情。听说，我们的养老院有个空缺等着……”

“有这么回事，可这位置我已答应别人了，”校长说罢，皱起了眉头，“你是知道我立下的规矩：办事从不讲私情。”

“这我知道，可为了尼娜·谢尔盖耶夫娜，可以破个例。她向来像亲人一样对待我们，我们呢，至今没为她做过一件好事。费佳，这事你可不能不办！你要是使性子不但伤了她的心，也要惹我生气的。”

“她这是为哪个谋这位置？”

“波尔祖欣。”

“哪个波尔祖欣？是在新年晚会上演唱恰茨基①咏叹调的那人？是那位先生吗？说什么也不行！”

校长饭也不吃了。

“说什么也不行！”他又说了一句，“打死我也不干！”

“为什么？”

“知道吗，老婆，要是年轻的男人自己不出面，而是通过女人来求情，这说明他是个窝囊废！他自己为什么不来找我？”

饭后校长躺在自己书房的沙发上，翻阅收到的报纸和信件。

“亲爱的费多尔·彼得洛维奇！”市长夫人的信这么写道，“您曾说过，我是个通晓人心、善解人意的女人。现在该由您用实际行动检验自己的话了。日内将有位叫 K. H. 波尔祖欣的人来您处谋养老院文书一职。我深知此人乃优秀青年，非常讨人喜欢。接见他后，您将深信……”

---

① 恰茨基是俄国作家格里鲍耶陀夫的喜剧《聪明误》中的主人公。他是一个渴望进步和改革的贵族青年形象，对贵族顽固派作了极尖锐的抨击和嘲笑。

云云。

“说什么也不行！”校长嘟囔道，“打死我也不干！”

此后几天里校长源源不断收到推荐波尔祖欣的信件。在一个美好的早晨，波尔祖欣亲自来了。这是位年轻人，胖胖的，脸刮得一干二净，像个赛马的骑手，穿着黑色的西装。

“我这里不接待为公事来的人，有事请到办公室去。”校长听了他的请求后，干巴巴地说。

“请原谅，大人，你我共同的熟人建议我就是来这里的。”

“哼……”校长哼了一声，眼望着年轻人那尖尖的鞋头，“据我所知，”他说，“您的父亲广有财产，您什么也不缺，为什么要谋这个位置呢？知道吗，那边的薪水少得可怜！”

“我可不是为薪水，而是因为……那到底是公家的职务……”

“原来是这样……我认为，不出一个月您就会讨厌起那职务，不想再干了。再说还有一些人，这位置事关他们一生的命运。对一些穷苦的人来说……”

“我不会厌弃的，大人！”波尔祖欣插言道，“真的，我会全力以赴，认真干的！”

校长冒火了。

“我来问你，”他不屑地笑着问，“你为什么不直接找我，而是先打扰几位太太？”

“我并不知道，这会惹得您不快，”波尔祖欣不好意思地说，“如果您觉得那些推荐信起不了作用，那我可以提供鉴定书……”

他从口袋里掏出公文，递给了校长。这份正式的公文有省长的签名。从各方面看来，省长并未仔细审阅过这份公文，只是拗不过某位太太的纠缠，才签上自己的大名。

“没法子，我只好屈从，遵命就是了……”校长看过鉴定书后，叹了口气，说，“明天把申请书交来……没奈何……”

波尔祖欣走后，校长只感到一阵恶心。

“该死！”校长在房间里来回踱着步，恨恨地说，“这个徒有其表、不中用的家伙，到底通过女人达到了自己的目的！讨厌至极！龌龊透顶！”

校长向波尔祖欣消失的那门啐了一口唾沫。他猛地不自在起来，原来就在这时，一位太太——省税务局长太太，进了他的书房……

“我只待一分钟，一分钟……”那太太说，“您请坐，亲家，请仔细听我说……听说您那里有个公务空缺……明天，要么今天，会有一个年轻人来见您，他叫波尔祖欣……”

太太叽叽喳喳说了起来，校长无神而茫然的目光看着她，像是快要昏迷过去了，只是出于礼貌，才这么看着，面带微笑。

第二天，他在办公室接见弗列缅斯基时，校长久久想不好如何告诉他真相。他犹豫再三，脑子一片混乱，怎么也想不好如何开口，该说些什么。他很想对这位老师表示歉意，道出真情，但他像个醉汉，舌头不听使唤，耳朵发烫。想到竟在自己的办公室里，面对自己的下属，扮演这么一个可耻的角色，他只觉得又羞愧，又痛心。他猛地擂起了桌子，跳起身来，怒气冲冲地吼道：

“我这里没有你的职位！没有！没有！别来烦我！别来恼我！请行行好，你走吧！”

于是老师就离开了办公室。

（1886 年）

歌　女

当年，她更年轻、更漂亮、嗓音更清脆时，尼古拉·彼得罗维奇·科尔巴科夫就是她家别墅里的座上宾，拜倒在她的石榴裙下。一天他又坐在她的楼座里。这天天气闷热异常。科尔巴科大刚吃完午饭，喝了大瓶劣质葡萄酒，感到心情不好，浑身不舒服。两人都觉得闷得慌，只盼着暑气消退，好出去散步。

前厅里突然响起了门铃声。科尔巴科夫没穿外衣，穿着拖鞋，一跃而起，疑疑惑惑地打量帕莎。

“来的可能是邮差，要不就是朋友。”帕莎说道。

科尔巴科夫从来不回避帕莎的女友和邮差，但以防万一，他还是抱起一堆自己的衣服，走到隔壁房间里去了。帕莎跑去开门。让她大吃一惊，门口站着的既不是邮差，也不是女友，而是一位陌生的女士。那人年轻漂亮，衣着考究，从外表看，是一位高贵的太太。

陌生女人脸色苍白，喘着粗气，像刚刚爬完一道高高的楼梯。

“请问有何贵干？”帕莎问。

太太没有立即回答。她朝前迈了一步，慢慢地打量着房间，然后坐了下来，仿佛已累得不行，又像有病的样子，再也不能站立了。她一直使劲动着苍白的嘴唇，想说点什么。

“我的丈夫在您这儿吗？”她终于问道，抬起一双哭红了的大眼睛瞧着帕莎。

“什么丈夫？”帕莎小声说，立即吓得手脚冰凉了，“什么丈夫？”她又说一遍，身子随之哆嗦起来。

“我的丈夫，尼古拉·彼得罗维奇·科尔巴科夫。”

“没……没有……太太……我……我不认识您丈夫。”

默默地过去了一分钟。陌生女人数次用手帕擦苍白的嘴唇，不时屏住呼吸以克制内心的颤栗，帕莎则呆呆地站在她面前，困惑地、恐惧地望着她。

“你是说，他不在这儿？”太太问，她的声音已经平静下来，还古怪地微微笑了笑。

“我……我不知道您问的是谁。”

“你卑鄙，下流，可恶……”陌生女人一口气说下来，带着仇恨和厌恶的神气打量帕莎，“不错，不错……你卑鄙。我高兴的是，总算把这些话当着您的面说出来了！”

帕莎感到，自己一定给这位一身黑衣、怒气冲冲、手指又白又细的太太留下某种下流而丑陋的印象，她不由得为自己胖胖的红脸蛋、鼻上的雀斑和额上一绺怎么也梳不上去的刘海而感到害臊。她觉得，如果她长得瘦一些，不涂脂抹粉，不留刘海，那么她还可以隐瞒她那并不高贵的身份，她站在这个陌生而神秘的女人面前也就不那么慌张和羞愧了。

“我丈夫在哪儿？”太太接着说，“不过，他在不在这里我也无所谓，可是我必须告诉你，他盗用公款的事已经败露，到处都在寻找尼古拉·彼得罗维奇……他们要逮捕他。出了这事全怪您！”

太太站起来，异常激动地在房间里走来走去。帕莎望着她，吓得六神无主。

“今天就要找到他，逮捕他，”太太说到这里抽泣起来，在这抽泣声中可以听出她的屈辱和沮丧，“我知道，是谁害得他落到这可怕的境地！卑鄙，下贱的东西！可憎的出卖皮肉的女人（太太厌恶得皱起鼻子，撇着嘴唇）。我软弱无能……你听着，下贱的女人……我软弱无能，你比我强，但是有人会出来保护我和我的孩子们！什么也逃不过上帝的眼睛！他是公正的！上帝会为我的每一滴眼泪，为我所有的不眠之夜惩罚你！总有一天你会记起我的。”

又是一阵沉默。太太继续在房间里走来走去，绞着手，而帕莎依旧呆呆地困惑地望着她，不明她的来意，等着她做出可怕的事来。

“我，太太，什么也不知道！”她说完突然哭了起来。

“你撒谎！”太太高声训斥，恶狠狠地瞪了她一眼，“什么都瞒不过我！我早知道你了！我还知道，这个月他天天待在你这里！”

“是的。怎么了？那又怎么样？我这里经常有许多客人，不过我从来不强迫任何人。大家来去随意。”

“告诉你：他盗用公款的事已经败露！他利用职务之便侵吞了别人的钱！为了你这种……为了你，他不惜去犯罪。听着，”太太在帕莎面前站住，用坚定的语气说，“你们这种人不可能有什么原则，你们活着就是为了作恶，这就是你们的目的。但也不能认为，你已经不可救药，不能认为你身上就没有留下一丝一毫人的感情！他有妻子，孩子……他一旦判了罪，被流放，那我和我的孩子们就要活活饿死……你要明白这一点！不过眼前还有办法救他，免得我和孩子们受穷和丢脸。如果我今天能交出九百卢布，他就平安无事了。只九百卢布！”

“什么九百卢布？”帕莎小声问道，“我，我不明白……我可没拿过……”

“我不是跟你讨九百卢布……你没有钱，再说我也不会要你的钱。我要的是别的……像你这种人，男人通常会送你们各种贵重的物品。你把我丈夫送的东西还我就是了！”

“太太，他们什么东西也没有送过我！”帕莎突然叫起来，开始明白她的来意了。

“那么钱哪儿去了？他挥霍了自己的钱，我的钱，别人的钱……所有这些钱都哪儿去了？听着，我求你了。刚才我很气愤，对你说了许多不中听的话，我可以向你道歉。我知道，你一定恨我，可是如果你还有一点点同情心，那就请你设身处地为我想一想！我恳求你把东西还我！”

“哼……”帕莎说着，耸耸肩膀，“我倒乐意这样做，可是，我要是没说实话，让上帝惩罚我好了，他真的什么也没有给我。请相信我说的是真心话。不过，你是对的，”歌女显得挺窘，“有一次，老爷他是给我带来两样小玩意儿。好吧，您想要的话，我给……”

帕莎拉开梳妆台的一个小抽屉，从里面取出一个空心的金镯子和一只成色不足的宝石小戒指。

“拿着吧！”她说着，把这两样东西递给来客。

太太的脸唰地红了起来，面部肌肉跟着抽搐起来。她感到受了侮辱。

“你给我的算什么东西！”她说，“我不是来求施舍的，我是来讨回原本不属于你的东西……你利用你的地位，榨干了我的丈夫，榨干了这个软弱而不幸的人。星期四，我看到你和我丈夫在码头上，那天你戴着贵重的胸针和手镯。所以，你用不着在我面前装成无罪的羔羊！我最后一次问您：东西给不给？”

“说真的，您这人，太奇怪了……”帕莎说着，开始生气了，“我向您保证，除了这镯子和戒指，我从您的尼古拉·彼得罗维奇那里没有见到任何东西。老爷他通常只给我带点甜馅饼。”

“甜馅饼……”陌生女人冷笑说，“家里的几个孩子饿肚子，您这里有的是甜馅饼！如此说来你是决心不想把东西退还了？”

不等回答，太太坐了下来，眼睛死死盯着一个地方，想着心事。

“现在该如何是好？”她说道，“要是我凑不到九百卢布，那他就死定了，我和孩子们也完了。我该杀了这个坏女人，还是给她下跪呢？”

太太用手帕捂着脸，号啕大哭起来。

“我求您了！”她哭着说，“是您害得我丈夫倾家荡产，毁了他，您救救他吧……您对他尽可以没有一点同情心，可是孩子们，孩子们……孩子们有什么过错？”

帕莎一想到几个小孩子站在大街上，饿得哇哇叫，她自己也大声痛哭起来。

“太太，我能做些什么呢？”她说，“您说我是坏女人，害得尼古拉·彼得罗维奇倾家荡产，可是我对您，就像面对上帝一样，请相信……我没有得到老爷他的一点好处……在我们这班歌女中，只有莫蒂一个人受财主的供养，其他的人都靠面包加克瓦斯勉强糊口。尼古拉·彼得罗维奇是一位有教养、懂规矩的先生，所以我才接待他。我们不能不接待呀。”

“我要的是东西！把东西还给我！我哭……低三下四……好吧，我给你下跪！这样行了吧？”

帕莎吓得尖叫一声，挥舞着双手。她感到，这个苍白而漂亮的太太，像在舞台上演戏似的表演得十分出色，她出于骄傲，出于高贵的气度，当真会给她下跪，以便抬高自己而贬低歌女的。

“好，我给！”帕莎擦着眼睛，忙乱起来，“好吧。不过东西不是尼古拉·彼得罗维奇的……是别的客人送我的东西。就按你的意思办，太太……”

帕莎拉出五斗柜上面的一个抽屉，取出一枚钻石胸针，一串珊瑚，几枚戒指，一只镯子，把这些东西全给了那位太太。

“想要，您都拿去吧，只是我没有得着你丈夫的任何好处。拿走吧，您发财去吧！”帕莎继续说道，陌生女人威胁要给她下跪，这使她感到莫大的侮辱，“既然您出身高贵……又是他的合法妻子，那就该让他时时刻刻守着您。该这样！我可没有招引他来，是他自己来的……”

太太眼含泪水，瞧着给她的东西，说道：

“这不是全部……这些东西值不了五百卢布！”

冲动之下帕莎从五斗柜里又扔给她一块金表，一个烟盒，几枚金纽扣，摊开双手说：

“这下我什么也不剩了……您来搜吧！”

来客叹了一口气，用颤抖的手把东西包在手绢里，什么话也没说，甚至没点一下头，扬长而去。

隔壁的房门打开，科尔巴科夫走了进来。他脸色苍白，神经质地晃着脑袋，像是刚刚喝了一杯苦药。他的眼睛里闪着泪光。

“您到底给过我什么东西？”帕莎冲着他责问，“请问，什么时候给的？”

“东西……算得了什么？”科尔巴科夫说着又晃一下脑袋，“上帝！她在你面前痛哭流涕，低三下四……”

“我来问您：您到底给过我什么东西？”帕莎嚷道。

“上帝，她高贵，骄傲，纯洁……还想下跪……求你这种娼妇！唉，是我把她逼到了这一步，都是我的罪过！”

他抱住头，呻吟着说：

“不！我永远不能原谅自己！永远不能原谅！滚……贱货！”他厌恶地大声呵斥着，急忙从帕莎身旁往后退，用颤抖的手推开她。“她竟想下跪……求谁？求你！啊，上帝！”

他很快穿好衣服，厌恶地躲着帕莎，向大门跑去，走了。

帕莎躺下后开始放声大哭。这时她已经心疼自己一时冲动交出去的东西，同时感到一肚子的委屈。她回忆起三年前有个商人无缘无故就把自己打了一顿，想到这里，哭得更伤心了。

（1886 年）

万　卡

万卡·茹科夫是个九岁的男孩子，三个月前被送到鞋匠阿利亚欣家当学徒。圣诞节前夜，他没有躺下睡觉。他等到老板夫妇和师傅们外出做晨祷后，从老板的立柜里取出一小瓶墨水和一支安着锈笔尖的钢笔，在自己面前把一张皱巴巴的白纸铺平，写了起来。他在写下第一个字以前，好几次胆战心惊地回头去看了看门口和窗子，斜起眼睛偷看一眼黑乎乎的圣像和圣像两旁摆满鞋楦的架子，时不时叹口气。那张纸就铺在长凳上，他跪在长凳前。

“亲爱的爷爷康司坦丁·玛卡雷奇！”他写道，“我在给你写信。祝您圣诞节快乐，求上帝保佑你事事如愿。我没爹没娘，单剩下你一个亲人了。”

万卡的目光转到了黑乎乎的窗子，窗上映着蜡烛的影子。他脑海中出现爷爷康司坦丁·玛卡雷奇生动的形象。爷爷是地主席瓦烈夫家的守夜人。他是个矮小精瘦、手脚异常灵便、爱动的小老头，约莫六十五岁，脸上老挂着笑容，眯着醉眼。白天他在仆人的厨房里睡觉，要么就跟厨娘们唠嗑，夜里穿上肥大的羊皮袄，在庄园四周巡视，不住地敲打梆子。他身后跟着两条狗，耷拉着脑袋，一条是老母狗卡希坦卡，一条是“泥鳅”。之所以叫它“泥鳅”，是因为它浑身长着黑油油的毛，身子细长，像只黄鼠狼。这条“泥鳅”非常听话，对人十分亲热，不论见着自家人还是外人，无不摇尾乞怜，温顺地瞧着人家。然而它是靠不住的。在它恭顺温和的背后，隐藏着极其狡猾而险恶的用心。任凭哪条狗也不如它那么善于抓住时机，悄悄溜过来，在人的腿肚子上咬一口，或者钻进冷藏室，或者偷农民的鸡吃。它的后腿已经不止一次被人打断，有两次人家索性把它吊起来，它每个星期都会被人打得半死，不过每次都死里逃生，活了下来。

这时候，他爷爷兴许就站在大门口，眯起眼睛打量乡村教堂的鲜红窗子，跺着穿高统毡靴的脚，跟仆人们说说笑笑。梆子就挂在他腰带上。他冻得不时拍拍手，缩起脖子，一会儿在女仆身上捏一把，一会儿在厨娘身上拧一下，发出苍老的嘻嘻笑声。

“咱们一起吸点鼻烟，怎么样？”他说着，把他的鼻烟盒送到那些婆娘跟前。

女人们闻了点鼻烟，喷嚏连连。爷爷乐得什么似的，发出一连串快活的笑声，嚷道：

“快擦掉，要不鼻子冻上了！”

他还给狗闻鼻烟。卡希坦卡打喷嚏，皱了皱鼻子，好不委屈，跑到一旁去了。“泥鳅”为了表示恭顺而没打喷嚏，光是摇尾巴。天气好极了。空气纹丝不动，清澈而清新。夜色黑漆漆的，整个村子以及村里的白房顶、烟囱里冒出来的一缕缕炊烟、披着重霜而变成银白色的树木、雪堆，都清晰可见。天空繁星点点，快活地在眨巴眼睛。银河那么清楚地显相露形，仿佛过节以前用雪把它擦洗过……

万卡叹口气，用钢笔蘸一下墨水，继续写道：

“昨天我挨了一顿打。东家揪住我的头发，把我拉到院子里，拿师傅干活用的皮条狠狠抽我，怪我摇睡在摇篮里的他们家的小娃娃时，不小心睡着了。上星期女东家叫我收拾青鱼，我从尾巴上动手收拾，她就捞起那条青鱼，鱼头直戳我的脸。师傅们总是拿我寻开心，老打发我到小酒铺里打酒，指使我偷老板的黄瓜。东家随手捞到什么就用什么打我。吃的东西就别提了。早晨吃面包，午饭喝稀粥，晚上又是面包。说到茶呀，菜汤呀，那只有东家两夫妻喝的份儿。他们叫我睡在过道里，他们的小娃娃一哭，我就别想睡了，得一个劲儿摇摇篮。亲爱的爷爷，发发上帝那样的慈悲，带着我离开这儿，回家去，回到村子里去吧，我没法活了……我给你叩头，我会永远为你祷告上帝，带我离开这儿吧，要不我死定了……”

万卡嘴角撇下来，握起污黑的拳头揉一揉眼睛，抽抽搭搭地哭了起来。

“我会给你搓烟叶，”他接着写道，“为你祷告上帝，要是我做了错事，只管抽我，像抽西多尔的山羊那样。要是你认为我没活儿干，那我就去求管家看在基督分上让我给他擦皮靴，要不替菲德卡放牛羊。亲爱的爷爷，我没法活了，剩下的只有死路一条。我本想跑回村子，可又没有皮靴，我怕冷。等我长大了，我就会为你这一片好心养活你，不许人家欺侮你，等你死了，我就祷告，求上帝让你的灵魂安息，就跟为我娘彼拉盖娅祷告一样。

“莫斯科是个好大的城市。房子全是老爷们的。马很多，就是没有羊，狗也不凶。这儿的孩子不举着星星走来走去①，唱诗班也不准人随便参加。有一回我在一家铺子的橱窗里看见些钓钩摆着卖，都安好了钓丝，能钓各式各样的鱼，都很贵。有一个钓钩甚至经得起一普特重的大鲶鱼呢。我还看见几家铺子卖各式各样的枪，跟老爷的枪差不多，每支枪恐怕要卖一百卢布……肉铺里有野乌鸡，有松鸡，有兔子，可是这些东西是在哪儿打来的，铺子里的伙计不肯说。

“亲爱的爷爷，等到老爷家里摆着圣诞树，上面挂着礼物，你就给我摘下一个用金纸包着的核桃，放进那口小绿箱子里。你问奥尔迦·伊格纳捷耶芙娜小姐要吧，就说是给万卡留的。”

万卡叹了口气，声音哆嗦，又仔细瞧着窗子。他回想起爷爷总到树林里去给老爷家砍圣诞树，带着孙子一起去。那时候真叫快活！爷爷不停咳嗽，发出咯咯声，严寒把树木冻得也咔嚓咔嚓地响，万卡就学样也咯咯地叫起来。砍树前，爷爷往往先吸完一袋烟，久久闻着鼻烟，把冻僵的万卡狠狠取笑一顿……那些做圣诞树用的小云杉披着白霜，立在那儿一动不动，等着看它们中谁先没命。冷不防，不知从哪儿跑过来一只野兔，在雪堆上箭似的蹿过去。爷爷忍不住嚷道：

“抓住它，抓住它，……抓住它！嘿，短尾巴鬼！”

爷爷把砍倒的云杉拖回老爷的家里，大家就动手装点起来……忙得最起劲的是万卡喜爱的奥尔迦·伊格纳捷耶芙娜小姐。当初万卡的母亲彼拉盖娅还活着，在老爷家里做女仆，那时候奥尔迦·伊格纳捷耶芙娜常给万卡糖果吃，闲着没事便教他念书，写字，从一数到一百，甚至教他跳卡德利尔舞。可是等到彼拉盖娅一死，孤儿万卡就给送到仆人的厨房去跟爷爷待在一起，后来又从厨房给送到莫斯科的靴匠阿里亚欣的铺子里来了……

“你来吧，亲爱的爷爷。”万卡接着写道，“我求你看在基督和上帝

---

① 基督教的习俗：圣诞节前夜小孩们举着纸糊的星星四处走动。

分上带我离开这儿吧。你可怜我这个不幸的孤儿吧，这儿人人都揍我，我饿得要命，孤单得没法说，老是哭。前几天东家用鞋楦头打我，把我打得昏倒在地，好不容易才醒过来。我的日子苦透了，比狗都不如……替我问候阿辽娜、独眼的叶果尔卡、马车夫，我的手风琴不要送人。孙伊凡·茹科夫草上。亲爱的爷爷，你来吧。”

万卡把这张写好的纸叠成四折，放进昨晚花一个戈比买来的信封里……他想了想，用钢笔蘸一下墨水，写下地址：

乡下爷爷收

然后他搔了搔头皮，想了想，添上几个字：康司坦丁·玛卡雷奇收。好在他写完信而没有人来打扰，他很高兴，便戴上帽子，顾不上披皮袄，只穿着衬衫跑到街上去了……

昨天晚上他问过肉铺的伙计，伙计告诉他说，信件丢进邮筒以后，就由醉醺醺的车夫驾着邮车，把信从邮筒里收走，响起铃铛，分送到各地去。万卡跑到就近的一个邮筒，把那封宝贵的信塞进了筒口……

他怀着美好的愿望放下了一件心事，过了一个钟头，他安心地睡熟了……在梦中他看见一个炉灶。爷爷坐在炉台上，耷拉着一双光脚，给厨娘们念信……“泥鳅”在炉灶旁边来来去去，摇着尾巴……

（1886 年）

渴 睡

深夜。十三岁的小保姆瓦里卡摇着摇篮里睡着的小娃娃。她哼着歌，声音低得难以听见：

睡吧，好好儿睡，
听我给你唱支歌……

神像前点着盏绿色的长明灯。房间里从一个角落到另一个角落挂着一根绳子，绳子上晾着尿布和一条黑色的大人裤子。长明灯的灯光在天花板上投下一大块绿色的斑点，尿布和裤子长长的影子落在了炉子上、摇篮上和瓦里卡的身上。长明灯的灯光一旦摇曳起来，那绿色的斑点和影子活起来，像是被风吹动起来。房间里很闷，散发着菜汤和皮靴皮革的气息。

小娃娃在哭。他已哭得声音嘶哑，精疲力竭了，可还一个劲儿哭着，哭着，不知道什么时候才停下来。可瓦里卡瞌睡极了。眼皮粘在一起，脑袋耷拉下来，脖子酸痛。她连眼皮、嘴唇都不能动一下，看起来她的脸蛋像是干瘪了，麻木了，脑袋成了针尖那么小小的一点了。

“睡吧……睡吧，”她口齿不清地哼着，“我这就给你煮粥去……”

炉子上蟋蟀在叫。门外，隔壁房间里传来东家和帮工阿法纳西的呼噜声……摇篮发出叽叽嘎嘎悲凉的声音，此外还有瓦里卡自己的嘟哝声——所有这一切汇成了一首夜间的催眠曲，躺在床上的人听来该有多甜美。可这乐曲让瓦里卡越听越心烦，越听越心焦，声声都在催她入眠，可她就是不能睡。要是瓦里卡不小心睡过去，天知道，东家就要揍她一顿了。

长明灯的灯光摇曳起来。绿色的斑点和影子跟着晃动，在瓦里卡半开半闭、凝然不动的眼睛上摇晃，在她那半睡不醒的脑袋里化成了一堆朦胧的幻影。她看见天空里乌云在追逐奔跑，像孩子那样，吆喝着。这不，起风了，云团消散。瓦里卡眼前出现了一条布满稀泥的宽阔公路。路上大车一辆接一辆驶过去，行人背着背囊，前前后后拖着长长的阴影，透过路两旁寒冷而阴沉的迷雾，森林隐约可见。突然，背着行囊的行人和影子纷纷倒进路上的稀泥之中。"怎么回事？"瓦里卡问，"该睡了，该睡了！"有人回答她说。于是他们都纷纷睡过去，睡得好不香甜。公路的电线上停着乌鸦和喜鹊，就像娃娃，叽叽喳喳，嚷个不停，变着法子要吵醒她。

"睡吧，好好儿睡，我给你唱支歌……"瓦里卡嘟哝着，发觉自己已身在黑洞洞、闷热的小木屋里。

她那已不在人世的爹叶菲姆·斯捷潘诺夫躺在地板上打滚，声声呻吟。她见不到他这个人，却听到他躺在地板上痛得翻来滚去，声声呻吟。据他说，他这是"疝气发作"，痛得话也说不出来，只有吸气的份儿，牙齿打战，发出打鼓似的声响：

"卜……卜……卜……卜……"

母亲佩拉盖娅跑到庄院去向老爷报告说叶菲姆快要死了。她离家很久了，该回来了。瓦里卡躺在炕炉上没有睡，听着爹发出的"卜卜"声。终于听到有人向木屋走来。是老爷打发年轻的大夫来看到底是怎么回事。这大夫刚从城里来老爷家做客。大夫进了房子，黑暗中见不到他的人影，但听得见他在清嗓子，咔嗒一声推开了门。

"把灯点上。"他说。

"卜，卜……"叶菲姆就这样回答他。

佩拉盖娅直奔炉炕，摸索起放火柴的罐子。片刻间一片沉寂。大夫在口袋里摸索了一阵，划上了火柴。

"我去去就回，去去就回，老爷。"佩拉盖娅说罢跑出木屋，很快拿着蜡烛头回来了。

叶菲姆的脸颊通红，眼睛闪闪发亮，目光异常锐利，像是一眼就看透木屋和大夫似的。

"我说，你倒是怎么了？想干什么？"大夫向叶菲姆弯下身，问，"嘿，这模样多久了？"

"啥？没命了，是时候了。再也不能活在世上了……"

"别胡说八道……我们会治好你的！"

"随您的便，先生，多谢您了。我心里明白……死神来了，还能怎么办？"

大夫给叶菲姆治了一刻钟后，起身说：

"我束手无策……得送你上医院，做手术。马上得送……立马走！快来不及了，医院的人都睡了。不过不要紧，我给你写个条子。听到了？"

"老天爷！他怎么个送呢？"佩拉盖娅说，"我家没马。"

"没事，我跟老爷说一声，他们会给马的。"

大夫走了，蜡烛即刻灭了。又响起"卜，卜"声……过了半小时，有人赶着马来了。是老爷派人送车来了。叶菲姆动身上医院。

大清早天气晴朗。佩拉盖娅不在家。她到医院去打听叶菲姆的病情。什么地方有个孩子在哭哭啼啼，瓦里卡听到有人用她的声音在唱：

睡吧，我给你唱支歌……

佩拉盖娅回来了，划着十字，低声说：

"给他治了一整夜，早上灵魂交还给了上帝……愿他上天国，永远安息……他们说送得太迟了……该早些……"

瓦里卡跑到林子里，哭了一阵。突然有人敲了一下她的后脑勺，敲得很重，敲得她一头撞到桦树干上。她抬头一看，面前站着那鞋匠东家。

"你这是干吗，贱货？"他说，"孩子在哭，你倒在睡大觉？"

东家狠狠揪她的耳朵，她甩了甩脑袋。摇起了摇篮，嘟嘟哝哝哼起了歌……绿色斑点和尿布及裤子的影子晃动起来，直对她眨眼睛，很快又占据了她的脑子。她再次看到了沾满稀泥的公路。背负背囊的行人和影子纷纷倒下去，睡了过去，睡得很熟。怪的是，瓦里卡一见到他们，就非常想睡。要是能美美睡上一觉多好呀，可是娘佩拉盖娅就走在她身边，催着她快走。两个人正匆匆往城里去找活儿干。

"看在基督的分上，行行好吧，"娘向迎面来的行人要起了钱，"好心的先生，发发慈悲吧！"

“把孩子抱到这儿来！”她听到一个熟悉的声音，说，“把孩子抱过来，”那声音又说了一遍，说得怒气冲冲，怪刺耳的，“你在睡，贱货？”

瓦里卡跳了起来，回头一看，知道是怎么回事。公路、娘、迎面过来的行人都不见了。房间中央站着的只有女东家一人。她是来给孩子喂奶的。宽肩肥胖的女东家给孩子喂奶、哄孩子的时候，瓦里卡站着，眼望着她，等着她喂完奶。窗外的天空在渐渐变蓝，天花板上的绿斑点和影子明显地淡下去了。天很快就要亮了。

“抱着，”女东家扣好胸前的纽扣，说，“他哭个不停，准是遭人毒眼了。”

瓦里卡接过孩子，放进摇篮，又摇了起来。绿色斑点和尿布及裤子的影子渐渐不见了，她的脑子里再也容不得什么人进来，害得她昏昏沉沉的了。但还是十分想睡，瞌睡极了！瓦里卡把脑袋搁在摇篮的边上，凭着整个身子摇晃摇篮，免得睡过去，但眼皮子硬是粘在一起，脑袋沉甸甸的。

“瓦里卡，生炉子！”门外东家在喊。

原来该是起床开始干活的时候了。瓦里卡丢下摇篮，跑到柴房里去取柴火。她挺愿意干活。跑着走着就不会像坐着不动那么想睡觉了。她搬来了柴火，生好了炉子，只觉得那麻木的脸舒展开来，脑子也清醒起来了。

“瓦里卡，烧茶炊！”女东家喊道。

瓦里卡劈好一段小劈柴，刚点上火，塞进茶炊，又听到新的命令：

“瓦里卡，给东家刷雨鞋！”

她坐到地板上刷起了雨鞋，心想：要是把脑袋塞进这双又大又深的鞋子里，打个盹儿，那该多美……不料鞋子忽然变高了，膨胀起来，塞满了整个房间。瓦里卡丢下刷子，但很快便晃了晃脑袋，瞪大眼珠子，竭力想看看，房内的东西是不是也变大了，是不是也在眼前动起来。

“瓦里卡，把外面的台阶洗刷洗刷，这样才对得起顾客！”

瓦里卡洗台阶，收拾房间，然后烧好另一只炉子，跑小铺子买东西，活儿不少，没一分空闲的时间。

但是没什么比站在厨房的桌子前削土豆更累的活儿。头弯下桌子，土豆在眼前跳动，搞得人眼花缭乱，刀从手里滑下，肥胖的女东家卷起袖子，怒气冲冲在身边来回走动，大声说话，震得耳朵嗡嗡响。她得伺候他们吃午饭，饭后还得洗洗刷刷，缝缝补补，这也挺累人的。有时候她真想万事不管，在地板上那么一躺，睡它一觉。

白天过去了。瓦里卡眼看着窗外天色慢慢变暗，她按住麻木的太阳穴，不觉笑了起来。她不知道自己为什么会笑。夜色抚慰她那总也睁不开的眼睛，预示着她很快就能美美地睡上一觉了。晚上总有客人来拜访东家。

“瓦里卡，烧茶炊！”女东家下令道。

东家的茶炊很小，得烧五次左右茶炊才能满足需要。瓦里卡得一动不动站着伺候客人，睁大眼睛等着种种吩咐。

“瓦里卡，快去买三瓶啤酒！”

她转身拔腿就跑，尽量跑得快些，好赶走睡意。

“瓦里卡，买白酒去！瓦里卡，开瓶塞的钻子在哪儿？瓦里卡，去把青鱼收拾好！”

客人终于走了。灯都灭了，东家夫妇都睡了。

“瓦里卡，去摇摇孩子！”传来了最后一道命令。

炉炕上响起蟋蟀的鸣叫声。天花板上的绿色斑点和地上尿布与裤子的影子又进了瓦里卡那半闭半开的眼睛，不停地朝她眨巴眼睛，害得她又头脑昏昏沉沉起来。

“睡吧，好好睡吧，”瓦里卡嘟嘟哝哝道，“我给你唱支歌儿……”

可小娃娃哭哭啼啼，哭得声嘶力竭。瓦里卡又看见那条满是稀泥的公路、背着行囊的行人、佩拉盖娅和爹叶菲姆。她只觉得纳闷，这些人她全都认识，但瞌睡蒙眬中，究竟是什么力量把她的手脚捆起来，压得她喘不过气来，不让她活下去？她回头寻找这力量，自己好摆脱出来，但就是找不到。最后，她在极度痛苦中，费了最大的劲睁大眼睛，抬头打量天花板上那不停眨巴眼睛的绿斑点，听着娃娃的哭声，终于找到了让她不得安生的敌人。

这敌人就是娃娃。

她笑了。她觉得好生奇怪，这点小事，之前怎么就没注意到呢？绿斑点、尿布和裤子的影子，还有蟋蟀，看来也都在笑，都显出纳闷的神情来。

瓦里卡被这虚假的想象所控制。她从矮凳上站了起来，开怀一笑，眼睛也不眨巴，便在房间里走来走去。一想到即刻就要摆脱这捆绑她手脚的娃娃，顿时心花怒放起来，心头痒痒的……弄死这娃娃，然后睡觉，睡觉，睡觉……

瓦里卡面带笑容，眨巴着眼睛，伸出手指对绿斑点和影子做出了吓唬的手势，然后来到摇篮前，对娃娃弯下身子。掐死娃娃后，她很快往地板上一躺，开心得笑了起来，现在好睡了。片刻后她已睡得死死的……

（1888 年）

跳来跳去的女人

一

亲朋好友全来参加奥莉加·伊凡诺夫娜的婚礼。

“瞧哪，他身上是不是有其独特之处?”她朝丈夫那边点了点头，对朋友们说，像是要解释一下，她为什么嫁给这么一个普普通通、极寻常、毫无出众之处的人。

她的丈夫奥西普·斯捷潘内奇·戴莫夫是一名医生，九品文官。他在两家医院里从医：在一家医院里任编外主治医师，在另一家医院当解剖师。每天从上午九点到中午，他给门诊病人看病，查房，午后乘公共马车赶到另一家医院，解剖病人尸体。他也私人行医，不过收入微薄，一年只有五百来卢布。就这点点钱。此外，他还有什么好说的呢?而奥莉加·伊凡诺夫娜和她的亲朋好友个个都不同凡响。他们各有过人之处，出类拔萃。有的已名闻遐迩，称得上是专家名流；有的虽说尚未成名，但前程灿烂。有一位剧院演员，早已是公认的伟大天才，他优雅、聪明、谦逊，还是一名出色的朗诵家，他教奥莉加·伊凡诺夫娜朗诵。有一位歌剧院的歌唱家，一个好心肠的胖子，经常叹着气要奥莉加·伊凡诺夫娜相信：她是在自毁前程，她要是不懒散，能管束自己，那她肯定能成为一名出色的歌唱家。此外还有好几名画家，为首的是擅长风俗画、动物画和风景画的里亚博夫斯基，一个风流倜傥的金发青年，年方二十五左右，几次画展都大获成功，最近的一幅画就卖了五百卢布。他为奥莉加·伊凡诺夫娜修改画稿，说她前程不可估量。还有一位大提琴手，他的琴声如泣如诉，动人心弦。他毫不掩饰说，在他认识的所有女人中间，配得上为自己伴奏的非奥莉加·伊凡诺夫娜莫属。另外还有一位作家，年纪轻轻，却已名声在外，他写过不少中篇小说、剧本和短篇小说。此外还有谁呢？是了，还有瓦西里·瓦西里伊奇，贵族，地主，业余的插图画家，刊头卷尾的小花饰设计者，酷爱古老的俄罗斯风格、壮士歌和民谣，在纸张上、瓷器上和熏黑的盘子上，他能创造出真正的奇迹。这伙逍遥自在的演艺人员，命运的宠儿，虽说一个个彬彬有礼，态度谦和，也只有在生病的时候才会想起医生的存在。戴莫夫这个姓氏在他们听来跟西多罗夫和塔拉索夫毫无区别。在这伙人中间，戴莫夫显得格格不入、多余、矮小，尽管他身材高大，宽肩阔背。看上去他身上的礼服像是别人的，还留着店伙计的胡子。不过话说回来，如果他是作家或艺术家，那么别人就会说，他那胡子令人想到了左拉①。

那位演员对奥莉加·伊凡诺夫娜说，她穿上这身漂亮的婚纱，再配上亚麻色的头发，真像一棵春天里婀娜多姿的樱桃树，满树满枝娇嫩的白花绽放。

“不，您听我说，”奥莉加·伊凡诺夫娜挽住他的胳膊，对他言道，“这件事是如何意外发生的？您听我说，听我说……我得告诉您：我爸爸同戴莫夫在一家医院里共事。有一回可怜的爸爸病了，戴莫夫日日夜夜守在他的病床前。多么了不起的自我牺牲精神啊！您听我说，里亚博夫斯基……还有您，作家，你们都听着，这很有意思，你们且靠近一点。多么了不起的自我牺牲精神，多么真诚的关怀！我也一连几夜没有睡觉，守着爸爸。突然间，了不得，姑娘征服了善良小伙子的心！我的戴莫夫神魂颠倒地堕入情网。真的，命运往往是这么离奇！爸爸死后，他常来看我，有时两人在街上相遇，有那么一天晚上，突然间冷不防他向我求婚了……简直像雪山压顶……我哭了一个通宵，我自己也没命地爱上他了。现在，你们瞧，我成了他的妻子。他身上是不是有不寻常之处：强壮，有力，像熊一样？此刻，他的脸有四分之三对着我们，光线不好。等他转过身来，你们瞧他的前额。里亚博夫斯基，您得说说这前额怎么样？戴莫夫，我们正说你呢！”她大声招呼大夫，“你过来，把你诚实的手伸给里亚博夫斯基……这就对了。你们做个朋友吧。”

---

① 左拉（1840—1902）：法国著名作家。自然主义文学的主要倡导者，主要作品有《萌芽》《金钱》《小酒馆》等。

戴莫夫善良而纯真地微笑着，向里亚博夫斯基伸出手去，说：

“幸会幸会。当年我有个同班毕业的同学也姓里亚博夫斯基。他不会是您的亲戚吧？”

二

奥莉加·伊凡诺夫娜二十二岁，戴莫夫三十一岁。婚后，他们的日子美满。奥莉加·伊凡诺夫娜在客厅的四面墙上挂满了自己的和别人的画稿，有的配了画框，有的没有。她在钢琴和家具附近辟出了狭小而漂亮的一角，里面点缀着种种中国小花伞、画架、五颜六色的小布条、匕首、半身雕像和照片等玩意儿……她用民间木版画把餐室的墙壁裱糊起来，挂上树皮鞋和镰刀，屋角放一把长柄大镰刀和搂草的耙子，结果，餐室里洋溢着一片俄罗斯的乡野情调。在卧室，她在天花板和四面墙上钉上黑绒布，显得更像山间岩穴。在两张床的上方挂一盏威尼斯灯笼，门旁还立着一个手执戟的假人。大家认为，这对年轻夫妇营造了一个温馨的小窝。

每天早上，奥莉加·伊凡诺夫娜要到十一点才起床，之后她弹钢琴，要是有太阳，就画油画。随后，到十二点多钟，她就坐车去找女裁缝。她和戴莫夫手头的钱不多，只够日常开销，为了经常有新衣服可穿，以此引人注目，她和女裁缝只好挖空心思，花样翻新。她们经常把旧衣服染一染，加上一些不值钱的零头透花纱、花边、长毛绒和丝绸，如此一来就能创造出种种奇迹来。做出来的东西着实迷人，简直不能叫衣服，而是梦幻。从女裁缝家里出来，奥莉加·伊凡诺夫娜就乘车去拜访某位熟悉的女演员，打听一些戏剧界新闻，顺便弄几张新剧首场演出或义演的戏票。从女演员家出来，她还得坐车去某位画家的画室，或者参观某个画展，然后再去拜访某位名流——邀请她去做客，要么是回访，或者只是聊聊天。她所到之处无不受到热诚而友好的欢迎，大家都夸她漂亮，可爱，是位罕见的女性……那些她称之为名流和伟人的人也都把她视作知己，当作他们的志同道合者。这些人众口一词地向她预言：凭她的天赋、情趣和聪明，只要她不分散精力，将来一定大有作为。她唱歌，弹钢琴，画画，雕塑，参加业余演出，所有这些她都不是应付之举，而是横溢才华的流露。不论扎个彩灯，还是梳妆打扮，哪怕只给人系条领带，她都做得特别富有艺术情趣，显得别致优雅，可爱可人。不过，有一方面她的才能表现得最为突出，那就是，她善于快速结识名流，很快跟他们混熟。遇到有人刚崭露头角，引起人们的注意，她就立即与他结识，当天即跟他交上朋友，并请他来家里做客。每结交一个新的名人对她来说不啻是场真正的喜庆节日。她崇拜名人，为他们骄傲，夜夜梦见他们。她渴慕名人，而且这种渴望永远得不到满足。旧的名人离去，被遗忘，又有新的名人取而代之。不过，对这些新名人她很快便觉得习以为常，或者失望之余，又开始急切地寻找新的名人，新的伟人，找到后又找新的。为什么呢？

下午四点多钟她和丈夫一块儿在家吃午饭。丈夫为人朴实，他健全的思想和善良的心地让她喜出望外，让她欣喜若狂。她时不时跳起来，冲动地抱住他的头，狂吻不止。

“你呀，戴莫夫，是个聪明而又高尚的人，”她说，“只是你有一个很大的缺点。你对艺术丝毫不感兴趣，你否定音乐和绘画。”

“我不了解它们，”他心平气和地说，“我一辈子搞的是自然科学和医学，所以我没有时间再对种种艺术感兴趣。”

“这太可怕了，戴莫夫！”

“为什么？你的那些朋友不懂自然科学和医学，可是你并没有因此而责难他们。每个人都有自己的专长。我不懂风景画和歌剧，但我这样想：既然有一批聪明人为它们献出了毕生的精力，而另一些聪明人愿意为它们花费大笔的钱，可见人们需要它们。我不懂，并不说明我否定它们。”

“来，让我握握你那真诚的手！”

午饭后，奥莉加·伊凡诺夫娜又出门访友，然后上剧院看戏，或者去听音乐会，半夜才回家。天天如此。

每逢星期三，她家总有晚会。晚会上，女主人和客人们不玩牌，不跳舞，他们以各种艺术活动为乐。话剧演员朗诵，歌剧演员唱歌，画家们在纪念册上绘画（这种纪念册奥莉加·伊凡诺夫娜多的是），大提琴手演奏，女主人本人也绘画，也雕塑，也唱歌，也伴奏。在朗诵、演奏和唱歌间歇期间，他们谈论文学、戏剧和绘画，而且常常争论不休。晚会上没有女宾，因为奥莉加·伊凡诺夫娜认为，除了女演员和她的女裁缝，其余的女人一概无聊而庸俗。每次晚会都免不了这种场面：门铃声一响，女主人便猛地一惊，随即脸上露出得意的神色，说："他来了!"这个"他"指的是一位应邀来访的新的名人。戴莫夫不到客厅露面，而且谁也想不起他的存在。但是一到十一点半，通往餐室的门打开，戴莫夫带着他善良敦厚的微笑出现在门口，搓着手说：

"请吧，诸位先生，请吃点东西。"

大家进了餐室，每一回看见餐桌上摆的老是那几样东西：一盘牡蛎，一块火腿或者小牛肉，沙丁鱼罐头，奶酪，鱼子酱，蘑菇，伏特加和两瓶葡萄酒。

"我亲爱的管家①，"奥莉加·伊凡诺夫娜高兴得轻轻拍起掌来，说，"你真迷人！先生们，注意看他的额头！戴莫夫，你侧过脸来。先生们，瞧他的脸相多像孟加拉老虎，可表情却像鹿一样善良可爱。啊，多可爱!"

客人们吃着，看着戴莫夫，心想："确实，挺不错的一个矮小的好人。"但很快他们就把他丢到了脑后，继续谈他们的戏剧、音乐和绘画。

这对年轻夫妇十分幸福，他们的生活过得顺顺当当。不过在他们蜜月的第三个星期却过得不很美满，甚至有点凄凉。原来戴莫夫在医院里感染上了丹毒，在床上躺了六天，而且不得不把他一头漂亮的黑发剃得精光。奥莉加·伊凡诺夫娜坐在他身旁，伤心得泪水涟涟。不过等他的病情刚有好转，她就用一块白头巾把他的光头缠起来，把他当成贝多因人②画下来。两人又快活如前。病愈后他去医院上班，可是三天后他又出了麻烦。

"我真不走运，亲爱的!"吃午饭时他说，"今天我做了四次解剖，一下子划破了两个手指头。回家后我才发现。"

奥莉加·伊凡诺夫娜大吃一惊。他却笑着说，小事一桩，他做解剖的时候经常划破手。

"我太投入，亲爱的，就变得大意了。"

奥莉加·伊凡诺夫娜焦急不安地预料他会受尸体感染，天天夜里为他祷告，结果平安无事。于是他们重又无忧无虑，过起安定幸福的生活。眼前的生活是美好的，紧跟着春天即将来临，春天已经在远处笑意

① 原文为俄语音译的法文。

② 贝多因人：以游牧为生的阿拉伯人。

浓浓，预示着不尽的赏心乐事。幸福原本是没有穷尽的！四月，五月，六月，可以住到城外的别墅去，散步，写生，钓鱼，听夜莺唱歌。然后从七月到深秋，画家们将沿伏尔加河旅游，她作为团体①的一名必不可少的成员，参加这一活动义不容辞。她已经用细麻布缝了两套旅行装，买了路上用的颜料、画笔、画布和新的调色板。里亚博夫斯基几乎每天都来她家，看看她的绘画有什么长进。每当她把画拿给他看，他总是把手深深地往衣袋里一插，咬着嘴唇，哼了哼鼻子，说：

“噢，是这样……您的这片云在叫喊：不像被晚霞照亮的云。前景像被咬得七零八落，有些地方，您明白吗，不大对劲……您的那座小木屋被什么东西压得喘不过气来，哇哇叫苦……这个屋角应当再暗一些。不过总的来说还不坏……我赞赏。”

他说得越是难懂，奥莉加·伊凡诺夫娜听得越明白。

三

圣灵降临节②的第二天，午饭后戴莫夫买了一些酒菜和糖果，动身去别墅看望妻子。他俩没见面已有两周之久了，他很想念她。他先是坐了一段火车，后来在一大片树林里寻找自家的别墅，他早已觉得又饿又累，一心盼望着不久能自由自在地跟妻子共进晚餐，再美美地睡上一觉。他看着那包东西心里甜滋滋的，那里面可有鱼子酱、奶酪和鲑鱼哩。

他终于找到自家的别墅，认了出来，这时太阳快要下山了。一个老女仆告诉他：太太不在家，不过他们很快就会回来。这别墅样子难看极了，天花板低矮，糊着字纸，地板凹凸不平，有许多裂缝。房子有三个房间。一间房里摆着一张床，另一个房间里，椅子上和窗台上胡乱扔着画布、画笔、脏纸、男人的大衣和帽子，在第三个房间里戴莫夫看到三个不认识的男人。其中两人是留着大胡子的黑发男子，第三人很胖，脸面刮得光光的，看样子是名演员，桌上的茶炊吱吱地冒着汽。

“您有什么事？”演员用男低音问，冷冷地打量着戴莫夫，“您找奥

① 原文为俄语音译的法文。

② 圣灵降临节：东正教节日，在复活节（俄历三月二十二日）后第五十天。

莉加·伊凡诺夫娜吗？请等一下，她很快就回来。”

戴莫夫坐下来等。一个黑发男子睡眼惺忪、无精打采地瞧了他几眼，给自己倒了一杯茶，问道：

“要不要来一杯？”

戴莫夫又饥又渴，但他不想败坏自己的胃口，谢绝了。不久就听到脚步声和熟悉的笑声。门砰的一声响，奥莉加·伊凡诺夫娜跑进屋来，她戴一顶宽边草帽，手里提着画箱。紧随其后的是里亚博夫斯基，他兴高采烈、满脸通红，拿着一把大伞和一张折叠椅。

“戴莫夫！”奥莉加·伊凡诺夫娜高声叫了起来，高兴得涨红了脸，“戴莫夫！”她又叫一声，把头和双手贴在他的胸脯上，“是你呀！你为什么这么久都不来？为什么？为什么？”

“我哪有时间，亲爱的？我总是忙忙碌碌，等我有空了，火车的班次又常常不合适。”

“不过看到你我好高兴！我夜夜都梦见你！我真担心你病了。哎呀，你不会知道你是多么可爱，你来得正好！这下可救了我了！只有你能救得了我！明天这儿要举行一个顶顶别致的婚礼，”她说着，笑嘻嘻地为丈夫系好领带，“车站上的年轻电报员奇克里杰耶夫明天结婚。很帅的一个小伙子，人也不蠢，你知道吗，他的脸上有一股刚强的、像熊一样的表情……正合适拿他当模特画一幅年轻的瓦里亚格人①。我们住在别墅里的人全对他很感兴趣，已经答应一定参加他的婚礼……他这人没有钱，孤单一人，还胆小怕事，所以呢，不用说，不同情他那就是罪过。你想想，做完弥撒就举行结婚仪式，然后从教堂里出来，大伙走到新娘家……你可知道，葱翠的小树林，小鸟唱着歌，在草地上的阳光斑斑驳驳，在这片翠绿色的背景上，我们都成了五颜六色的斑点——这画面多别致，有着法国印象派的韵味。可是，戴莫夫，叫我穿什么衣服进教堂？”奥莉加·伊凡诺夫娜说着，做出一副哭相，“我这儿样样都缺，实在是样样都缺！没有衣服，没有花，没有手套……你一定得救救我。你既然来了，那就是说，是命运差遣你来拯救我的。我亲爱的，你拿着这串钥匙，回家去，把衣柜里我那件粉红色连衣裙取来。你没忘了吧，就挂在最前面……然后在储藏室的右边地板上，你会看到两个硬纸盒。你

① 瓦里亚格人：古俄罗斯对北欧诺尔曼人的称呼。

打开上面的盒子，里面尽是花边，花边，花边，还有各种各样的零头碎料，这些东西底下就是花。你拿花的时候，千万要小心，可别弄皱了。亲爱的，把花都取来，容我挑挑……另外，再买一副手套。”

“好吧，”戴莫夫说，“我明天回去，叫人送来。”

“明天怎么行？”奥莉加·伊凡诺夫娜问，吃惊地望着他，“明天怎么来得及？明天头班火车早上九点开，婚礼在十一点举行。不，亲爱的，要今天回去，一定得今天回去！如果你明天来不了，那就找个人送来。好了，去吧……很快就有趟客车要经过这里。别误了火车，亲爱的。”

“好吧。”

“唉，我真舍不得放你走，”奥莉加·伊凡诺夫娜说，泪水涌上她的眼眶，“唉，我这个傻瓜，干吗答应那个电报员呢？”

戴莫夫匆匆喝了一杯茶，拿了一个面包圈，温和地微笑着，上车站去了，那些鱼子酱、奶酪和鲑鱼，都让那两个黑发男子和胖演员消受了。

四

六月里一个宁静的月夜，奥莉加·伊凡诺夫娜站在伏尔加河上一只游轮的甲板上，时而望着水面，时而望着美丽的河岸。她的身旁站着里亚博夫斯基，他对她说，水上黑黝黝的阴影并非阴影，而是梦。又说，这魔幻般的水域和它神奇的闪光，这无边无际的天空，以及忧伤而沉思中的河岸，都在诉说着我们生活的空虚，昭示着人世间存在一种崇高而永恒的幸福；在这样迷人的月夜，人若能忘却自己，死去，变成回忆，那该多美好！过去的岁月庸俗而无趣，未来也毫无意义，人的一生只能巧遇一次这美妙的夜晚，它也很快就要消逝，进入永恒——人活着又为了什么呢？

奥莉加·伊凡诺夫娜时而聆听着里亚博夫斯基的呓语，时而聆听着夜的宁静，心里却想着：她是永生的，永远不会死去。这前所未见绿宝石般的河水，这天空、河岸，这幢幢黑影和充溢她心田的难以自抑的欢乐，都在告诉她：有朝一日她会成为伟大的艺术家；在那遥远的地方，在月夜的那一边，在无边无际的天地间，等待她的将是成功、荣誉和人民的爱戴……她久久地凝视着远方，似乎看到了蜂拥的人群，辉煌的灯火，似乎听到了庆典上凯旋的乐曲和人们的欢呼声，她自己则穿一袭白色长裙，鲜花从四面八方撒到她身上。她还想到，跟她并排站着、伏在船侧栏杆上的这个男人，是真正的伟人，天才，上帝的宠儿……迄今为止，他所创作的全部作品都那么优秀、新颖、不同凡响，日后他的稀世奇才完全成熟，他的创作将无限高超，令世人倾倒。这一点，从他的脸、从他的表达方式，从他对大自然的态度就表露无遗。关于阴影和黄昏的情调，关于月光，他都说得与众不同，用的是自己独特的语言，这一切使人不由感受到他那种驾驭大自然的魅力。他本人风流倜傥，极富独创性。他独立不羁，逍遥自在，超凡脱俗，过着小鸟一样的生活。

“天凉了，”奥莉加·伊凡诺夫娜说着，不由得打了个冷战。

里亚博夫斯基把自己的雨衣披在她身上，悲切地说：

“我觉得我的命运掌握在您的手里。我是奴隶。今天你为什么如此迷人？”

他一直目不转睛地打量她。他的眼神令她胆战心惊，她都不敢抬眼看他了。

“我发了疯似的爱着您……”他细声悄语道，呼出的气哈到她的脸颊上，“只要您对我说一个‘不’字，我就不想活了，我要抛弃艺术……”他激动万分地喃喃道，“爱我吧，爱我吧……”

“别说了，”奥莉加·伊凡诺夫娜说时闭上了眼睛，“太可怕了。可戴莫夫呢？”

“什么戴莫夫？为什么提戴莫夫？戴莫夫关我什么事？伏尔加河，月亮，美景，我的爱情，我的痴情就在这儿，可没有什么戴莫夫……唉，我什么也不知道……我不需要过去，只求您给我片刻的……一瞬间的欢乐！”

奥莉加·伊凡诺夫娜的心剧烈地跳动起来。她有心想一想丈夫，可是她又觉得过去的一切，婚姻、戴莫夫和家庭晚会，都微不足道，毫无意义，模糊不清，毫无必要，显得非常遥远……事实是，戴莫夫算什么？为什么提戴莫夫，她跟戴莫夫有什么相干，世间确有戴莫夫这个人吗，或者他仅仅是一个梦？

“其实，对他这样一个普通而又平凡的人来说，他已经得到的那份幸福就够多的了。”她双手掩面想道，“让别人谴责去吧，诅咒去吧，我偏要这样，宁愿毁灭。偏要这样，宁愿毁灭……生活中的一切都应当去体验一番。天哪，这多恐怖又多美妙啊！”

“噢，怎么样？怎么样？”画家喃喃道。他搂着她，贪婪地吻她的手，她则有气无力地想推开他，“你爱不爱我？爱吗？爱吗？啊，夜多宁静！多美妙！”

“是的，是个美妙的夜！”她悄声说，瞧着他那双饱含泪水而闪闪发亮的眼睛，接着快速回过头去，搂住他，热烈地吻他。

“船快到基涅什玛了！”甲板的另一侧有人高声喊道。

可以听到沉重的脚步声。有人从小卖部出来，打旁边经过。

“听我说，”奥莉加·伊凡诺夫娜说，她幸福得又笑又哭，“拿葡萄酒去。”

画家激动得脸色发白，坐到长椅上，怀着爱恋而感激的眼神打量着奥莉加·伊凡诺夫娜。后来他闭上眼，懒洋洋地微笑着，说：

“我累了。”

他把头靠在栏杆上。

五

九月二日，温暖，风平浪静，但一片阴沉。一清早，伏尔加河上升起薄雾，九点钟以后又下起毛毛细雨来。看来完全没有转晴的希望。喝茶的时候，里亚博夫斯基对奥莉加·伊凡诺夫娜说，绘画是一门最难见成效又最枯燥乏味的艺术，说他算不得画家，只有傻瓜才认为他有才华。突然间，他无端抓起一把餐刀，划破了自己一幅最好的画稿。早茶后，他神情忧郁坐在窗前，眼望着伏尔加河。可是伏尔加河不再波光粼粼，而变得浑浊灰暗，看上去冷冰冰的。所有的一切都使人想到，阴雨绵绵、阴沉的秋天即将来临。似乎是，两岸那一块块葱茏的绿毯，河上一串串宝石般的波光，明澈的蓝色远天，伏尔加河整个色彩斑斓、赏心悦目的自然美景，此刻都已让造物主收回去，藏进箱笼里，以备来年春季之用。伏尔加河附近的乌鸦在盘旋，讥笑它：“光秃秃一片！光秃秃一片！”里亚博夫斯基听着它们的聒噪，默默想道：他已江郎才尽；世上的一切都是有条件的、相对的、愚蠢的；他不该让自己受这个女人的约束……总之，他心情不好，苦闷难当。

奥莉加·伊凡诺夫娜坐在隔板后面的床上，手指梳理着自己亚麻色的秀发，时而想象自己在客厅里，时而在卧室里，时而又在丈夫的书房里。想象又把她带到剧院里，带到女裁缝那里，带到那些名流朋友家里。现在他们都在干什么呢？他们还想起她吗？演出季已经开始，应该考虑一下晚会的事了。戴莫夫呢？啊，可爱的戴莫夫！他在每封信里都那么温存地、像孩子般苦苦央求她早点回家！每月他都给她寄来七十五卢布。有一次她写信告诉他，她欠了几位画家一百卢布，不久他真的把这笔钱寄来了。多么宽厚、善良的人啊！旅行生活搞得奥莉加·伊凡诺夫娜筋疲力尽，她厌烦了，恨不得马上离开这些乡民，这河上的潮气，甩掉那种肉体肮脏的感觉，这种浑身肮脏的感觉是她从一个村子搬到另一个村子，住在农家小屋里时时刻刻都感觉到的。要不是里亚博夫斯基许诺过，他要跟那些画家在此地一直住到九月二十日，她本可以今天就离开这里。要真能这样，那该多好啊！

"天哪！"里亚博夫斯基呻吟道，"到底什么时候才能出太阳呢？没有阳光，我那幅阳光灿烂的风景画就无法画下去了！"

"你不是还有画面上是多云天空的画稿吗，"奥莉加·伊凡诺夫娜从隔间走出来，说，"记得吗，在前景的右侧是树林，左侧是一群母牛和鹅。趁现在你可以把它画完。"

"哼！"画家皱起眉头，"画完！难道您以为我这人就那么蠢，就不知道自己该做什么！"

"你对我的态度变化真大！"奥莉加·伊凡诺夫娜叹了一口气。

"嘿，那就好。"

奥莉加·伊凡诺夫娜的脸上一阵抽搐，她走到炉子旁边，哭了起来。

"对，现在缺的就只眼泪。算了吧！我有成千上万种理由哭，但就是不哭。"

"成千上万种理由！"奥莉加·伊凡诺夫娜呜咽着说，"最根本的理由就是您已经把我当成了累赘。是的！"她说完，放声大哭起来，"说实在的，您现在已经为我们的爱情感到羞耻。您想方设法提防被那几个画家知道，其实是瞒不过去的，他们早就知道了。"

"奥莉加，我只求您一件事，"画家央求道，一手按着胸口，"只求一件事：别再折磨我！此外，我对您别无所求！"

“那您起誓，说您现在仍然爱我！”

“这太折磨人了！”画家咬着牙一字一顿地说，他跳了起来，“到头来我只好去跳伏尔加河，要不然发疯！你饶了我吧！”

“好啊，您杀了我吧，杀了我吧！”奥莉加·伊凡诺夫娜嚷起来，“动手呀！”

她又号啕大哭起来，跑回隔间去了。雨水打在农舍的干草顶上，响起沙沙声。里亚博夫斯基抱着头，在小屋里踱来踱去。后来他一脸果断的神色，似乎想对谁证明什么，戴上帽子，扛上猎枪，出了农舍。

他走后，奥莉加·伊凡诺夫娜躺在床上哭了很久。她首先想到，最好服毒自尽，让回来的里亚博夫斯基发现她已经死了。想象又把她带回自家的客厅，带回丈夫的书房。她想象着自己一动不动地坐在戴莫夫身旁，享受着身心的安宁和洁净，到了晚间坐在剧院里，听马西尼①演唱。她想念文明，想念城市的繁华，想念那些名人，想得她愁肠寸断。这时进来了一位农妇，不慌不忙地生炉子做饭。烟熏火燎，空气被烟熏得变成了淡蓝色。画家们回来了，高统靴上沾满了烂泥，脸上挂着雨水。他们分析画稿，聊以自慰地说：伏尔加河即使遇上恶劣天气，也自有它的魅力。那只廉价的挂钟在墙上滴答作响……冻僵的苍蝇聚在放圣像的屋角里嗡嗡乱叫，可以听到板凳底下那些厚纸板中间有蟑螂爬来爬去……

里亚博夫斯基直到太阳西下才回到农舍。他把帽子往桌上一扔，也没有脱下脏靴，脸色苍白、疲惫不堪地坐到长凳上，立即闭上眼睛。

“我累了……”他说，动了动眉毛，竭力想抬起眼皮。

奥莉加·伊凡诺大娜为了对他表示亲热，表明她没有生气，就坐到他的身旁，默默地吻了他一下，把小木梳插进他的浅色头发里。她想给他梳头。

“您这是干什么？”他问，猛地一哆嗦，好像有个冰凉的东西碰到他的身体，他睁开眼睛，“您这是干什么？让我安静一会儿，求您了！”

他推开她，径自走掉了。她觉得他的脸上显出憎恶和懊恼的神情。这时候，农妇小心翼翼地捧着一盆菜汤给他送来，奥莉加·伊凡诺夫娜看到，她的两个大拇指都泡在汤里。这个腆着大肚子的脏农妇、菜汤吃得津津有味的里亚博夫斯基、小屋以及整个生活，此刻都令她心生恐惧

---

① 马西尼（1844—1926）：意大利男高音歌唱家。

之感，虽说刚来的时候她很喜欢这种简朴和颇有艺术趣味的杂乱生活。她突然感到自己受了侮辱，便冷冷地说：

“我们需要分开一段时间，要不然由于无聊我们当真会吵翻的，我讨厌这样。今天我就走。”

“怎么走？骑棍子走吗？”

“今天星期四，九点半钟有一班轮船经过这里。”

“是吗？好，好……那有什么，你走吧……”里亚博夫斯基温和地说，他用毛巾作了餐巾，擦了擦嘴，“你在这里闷得慌，无所事事，只有十足的利己主义者才想留下您。你走吧，二十号以后我们又会见面的。”

奥莉加·伊凡诺夫娜兴高采烈地收拾起东西，高兴得脸都红了。难道这是真的吗？她暗自问自己，她真的很快就能在客厅里画画，在卧室里睡觉，在铺着桌布的餐桌上吃饭吗？她变得轻松愉快，不生画家的气了。

“我把颜料和画笔全给你留下，里亚布沙①，”她说，“我留下的东西，以后你都给我带回去……听好了，我走以后你别偷懒，别闷闷不乐，你要工作。你是我的好样的，里亚布沙。”

九点钟，里亚博夫斯基跟她吻别，她立即想到，他这样做是免得当着画家们的面在轮船上吻她，他把她送到码头。轮船不久就来了，载走了她。

两天半后她才回到家里，来不及脱掉帽子和雨衣，她激动得喘着粗气跑进了客厅，又从客厅到了餐室。戴莫夫没穿上衣，背心敞开着，坐在餐桌后，在叉子上磨刀子。他面前的盘子上摆着一只松鸡。当奥莉加·伊凡诺夫娜走进住宅的那一刻，她决定，一切都得瞒过丈夫，对此她相信自己有足够的能力和本事。可是现在，当她看到他那开朗、温和、幸福的笑容和那双快活得闪闪发亮的眼睛时，她立即感到，要瞒过这个人是卑鄙丑恶的，同时也不可能，她做不到，这不啻要她去干诽谤、偷窃、杀人的勾当。刹那间，她决定把发生的事和盘托出。她让他吻她，拥抱她，随后她在他面前跪了下来，双手蒙住了脸。

“怎么啦，怎么啦，亲爱的？”他柔声问道，“是想家了吧？”

---

① 里亚布沙：里亚博夫斯基的昵称。

她抬起羞得通红的脸，用负疚、恳求的目光望着他，但是恐惧和羞愧使她失去了说出真情的勇气来。

“没什么……”她说，“我这是太……”

“坐下吧，”他说着把她搀起来，扶她坐到餐桌后，“这就好了……吃松鸡吧。小可怜，你一定饿坏了。”

她贪婪地吸进家里温馨的空气，吃着松鸡；他柔情脉脉地瞧着她，快活地笑了。

六

显然，过了半个冬季，戴莫夫才知道自己受骗了。他好像自己做了亏心事似的，遇见她时已不敢正视她的眼睛，脸上再也见不到愉快的笑容了。为了减少跟她单独相处的时间，他常常把自己的同事科罗斯捷列夫带回家吃午饭。这个五短身材的人留着短发，面容憔悴，每当跟奥莉加·伊凡诺夫娜交谈的时候，总是紧张得把自己坎肩上的全部纽扣先解开再扣上，然后用右手去捻左侧的唇髭。吃饭的时候，两位医生谈的都是医学问题，如横隔膜一旦升高有可能导致心律不齐，如最近一个时期经常遇到许多神经炎患者。有一次戴莫夫谈到，他昨天解剖了一具尸体，诊断书上写着“恶性贫血”，他却在胰腺上发现了癌变。两人之所以这样做，似乎只是为了让奥莉加·伊凡诺夫娜可以不说话，确切地说让她不必撒谎。饭后，科罗斯捷列夫坐到钢琴前，戴莫夫叹口气，对他说：

“唉，老兄！弹吧，没什么！弹首忧伤的曲子吧。”

科罗斯捷列夫耸起肩膀，伸开十指，在钢琴上奏出几个和音，然后用男高音唱起来：“你且告诉我，俄罗斯哪里的农民不呻吟？”① 戴莫夫又长叹一声，一手支着下颏，沉思起来。

近来，奥莉加·伊凡诺夫娜的行为举止不谨慎。每天早晨她醒来后心绪总是很坏。她想到，她已经不爱里亚博夫斯基，谢天谢地，这事已经了结了。可是喝完咖啡，她又想到，里亚博夫斯基害得她失去丈夫，现在她既失去了丈夫，又失去了里亚博夫斯基。后来她回想起一些熟人

① 引自涅克拉索夫的诗《大门前的沉思》。

的谈话，说里亚博夫斯基正准备在画展上展出一幅惊人之作，是风景画和风俗画的混合体，富有波列诺夫①的风格。据说，凡是去过他画室的人，都为此欣喜若狂。不过她又想，他是在她的影响下才创作出这幅画的，总之，多亏她的影响他才发生巨变，创作上才有所突破。她的影响如此巨大，至关重要，一旦她丢下他不管，那么看来他就完了。她又回想起，最近他来看她的时候，穿一件带小花点的灰上衣，系着新领带，懒洋洋地问她："我漂亮吗？"是的，凭他那翩翩的风度，长长的鬈发和蓝蓝的眼睛，他的确风流倜傥（也许，这是最初的印象），而且他对她很温柔。

就这样经过一阵胡思乱想后，奥莉加·伊凡诺夫娜更衣打扮，怀着异常激动的心情，去画室找里亚博夫斯基。她到那儿时，见他心情极佳，正自我陶醉于那幅真正出色的画中。他跳跳蹦蹦，嘻嘻哈哈，对严肃的问题总是以几句玩笑对之。奥莉加·伊凡诺夫娜嫉妒里亚博夫斯基，痛恨他的那幅画，不过出于礼貌，还是在画前默默站了五分钟，最后，她像人们面对圣物，叹了一口气，小声说：

"是的，你还从来没有画过这样的画。你知道，简直是惊人之举！"

后来她求他，求他爱她，不要抛弃她，怜惜她这个可怜而不幸的人。她哭哭啼啼，吻他的手，要求他对她起誓，说他爱她，而且一再向他表明，离开她良好的影响，他将走上歧途，自取毁灭。她败坏了画家的好兴致，自己心里也感到深深的屈辱，最后她只好去找女裁缝，或者找熟悉的女演员弄几张戏票。

如果她在画室里找不到他，她就给他留下信，赌咒发誓说：要是今天不来看她，她一定服毒自尽。他害怕了，就来找她，还留下来吃饭。他并不顾忌她的丈夫在场，对她说话粗鲁无礼，她也针锋相对。两人都感到彼此已密不可分，都觉得对方是暴君，是仇敌。他俩恶言相加，在气愤中全然没有注意到，他们的举动不成体统，连蓄短发的科罗斯捷列夫也看出其中的端倪。饭后，里亚博夫斯基匆匆告辞，走了。

"您去哪儿？"奥莉加·伊凡诺夫娜在前室愤恨地问他。

他皱起眉头，眯着眼睛，随口说出一个她也熟悉的女人名字。显然他这是嘲弄她的嫉妒，故意惹她生气。她回到自己的卧室，倒在床上。

---

① 波列诺夫（1844—1926）：俄罗斯风景画家。

由于嫉妒，懊丧，受辱和羞耻，她咬着枕头，放声大哭起来。戴莫夫撇下客厅里的科罗斯捷列夫，来到卧室，局促不安、手足无措地小声说：

“别哭得这么响，亲爱的……何苦呢？这种事不可声张……要不露声色……你知道，已经发生的事已无力回天了。”

她不知道怎样才能平息心中的妒火，只觉得太阳穴疼痛难当。她转而又想，事情还可以挽回，于是她梳洗一番，朝泪痕斑斑的脸上扑点粉，飞一般去找那个熟悉的女人。她在那个女人家没有找到里亚博夫斯基，就坐车找第二家，然后找第三家……开始时，她还觉得这样乱找一气有点不好意思，后来也习惯了。常常是，一个晚上她跑遍了她认得的所有女人的家，为的是找到里亚博夫斯基。大家也都明白是怎么回事了。

有一天，她对里亚博夫斯基说到她的丈夫：

“这个人的宽宏大量压得我喘不过气来。”

她就喜欢说这句话，但凡遇到知道她和里亚博夫斯基的风流韵事的画家，她总是把手用力一挥，这样说她的丈夫：

“这个人的宽宏大量压得我喘不过气来。”

他们的生活方式倒还跟去年一样没有改变。每逢星期三举行晚会。演员朗诵，画家作画，大提琴手演奏，歌唱家唱歌，而且到了十一点半，通往餐室的门打开了，戴莫夫面带微笑说：

“请吧，诸位先生，请吃点东西。”

奥莉加·伊凡诺夫娜照旧寻找伟人，找到了不满意，又重找。跟从前一样，她每天深夜才回家，这时候戴莫夫却不像去年那样已经睡觉，而是坐在他的书房里，在写什么东西。他要到三点才躺下，八点钟就起床了。

一天傍晚，她正准备去看戏，站在卧室的穿衣镜前，戴莫夫穿着礼服、系着白领带走了进来。他温和地微笑着，像过去一样，兴高采烈地瞧着妻子的眼睛。他的脸上容光焕发。

“我刚通过了学位论文答辩，”他说着，坐下来揉他的膝盖。

“通过了？”奥莉加·伊凡诺夫娜问。

“啊哈！”他笑起来，伸长脖子想看看镜子里妻子的脸，她却始终背对着他，站在那里梳理头发，“啊哈！”他又说了一遍，“你知道，他们很可能授予我一个病理学概论方面的编外副教授职称。有这方面的迹象。”

从他那张容光焕发、无比幸福的脸上可以看出，此刻只要奥莉加·伊凡诺夫娜能分享他的喜悦和成功，那他会原谅她的一切，包括现在的和将来的，他会把一切都忘掉，可是她不懂什么叫编外副教授，什么叫病理学概论，再说她担心看戏迟到了，所以什么话也没有说。

他坐了两分钟，怀着歉意微微一笑，走了出去。

七

这是最不平静的一天。

戴莫夫头痛得厉害。早上，他没有喝茶，也没去医院，一直躺在书房里的一张土耳其式长沙发上。奥莉加·伊凡诺夫娜像平时一样十二点多钟又去找里亚博夫斯基，想让他看看自己的 nature morte①，再问问他昨天为什么不来找她。她觉得这幅画毫无意思，她之所以画它只是为了找个无谓的借口可以去找画家。

她没拉门铃就走了进去。她在前室脱套鞋时，听到画室里似乎有人轻轻地跑过去，还有女人衣裙的窸窣声。她往画室里张望，只看到棕色的裙子一角一闪而过，消失在一幅大画后面。这幅画连同画架，从顶端一直到地板，都蒙着黑布。毫无疑问，有个女人躲起来了。奥莉加·伊凡诺夫娜常常也在这幅画后面躲起来的！里亚博夫斯基显然很窘，他对她的到来似乎感到吃惊，向她伸出双手，不自然地笑着说：

“哎呀呀！见到您真高兴。有什么好消息吗?”

奥莉加·伊凡诺夫娜的眼睛里充满了泪水。她受到羞辱，感到伤心。哪怕给她一百万，她也不愿在这个不相干的女人，情敌，虚伪的人在场的情况下说话。那女人现在站在画布后面，大概正在幸灾乐祸地笑呢。

“我给您带来一幅画稿……”她用极细的声音怯生生地说，她的嘴唇在哆嗦，“一幅 nature morte。”

“啊……画稿?”

画家接过画稿，边走边看，似乎是机械地进了另一个房间。

---

① nature morte：法文，义为“静物写生”，下同。

奥莉加·伊凡诺夫娜顺从地跟着他。

“nature morte……一流的，”他嘟哝着，随后信口押起韵来，“库罗尔特，乔尔特，波尔特①……”

从画室里传来匆忙的脚步声和衣裙的窸窣声。这就是说，她走了。奥莉加·伊凡诺夫娜真想大喝一声，抓起什么重东西朝画家头上砸去，然后转身跑掉。但是她泪眼模糊，什么也看不清楚，沉重的羞辱感压在心头，她觉得自己已经不是奥莉加·伊凡诺夫娜，不是女画家，而是一条小爬虫了。

“我累了……”画家懒洋洋地说，望着画稿，不住地甩着头驱赶瞌睡，“当然啦，画得不错，不过今天一幅画稿，去年一幅画稿，下个月还是一幅画稿……您怎么不腻呢？换了我，早就把画笔扔了，不如认真搞点音乐什么的。要知道，您算不得画家，您是音乐家。不过，您可知道，我多累啊！我这就去叫他们送茶来……好吗？”

他走出房间，奥莉加·伊凡诺夫娜听到，他在吩咐听差什么。她不想与他告别，不想相互作出解释，最主要是为了免得哭出来，没等里亚博夫斯基回来，她匆匆跑到前室，穿上套鞋，来到街上。她这才轻快地舒了一口气，感到自己跟里亚博夫斯基、跟绘画、跟刚才在画室里压在她心头的那种沉重的羞辱感，从此一刀两断了。一切都结束了。

她先去找女裁缝，随后去拜访昨天刚到的巴尔奈②，从巴尔奈那儿出来又去了一家乐谱店。一路上她都在琢磨着，怎样给里亚博夫斯基写一封冷酷无情、充满个人尊严的信，怎样在春天或夏天她和戴莫夫一道去克里米亚度假，从此跟过去的生活彻底决裂，开始新的生活。

这天夜里，她很晚才回家，她没有换衣服就在客厅里坐下写信。里亚博夫斯基说她算不得画家，为了报复，她现在写信告诉他：他年年画的是老一套，他天天说的也是老一套，他裹足不前了，除了已有的成绩，他将来不会有任何成就。她还想告诉他：他在许多方面得益于她的良好影响，如果说他现在继续干蠢事，那只是因为转而受到形形色色的轻薄女子的影响，今天躲在画布后面的那个女人就是其中之一。

“亲爱的，”戴莫夫在书房里叫她，并没有开门，“亲爱的！”

---

① 分别为俄语“疗养院”“鬼”“港口”的音译，与“一流的”尾音“索尔特”同韵。此处为无聊的戏言。

② 巴尔奈（1842-1924），德国名演员，戏剧活动家。

“什么事？”

“亲爱的，你别进我的房间，站在门口就行了。是这么回事……前天我在医院里传染了白喉，现在……我不舒服。你快去请科罗斯捷列夫。”

奥莉加·伊凡诺夫娜对丈夫，就像对她所有熟悉的男人一样，只叫姓，不叫名字。她不喜欢他的名字奥西普，因为它这名字让人联想到果戈里的奥西普①和一句俏皮话：“奥西普，哑嗓子；阿尔希普，嗓子哑。”现在她却喊道：

“奥西普，这不可能！”

“去吧！我难受着……”戴莫夫在门后说。可以听到他走回沙发那里，又躺下了，“去吧！”沙发里传来他低沉的声音。

“到底是怎么回事？”奥莉加·伊凡诺夫娜想道，她吓得手脚发凉，“这病可危险呢！”

她莫名其妙地举着蜡烛进了自己的卧室，想着该怎么办。无意间她看了一眼穿衣镜：一张吓白的脸，短上衣的两个袖子高高耸起，胸前一大堆黄色的绉边，裙子上乱七八糟的条纹，她觉得自己这副模样太可怕，太令人作呕了。她突然痛心地感到自己有愧于戴莫夫，辜负了他对她的那份深情厚爱，对不起他年轻的生命，甚至对不起这张他好久没睡过的空床。她不时想起他平日那张温和、恭顺的笑脸。她伤心得放声大哭起来，立即给科罗斯捷列夫写了一封求助信。这时已是午夜两点了。

八

早晨七点多钟，奥莉加·伊凡诺夫娜因夜间失眠而脑袋发沉，没有梳洗，模样丑陋，一脸愧色，从卧室里出来。这时一位黑胡子先生打她身旁走过，进了前室，看来他是医生。屋里有一股药水味。科罗斯捷列夫站在书房门边，右手捻着左侧的唇髭。

“对不起，我不能放您进去看他，”他脸色阴沉地对奥莉加·伊凡诺夫娜说，“这病会传染的。事实上，您也没有必要进去。他已昏迷不醒，正在说胡话。”

---

① 俄罗斯作家果戈理（1809—1852）的剧本《钦差大臣》中的仆人。

“他真的得了白喉？”奥莉加·伊凡诺夫娜低声问。

“那些明知危险却偏要去冒险的人，真应该送交法庭审判，”科罗斯捷列夫喃喃自语，没有回答奥莉加·伊凡诺夫娜的问题，“您知道他是怎么感染的吗？星期二，他用吸管吸一个病儿的白喉粘液。必要吗？愚蠢……是的，胡闹……”

“危险吗？很危险？”奥莉加·伊凡诺夫娜问。

“是的，都说这病很难治。说实在的，应当请施列克来。”

来了一个身材矮小的人，他头发棕红，鼻子很长，说话带犹太人口音；接着来了一个高个子，背有点驼，头发蓬松，看上去像个大辅祭；最后来了一个年轻人，很胖，脸色红润，戴一副眼镜。医生们来是为自己的同事轮流值班的。科罗斯捷列夫值完班后没有回家，他留下来，像个影子在各个房间里踱来踱去。女仆给值班的医生们送茶，不断跑药房，房间根本没人收拾。家里冷清而凄凉。

奥莉加·伊凡诺夫娜独自坐在卧室里，想到这是上帝来惩罚她对自己的丈夫不忠。这个沉默寡言、从不抱怨、不可理解的人，这个温顺得失去个性，由于过分的善良显得没有主见、软弱的人，此刻正躺在他书房的长沙发上，默默地忍受着痛苦，无怨无悔。如果他吐出一句怨言，哪怕是高烧中的胡话，那么值班的医生就会了解到，病因不单单在白喉上。他们就会去问科罗斯捷列夫，因为他什么都知道。难怪他看着朋友的妻子时，那眼神仿佛在说：她才是真正的元凶，白喉不过是她的同谋犯。她已经不记得伏尔加河上那个月夜，不记得那番爱情的表白和农舍里的那段诗情画意的生活。她只记得，她由于虚幻的追求，由于娇生惯养，她整个人从头到脚都沾上了一层黏糊糊的污秽，从此难以洗刷一清了……

“啊，我骗得他好苦呀，”她想起了自己跟里亚博夫斯基的那段烦心的情事，“作孽呀……”

下午四点钟，她跟科罗斯捷列夫一起吃午饭。他什么也没吃，只喝了一点葡萄酒，皱起了眉头。她也没吃东西。有时她暗自祷告，向上帝起誓，一旦戴莫夫病好了，她会再爱他，永远做他忠实的妻子。有时她神情恍惚，眼望科罗斯捷列夫，心想：“做一个默默无闻的普通人，没有一点出众的地方，再加上面容憔悴，举止粗野，做这样的人难道不乏味吗？”有时她又觉得上帝会即刻处死她，因为她害怕传染，竟一次也没去过丈夫的书房。总之，她的情绪低落而沮丧，相信她的生活已经毁掉，再也无法挽回了……

午饭后天色暗下来。奥莉加·伊凡诺夫娜走进客厅，看见科罗斯捷列夫躺在沙发床上，头下垫着一个金线绣的绸垫子，在呼噜呼噜地打鼾。

值班的医生来来去去，谁也不留意这种乱七八糟的状态。外人在客厅里呼呼大睡，墙上的那些画稿，稀奇古怪的装饰，加上头发蓬乱、衣衫不整的女主人——所有这一切现在已引不起人们丝毫兴趣。有位医生无意中不知为什么笑了一声，这笑声显得那么古怪、那么令人忐忑，叫人听了不寒而栗。

奥莉加·伊凡诺夫娜再次走进客厅时，科罗斯捷列夫已经不睡了。他坐在那里抽烟。

“他的白喉已经转移到了鼻腔，”他小声说，“心脏功能也不好。说实在的，情况很糟糕。”

“那去请施列克吧，”奥莉加·伊凡诺夫娜说。

“他来过了。白喉杆菌已经扩散到鼻腔，是他发现的。唉，施列克已无能为力了！说实在的，施列克也无回天之力了。他是施列克，我是科罗斯捷列夫——仅此而已。”

时间过得很慢。奥莉加·伊凡诺夫娜和衣躺在从早晨起就没有收拾的床上，打起了瞌睡。她似乎觉得，整个宅子，从地板到天花板，让庞大的铁块填满了，只要把这铁块弄出去，大家就会感到轻松愉快。等她回过神来，她才想起，那不是铁块，而是戴莫夫的病。

“nature morte，港口……”她想着想着，又陷入昏睡状态，“港口……疗养院……施列克怎么回事？施列克，格列克，弗列克……克列克。现在我的朋友们都在哪儿？他们知不知道我们家的不幸？主啊，救救我……饶恕我。施列克，施列克……”

又是铁块……时间过得很慢，楼下的挂钟不时敲响。有时听到门铃声；是医生们来了……一名女仆端着托盘上的空杯子走了进来，问：

“太太，床铺要收拾吗？”

女仆得不到回答，便出去了。楼下的钟敲响了。她梦见伏尔加河上的细雨，又有人走进卧室来，好像是个外人。奥莉加·伊凡诺夫娜猛地坐起来，认出他是科罗斯捷列夫。

“几点了？她问。

“快三点了。”

“哦，怎么样？”

“还能怎么样！我是来告诉一声：他快要断气了……”

他呜呜地哭了，挨着她坐在床边，用袖子擦着眼泪。她一时明白不过来，但浑身冰冷，开始慢慢地画着十字。

“快断气了……”他细声又说了一遍，又一声抽泣，“他快死了，因为他牺牲了自己……对科学来说，这是多么重大的损失啊！”他沉痛地说，“要是拿我们同他相比，他是一个伟大的、不平凡的人！才华出众！他给了我们大家多大的希望！”科罗斯捷列夫绞着手，继续道，“上帝啊，像他这样的学者现在打着灯笼也找不到了。奥西卡①·戴莫夫，奥西卡·戴莫夫，你怎么会这样呢！哎呀呀，我的上帝啊！”

科罗斯捷列夫双手掩面，绝望地摇着头。

“他拥有多大的道德力量！”他继续道，变得越来越怨恨什么人，“一颗善良、纯洁、仁爱的心灵——岂但是人，简直是水晶！他埋头科学，为科学献身。他日日夜夜像牛一样干活，谁也不怜惜他。这位年轻的学者，未来的教授还不得不私下行医，晚上搞翻译，好挣钱来买这堆……污七八糟的破烂！”

科罗斯捷列夫用仇恨的目光看着奥莉加·伊凡诺夫娜，双手抓过床单，生气地撕扯着，仿佛床单有罪似的。

“他不怜惜自己，别人也不怜惜他。唉，事实就是如此！”

“是啊，一个世上少有的人！”在客厅里有个男人低声说。

奥莉加·伊凡诺夫娜回想起和他的整个共同生活，从头到尾，包括所有的细节，这才突然明白过来，他确实是世上少有的不平凡的人，跟她所认识的那些人相比，可以说是伟大的人。她又回想起她去世的父亲和所有跟他共事的医生们对他的态度，她这才明白，他们都认定他前途无量。那墙、天花板、电灯和地毯，好像都在对她挤眉弄眼，嘲笑她，仿佛在说：“你瞎了眼，瞎了眼！”她哭着冲出卧室，在客厅里从一个素不相识的男人跟前擦身而过，跑进了丈夫的书房。他一动不动地躺在那张土耳其式长沙发上，齐腰盖着被子。他的脸干瘪，瘦得可怕，脸色灰

① 奥西卡：奥西普的昵称。

黄，这样的颜色活人脸上是绝不会有的。只有从脑门、浓黑的眉毛，还有那熟悉的微笑，让她认出这是戴莫夫。奥莉加·伊凡诺夫娜赶紧摸他的胸、额头和手。胸口还有余温，但额头和手已经凉得叫人发毛。那双半睁半闭的眼睛不是望着奥莉加·伊凡诺夫娜，而是望着被子。

“戴莫夫!”她大声叫道，“戴莫夫!”

她想对他说明：那是一个错误，事情还可以挽救，生活依旧可以美满幸福。她还想告诉他：他是世上少有的不平凡的、伟大的人，她将终生景仰他，为他祈祷，对他怀着神圣的敬畏……

“戴莫夫!”她呼唤他，拍他的肩膀，不相信他已经永远不能醒来，“戴莫夫，戴莫夫呀!”

客厅里，科罗斯捷列夫正对女仆说：

“这有什么好问的？您去找教堂的看门人，跟他打听一下，那些养老院的老婆婆住在哪儿。她们会给死者洁身、装殓，该做的事她们都会处理的。”

（1892年）

在流放地

谢苗这老头，外号叫“明白人”，同一个谁也不知姓甚名谁的年轻鞑靼人坐在岸边的篝火旁。小木屋里还待着另外三名摆渡工。谢苗约莫六十岁，骨瘦如柴，掉了牙，但宽肩阔背，看上去还挺硬朗，这时已喝得醉醺醺的了。他早该进屋去睡觉，但口袋里还有半瓶伏特加，怕屋里的伙计们跟他讨酒喝。鞑靼人生着病，显得挺痛苦的，破衣烂衫裹得紧紧的，正在讲他的家乡辛比尔斯克①如何如何好，他家里的妻子多标致、多聪明。他年约二十四五岁，不会更大。此刻，在篝火的映照下，脸色苍白，一副病态，看上去像个孩子。

“那当然，咱们这儿不是天堂，”明白人说，“你自己也看到了，这地方只有水、光秃秃的河岸，到处是黏土，此外再没有别的了……复活节早已过去，可眼下河面上还有冰，今天早上还下了一场雪。”

“糟，糟！”鞑靼人说着，胆战心惊地朝四下张望。

十步开外有一条昏黑而冷冰冰的河流，河水汩汩有声，拍打着布满大洞小窟的黏土河岸，急匆匆地奔向不知何方的遥远海洋。河岸上靠着一条黑乎乎的大驳船，这里的船工管它叫“浮船”。河对岸远处，有几处火光忽然蹿起，明明灭灭，像火蛇在游动：那是有人在烧去年的荒草。火光之后又是一片黑暗。小冰块撞击驳船的声音隐约可闻。周遭潮湿而寒冷……

鞑靼人看了看天空。已是满天星斗，星星跟他家乡一样多，周围也是一片黑暗，可总觉得这儿少了点什么。家乡辛比尔斯克的星星完全不一样，天空也截然不同。

---

① 辛比尔斯克：俄罗斯中部、伏尔加河畔的城市。

“糟，糟。”他又说了一句。

“你会习惯的！”明白人笑了起来，说，“现在你还年轻，傻拉巴叽，嘴上的奶臭还没干，凭你那股傻劲儿会觉得，这世上数你最不幸的了，可是总有一天你会说：‘上帝保佑，但愿人人都能过上这种日子！’你等着，看我这话说得准不准。再过一个星期，水退下去，等我们在这里安置好渡船，你们就会去西伯利亚到处闯荡。可我要留下来，继续在这两岸间摆过去渡过来。这行当我已干了二十个年头了。谢天谢地！我什么也不要。上帝保佑，但愿人人都能过上这种日子。”

鞑靼人给篝火添些枯枝，挨近火堆躺下，说：

“我爹是个病秧子。他一死，我娘和我老婆就会上这儿来。她们答应了。”

“你干吗要你娘和老婆来，”明白人问，“傻透了，伙计。你这是让魔鬼迷了心窍，见它的鬼去！你千万别听它的，这该死的魔鬼！别让它得逞。它用婆娘来勾引你，你就跟它作对，说：我不要，不希罕！它用自由来诱惑你，你要拼死顶住，说：我不想！什么也不要！不要爹娘，不要老婆，不要自由，不要房屋，一根木橛子也不希罕！什么也不要，见它的鬼去！”

明白人拿起酒瓶，猛喝了一大口，接着说：

“我呀，伙计，可不是普通的庄稼汉，也不是出身卑贱的人，我是教堂执事的儿子。想当年我还是自由之身的时候，住在库尔斯克，身穿礼服。可现在，我把自己修炼到家了：我能赤条条躺在地上睡觉，靠吃草过日子。上帝保佑，但愿人人都能过上这种日子。我什么也不要，谁也不怕，依我看，这世上没有比我更富有、更自由的人了。当年，把我从俄罗斯发配到这里，从头一天起我就拼死顶住：我什么也不要！魔鬼拿妻子、拿亲人、拿自由来诱惑我，我便对它说：我什么都不要！我这么一顶，坚持下来，所以你瞧，我活得多舒坦，我不怨天咒地。谁要是纵容魔鬼，哪怕只听它一回，他就要完蛋，他就没救了，那就是陷进泥潭，再也爬不出来。别说你们这些糊涂的庄稼人，就连那些出身高贵、受过教育的老爷也照样完蛋。约莫十五年前，有位老爷从俄罗斯被发配到这里。听说他伪造了一份遗嘱，不跟自家兄弟平分财产。他还是公爵或男爵哩，也许还是当官的——谁知道！这不，他来到这里，头一件事就是在穆霍金斯克买下一幢房子和一块地。他说：‘今后我要靠我的劳动和汗水养活自己，因为我现在已经不是老爷，而是一名移民流刑犯了。’我对他说：‘没什么，上帝会保佑你的，这是一件好事。’当年他还年轻，爱张罗，整天忙忙碌碌：亲自割草，有时去捕鱼，还能骑着马跑六十来俄里。只有一件事糟糕：从头一年起，他就三天两头跑格林诺，去邮政局。他站在我的渡船上，唉声叹气：‘唉，谢苗，不知为什么家里很久没有给我寄钱了！’我说：‘用不着钱，瓦西里·谢尔盖伊奇，要钱干么？过去的事全都抛开，忘了它，就当它从来没有发生过，就当是场梦，您从头开始生活吧！’我说，‘您别听魔鬼的，它不会成全您，只会设下圈套害您！您现在想钱，稍过一阵子，瞧着吧，您又会想别的东西，之后要的东西便越来越多。您要想让自己幸福，那么最重要的是您什么也不要。对了……’我对他说，‘既然命运害苦了你我，那就绝不要向它求饶，不向它叩头，而是要蔑视它，嘲笑它。要不然它就会嘲笑咱们。’我就是这么对他说的……大约两年之后，我又把他渡到这边岸上，他搓着手，喜笑颜开。他说：‘我这是去格林诺接我的妻子。她可怜我，总算来了。她长得挺美，心地善良。’他高兴得快喘不过气来了。过了一天，他和妻子一道坐车来了。太太年轻漂亮，戴着帽子，怀里还抱着个吃奶的娃娃。各式各样的行李一大堆。瓦西里·谢尔盖伊奇乐得在她身边团团转，怎么看也看不够，怎么夸也夸不完。他说：‘没错，谢苗老兄，即使在西伯利亚，人们也照样能过日子！’我心想：得了吧，别高兴得太早了。从那时起，差不多每个星期他都要去一趟格林诺：看看俄罗斯寄钱来了没有。花销大着哩。他说：‘她是为我才留在西伯利亚，为我断送了自己的青春和美貌，她愿意跟我过苦日子，所以我应当想方设法让她快活……’为了让太太高兴，他结交许多长官和形形色色的坏蛋。不用说，他就得供那帮人吃喝，家里还得有钢琴，沙发上还得有一条毛茸茸的叭儿狗——见它的鬼去……一句话，他摆起阔来了，处处娇她、宠她。可是太太也没跟他过多久。她哪行？这地方满目的泥土和水，冰天雪地，没有蔬菜，没有水果，没有交际，而她是京城里一位娇贵的太太……她当然厌烦了。再说丈夫吧，不管怎么说，已经不是老爷，而是个移民流刑犯——谈不上体面了。记得过了三年，在圣母升天节①前夜，河对岸有人大呼小叫。我把渡船划到那里，一

① 圣母升天节：东正教节日，在旧历八月十五日。

看——是太太，她蒙头盖脸遮得严严实实，身边站着一位年轻的老爷，一名文官。旁边还有一辆三驾马车……我把他们渡到这边岸上，他们坐上马车——转眼就没影了！不过他们还是让人看到了。一清早，瓦西里·谢尔盖伊奇赶着双套马车飞奔过来。他问：'谢苗，我妻子跟一个戴眼镜的老爷是不是过河了？'我说：'过河了，你去野地里追风去吧！'他骑着马追去，追了五天五夜。后来我又把他送到河对岸，他倒在渡船上，拿头使劲儿撞船板，还号啕大哭。'事情是明摆着的'，我说，还笑他，开导他：'在西伯利亚，人们也照样能过日子！'他闹腾得更厉害了……后来他就盼望自由。妻子跑回俄罗斯去了，所以他一心想回去找她，把她从情人手里夺回来。从此，我的小老弟，他差不多天天骑着马跑邮政局，要不进城找长官。他把呈文不断寄出去，递上去，请求赦免放他回家。他常提到，光是电报费他就花去了二百多卢布。他把地卖了，把房子抵押给犹太人。他自己的头发白了，背也驼了，脸色发黄，像个痨病鬼。他跟人说话的时候，哼哼哈哈个不停……还眼泪汪汪的。就这样为呈文的事他就折腾了六七年。不过现在还活着，又变得快活起来了：他迷上了新玩意儿。你猜怎么着：女儿长大了。他瞧着她，心疼她。她呢，说实在的，长得真不错：漂漂亮亮，黑眉毛，性情活泼。每个礼拜天父女俩总要一道去格林诺的教堂。两人紧挨着站在渡船上，她笑容满面，他呢，不眨眼地瞧着她。他说：'是啊，谢苗，即使在西伯利亚，人们也照样能过日子。在西伯利亚也有幸福。你瞧瞧，我的女儿有多好！你跑出一千俄里恐怕也找不出一个像她这样好的姑娘。'我嘴上说：'你女儿是好，这没错，真的……'心里却想：'等着瞧吧……这妞儿正年轻，血流得正欢，她想过好日子，可是这地方过的是什么样的生活？'后来，伙计，她果然开始烦闷了……她蔫下去，蔫下去，整个人都蔫了，病了，虚弱得不行。患上痨病了。这就叫西伯利亚的幸福！见他的鬼去！这就是西伯利亚人过的日子……他开始到处寻医问药，把大夫接回家来。只要听说三百俄里外有好大夫，有巫师，他就赶车去接他们。花在医生大夫身上的那个钱呀，就甭提了！依了我，不如把这些钱换酒喝……她反正治不好。等她一死，他也要完蛋。要么伤心得去上吊，要么逃回俄罗斯——事儿明摆着的。他真要逃跑，人家就会抓他，审他，判他服苦役，到时候就要尝尝鞭子的滋味了……"

"好，好。"鞑靼人嘟哝着，冻得瑟瑟发抖。

"好什么?"明白人问。

"妻子,女儿……苦役算得了什么,烦恼算得了什么,他总算见到了妻子,见到了女儿……你说什么也不要。可是什么也没有——糟!妻子跟他一块儿过了三年,这是老天爷开恩。什么也没有——糟;三年——好。你怎么就不懂?"

鞑靼人浑身哆嗦,搜尽枯肠回想着他所知道的有限的俄语词汇,结结巴巴地说:上帝保佑,千万别在外乡得病,死掉,埋进这片寒冷的铁锈般的泥土里,又说,只要妻子能来到他身边,只待一天,哪怕只待一小时,那么为了这种幸福,任什么样的苦难他都愿意承受。他会感谢上帝,过上一天幸福生活,总比什么也没有强。

随后他又讲到,他留在家里的妻子多标致,多聪明。说着说着,他双手抱头,痛哭起来。他一再要谢苗相信:他丝毫没有罪,他受了冤屈。他的两个兄弟和叔叔赶走了农民家的几匹马,把那个老头打得半死,可是村社不凭良心办事,下了判决,把兄弟三个统统流放西伯利亚,叔叔是有钱人,倒留在家里了。

"你会习惯的!"谢苗说。

鞑靼人不作声了,一双哭红了的眼睛凝视着篝火。他一脸的迷茫和惶恐,仿佛至今还没有弄明白,为什么他流落到这里,置身于黑暗和潮湿之中,待在陌生人中间,而不是在辛比尔斯克。明白人挨着火躺下,无端冷笑一声,又轻轻哼起一支曲子来。

"女儿跟父亲在一起有什么快乐?"过了一会儿谢苗又说起来,"他爱她,他得到了安慰,这话没错;可是,伙计,你跟他得小心行事。老头严厉,固执。年轻的姑娘却不需要严厉……她们需要温柔,需要哈哈哈、嘀嘀嘀,需要香水和化妆品。是这样……唉,就这么回事!"谢苗叹口气,费劲地站起身来,"酒喝光了,这下该去睡了。怎么样?我走啦,伙计……"

鞑靼人独自留下,他又添些枯枝,侧身躺下,望着篝火,开始思念起家乡和妻子来。她能来住上一个月,哪怕只住一天,那该多好啊!之后,她想回去,那就让她走好了!来住上一个月,哪怕一天,总比不来好。不过,要是妻子说到做到,真的来了,那他拿什么养活她呢?在这种地方,让她住哪儿?

"要是没吃没喝的,叫她怎么活?"鞑靼人大声问。

他现在白天黑夜都帮着划船，一昼夜拿十戈比报酬。不错，过路人会给点茶钱和酒钱。可是几个伙计把小费都私分了，一个子儿也不给鞑靼人，只是取笑他。他穷得挨饿，挨冻，成天担惊受怕……眼下他浑身酸痛，哆嗦，本该进屋去躺下睡觉，可是那边没有被子盖，比岸边还冷。这里虽说也没有东西可盖，好歹还可以生堆火……

再过一周，等这里的水退下去，他们安排下平底渡船，所有的船工，除了谢苗之外，也都无事可干了。到那时鞑靼人只好走村串户去乞讨，去找活儿干。他妻子才十七岁，长得漂亮，娇滴滴，羞答答——难道能要她抛头露面去各村讨饭吗？不，这事想起来都可怕……

天亮了。驳船、水中的柳丛和水上的波纹已经清晰地显露出来。可是回头一看——那边是一片黏土高坡。坡底下有一间农舍，屋顶苫着褐色的干草。往上一些，不少乡村木屋挤挤挨挨。村子里的公鸡已在啼叫了。

褐色的高坡、驳船、河流、不怀好意的异乡人，饥饿，寒冷、疾病——所有这一切或许实际上并不存在，或许只是梦境——鞑靼人这样寻思。他觉得他睡着了，甚至能听到自己的呼噜声……当然，他这是在家里，在辛比尔斯克，只要他叫一声妻子的名字，她准会答应。隔壁房间里有母亲……可是，天下竟有这么可怕的梦！干吗要做这种梦呢？鞑靼人微笑着睁开了眼睛，这是什么河？伏尔加河吗？

雪花飘飘。

“喂！”对岸有人在喊叫，“渡船！”

鞑靼人醒悟过来，连忙跑去叫起同伴们好把船划到对岸。几个船工一边走，一边穿上破皮袄，睡意未消地操着哑嗓子骂街，一个个冻得缩着脖子来到了岸边。他们刚从睡梦中醒来，河上飘来的那股刺骨的寒气，显然让他们感到可恶又可怕。他们不慌不忙地跳上驳船……鞑靼人和三名船工拿起宽叶长桨，这些桨在黑暗中看上去像虾螯，谢苗用肚子压着长长的船舵。对岸还在喊叫，甚至放了两枪，以为船工多半睡着了，或者去村里下酒馆了。

“行了，急什么！”明白人说，那种口气仿佛他深信不疑：这世上的事都用不着着急，因为照他看来，急也无济于事。

笨重的驳船离开了岸，在柳丛中间漂浮。柳树慢慢往后退去，这样才看得出来驳船在移动，没有停在老地方。几名船工协调一致地划着桨。谢苗用肚子压着船舵，身子不时在空中划出一道弧线，从船帮的这一侧飞到了另一侧。黑暗中，这些人好像坐在某个洪荒年代、坐在长着好些长爪的怪兽身上，它要把他们送到一个寒冷而荒凉的国度，这样的国度即使在噩梦中也难得一见。

穿过了柳树丛，驳船进入宽阔的地带。对岸已经可以听到木桨的吱嘎声和有节奏的溅水声。有人在喊："快点！快点！"又过了十来分钟，驳船沉重地撞到码头上。

"老下个没完，老下个没完！"谢苗嘟哝着，抹去了脸上的雪，"哪儿来这么多雪，真是天知道！"

等船的是个瘦高个的老头，他穿着狐皮短袄，戴一顶白羔皮帽子，站在离马不远的地方，一动也不动。他的神色忧郁而专注，仿佛正在极力回忆某件事情，对自己不中用的记性很是生气。谢苗走到他跟前，笑嘻嘻地摘下帽子，那人说：

"我急着去阿纳斯塔西耶夫卡。女儿的病更重了，听说那里新派来了一位大夫。"

他们把马车拖上驳船，又往回划去。谢苗叫他瓦西里·谢尔盖伊奇的那个人，在大家划船的时候，一直站着不动，咬紧厚嘴唇，眼睛望着一处地方发愣，马车夫请求他允许在他面前抽烟，他什么也没有回答，好像没听见似的。谢苗用肚子压着船舵，瞧着他挖苦说：

"在西伯利亚，人们照样能生活。活得下去的！"

明白人脸上一副洋洋得意的神色，仿佛他的说法得到了证实，仿佛他正高兴事情的结果当真不出他所料。身穿狐皮短袄的人那副不幸而又无可奈何的样子，分明让他非常开心。

"这种时候出门，瓦西里·谢尔盖伊奇，路上尽是烂泥，"他看到车夫在岸上套马，便说，"您最好再等上两个星期，到那时路就会干些。要不索性别出门……要是出门办事能管用，倒也罢了，可是您自己也知道，人们一辈子东奔西跑，日日夜夜地奔劳，到头来什么好处也捞不到。这可是实话！"

瓦西里·谢尔盖伊奇默默地赏了酒钱，坐上远程马车，赶路去了。

"瞧他，找大夫去了！"谢苗冷得缩起脖子，说，"好，去找真正的大夫吧，去野地里追风、抓住魔鬼的尾巴吧，见你的鬼去！这些个怪人，主啊，饶恕我这个罪人吧！"

鞑靼人走到谢苗跟前，痛恨地、厌恶地瞧着他，浑身发抖，用夹着鞑靼话的蹩脚俄语说：

“他好……好，你——坏！你坏！老爷是好人，他好；你是畜生，你坏！老爷是活人，你是活尸……上帝造人是让他活着，让他高兴，让他发愁，让他痛苦，可是你什么也不要，所以你不是活人，你是石头，是泥土！石头什么也不要，你什么也不要……你是石头——所以上帝不喜欢你，喜欢老爷。”

大家都笑起来。鞑靼人厌恶地皱起了眉头，一挥手，裹紧破衣烂衫，朝篝火走去。几个船工和谢苗拖着沉重的脚步进了小木屋。

“好冷啊！”一个船工声音嘶哑地说。他在铺着干草的潮湿泥地上躺下去，伸直身子。

“是啊！不暖和！”另一个附和道，“苦役犯的生活……”

大家都躺下。门叫风吹开了，雪飘进屋里。谁也不想爬起来去关门：他们怕冷，懒得动弹。

“我觉得挺好。”快要入睡的谢苗迷迷糊糊地说，“上帝保佑，但愿人人都能过上这种日子。”

“你呀，当然，服了一辈子苦役，连鬼都奈何不了你。”

外面传来狗吠似的呜呜声。

“这是什么声音？谁在那儿？”

“鞑靼人在哭。”

“瞧他这……怪人！”

“他会习——习惯的！”谢苗说完，立即睡着了。

其余的人也很快进入梦乡。门就这样一直没关。

（1892 年）

六号病房

一

医院的后院有一座不大的厢房，四周长着密密麻麻的牛蒡、荨麻和野生的大麻。房子的铁皮屋顶已经锈迹斑斑，烟囱塌了半截，门前的台阶已经腐朽，长出草来，墙上的灰浆剥落，只留下斑驳的残迹。厢房的正面对着医院，后面是田野。一道戳着钉子的灰色围墙把厢房和田野隔开。这些尖头上翘的钉子、围墙和厢房本身，无不给人一种独特的死气沉沉、千人怨万人咒的感觉，这样的外观只有我们的医院和监狱才有。

如果你不怕被荨麻刺痛，那就沿着一条通向厢房的狭狭的小道过去，眼前就会呈现这样一幅情景：打开第一道门，来到了外室，这里的墙下和炉子旁一堆堆医院里的破烂狼藉。床垫、破旧的病人服、裤子、蓝白条纹的衬衫和一无用处的破鞋——所有这些皱皱巴巴的破烂混杂在一起，狼藉一地，正在霉烂，散发出一股令人窒息的气息。

看守人尼基塔，嘴里衔着烟斗，老是躺在这堆污七八糟的废物上。他是个退伍老兵，那身旧军服上的红领章早已褪色。他的表情凶狠，脸色憔悴，两道下垂的眉毛给他的脸平添一副草原牧羊犬的神气，鼻子通红，身材不高，看上去瘦骨伶仃，青筋嶙嶙，可是神态威严，拳头粗大。他属于那种头脑简单、唯命是从、忠于职守、愚钝固执的人，这种人最喜欢秩序，把秩序看得高于一切，因而深信：他们就得挨打。他打他们的脸、胸、背，不问什么地方，打了就算，坚信不这样这里就会闹翻天。

再往里走，便进入一间宽敞的大房间，除去外室，整个空间全被它占了。这里的墙壁涂成污浊的蓝色，天花板熏得黑乎乎的，跟不装烟囱的农舍差不多。显而易见，到了冬天，里面的炉子日夜冒烟，煤气浓重。窗子的里边装着铁栅栏，面目丑陋。地板灰暗，粗糙。满屋子的酸白菜味、灯芯的焦糊味、臭虫和氨水味，这股浑浊的气味给人最初的印象是，仿佛进入了畜栏。

房间里摆着几张床，床脚钉死在地板上。在床上坐着、躺着的人都穿着蓝色病人服，戴着旧式尖顶帽。他们都是疯子。

里面一共五个人。只有一人贵族出身，其余的全是小市民。靠近房门睡的是个又高又瘦的小市民，褐色的小胡子亮闪闪的，泪眼模糊，托着头坐着，眼睛死死地盯在一个地方。他日日夜夜摇头晃脑，唉声叹气，一脸苦笑，满腹愁肠。他很少参与别人的谈话，问他什么，也很少搭腔。给他吃的、喝的，他就机械地吃下去，喝下去。从他那声声剧烈而痛苦的咳嗽、骨瘦如柴的模样和脸颊上的潮红可以推断，他是个患肺痨病的人。

第二位是个身材矮小、活跃而手脚不得闲的老头子，留一把尖尖的小胡子，一头乌黑的鬈发，黑人似的。白天他在病室的两扇窗子间不停地踱来踱去，或者像土耳其人那样盘腿坐在自己床上，像灰雀那样，不停地吹着口哨，或小声唱歌，嘿嘿地笑。他的这种孩子气的乐趣和活泼的性格，即使在夜里也有所表现：他常常爬起来向上帝祷告，也就是双拳捶胸，手指头抠抠门缝儿。他就是犹太人莫谢伊卡。大约二十年前他因为帽子作坊起火烧毁而神经错乱，成了疯子。

六号病房的全体病人中，只有莫谢伊卡一人被允许外出，甚至可以离开医院上街去。他很久以来就享受着这一特权，大概因为他是医院的老病号，又是个不伤人的文疯子，再者他已成了城里供人逗乐的角色。只要他出现在街上，就会立即被一群孩子和狗围住，人们对此情景早已习以为常了。他穿着难看的病人服，戴着滑稽的尖顶帽，穿着拖鞋，有时光着脚，甚至不穿长裤，在街上来来去去，在民宅和商店的门口站住，讨个小钱。有人给他克瓦斯，有人给点儿面包，还有人给个一戈比硬币，所以他回来时通常已吃饱喝足，还发了点小财。他带回来的东西统统让尼基塔收了去归自己享用。这个老兵做起这种事来从不手软。他粗鲁地、气急败坏地把他的口袋翻了个底朝天，还呼唤上帝来作证，说他今后绝不再放犹太人上街，说他在这个世界上最恨的是不安分的行为。

莫谢伊卡喜欢帮助人。他给同伴端水，在他们睡着的时候给他们盖好被子，答应下次从街上回来送每人一个戈比，并且给每人缝一顶新帽子。他还用勺子给睡在他左边的一个瘫痪病人喂饭。他这样做既不是出于怜悯，也不是出于什么人道方面的考虑，他只是无形中受了右边的格罗莫夫的影响，模仿他这么干的。

伊凡·德米特里·格罗莫夫是个三十三岁的男子，贵族出身，担任过法院民事执行员，属十二品文官，患有被虐狂。他要么缩成一团躺在床上，要么在室内不停地走来走去，像在活动筋骨，很少坐着。他老觉得有一种莫名其妙的恐惧，始终处于一种亢奋、焦躁、紧张之中。只要外屋里稍有风吹草动，或者院子里有人叫一声，他便立即抬起头，细听起来：莫非是有人来找他？把他抓走？这时他的脸上就露出极度惊慌和厌恶的神色。

我喜欢他那张颧骨凸出的方脸盘，这张苍白、忧郁的脸，像一面镜子反映出他那颗饱受惊吓和苦苦挣扎的心灵。他的脸容奇特、病态，然而他的面容则刻下了深切而真诚的痛苦，显出理智和知识分子所特有的文化素养，他的眼睛闪出温暖而健康的光芒。我也喜欢他本人，彬彬有礼，乐于助人，除了尼基塔，他对所有的人都异常客气。谁要是掉了扣子或者茶匙，他总是赶紧从床上跳下来，拾了起来。每天早晨他都要跟同伴们道早安，睡觉前祝他们晚安。

除了始终紧张的心态和病态的脸相外，他的疯症还有这样的表现：有时在傍晚，他裹紧病人服，浑身发抖，牙齿打战，开始在墙角之间、病床之间急速地来去穿梭，像是他正害着严重的寒热病。有时他突然站住，眼望自己的病友，看来他有十分重要的话要说，可是他又显然以为他们不会听他讲话，或者他们理解不了他的话，于是他便不耐烦地摇着头，继续走来走去。可是不久想说话的欲望占了上风，便无所顾忌，尽情狂放而激烈地说起来。他的话语无伦次，像是梦呓，有时断断续续，模糊不清，然而在他的言谈中，在他的声调中，有一种异常美好的东西。听他说话，你会觉得他既是疯子又是正常人。他的疯话是难以用文字表达出来的。他谈到人的卑鄙，谈到践踏真理的暴力，谈到人间未来的美好生活，谈到这些铁窗总使他想到强权者的愚蠢和凶残。结果他的话就成了一支杂乱无章的混成曲，尽管是老调重弹，却远没有唱完。

二

大约十二年或十五年前，文官格罗莫夫住在城里一条最主要的大街上。他拥有私宅，是位既有地位，家道也殷实的人。他有两个儿子：谢尔盖和伊凡。谢尔盖在大学四年级时得了急性肺结核，死了。从此一连串灾难便接踵而来。安葬了谢尔盖一周后，年老的父亲因为伪造单据、盗用公款被起诉，不久因伤寒病死在监狱医院里。房子和全部动产被拍卖，伊凡·德米特里和他的母亲落到了两手空空的惨境。

父亲在世的时候，伊凡·德米特里住在彼得堡，在大学读书，每月能收到六七十个卢布，从不知穷滋味，他的生活发生剧变后，他只好从早到晚去给人授课，收入低微。他也做抄写工作，却仍旧忍饥挨饿，因为他把全部收入都寄给母亲维持生计了。伊凡·德米特里忍受不了这种生活。他垂头丧气，变得虚弱不堪，不久就放弃学业，回到家乡。在这里，在这座小城里，他多方托人，好不容易谋得了县立学校的一份教职，但因跟同事相处不好，不受学生欢迎，很快他就辞职不干了。接着是母亲去世，他失业在家有半年之久，只靠面包和水度日，后来当上了法院的民事执行员。他一直担任这个职务，最后因病被解职。

他给人的印象始终是个疾病在身的人，即使在青春年少的大学期间也是如此。他一向脸色苍白，身体消瘦，感冒不断，吃得少，睡不好。只要一杯红葡萄酒就能弄得他头昏脑胀，歇斯底里。他想跟人们交往，但由于他生性急躁、多疑，与人合不来，缺朋少友。他向来瞧不起城里人，总说他们粗鲁无知，过的是浑浑噩噩的禽兽般的生活，是他所深恶痛绝的。他说起话来用的是男高音，响亮而激烈，怒气冲冲，愤世嫉俗，要么兴奋欲狂，惊讶异常，但无不一片真诚。不论跟他谈什么，他总是归结到一点：这个城市的生活沉闷、无聊，交往的人中没一个有高尚的情趣，结果害得生活死气沉沉、毫无意义，充斥着形形色色的暴力、愚昧、腐化和伪善。卑鄙之辈锦衣玉食，正直的人忍饥挨饿；社会需要学校、主持正义的报纸、剧院、大众读物和知识界的团结；必须让这个社会认清自己，为此而感到震惊。他评论人时总加上浓重的色调，非黑既白，不承认有其他的色彩。他把人分成卑鄙小人和正人君子两类，中间的人是没有的。关于女人和爱情他总是津津乐道，满腔热情，但他一次也没有爱过谁。

尽管他言词尖刻、神经过敏，城里人都喜欢他，背地里都亲切地叫他万尼亚①。他和蔼可亲、乐于助人的天性，正派纯洁的道德，就连他那件破旧的常礼服、病态的外貌、家庭的不幸，无不唤起人们心中美好、温馨而忧伤的情感。此外他受过良好的教育，博览群书，用城里人的话说，他不啻是这个城市里的一部活字典。

他读过很多书。他常常坐在俱乐部里，神经质地捻着小胡子，翻阅杂志和书籍。看他的脸色可以知道，他不是在阅读，简直在狼吞虎咽，根本来不及细嚼慢咽就吞下去。应当认为，阅读是他的病态习惯之一，因为不管他抓到什么，哪怕是去年的报纸和日历，他都急不可耐地读下去。他在家里总是躺着看书。

三

一个秋天的早晨，伊凡·德米特里高高翻起大衣领子，在泥泞中啪嗒啪嗒地走着，穿过小巷和一些偏僻的地方，费力地去找一个小市民的家，凭执行票向他收款。每天早晨，他的情绪照例不高。在一条巷子里他遇到四个荷枪实弹的士兵押送两名戴着手铐的犯人。过去伊凡·德米特里经常遇见犯人，每一次他们都引起他的怜悯和不安，可是这一次相遇却给他留下一个异样的、奇怪的印象。不知为什么他突然觉得，他也可能被铐上手铐，也同样由人押着，走在泥泞里，被投入监狱。他在那小市民家待了一会儿后回家。在邮局附近他遇见一个认识的警官，对方跟他打了招呼，还和他一道走了几步，不知为什么他又觉得这很可疑。回到家里，那两个犯人和荷枪士兵的形象一整天一直在他脑子里挥之不去，内心一种莫名的惶恐不安害得他书报读不下去，注意力集中不起来。晚上他没有在屋里点灯，夜里也不睡觉，老想着他可能被捕，被戴上手铐关进监狱。他知道自己从没犯过什么罪，可以担保今后也绝不会去干杀人放火和偷鸡摸狗的勾当。可是，无意中偶然犯下罪行难道难吗？难道不会遭人诬陷吗？最后，难道法院不可能出错吗？难怪千百年

---

① 万尼亚：伊凡的昵称。

来人民的经验告诫我们：谁也不能保证不落到讨饭和坐牢的境地①。现行的诉讼程序下，法院的错判是完全免不了的，不足为奇。那些对别人的痛苦有着职务或事务关系的人，如法官、警察和医生，久而久之，出于惯性，会变得麻木不仁，以致对他们的当事人即使不愿意也可能采取敷衍了事的态度。从这方面讲，他们同在后院里杀羊宰牛而对鲜血视而不见的粗汉子没有丝毫区别。在对人采取这种敷衍塞责、冷酷无情态度的情况下，为了剥夺一个无辜的人的一切公民权利并判他服苦役，法官只需一件东西：时间。只要有时间去完成某些法律程序，就可大功告成——法官就是凭这个领取薪水的。看你在这个离铁道二百俄里的肮脏小城怎么为自己寻找公正和保护吧！再说，既然社会把任何暴力视作明智、正当而必要之举，而一切仁慈的举措，如宣告无罪的判决，却引起众怒和大规模的报复情绪，在这种情况下，侈谈公正，岂不可笑？

第二天早晨，伊凡·德米特里提心吊胆地起了床，额头上冒出冷汗。他完全相信，他每时每刻都可能被捕。他心想，既然头天那些沉重的思想久久缠着他不放，可见这些想法不无道理。事实上，这些想法早已在他的脑子里无端形成了。

窗外不慌不忙走过一个警察：这不无用意。瞧，有两个人站在房子附近，也不说话。他俩为什么不说话？

从此，伊凡·德米特里日日夜夜受尽煎熬。所有路过窗外的人和走进院子的人都像是奸细和暗探。中午，县警察局长通常坐着双套马车从街上经过，他这是从城郊的庄园去警察局上班。可是伊凡·德米特里每一次都觉得：马车跑得太快，他的神色异样，显然他急着跑去报告城里出现了一个十分重要的犯人。每逢有人拉铃或者敲门，伊凡·德米特里就吓了一跳，如果在女房东家里遇到生人，他就惶惶不可终日。遇见警察和宪兵时他露出笑脸，还吹着口哨，装出若无其事的样子。他一连几夜睡不着觉，等着被捕，可是又故意大声打鼾，像睡着的人那样连连喘气，好让女房东觉得他睡着了。不是吗，如果夜不能寐，那就意味着他受到良心的谴责，痛苦不堪——这岂不是一大罪证！事实和常理使他相信，所有这些恐惧都荒诞不经，无非是变态心理，另外，如果把事情看得开一些，即使被捕坐牢其实也没有什么可怕——只要问心无愧就行

① 俄国谚语。

了。但他的思考越是理智，越是合乎常理，他内心的惶恐不安就越强烈，越折磨人。这就像一个隐士本想在处女林里开出一小块安生之地，他的斧子砍得越起劲，林子却长得越来越茂盛一样。伊凡·德米特里最终意识到，这也无济于事，于是索性不再思考，完全听凭绝望与恐惧摆布了。

他开始离群索居，避开人们。他对现有的职务原已非常讨厌，现在更是忍无可忍。他生怕有人背后整他，偷偷往他的口袋里塞进贿赂，然后去告发他。或者他自己无意中在公文上出点差错——这无异于伪造文书，或者他丢失了别人的钱。奇怪的是他以前的思想从来没有像现在这样活跃过敏，现在他每天都能想出成千上万条各种各样的理由，说明应当认真为自己的自由和名誉担忧。正因为如此，他对外界，特别是对书籍的兴趣明显地减弱，记忆力也受到了极大的影响。

春天到了，雪化了，在公墓附近的一条沟里发现两具部分腐烂的尸体。这是一个老妇人和小男孩，带有暴力致死的迹象。于是城里人议论纷纷，无不谈论这两具尸体和未知的凶手。伊凡·德米特里害怕别人以为这是他杀死的，便在大街小巷走来走去，面带微笑。可是遇见熟人时，他的脸色红一阵，白一阵，一再声明，没有比杀害弱小的、无力自卫的人更卑鄙的罪行了。可是这种此地无银三百两的表现很快就使他厌倦，他略加思索后认定，处在他的地位，最好的办法就是躲进女房东的地窖里去。他在地窖里坐了一整天，之后又坐了一夜一天。他冻得厉害，等到天黑，便偷偷地像贼一样溜进自己的房间里。天亮之前，他一直站在房间中央，身子一动不动，留心听着外面的动静。清晨，太阳还没有出来，就有几个修炉匠来找女房东。伊凡·德米特里清楚地知道，他们是来翻修厨房里的炉灶的，然而恐惧提醒他，这些人是打扮成修炉匠的警察。于是他悄悄地溜出住宅，没戴帽子，没穿上衣，惊骇万状地顺着大街跑去。几条狗汪汪叫着追他，有个汉子在后面不住地喊叫，风在他耳边呼啸，伊凡·德米特里便觉得全世界的暴力都聚集在他的背后，现在要来抓住他。

有人把他拦住，送回住处，打发女房东去请医生。医生安德烈·叶菲梅奇（这人以后还要提起）开了药，要在他头上放冰袋和桂樱叶滴剂①，愁眉苦脸地直摇头。临走前他对女房东说，以后他不会再来了，因为人家要发疯，他没权利阻止。由于伊凡·德米特里在家里无法生活和治疗，只好把他送进医院，被安置在性病病房里。他夜里不睡觉，发脾气，搅得病人鸡犬不宁，不久安德烈·叶菲梅奇便下令把他转到了六号病房。

一年后，城里人已经完全忘了伊凡·德米特里，他的书让女房东胡乱堆在屋檐下的雪橇里，被孩子们拿了个精光。

四

待在伊凡·德米特里左边的，我已经说过，是犹太人莫谢伊卡，右边的是个庄稼汉，一身肥肉、浑身滚圆，痴呆的脸上毫无表情。他无异于一个不爱动弹、贪吃而肮脏的畜生，早已丧失了思想和感觉的机能。从他身上不断冒出一股浓重的令人窒息的臭气。

尼基塔给他收拾床铺的时候，总是狠狠打他，抡起胳膊，一点也不顾惜拳头。这时候，可怕的不是他挨了打——这是可以习以为常的——可怕的是这个迟钝的畜生挨了打却毫无反应：一声不吭，毫不动弹，连眼睛都不眨巴，只是身子稍稍晃一晃，像个沉重的大木桶。

六号病房的第五个，也就是最后一个病人是个小市民，原先是邮局的拣信员。他是个瘦小的金发男子，一张和善的面孔上带点狡猾的神色。看他那双聪明、安详的眼睛以及明亮而快活的目光可以推断，他挺有心计，心里藏着极重要、极愉快的秘密。他在枕头底下、床垫底下藏着什么东西，总不肯拿出来示人，倒不是怕被人抢去、偷去，而是有点不好意思。有时他走到窗前，背对着室友，在胸前佩戴上什么东西，还低下头仔细端详。如果这时有人走到他跟前，他就窘得不行，立即把胸前的东西扯下来。不过他那点秘密是不难猜出的。

“您得向我祝贺，”他常常对伊凡·德米特里说，“上司为我呈请授予二级斯坦尼斯拉夫星章。二级星章向来只颁发给外国人，可是不知为什么他们破例给了我，”他笑嘻嘻地说，还大惑不解地耸耸肩膀，“嘿，说实在的，我还真没有料到！”

---

① 桂樱叶滴剂：一种镇静剂。

"您这话我丝毫不明白。"伊凡·德米特里阴沉地声称。

"您可知道我迟早会得到什么吗?"前邮局分拣员狡黠地眯着眼睛接着说,"我一定能得到一枚瑞典的'北极星'。这种勋章是值得费心张罗的。白十字架和黑丝带。可漂亮了。"

这座厢房里那样单调的生活是任何别的地方都无法与之比拟的。每天早晨,除了瘫痪病人和胖庄稼汉以外,所有的人都在外室里的一只双耳木桶里洗脸,用病人服的下摆擦干。这之后他们用锡杯子喝茶,茶是由尼基塔从主楼里取来的。每人只能喝一杯。中午他们喝酸白菜汤和粥,晚上吃中午的剩粥。其余的时间,他们躺下,睡觉,眼望窗子,在房间里走来走去。天天如此。连前邮局拣信员说的也还是那几种勋章。

六号病房很少见到新人。医生早就不接收新的疯病人了,而涉足疯人院的人在这个世界上并不多见。理发师谢苗·拉扎里奇隔两个月来这里一次。他怎么给疯子们理发,尼基塔怎么帮他的忙,每当这个醉醺醺、笑呵呵的理发师出现时,病人们怎样乱作一团——这些我们就不细说了。

除了理发师,谁也不光顾这里。病人们注定一天到晚只能见到尼基塔一个人。

可是不久前在医院的主楼里流传着一个相当奇怪的消息。

传说医生好像要去六号病房了。

五

稀奇的传言!

医生安德烈·叶菲梅奇·拉金,从某一点上说是个与众不同的人。据说他年轻时笃信上帝,准备日后担任神职。一八六三年他中学毕业,本想进神学院学习,可是他的父亲,一名医学博士和外科医师,狠狠挖苦了他一顿,断然宣布,如果他去当神甫,他就不认他这个儿子了。这话有几分可信度,我不知道,不过安德烈·叶菲梅奇本人不止一次承认,他对医学以及一般的专门学科向来丝毫不感兴趣。

不管怎么样,他修完了医学系的课程,并没有去当教士。看不出他如何笃信上帝,开始从医时跟现在一样,他都不像是个虔诚的信教人。

他的外貌臃肿、粗俗,像个庄稼汉。他的脸、胡子、平直的头发和结实笨拙的体态，使人想起大道旁小饭铺里那种吃喝无度、脑满肠肥、态度粗鲁的店老板。他的脸粗糙，布满细小的青筋，细眼睛，红鼻子。身高肩宽，手脚粗大，一拳打出去，似乎能送人一条命。可是他迈出的是轻缓的步履，走起路来小心翼翼，蹑手蹑脚。在狭窄的过道里遇见人时，他总是先停下来让路，说一声："对不起!"想不到他说起话来不是男低音，而是嗓子尖细、音色柔和的男高音。他的脖子上有个不大的瘤子，妨碍他穿浆过的硬领衣服，所以他总是穿柔软的亚麻布或棉布衬衫。一般说来，他的穿着不像一名医生。一身衣服他一穿就是十年，新衣服他总是在犹太人的铺子里买，穿到身上显得又旧又皱。同一件常礼服，他看病时穿，吃饭时穿，出门做客也穿。不过他这样做不是出于吝啬，而是他完全不把穿戴放在心上。

安德烈·叶菲梅奇来到这个城市就职的时候，这个"慈善机构"的情况简直糟透了。病房里，过道上，医院的院子里，臭气冲天，叫人透不过气来。医院的勤杂工、助理护士和他们的孩子们都跟病人一起住在病室里。蟑螂、臭虫和老鼠搅得大家怨声载道，不得安生。在外科，丹毒从来没有绝迹过，整个医院只有两把手术刀，体温计一个也没有，浴室里堆放着土豆、总务长，女管理员和医士勒索病人钱财。据说安德烈·叶菲梅奇的前任老医生把医院里的酒精偷偷拿出去卖，他还和护士、女病人有私情。所有这些乌七八糟的事城里尽人皆知，甚至添油加醋，然而人们置若罔闻。有些人辩解说什么住医院的都是小市民和农民，这种人对此已求之不得，因为他们家里的生活比医院里还要糟得多，总不能供他们吃松鸡吧！另一些人则辩解说，没有地方自治局的资助，光靠本城的财力，像样的医院是难以办到的。谢天谢地，医院虽糟，总算有一座。而成立不久的地方自治局不论在城里还是城郊都不开设诊疗所，理由是城里已经有医院了。

细看一番医院后，安德烈·叶菲梅奇得出结论，这个机构道德极坏，对病人的健康极为有害。照他看来，最明智的可行办法就是把所有的病人放回家，这所医院关门大吉。但他考虑到，光凭他个人的权限很难做到这一点，况且这也无济于事。即使把肉体上的和精神上有污秽的人从一个地方驱逐出去，他们也会转移到另一个地方。应当等待他们自消自灭。再说，人们既然开办医院，而且容忍它的存在，可见人们是需要医院的。种种偏见和所有这些日常生活中的卑鄙龌龊的丑事也是需要的，因为久而久之它们会转化为有用之物——畜粪不是可以变成黑土吗？这个世界上所有好东西在它开始的时候无不带有丑恶的成分。

上任之后，安德烈·叶菲梅奇对待医院里的混乱现象采取了听之任之的态度。他只要求医院的勤杂工和护士不再在病室里过夜，添置了两柜子医疗器械，至于总务长、女管理员、医士和外科的丹毒，仍然故我。

安德烈·叶菲梅奇极其喜爱智慧和正直，然而要在自己身边建立明智和正直的生活，他却缺乏这方面坚强的意志，缺乏这方面的信心。下命令，禁止，坚持己见，这些他是完全做不到的。看来他似乎发过誓，永远不提高嗓门，永远不用命令式。“给我这个”或者“把那东西拿来”，这样一些话他很难说出口。他饿了，总是犹豫不决地咳几声，对厨娘说“能不能给我一杯茶”或者“能不能给我弄点吃的”。至于对总务长说不准他偷盗，或者把他赶走，或者干脆废除这个多余的寄生虫的职位——这些他完全是无能为力的。每当有人欺骗安德烈·叶菲梅奇，或者奉迎他，或者拿来一份明明是造假的账单要他签字，他总是窘得满脸通红，尽管他感到心中有愧，但还是在账单上签了字。遇到病人向他诉苦说吃不饱，或者抱怨护士态度粗暴，他就发慌，负疚般嘟哝说：

“好，好，过后我调查一下……也许，这只是场误会……”

起先安德烈·叶菲梅奇十分勤奋。每天从早晨起他就给病人看病，做手术，有时甚至接生，一直忙到吃午饭。女病人都说他细心，诊断准确，特别是儿科疾病和妇女病。可是时间一长，他因为工作的单调、徒劳无益，显然感到厌烦了。今天接诊三十个病人，到明天一看，增加到三十五人，后天便是四十了，就这样看病，看病，日复一日，年复一年，城市的死亡率却没有下降，病人照样不断涌来。一个上午，要对四十名就诊病人真正有所帮助，这在体力上是办不到的，所以尽管不愿意，结果只能是敷衍对付过去。一个会计年度接诊一万两千名病人，简单计算一下，那就是一万两千名病人受到了欺骗。至于让重症病人住进病房，按科学的规章给予治疗，这同样做不到，因为规章是有，科学却没有。且不说道义上的评说，像别的医生一样死板地照章办事，那么为此首先需要洁净和通风的环境，而不是垃圾和污浊的空气；需要有益健康的食品，而不是酸臭的白菜汤；需要得力的助手，而不是窃贼。

再说，既然死亡是每个人正常合理的结局，那又何必阻止人们去死呢？如果某个商人或文官多活了五年十年，那也于事无补。如果认为医学的任务在于用药物减轻痛苦，那么不能不问：为什么要减轻痛苦？据说，首先，痛苦使人达到完美的境界；其次，如果人类当真学会了用药丸和药水减轻自己的痛苦，那么人类就会完全抛弃宗教和哲学，可是到目前为止人类在宗教和哲学中不仅找到了避免一切不幸的护身符，而且甚至找到了幸福。普希金临死前经受了可怕的折磨，可怜的海涅瘫痪卧床好几年。那么为什么某个安德烈·叶菲梅奇或者玛特廖娜·沙维什娜就不该生病呢？殊不知这些人的生活原本毫无内容，如果没有痛苦，那他们的生活就完全空无一物，不就变得像变形虫一样混日子了吗？

一想到这些，安德烈·叶菲梅奇便变得心灰意冷，从此他不再天天去医院上班了。

六

他的一天是这样度过的：通常他早晨八点左右起床，穿衣，喝茶。然后在书房里坐下看书，或者去医院上班。在医院里，门诊病人坐在狭窄昏暗的过道里等着看病。勤杂工和护士们在他们身边来回奔波，靴子在砖地上踩得咚咚响；穿着病服的瘦弱住院病人来来去去；死尸和装满污物的器具也从这里抬出去；病儿哭哭啼啼，穿堂风不断灌进来。安德烈·叶菲梅奇知道，这样的环境对发烧的、害肺痨的和本来就敏感的病人来说简直是遭罪，可是有什么法子？在诊室里，医士谢尔盖·谢尔盖伊奇正在迎候他。他身材矮小，肥胖，圆润的脸刮得很光，洗得干干净净。他态度温和，举止从容，穿一身肥大的新西装，看上去与其说像医士，不如说像枢密官。他在城里还私人行医，场面很大。他系着白领结，自认为比没有私人行医的医生更高明的了。诊室的墙角有一个神龛，里面放一尊很大的圣像，点一盏笨重的长明灯，旁边有个读经台，蒙着白布罩。四壁墙上挂着好几幅大主教的肖像，一张圣山修道院的风景照片和一些枯萎的矢车菊花环。谢尔盖·谢尔盖伊奇信仰上帝，喜欢神圣的仪式。圣像就是用他私人的钱添置的。每逢礼拜天，由他下命令，要某个病人在诊室里大声吟唱赞美诗，唱完之后，谢尔盖·谢尔盖伊奇便手提香炉，走遍各个病室，摇炉散香。

病人很多，而时间很少，所以他的工作只限于简短地问一两句病情，然后发点氨搽剂或蓖麻油之类的药。安德烈·叶菲梅奇坐在桌旁，拳头托着脸颊，若有所思，机械地提几个问题。谢尔盖·谢尔盖伊奇也坐着，搓着手，偶尔插上一两句话。

“我们生病，受穷，”他常说，“那是因为我们没有好好祈祷仁慈的上帝。就这么回事!”

在门诊的时候，安德烈·叶菲梅奇不做任何手术。他早就不习惯做手术了，一见到血他就感到难受。有时他不得不扳开婴孩的嘴，察看喉咙，小孩子便哇哇地叫，挥舞小手招架，这时候他的耳朵里便嗡嗡地响，头发晕，眼睛里涌出泪水。他便匆匆开个药方，挥挥手，让女人把孩子快点抱走。

在门诊的时候，病人畏畏缩缩、说话没有条理，再加上打扮华丽的谢尔盖·谢尔盖伊奇，墙上的那些画，他自己二十年来对病人的一成不变的提问——这一切很快就让他感到厌倦。他看了五六个病人就走了。剩下的病人由医士来诊治。

安德烈·叶菲梅奇愉快地想到，谢天谢地，他早已不私人行医，现在再也不受人打扰了。回到家后，他立即坐到书房里看书。他书读得很多，读得兴致盎然。他的一半薪水都用来买书，六间一套的寓所有三间堆放着书和旧杂志。他最喜欢读历史和哲学方面的著作。医学方面他只订了一份《医师》杂志，而且通常是从后面读起。每一次他能不间歇地读上几个小时而乐此不疲。他不像伊凡·德米特里那样读得很快，很急，他读得很慢，深入，读到凡是他喜欢的或者不懂的地方常常停下来。在书的旁边放上一小瓶伏特加，一根腌黄瓜或者一个渍苹果，而且直接放在呢子桌布上，不用盘子装。每隔半小时，他眼睛不离开书页，为自己斟上一杯伏特加，喝下去，然后不用眼睛看，用手摸到黄瓜，咬下一截。

三点钟，他小心翼翼地走到厨房门口，咳几声，说：

“达留什卡，能不能给我弄点吃的……”

吃了一顿相当差且不干净的午饭后，安德烈·叶菲梅奇就在各个房间里走来走去，双手交叉抱在胸前，想着什么事情。时钟敲了四点，过后五点，他还在踱步、沉思。有时厨房的门吱嘎响起来，从门里探出达留什卡那张睡意未消的红脸。

“安德烈·叶菲梅奇，您该喝啤酒了吧?”她关心地问。

“不，还不到时候……”他回答，“再等一会儿……再等一会儿……”

邮政局长米哈伊尔·阿韦良内奇通常在傍晚来访。全城与他交往的人中唯有邮政局长米哈伊尔·阿韦良内奇还没有让安德烈·叶菲梅奇感到厌烦。米哈伊尔·阿韦良内奇原先是个非常富有的地主，在骑兵团服过役，但后来破产了，迫于生计只好在年老时进了邮政局。他精力充沛，身体健壮，蓄着浓密灰白的美髯，举止彬彬有礼，嗓音洪亮，声音悦耳。他善良，重感情，但脾气暴躁。在邮局，只要有顾客表示不满，不同意某些做法，或者只是议论几句，米哈伊尔·阿韦良内奇立即脸红脖子粗，浑身哆嗦，雷鸣般吼道："你给我闭嘴！"因此这个邮政局早已出了名，是个谁都怕进的衙门。米哈伊尔·阿韦良内奇认为安德烈·叶菲梅奇有教养，志向高远，因而尊敬他，喜爱他。他对其余的居民则态度傲慢，像对他的下属一样。

"我来了！"他说着走进安德烈·叶菲梅奇的书房，"您好，我亲爱的朋友！恐怕我已经惹您讨厌了吧？"

"恰恰相反，我非常高兴，"医生回答他，"见到您我总是喜出望外。"

两位朋友坐在书房的长沙发上，默默地抽一阵烟。

"达留什卡，能不能给我们弄点啤酒来！"安德烈·叶菲梅奇说。

两人默默地喝完第一瓶啤酒。这时医生在沉思默想，米哈伊尔一副快活而兴奋的神色，好像有一件十分有趣的事要说出来。始终是医生先开口。

"真遗憾，"他轻声细语款款说了起来，摇着头，眼睛不看对方（他向来不正视别人的脸），"遗憾之极，尊敬的米哈伊尔·阿韦良内奇，我们城里，压根找不出一个能谈些明智而有趣的话题的人，他们没有这个能力，也不喜欢这样做。这对你我说是莫大的损失。连知识分子也不免流于庸俗，请相信，他们的智力水平，一点也不比下层人高。"

"完全正确。我同意。"

"您自己也知道，"医生细声说，说得抑扬顿挫，"在这个世界上，除了人类智慧最崇高的精神之外，其他的一切都微不足道，毫无意义。智慧正是区分人兽鲜明的界线，显示出人类的神圣所在，而且在某种程度上甚至能让人类不朽——尽管不朽是不存在的。由此可见，智慧是欢乐的唯一可能源泉。可是我们在周围看不到有智慧的人，听不到智慧的谈吐——可见我们没有欢乐。不错，我们有书，但是这跟活跃的交谈和积极的交往风马牛不相及。如果您容我做个不完全恰当的比喻，那么我要说：书是音符，交谈才是歌。”

“完全正确。”

接着是沉默。达留什卡从厨房里出来，呆板的脸上带几分委屈，一手托着脸，在房门外站住，想听听他们讲什么。

“唉！”米哈伊尔·阿韦良内奇叹了口气，“真希望现在的人能聪明起来！”

于是他讲起过去的生活多健康，多快活，多有意思，那时俄国的知识分子多聪明，他们把名誉和友谊看得很重。他们借钱给人家不要借据，认为朋友有困难时不出手相助是可耻的。还有那时的远行、冒险、争论、友情和女人多令人向往！说到高加索，那是多迷人的地方！有个营长的妻子，是个怪女人，一到晚上就穿上军官制服，独自骑马进山，不带向导。据说她在山村里跟一个小公爵出了点风流韵事。”

“我的圣母娘娘……”达留什卡叹道。

“再说那时候喝得多痛快！吃得多丰盛！那些有自由思想的人真是天不怕地不怕呀！”

安德烈·叶菲梅奇听着，却没有听进去：他在思考着什么，不时喝一口啤酒。

“我常常梦见聪明的人，与他们叙谈，”他忽然打断米哈伊尔·阿韦良内奇的话，说，“家父让我受到良好的教育，但是在十九世纪六十年代的思潮影响下，他非要我当医生不可。我这样想，假如当年我不听他的话，那么我现在一定处在思想运动的中心了。恐怕我已成了某个系的教授。当然，智慧也不是永恒的，而是短暂易逝的，可是您已经知道，为什么我对它如此喜爱。生活是个令人苦恼的陷阱。一个有思想的人到了成年期，思想成熟了，他不由得感到自己仿佛掉进了没有出路的陷阱。实际上，他从虚无走向有生命的历程不是出于他自己的意志，而是由某些偶然的因素造成的……这是为什么？他想弄清自己生存的意义和目的，可是别人不告诉他，要不就对他说些荒唐话。他敲门——门没开，来的却是死神——这同样不是出于他的意愿。这不，就像待在监狱里的人被共同的不幸联系在一起，当他们凑在一起时，就觉得生活不那么沉重，同样的道理，当热衷于分析和概括的人们聚到一处，在交流彼此的引以为豪的自由思想中消磨时光时，就不会觉得生活在陷阱之中。从这个意义上讲，智慧是不可替代的快乐。”

“完全正确。”

安德烈·叶菲梅奇眼睛不正视对方，讲讲停停，一直平静地谈论着有智慧的人以及和他们的交谈。米哈伊尔·阿韦良内奇留心听着，连连赞同：“完全正确。”

“那么您不相信灵魂不灭吗？”邮政局长突然问道。

“是的，尊敬的米哈伊尔·阿韦良内奇，我不相信，也没有理由相信。”

“老实说，我也怀疑。可是，话说回来，我有一种感觉，仿佛我永远不会死去。哎，我心里想，老家伙，你死期渐近！可是内心有个声音说：别相信，你死不了……”

九点一过，米哈伊尔·阿韦良内奇便告辞回家。他在前室穿上皮大衣，叹口气，说：

“可真是，命运把我们抛到这么荒凉偏僻的地方！遗憾的是我们还得死在这里。唉……”

七

送走了朋友，安德烈·叶菲梅奇坐到桌后，又看起书来。夜晚没有一丝声音打破寂静。时间仿佛也停滞了，跟埋头读书的医生一起屏住了气息。除了这书和带绿罩子的灯，一切都不复存在。医生那张庄稼汉般粗俗的脸上渐渐变得容光焕发，在人类智慧的进展面前露出了感动和喜悦的微笑。啊，人为什么不能永生呢？他想，为什么要有脑中枢和脑回？为什么要有视力、语言、自我感觉和天才，既然所有这一切注定要埋进土里，最后跟地壳一起冷却，随后千百万年毫无意义、毫无目的地随着地球绕着太阳旋转？既然要冷却，既然要随着地球旋转，那就完全没有必要从虚无中孕育出人和他的高得近乎神的智慧，尔后仿佛开玩笑似的又把人化作尘土！

这便是新陈代谢！然而用这种冒牌货来替代永生以此来安慰自己，这是何等怯懦！自然界中所发生的一切无意识的变换过程，甚至比人的愚蠢更为低劣，因为愚蠢中毕竟还有意识和意志，而那些过程中却是一无所有。只有那种在死亡面前感到恐惧而不是感到尊严的懦夫，才自我安慰说，他的躯体将渐渐地化作青草，石头，蛤蟆……认为新陈代谢就是永生，这是一种奇谈怪论，这无异于一把珍贵的提琴被砸碎变得一无用处后，有人却预言提琴盒将前途灿烂一样荒唐可笑。

每当时钟敲响，安德烈·叶菲梅奇就背靠圈椅，闭上眼睛，思索一番。在从书中读到的那些美好思想的影响之下，他无意中把目光转向自己的过去和现在。过去令人不堪回首，最好不去想它。而现在也跟过去一样。他知道，当他的思想随着冷却中的地球绕着太阳旋转的时候，在他寓所旁边的医院主楼里，人们正遭受着疾病和浑身脓疮的折磨。也许有人在辗转反侧，在跟臭虫作战，有人染上丹毒，或者因为绷带缠得太紧而呻吟，有的病人可能正跟护士们玩牌喝酒。一个会计年度里有一万二千人受骗；医院的全部工作，跟二十年前一样，充斥着偷盗、争吵、诽谤、徇私，充斥着拙劣的招摇撞骗；医院依旧是不道德的机构，对病人的健康极其有害。他知道在六号病房的铁窗里尼基塔经常殴打病人，还知道莫谢伊卡每天都在城里行乞。

另一方面他又清楚地知道，近二十五年来医学发生了神奇的变化。他在大学学习的时候就觉得，医学很快就会与炼金术和玄学同流合污，可是现在，每当他夜里看书时，医学常常触动他，唤起他心中的惊喜之情。的确，它的成就多么辉煌，简直是发生了深刻的革命！由于发明了防腐的方法，伟大的皮罗戈夫①认为甚至 in spe② 都做不了的许多手术，现在都能做了。连普通的地方自治局医生都敢做膝关节切除术。至于剖腹术，做一百例只有一例死亡。结石病只是小事一桩，甚至没有人再写这方面的文章。梅毒已经可以根治。此外还有遗传学说，催眠疗法，巴斯德③和科赫④的新发现，以统计学为基础的卫生学，还有我们俄国的地方自治局医疗系统，精神病学以及其现代的精神病分类法、诊断法、医疗法，同过去相比，简直像一座雄伟的厄尔布鲁士峰⑤。现在对待疯

---

① 尼·伊·皮罗戈夫（1810—1881）：俄国解剖学家，外科学家。

② 拉丁文，意为“在将来”。

③ 巴斯德（1822—1895）：法国近代微生物学和免疫学奠基人。

④ 科赫（1843—1910）：德国微生物学家，现代细菌学、流行病学奠基人之一。

⑤ 厄尔布鲁士峰：俄国高加索山脉之高峰。

子不再往他们头上浇冷水，不再要他们穿紧身病服，对他们比较人道，据报上说，甚至为他们举办演出和舞会。安德烈·叶菲梅奇知道，从当前的观点和时尚来看，像六号病房这样的丑恶现象大概只能在离铁道二百俄里的小城里出现，因为这里的市长和全体自治会的议员都是半文盲的小市民，他们把医生看作术士，哪怕医生把熔的锡水灌进病人的嘴里，他们也会相信他做得对而不加批评。换了别的地方，公众和报刊早把这个小小的巴士底①砸烂了。

"不过这又能怎么样？"安德烈·叶菲梅奇睁开眼睛问自己，"结果又会怎么样呢？防腐剂也罢，科赫也罢，巴斯德也罢，丝毫改变不了事情的实质。患病率和死亡率一如既往。人们为疯子举办舞会，演戏，但依旧不能让他们自由行动。可见一切都是胡闹，徒劳无益，其实，最好的维也纳医院和我的医院之间并没有什么差别。"

可是一种委屈和类似嫉妒的情绪使他再也不能漠然置之。这恐怕是太困的缘故，沉重的头垂向书本，他只好双手托住脸，心里想道：

"我做着有害的事情，我拿人家的钱却欺骗他们。我不诚实。可是我本身微不足道，我只是必不可少的社会罪恶的一小部分：所有的县官都是有害的，却白领着薪水……可见不诚实并不是我的过错，而是时代的过错……我若晚生二百年，我就是另一个人了。"

时钟敲了三下，他熄了灯进了卧室。可是他毫无睡意。

八

两年前，地方自治局慷慨解囊，决定在地方自治局医院开办前，每年拨款三百卢布，作补贴市立医院增加医务人员之用。因此，为了协助安德烈·叶菲梅奇的工作，县医生叶夫根尼·费多雷奇·霍博托夫便受聘来到这个城市。这人年纪轻轻，不到三十岁，高颧骨，小眼睛，是个身材高大的黑发男子，看来他的祖先是异族人。他来到这个城市时身无分文，提一只小箱子，带一个难看的年轻女人，说是自己的厨娘。这个女人还有一个吃奶的娃娃。叶夫根尼·费多雷奇经常戴一顶鸭舌制帽，脚穿高统靴，冬天穿着短皮袄。他跟医士谢尔盖·谢尔盖伊奇和会计交

① 巴士底：巴黎监狱，1789年法国大革命期间被群众捣毁。

上了朋友，可是不知为什么把其余的官员叫作贵族，老躲着他们。他的家里只有一本书：《一八八一年维也纳医院最新处方》。就诊时随身带着这本书。每天晚上他在俱乐部玩台球，却不喜欢玩牌。言谈中他特别爱用这类词汇："拖泥带水""废话连篇""你别故布疑阵"等等。

他每周来医院两次，查病房，看门诊。医院里没有防腐剂，沿用拔血罐放血，使他大为恼火，但他也不采用新办法，唯恐这样一来冒犯了安德烈·叶菲梅奇。他把自己的同事安德烈·叶菲梅奇看作老滑头，怀疑他很有钱，对他嫉妒有加，但愿取他的职位而代之。

九

三月末，一个春天的傍晚，地上已经没有积雪，医院的花园里椋鸟开始歌唱，安德烈·叶菲梅奇把他的朋友邮政局长送到大门口。正在这个时候，犹太人莫谢伊卡带着他的战利品从外面回来，刚走进院子。他没戴帽子，光脚穿一双浅帮套鞋，手里拿着一小包讨来的东西。

"赏个小钱吧！"他冻得浑身哆嗦，笑着对医生说。

安德烈·叶菲梅奇对别人的要求向来不愿拒绝，便给了他一个十戈比硬币。

"这不成体统，"他瞧着莫谢伊卡的光脚和又瘦又红的踝骨想道，"瞧他浑身湿透了。"

他的内心激起一种既像同情又像愤慨的感情，跟着犹太人朝厢房走去，时而看看他的秃顶，时而看看他的踝骨。一见医生进来，尼基塔立即从一堆破烂上跳起来，站得笔直。

"你好，尼基塔，"安德烈·叶菲梅奇温和地说，"能不能给这个犹太人发双靴子，要不然他会着凉的。"

"遵命，老爷。我一定报告总务长。"

"费心了。你可以用我的名义请求他，就说是我要你这么干的。"

从外屋通向六号病房的门正开着。伊凡·德米特里躺在床上，撑着胳膊肘抬起身子，惶恐不安地听着陌生人的声音，突然认出了医生。他气得浑身打战，跳下床，涨红了脸，圆瞪着眼，恶狠狠地跑到病房中央。

"医生来了！"他大声嚷着，伴着哈哈笑声，"总算来了！先生们，我向你们道喜，医生大驾光临来探望我们啦！该死的浑蛋！"他突然尖叫一声，跺一下脚，那副模样是病房里的人从来没有见过的，“打死这个浑蛋！不，打死还不解气！该把他扔进粪坑里淹死！”

安德烈·叶菲梅奇听到这话，便从外屋朝病房里看了看，温和地问：

“这是为什么？”

“为什么？”伊凡·德米特里叫道，气势汹汹地向他逼过来，同时忙乱地裹紧身上的病服，“为什么？贼！”他憎恶地说，还鼓起腮帮子，似乎想啐他一口，“骗子！刽子手！”

“别激动，”安德烈·叶菲梅奇抱歉地微笑着说，“请相信，我从没偷过抢过，要说别的，您恐怕夸大其词了。我看得出来，您有气。您别激动，我请您——如果可以的话——冷静地告诉我：您为什么生气？”

“你们为什么把我关在这里？”

“因为您有病。”

“是的，我有病。可是要知道，成百上千的疯子行动自由，因为你们无知，分不清谁是疯子，谁是健康人。为什么该我和这几个不幸的人，像替罪羊似的代人受过，被关在这里？您，医士，总务长，以及你们医院里所有坏蛋，在道德方面，比我们这里的任何人都要卑鄙得多，为什么被关起来的是我们，而不是你们？什么逻辑？”

“这跟道德和逻辑全不相干。一切取决于偶然。谁被关起来，他就得待在这里；谁没有被关起来，他就可以自由行动。就这么回事。我是医生，您是精神病患者，这与道德和逻辑毫不相干，这纯粹是偶然性造成的。”

“你这一派胡言我不懂……”伊凡·德米特里闷声闷气地说罢，在自己的床上坐了下来。

莫谢伊卡知道尼基塔当着医生的面不敢搜查他，便把不少面包、纸币和骨头摊在床上。他还是冻得发抖，用悦耳的声音很快地说着犹太话。大概他以为自己又在开铺子做买卖了。

“放我出去，”伊凡·德米特里说，他的声音发颤。

“我办不到。”

“为什么？为什么？”

“我没这个权力。您想一想，就算我放了您，您会有什么好处？您走，可是城里人或者警察还会捉住您，再送您回来的。”

“对，对，这倒是真的……”伊凡·德米特里说着，擦一下额头，“这真可怕！那么我该怎么办？怎么办？”

伊凡·德米特里的声音，他那张年轻聪明的脸和扭曲的面容，都让安德烈·叶菲梅奇喜欢。他想对这个年轻人亲热些，安慰他一下。他挨着他坐到床上，想了想说：

“您问怎么办，像您的这种处境，最好是从这里逃出去。可是，很遗憾，这徒劳无益。您会被人抓住的。一旦社会对罪犯、精神病人和一般的不合时宜的人严加防范，把他们隔离起来，这个社会是不可战胜的。您只有一条出路：安下心来，并且认定您待在这里是必要的。”

“谁都没有这个必要。”

“既然存在监狱和疯人院，那总得有人待在里面。不是您就是我，不是我就是别的什么人。您等着吧，在遥远的未来，监狱和疯人院不再存在，到那时也就不会再有这些铁窗和疯人衣了。当然，这样的时代迟早要来到的。”

伊凡·德米特里冷冷一笑。

“您开哪门子玩笑，”他眯起眼睛，说，“像您和您的助手尼基塔这样的老爷们跟未来没有任何关系，但是您可以相信，好心的先生，美好的时代一定会到来！纵使我说得平淡无奇，您取笑吧，但是，新生活的曙光将普照大地，真理必胜，而且在我们的大街上将举行盛大的庆典！我等不到那一天，早死了，然而我们的后代会迎来那么一天的。我衷心地祝贺他们，我高兴，为他们高兴！前进！愿上帝保佑你们，朋友们！”

伊凡·德米特里眼睛熠熠发亮，站了起来，朝窗子方向伸出双手，用激动的声音继续道：

“为了这些铁窗我祝福你们！真理万岁！我高兴！”

“我并不认为这有什么理由值得高兴，”安德烈·叶菲梅奇说，他觉得伊凡·德米特里的动作像在演戏，这同样让他喜欢，“没有监狱和疯人院之时，正如您刚才讲的那样，便是真理胜利之日，然而事情的本质不会改变，自然规律依然如故。人们还会生病，衰老，死亡，跟现在一样。不管将来有多么灿烂的曙光照耀你们的生活，到头来人还得被钉进棺材，扔进墓穴。”

“那么永生呢？”

“哎，哪有的事！”

"您不相信，嘿，可是我相信。不知是陀思妥耶夫斯基还是伏尔泰的书里说的，如果没有上帝，那么人们也会把他造出来的①。我深信，即使没有永生，那么伟大的人类智慧迟早也会把它造出来的。"

"说得好，"安德烈·叶菲梅奇开心地笑道，"您有信念，这很好。有信念的人哪怕被堵在墙里面也会生活得欢快的。请问您在什么地方受过教育？"

"是的，我上过大学，不过没有读完。"

"您是个有思想、爱思考的人。在任何环境中您都能找到内心的平静。那种想探明生活意义的自由而作的深刻的思考，以及对尘世浮华的全然蔑视——这是人类迄今为止最高的两种幸福。哪怕您生活在三道铁栏里面，您也能拥有这种幸福。第欧根尼②生活在木桶里，然而他比人间所有的帝王更幸福。"

"您的第欧根尼是糊涂虫，"伊凡·德米特里阴沉地说，"您为什么要对我提第欧根尼，谈什么探明生活的意义？"他突然大发脾气，跳了起来，"我爱生活，我非常爱生活！我得了被迫害妄想症，经常恐惧万分，然而有的时候我心里充满了对生活的渴望，这时我就害怕发疯。我非常想活着，非常想活着！"

他激动地在病房里走来走去，压低声音又说：

"我幻想的时候，便产生种种幻觉。只觉得有人向我走来，我听到说话声和音乐，我似乎觉得，我是在树林里散步，在海边徘徊，我是多么渴望奔忙、操劳的生活……请告诉我外面有什么新闻？"伊凡·德米特里问，"外面怎么样了？"

"您想知道城里的新闻呢，还是一般的新闻？"

"先跟我说说城里的新闻，再讲讲一般的。"

"好吧。城里沉闷无聊……没有人可以说说话，也找不到愿听你的话的人。没有新来的人。不过，前不久来了一个年轻的医生霍博托夫。"

"他总算在我活着的时候来了。怎么样，是个卑鄙小人吧？"

---

① 法国作家、哲学家伏尔泰（1694—1778）曾提出"如果上帝不存在，就应当把它造出来"。俄国作家陀思妥耶夫斯基在他的长篇小说《卡拉马佐夫兄弟》中引用了这句话，并补充道："而且确实，人类造出上帝来了。"

② 第欧根尼：古希腊哲学家，奉行极端的禁欲主义，传说他生活在一个大木桶里。

“是的，一个没有教养的人。您知道吗，这很奇怪……从各方面看，我们的许多省城挺活跃，思想并不停滞——这就是说，省城应当有真正的人。可是不知什么缘故，每一次派给我们的人都叫人看不上眼。真是个不幸的城市！”

“是的，真是个不幸的城市！”伊凡·德米特里叹了一口气，又笑起来，“那么一般的新闻呢？报纸和杂志上都登些什么？”

病房里已经很暗。医生站起来，开始讲起报刊刊登的有关国内外事件，讲起当前出现的思潮。伊凡·德米特里仔细听着，提些问题，可是突然间，他似乎想起了什么可怕的事情，赶紧抱住头，在床上躺下，背对着医生。

“您怎么啦？”安德烈·叶菲梅奇问道。

“您别想听见我再说一个字，”伊凡·德米特里粗鲁地说，“别管我！”

“为什么？”

“我对您说：别管我！真见鬼了！”

安德烈·叶菲梅奇耸了耸肩膀，叹口气，走了出去。经过外屋时，他说：

“这里能不能收拾一下，尼基塔……气味真难闻！”

“遵命，老爷。”

“多可爱的年轻人！”安德烈·叶菲梅奇回寓所的路上，想道，“我在此地生活期间，他恐怕是头一个可以交谈的人。他善于思考，感兴趣的是那些值得感兴趣的事。”

他又坐下看书，后来上床睡觉，一直想着伊凡·德米特里。第二天早晨醒来，他想起昨天结识了一个聪明而有意思的人，决定有可能时再去看他。

十

伊凡·德米特里还像昨天那样抱着头、缩着腿躺在床上。看不见他的脸面。

“您好，我的朋友，”安德烈·叶菲梅奇说，“您没有睡着吧？”

“首先，我不是您的朋友，”伊凡·德米特里对着枕头说，“其次，您这是枉费心机：您从我嘴里掏不出一句话来的。”

“奇怪……”安德烈·叶菲梅奇窘得说话也不利索了，“昨天我们本来谈得好好的，可是不知为什么您突然生起气来，立即不说了……是我说话不当，还是有的想法不符合您的信念……”

“哼，你的那些话我才不信！”伊凡·德米特里抬起身子，嘲讽而又惊惧地望着医生说，他的眼睛是红的。“您可以到别的地方去刺探和拷问，在这里您休想。我昨天就明白您的图谋了。”

“奇怪的想法！”医生淡淡一笑，“这么说，您把我当成密探了？”

“是的，是这样……我认为，密探也罢，医生也罢，都是一回事，反正是派来试探我的。”

“唉，您这个人，请原谅我直说……真叫怪！”

医生坐到床附近的凳子上，责备地摇着头。

“就算被您说对了，”他说，“就算我背信弃义想抓住您的话告到警察局去，您被捕了，后来受了审。可是难道您受审、关在监狱里就一定比在这里更糟？如果判您终身流放甚至服苦刑，难道就一定比关在这间病房里还要糟？我以为不会更糟……那又有什么可怕的？”

这番话显然对伊凡·德米特里起了作用。他放下心，坐了下来。

那是下午四点多钟。平常这个时候，安德烈·叶菲梅奇总在寓所的各个房间里走来走去，达留什卡便问他是不是该喝啤酒了。这一天外面没有风，天气晴朗。

“我饭后出来散步，您瞧，顺路就上这儿来了，”医生说，“完全是春天了。”

“现在是几月？三月吗？”伊凡·德米特里问。

“是的，三月底。”

“外面到处是烂泥吧？”

“不，不完全是这样。花园里已经有路可走了。”

“现在若能坐上马车去城外走走就好了，”伊凡·德米特里像刚醒来似的一边揉着红眼睛，一边说，“然后回到家里温暖舒适的书房……再找个像样的大夫治治头疼……我已经很久没过正常人的生活了。这里真糟糕！糟糕得叫人受不了！”

经历了昨天的激动之后，他变得神情倦怠，无精打采，懒得说话。他的手指不住地颤抖，看他的脸色可知他头疼得厉害。

“温暖舒适的书房和这个病房之间没有任何差异，”安德烈·叶菲梅奇说，“人的安宁和满足不在他身外，而在他内心。”

“这话什么意思？”

“普通人以身外之物，如马车和书房，来衡量命运的好坏，而有思想的人以自身来衡量。”

“您到希腊去宣扬这套哲学吧，那里气候温暖，橙子芳香，可是您那套哲学跟这里的气候不相适应。我跟谁谈起过第欧根尼？跟您是吗？”

“是的，昨天您跟我谈起过他。”

“第欧根尼不需要书房和温暖的住所，那边本来就够炎热的了。他住他的木桶，吃橙子和橄榄就够了。如果他生活在俄罗斯，那么别说十二月，在五月份他就会要求搬进房间里住，他早冷得缩成一团了。”

“不，对寒冷，以及一般说来对所有的痛苦，人可以做到没有感觉。马可·奥勒留①说过：‘痛苦是人对病痛的一种鲜活的观念，如果你运用意志的力量改变这种观念，抛开它，不再诉苦，痛苦就会消失。’这是对的。智者或者一般有思想、爱思考的人，之所以与众不同，就在于他蔑视痛苦，他总感到满足，对什么都不表示惊奇。”

“这么说来我是白痴，因为我痛苦，不满，对人的卑鄙感到吃惊。”

“您用不着这样。如果您能经常地深入思考一番，您就会明白，那些害得我们心神不宁的身外之物是多么微不足道。努力去探明生活的意义——这才是真正的幸福。”

“探明生活的意义……”伊凡·德米特里皱起眉头，说，“什么身外之物，身内之物……对不起，这些我不懂。我只知道，”他站起来，气势汹汹地看着医生，说，“我只知道上帝创造了我这个有血有肉有神经的人，是这样，先生！人的机体组织既然富于生命力，那么它对外界的一切刺激就应当有所反应。我就有这种反应。我便有痛感，我便喊叫，流泪；看到卑鄙行为，我便愤怒；看到丑陋龌龊的东西，我便厌恶。在我看来，这本身就叫生活。机能越是低下，它的敏感度就越差，它对外界刺激的反应能力就越弱；机能越高级，它就越敏感，对现实的反应就越强烈。你怎么连这个也不懂呢？身为医生，居然不知道这么浅显的道理！为了能蔑视痛苦，始终心满意足，对什么都无动于衷，瞧，就得修

① 马可·奥勒留（121—180），罗马皇帝，斯多葛派哲学家。

炼到这般地步，”伊凡·德米特里指着一身肥肉的胖庄稼汉说，“或者让痛苦把你磨炼得麻木不仁，对痛苦丧失了任何感觉，换句话说，也就是变成了活死尸。对不起，我不是智者，也不是哲学家，”伊凡·德米特里激动地继续道，“您的话我一点也不懂。我不善争辩。”

“恰恰相反，您争辩得很出色。”

“您刚才讲到的斯多葛派①哲学家，是一些优秀人物，但他们的学说早在两千年前就停滞不前了，当时没有丝毫进展，后来也不会发展，因为它不切实际，不具生命力。它只是在少数终生都在研究、玩味各种学说的人中间获得成功，而大多数的人并不理解它。那种宣扬漠视财富，漠视生活的舒适，蔑视痛苦和死亡的学说，对绝大多数人来说，是根本无法理解的，因为大多数人生来就不知财富为何物，他们与舒适的生活无缘；而蔑视痛苦对他来说也就是蔑视生活本身，因为人的全部实质就是由遭受寒冷、饥饿、屈辱、灾难以及面对死亡的哈姆莱特式的恐惧等痛苦构成的。全部生活就在于这些感觉中。人可以因生活而苦恼，憎恨它，但不能蔑视它。是这样。我再说一遍，斯多葛派的学说不可能有未来，从世纪初直到今天，您也知道，只有斗争、对痛苦的敏感和对刺激的反应能力才能前进……”

伊凡·德米特里的思路突然中断，他停下来不说了，只是苦恼地擦着额头。

“我有一句重要的话要说，可是我的思路乱了，”他说，“我刚才说了什么了？哦，对了！我想说的是，有个斯多葛派的人为了替亲人赎身，自己卖身为奴。您瞧，可见连斯多葛派的人对刺激也是有所反应的，因为要做出舍己为人这种壮举，需要有一颗义愤填膺、悲天悯人的心灵。在这个牢房里，我把学过的东西都忘光了，否则我还会记起什么的，拿基督来说，怎么样？基督对现实的回答是哭泣，微笑，忧愁，愤怒，甚至苦恼。他不是面带微笑去迎接痛苦，也没有蔑视死亡，而是在客西马尼花园里祈祷，求苦难离开他②。”

伊凡·德米特里说罢微微一笑，坐了下来。

“就算人的安宁和满足不在他身外，而在他的内心吧，”他又说，

---

① 斯多葛派：古代哲学流派，认为智者应顺应自然的冷漠，清心寡欲，晚期宣扬宿命论观点，代表人物有芝诺、马可·奥勒留。

② 事见《圣经·马太福音》第二十六章三十六节。

“就算人应当蔑视痛苦，对什么都无动于衷吧。可是您根据什么理由宣扬这种观点呢？您是智者吗？您是哲学家吗？”

“不，我不是哲学家，可是每个人都应当宣扬它，因为这是合情合理的。”

“不，我想知道的是，您有什么资格认为自己应该宣扬探明生活意义、蔑视痛苦这类观点？难道您以前受过苦？您知道什么叫痛苦吗？请问：您小时候挨过打吗？”

“不，我的父母痛恨体罚。”

“可是我经常挨父亲的毒打。我的父亲是个性情暴躁、害痔疮的文官，鼻子很大，颈项灰黄。不过还是谈谈您吧。您这一辈子，谁也没有用指头碰过您一下，谁也没有吓唬过您，殴打过您，您健壮得像头牛。您在父亲的羽翼下长大，他供您上学读书，后来又找了一个高薪而清闲的肥缺。二十多年来您住着不花钱的公房，有暖气、照明、仆役，一应俱全，而且有权爱怎么工作就怎么工作，爱干多久就干多久，哪怕什么事不干也行。您生来就是个懒散、疲沓的人，所以您竭力把生活安排得不让任何事情来打扰您，不想动一动自己的位子。您把工作交给医士和其他混蛋去做，自己坐在温暖安静的书房里，积攒钱财，读书看报。您自得其乐，思考着各种各样高尚的胡言乱语，而且还……”伊凡·德米特里看一眼医生的红鼻子，“爱喝酒。总而言之，您没有见过生活，根本不了解生活，您只是在理论上认识生活。至于您蔑视痛苦、对什么都无动于衷，原因很简单：人世的空虚，身外之物和内心世界，蔑视生活、痛苦、死亡，探明生活的意义，真正的幸福——凡此种种最适合俄国懒汉的哲学。比如说，您看见一个农民在打他的妻子。何必多管闲事？由他打去吧，反正两人迟早都要死的，再说他打人受辱的不是被打的人，而是他自己。酗酒是愚蠢的，不成体统，可是喝酒的要死，不喝酒的也要死。来了个婆姨，她牙疼……嘿，那算什么？疼痛是人对病痛的一种概念，再说这世界上谁也免不了病痛，大家都要死的，所以你这婆姨，去你的吧，别妨碍我思考和喝酒。年轻人来讨教怎样生活，该做什么。换了别人回答前一定会认真思考一番，可是您的答案是现成的：努力去探明生活的意义，或者努力去寻找真正的幸福。可是这种神话中的‘真正的幸福’到底为何物？当然，答案是没有的。我们这些人被关在铁窗里，浑身脓疮，备受煎熬，可是这很好，合情合理，因为在这个病房和温暖舒适的书房之间其实毫无差异。好方便的哲学：无所事事，良心清白，自以为是个智者……不，先生，这不是哲学，不是思考，不是眼界开阔，而是懒惰，是江湖杂耍，是痴人说梦……是的！”伊凡·德米特里又勃然大怒起来，“您蔑视痛苦，可是，如果您的手指叫房门夹一下，恐怕您就要扯开嗓门大喊大叫了！”

“也许我不会大喊大叫的。”安德烈·叶菲梅奇温和地微笑着说。

“是吗！哪能呢！假定说，您突然中风，栽倒了，或者有个混蛋和无耻小人，利用他的地位和官势当众侮辱您，您明知他这样做可以不受惩罚而逍遥法外——嘿，到那时您就会明白叫别人去探明生活的意义、追求真正的幸福是怎么回事了。”

“好新鲜的见解，”安德烈·叶菲梅奇满意地笑着、搓着手说，“您爱好概括，这使我感到又愉快又吃惊。您刚才对我的性格特征作了一番评定，精彩至极。说真的，同您交谈给了我极大的乐趣。好吧，我已经听完了您的话，现在请容我说……”

十一

这次谈话又持续了近一个小时，显然给安德烈·叶菲梅奇留下了深刻的印象。从此他开始每天都到这间病房去，早晨去，下午去，黄昏时常常见到他跟伊凡·德米特里在交谈。起先伊凡·德米特里见到他就躲开，怀疑他居心不良，公然显出不高兴，后来他来多了，习以为常，他的生硬态度换成了宽容的嘲讽。

不久医院流言纷起，说医师安德烈·叶菲梅奇经常去六号病房，无论是医士，尼基塔，还是护士，谁都弄不明白他为什么去那里，为什么一坐就是几个钟头，他谈些什么，为什么不开药方。他的举动太古怪了，连米哈伊尔·阿韦良内奇去他家时也常常见不到他，这是以前从来没有发生过的事。达留什卡更是想不通，医生怎么不在规定的时间喝啤酒，有时甚至迟迟不来吃饭。

有一天，已经是六月底了，霍博托夫医生有事来找安德烈·叶菲梅奇，发现他不在家就到院子里找他。有人告诉他说，老医生去看精神病人了。霍博托夫走进厢房，站在外屋，听见了这样的谈话：

“我们永远谈不到一起，您别想让我相信您那一套，”伊凡·德米特里气愤地说，“您根本不了解现实，您从未受过苦，您只是像条水蛭那样专靠别人的痛苦而生活。我呢，从出生到现在，不断受苦受难。因此我要坦率奉告：我认为我在各方面都比您高明，比您更有资格。您不配来教训我。”

“我丝毫无意迫使您接受我的信仰，”安德烈·叶菲梅奇低声说，对方不想理解他，他感到很遗憾，“问题不在这里，我的朋友。问题不在于您受苦而我没有受过苦。痛苦和欢乐都是无常的，我们别谈这些吧，由它去。问题在于你我都在思考，彼此都认为我们是善于思考和判断的人——不管你我的观点有多南辕北辙——凭这一点便把你我联系在一起了。您可知道，我的朋友，我是多么厌恶普遍存在的狂妄、平庸和愚昧，而每次跟您交谈我又是多么愉快！您是有头脑的人，我感到欣慰。”

霍博托夫把门推开一点，往病房里看。伊凡·德米侍里戴着尖顶帽和医师安德烈·叶菲梅奇并排坐在床边。疯子做着怪相，直打哆嗦，不时神经质地裹紧病人服。医师低着头，一动不动地坐着，他的脸孔通红，一副无助和忧伤的表情。霍博托夫耸耸肩膀，一声冷笑，与尼基塔交换了一下眼色，尼基塔也耸耸肩膀。

第二天，霍博托夫跟医士一起来到厢房。两人站在前室里偷听。

“看来我们的老爷子完全疯了！”霍博托夫说罢出了厢房。

“主啊，饶恕我们这些罪人吧！”衣装讲究的谢尔盖·谢尔盖伊奇叹了一口气，小心绕过水洼，免得弄脏擦得锃亮的鞋子，“老实说，尊敬的叶夫根尼·费多雷奇，果不出我所料！”

十二

此后，安德烈·叶菲梅奇发觉周围有一种神秘气氛。医院里的勤杂工、护士和病人遇见他时总用疑惑的目光看他几眼，然后交头接耳起来。往日他喜欢在医院的花园里遇见总务长的女儿小姑娘玛莎，现在每当他微笑着走到她跟前想摸摸她的小脑袋时，不知为什么她总跑开去。邮政局长米哈伊尔·阿韦良内奇听他说话，不再总是说“完全正确”，却令人费解地惶惶不安地嘟哝：“是的，是的，是的……”看着他时带着沉思而忧郁的神色。不知为什么他开始劝自己的朋友戒掉伏特加和啤酒。与此同时，邮政局长米哈伊尔·阿韦良内奇作为一个讲究礼貌的人，没有直说，而是暗示他，时而提到一个营长，说他是个出色的人，时而讲到团里的神甫，一个可爱的年轻人，说他们经常喝酒，经常生病，可是戒酒之后，什么病都好了。他的同事霍博托夫来过两三次，也建议他戒酒，而且没来由推荐他服用溴化钾①药水。

八月间，安德烈·叶菲梅奇收到市长来信，请他来商量一件重要的事。他在约定的时间来到市政府，在那里安德烈·叶菲梅奇还遇到了军事长官，县立学校的学监，市政厅的成员，霍博托夫，另外还有一位肥胖的浅发先生，经介绍，得知是一位医师。这位医师有一个很拗口的波兰人的姓，住在离城三十俄里的养马场，这次是顺道来到这里的。

“这里有一份你们医院的报告，”大家互相打过招呼围桌坐下后，市政厅成员对安德烈·叶菲梅奇说，“叶夫根尼·费多雷奇说，医院主楼里的药房太小，应当把它搬到厢房去。当然啦，搬是可以的，这不成问题。问题是厢房需要整修一番。”

“是的，是该整修了，”安德烈·叶菲梅奇考虑一下说，“比如说，院子角上的那间厢房用作药房，那么这笔费用我认为 mimimum② 需要五百来卢布。这是一笔非生产性的开支。”

片刻的沉默。

“十年前我有幸呈报过，”安德烈·叶菲梅奇低声继续道，“若要保持这个医院的现状，它已成了本城的一个不堪负担的奢侈品了。医院是在十九世纪四十年代建成的，要知道那时的条件跟今天的完全不同。现在城市把过多的钱花费在不必要的建筑和多余的职位上。我认为，若采用别的办法，这笔钱足可以维持两所示范性的医院。”

“那我们不妨采用别的办法！”市政厅成员赶忙说。

“我已经有幸呈报过：把医疗机构移交地方自治局管理。”

“是啊，把钱交给地方自治局，它可就中饱私囊了。”浅发医生笑了起来。

“历来如此。”市政厅成员表示同意，也笑了。

安德烈·叶菲梅奇懒洋洋地用阴沉的目光看着浅发医生说：

“说话要公道。”

---

① 溴化钾：一种镇静剂。

② mimimum：拉丁文，意为“至少”。

又是一阵沉默。茶端上来了。那个军事长官不知怎么，很不好意思，他隔着桌子碰碰安德烈·叶菲梅奇的手，说：

“您完全把我们忘了，大夫。不过您是僧侣：既不玩牌，也不爱女人。跟我们在一起您一定觉得无聊吧？”

大家谈起，在这个城市里，上流人士的生活是多么沉闷。没有剧院，没有音乐，近来在俱乐部的舞会上，女士来了二十来位，可男舞伴只有两位。年轻人不跳舞，老挤在小酒馆旁，不然就打牌。安德烈·叶菲梅奇的眼睛谁也不看，缓慢而平静地讲道，城里人把他们的精力、心灵和智慧都耗费在打牌和播弄是非上，不会也不想把时间用在有趣的交谈和阅读上，不愿意享受智慧带来的乐趣，这真遗憾，太遗憾了。只有智慧才是有意义的、值得重视的，其余的一切都是卑微而渺小的。霍博托夫一直专心听着自己同事的话，突然问道：

“安德烈·叶菲梅奇，今天是几号？”

听到回答以后，他和浅发医生用一种自己也觉得不高明的主考官的口吻问安德烈·叶菲梅奇：今天是星期几，一年有多少天，六号病房里是否住着一个了不起的先知。

安德烈·叶菲梅奇红着脸，回答了最后一个问题：

“是的，这是一个病人，不过他是个有意思的年轻人。”

此后再没有人向他提任何问题。

他在前厅穿大衣的时候，军事长官一手放到他的肩头，一声叹息，说：

“我们这些老头子都该退休啦！”

离开市政府后，安德烈·叶菲梅奇恍然大悟，原来方才面临着的是个专考查他智能的委员会。他想起对他提的那些问题，脸红了起来，不知为什么现在他有生以来第一次为医学感到惋惜和悲哀。

“我的天哪，”他想起两名医生刚才怎么考查他，不禁想道，“殊不知他们不久前还在听精神病学的课程，参加考试，怎么现在变得这么无知呢？他们对精神病学竟如此无知。”

他有生以来第一次感到自己受了侮辱，感到气愤。

当天晚上，邮政局长来看他。米哈伊尔·阿韦良内奇没打招呼，走到他跟前，抓住他的两只手，激动地说：

“亲爱的，我的朋友，请您相信我的一片好意，并把我当作您的朋友……亲爱的!”他不容安德烈·叶菲梅奇分说，激动地继续道，“我因为您有教养、灵魂高尚而爱您。请听我说，我亲爱的朋友。就医学规则而言，医生必须对您隐瞒真相，而我作为军人，只说实话：您病了！原谅我，亲爱的朋友，但这是事实，您周围的人早已觉察到了。刚才叶夫根尼·费多雷奇大夫对我说，为了有利于您的健康，您必须休息，散散心。完全正确！好极了！过几天我去请假，我也想外出换换空气。请表明您是我的朋友，我们一道走！还像过去那样一道走。”

“我觉得我完全健康，”安德烈·叶菲梅奇想了想，说，“我不能去。请允许我用别的方式来表明我们的友谊。”

出门远行，不知为了什么，有何必要，没有书，没有达留什卡，没有啤酒，二十年来养成的生活方式彻底变了——这种主意他起先觉得毫无道理，十分荒唐。可是他想起了在市政府的谈话，想起了离开市政府回家路上那份沉重的心情，他又觉得暂时离开这个城市，离开这些把他当成疯子的蠢人，也未尝不可。

“那么您到底打算去哪儿?”

“莫斯科，彼得堡，华沙……我在华沙度过了我一生中最幸福的五年。多么迷人的城市啊！我们一道去，亲爱的朋友!”

十三

过了一个星期，市政厅提出要安德烈·叶菲梅奇休息，也就是要他提出辞职，对此他表现得相当冷淡。又过了一个星期，他和米哈伊尔·阿韦良内奇已经坐上邮车，动身去最近的火车站。天气凉爽，晴朗，蓝湛湛的天空，一览无遗的远方。去车站有二百俄里路程，得走两天，沿途歇两夜。每到一个驿站，人家端来茶水，杯子很脏，或者套马的时间长了，米哈伊尔·阿韦良内奇便气得涨红了脸，浑身哆嗦，大声呵斥：“闭嘴！别说废话!”坐进马车之后，他就没完没了地讲起昔日去高加索和波兰王国旅行的事，经历过多少惊险，遇到过哪些各色各样的人！他说话的声音很大，同时做出一副惊讶的神色，让人以为他是在吹牛。另外，他讲话时总是冲着安德烈·叶菲梅奇的脸呵气，在他耳畔哈哈大笑，弄得医师很不自在，注意力集中不起来，影响他思考。

他们为了省钱，买了三等车厢的票，坐进一节禁烟的车厢里。半数乘客都是讲究的人。米哈伊尔·阿韦良内奇很快就跟他们混熟，从一张座椅挪到另一张座椅，大声说，真不该在这种糟糕的铁路上旅行。简直上当受骗！骑马走就完全不同啦，一天赶上一百俄里，过后仍然觉得精力充沛，神清气爽。讲到我们之所以歉收，是因为平斯克沼泽地的水都叫人排干了。总而言之，到处乱糟糟的。他慷慨激昂，高谈阔论，让人插不了嘴。这种滔滔不绝的唠叨、哈哈大笑和富于表情的手势，惹得安德烈·叶菲梅奇甚是厌倦。

"我们两人到底谁是疯子？"他懊丧地想，"我吗，这个竭力不打搅乘客的人，还是这个不让人安生的利己主义者，自以为比谁都聪明，都有趣的人？"

在莫斯科，米哈伊尔·阿韦良内奇穿上没有肩章的军服和带红镶条的军裤。外出时再戴上军帽，穿上军大衣，走在大街上不断有士兵向他立正敬礼。安德烈·叶菲梅奇现在才感到，这个出身贵族的人原有的良好素养已经丧失殆尽，只留下一些恶习。他喜欢别人伺候他，甚至在完全不必要的时候也是这样。火柴就在他面前的桌子上放着，他也看见了，但他还是向仆役嚷嚷，要他拿火柴来。在女仆面前他穿着内衣裤走来走去也不觉得害羞。他对所有的仆人，哪怕是老人，一律以"你"称呼，发火的时候，就骂他们是蠢货和混账。照安德烈·叶菲梅奇看来，这些都是老爷派头，令人不齿。

米哈伊尔·阿韦良内奇先把朋友领到伊维尔教堂里。他热烈地祈祷，不住地磕头，眼泪汪汪。做完祈祷，他深深叹息，说：

"即使你不信教，可是祷告一下就会感到心安理得。吻圣像呀，亲爱的。"

安德烈·叶菲梅奇有些尴尬地吻了吻圣像。米哈伊尔·阿韦良内奇则噘起嘴唇，摇头晃脑，嘴里念念有词，又热泪盈眶。随后两人去了克里姆林宫，在那里观看了炮王和钟王，还用手摸了摸，在莫斯科河南岸流连一番，参观了救世主教堂和鲁缅采夫博物馆。

他们在捷斯托夫饭店用餐。米哈伊尔·阿韦良内奇看了大半天菜单，抚摩着络腮胡子，用那种到了餐馆就像到了家里那样的美食家的口气说：

"我们倒要看看你们今天拿什么来招待我们，亲爱的！"

十四

医师到处参观，吃饭，喝酒，但他只有一种感觉：烦死了米哈伊尔·阿韦良内奇。他真想离开他，躲起来，独自休息一下，可是这位朋友却认为有责任寸步不离地跟着他，尽量为他安排多种娱乐消遣。等到没什么可看的时候，他就用闲谈来给他解闷。安德烈·叶菲梅奇忍了两天，到了第三天便向朋友推脱说他病了，想在家里歇一天。朋友说，既然这样，他也留下。真该休息一下，否则腿都走不动了。安德烈·叶菲梅奇在长沙发上躺下，脸对着墙，咬紧牙关，听朋友说话。对方热烈地要他相信，法国迟早要摧毁德国，说莫斯科有无数骗子，说光凭长相看不出马的优劣。医师感到耳鸣心悸，但是出于礼貌，他不好意思要朋友走开或者闭嘴。幸好米哈伊尔·阿韦良内奇自己觉得枯坐在旅馆里很无聊，饭后单独出去散心了。

安德烈·叶菲梅奇单独一人时，方感到终于得到了休息的机会。他一动不动地躺在沙发上，意识到房间里只有自己一人，好不痛快！缺了孤独就算不得是真正的幸福。堕落天使之所以背离上帝，怕是因为他渴望得到天使们所没有领略过的孤独。安德烈·叶菲梅奇本想理一理这几天来的所见所闻，可是米哈伊尔·阿韦良内奇却在他的脑子里挥之不去。

“可他原本是出于情谊，出于一片好心才请了假，陪我出来旅行，”医生沮丧地想道，“可是，没有比这种友情的保护更糟糕的了。看上去他善良、宽厚、快活，其实无聊得很。无聊得叫人受不了。就有这样的人，他们说的都是聪明话和动听话，可是让人觉得他们愚蠢至极。”

随后几天安德烈·叶菲梅奇一直推说自己病了，一直不愿离开旅馆。他脸朝里躺在长沙发上，有时朋友与他闲谈，为他解闷，他便苦恼不堪；有时朋友外出，他才得以片刻休息。他后悔自己不该出门旅行，埋怨朋友变得越来越唠叨、放肆。他有心去思考一些严肃而高尚的课题，但说什么也办不到。

“正如伊凡·德米特里说的，这是现实生活在折磨我了。”他心想，气恼自己的小心眼，“不过，这无非只是庸人自扰……我回家后，一切都会恢复如常的……”

在彼得堡情况也一样：他成天待在旅馆里足不出户，躺在沙发上，只是要喝啤酒时才站起来。

米哈伊尔·阿韦良内奇老是催他去华沙。

“亲爱的，我去那儿干什么?”安德烈·叶菲梅奇恳求他，“您一个人去吧，让我回家！求您了!”

“万万办不到!”米哈伊尔·阿韦良内奇就是不答应，“那是座无比迷人的城市。我在那里度过了一生中最幸福的五年。”

安德烈·叶菲梅奇缺乏那种坚持己见的性格，只好勉为其难地跟着去了华沙。到了那里，他照样足不出户，躺在沙发上，生自己的气，生朋友的气，生那些怎么也听不懂俄语的仆役的气。米哈伊尔·阿韦良内奇却照样壮壮实实，精力充沛，欢天喜地，从早到晚在城里游览观光，寻亲访友，好几次他彻夜未归。有一回，不知他在哪儿过了一夜，大清早才回到旅馆，而且神情激动，满脸通红，蓬头乱发。他在房间里来来回回走了好一阵子，嘴里喃喃自语，后来站住了，说：

“要紧的是名誉!”

他又走了一会儿，抱住头，用悲壮的语调说：

“是的，要紧的是名誉！真该死，当初我就不该起意到这个该死的巴比伦①来！亲爱的，”他对医生说，“您蔑视我吧，我赌输了！借我五百卢布吧!”

安德烈·叶菲梅奇数出五百卢布，默默地把钱交给了朋友。那一位依然羞愧难当、愤恨得满脸通红，没头没脑地赌了一个毫无必要的咒，戴上帽子，出去了。大约过了两个钟头他回来了，倒在圈椅里，大声叹一口气，说：

“名誉总算保住了！我们走吧，我的朋友！在这个该死的城市里我一分钟也待不下去了。全是骗子！奥地利密探们!”

当两位朋友回到自己的城市，已经是十一月，满街满巷已积了深深的雪了。安德烈·叶菲梅奇的职位已由霍博托夫医生接替，他还住在原来的房子里，等着安德烈·叶菲梅奇回来后腾出医院的寓所。他称之为自己厨娘的那个丑女人已经住到一间厢房里。

---

① 巴比伦：古代巴比伦王国首都。借喻混乱的城市，典出《旧约·创世纪》。

城里流传着医院新的流言蜚语，传说那个丑女人跟事务长吵架闹翻，事务长好像向她下跪求饶了。

安德烈·叶菲梅奇回来后的第一天就不得不找房子搬家。

“我的朋友，”邮政局长提心吊胆地对他说，“原谅我提个不礼貌的问题：您手里有多少积蓄？”

安德烈·叶菲梅奇默默地数完钱，说。

“八十六卢布。”

“我问的不是这个，”米哈伊尔·阿韦良内奇还没领会医生所说的话的意思，慌乱地说，“我问的是您总共有多少存款？”

“我不是说过了吗：八十六个卢布……此外再没有钱了。”

米哈伊尔·阿韦良内奇向来认为医生为人诚实、高尚，但一直怀疑他手里少说也有两万积蓄。现在才知道安德烈·叶菲梅奇已成了穷光蛋，生活无着，不知怎么他忽然抱住了自己的朋友，号啕大哭起来。

十五

安德烈·叶菲梅奇搬到小市民别洛娃家的一栋有三扇窗的小房子里。房子只有三间屋，另有一个厨房。其中有两个房间窗子临街，由医生租用，达留什卡、女房东和她的三个孩子便住在第三个房间和厨房里。有时女主人的相好来过夜，这个汉子喝得醉醺醺的，整夜吵闹，吓得孩子们和达留什卡胆战心惊。他一来就坐到厨房里，要酒喝，大家都感到很别扭。医生可怜三个哭哭啼啼的孩子，把他们带进自己房里，让他们睡在地板上，他感到莫大的快慰。

他照例八点钟起床，喝过茶便坐下来阅读旧的书报杂志。他已经没钱买新书了。也许是书旧了，也许是环境变了，总之读书再也引不起他极大的兴趣，而且很快就使他厌倦了。为了不虚度光阴，他把旧书编出详细目录，再把小小的书目标签贴到书脊上，这件机械的琐碎工作他倒觉得比读书更有意思，让他乐在其中，不再多去思索，时间反而因此过得很快。他甚至到厨房里坐下，帮达留什卡削土豆，在麦粒中捡小石子，他干起来也兴趣盎然。每逢星期六和星期日，他必定去教堂。他在墙跟站住，眯着眼睛，听唱诗班唱诗，想想父亲，想想母亲，想想大学生活和宗教信仰，倒也觉得心境一片恬静，同时激起些许忧伤。离开教堂的时候，他总惋惜礼拜仪式结束得太快。

他曾两次去医院看望伊凡·德米特里，想再跟他谈谈。但是那两次伊凡·德米特里都异常激愤、生气。他要求医生不要再来打扰他，因为他早已厌恶空谈了。说是，他受尽了苦难，为此他只向那些该诅咒的无耻小人恳求一种酬赏——单独囚禁他。难道连这一点他也要遭到拒绝吗？当安德烈·叶菲梅奇向他告别、祝他晚安时，两次他都粗鲁地回答说：

“见你的鬼去！”

安德烈·叶菲梅奇不知道他该不该去第三次。他心里是想去的。

往日吃完午饭，安德烈·叶菲梅奇喜欢在房间里走来走去，埋头沉思，现在整个下午直到喝晚茶这段时间里，他一直躺在沙发上面对墙壁，完全陷于无法摆脱的种种世俗的思索之中。他感到屈辱，因为他工作了二十多年，既没有领到养老金，也没有领到一次性补偿。诚然，他工作得不算勤快，可是要知道，所有的工作人员，不论工作勤快与否，都是能领养老金的。当今社会的公道正体现在：官位、勋章、养老金，这些都不是按道德品质和工作才干，而是按职务发放的，不管工作得怎么样，为什么唯独他要成为例外呢？他现在是身无分文了。他都不好意思走过小铺，不好意思看女老板一眼。他已经欠下三十二卢布的啤酒钱，也欠着小市民别洛娃的房租。达留什卡偷偷变卖旧衣服和旧书，向女房东撒谎，说医生很快会领到一大笔钱。

他也生自己的气，不该外出旅行花掉了他积下的一千卢布。有这一千卢布现在能派多少用场！此外人家总来打扰他。霍博托夫自认为有责任不时来探访这位有病的同事。可是他那肥胖的嘴脸，那种粗俗的故作宽容的口气，连他嘴里的“同事”，连他那双高统靴子，无不让安德烈·叶菲梅奇看了心烦意乱。最令人反感的是，他居然认为给安德烈·叶菲梅奇看病是他的责任，而且自以为能治得了他的病。他每一次来总带一瓶溴化钾和几颗大黄丸。

米哈伊尔·阿韦良内奇也认为常来拜访自己的朋友，为他解闷是职责所在。每次他走进安德烈·叶菲梅奇的房间，总是故作随随便便的样子，不自然地一阵哈哈大笑，一再说他今天气色很好，谢天谢地，情况正在好转，由此反而得出结论：他认为自己的朋友已病入膏肓了。他至今没有归还在华沙借的款子，所以总是羞愧难当，神情紧张，故意放声大笑，说些逗趣的事。他的那些笑话和故事现在变得没完没了，这对安德烈·叶菲梅奇和他本人来说无疑是一种折磨。

他一来，安德烈·叶菲梅奇照样面对墙躺在沙发上，咬紧牙关听他说话。本来他的内心就压着层层积怨，他感到随着朋友的每一次来访，积怨又加厚一层，似乎快堵到嗓子眼了。

为了摆脱这些浅薄的感情，他赶紧去想，不论他本人，还是霍博托夫，还是米哈伊尔·阿韦良内奇，迟早都要死的，不会在这自然界留下一鳞半爪。如果设想百万年之后有个精灵在宇宙中飞过地球，那么它所看到的也只是黏土和光秃的峭壁。一切，不论是文化还是道德准则，都不复存在，连牛蒡都长不出一株。那么对小铺老板的羞愧，渺小的霍博托夫，米哈伊尔·阿韦良内奇的令人苦恼的友谊，这些又算得了什么？这一切都微不足道，无非是些鸡毛蒜皮的小事而已。

然而这样的推论已经无济于事。他刚想象出百万年之后的地球，这时从光秃的峭壁后面便闪现出穿着高统靴的霍博托夫或是故意哈哈大笑的米哈伊尔·阿韦良内奇，甚至能听到他那愧疚的低语："华沙的借款，亲爱的，我过几天就还……一定。"

十六

有一天午饭后米哈伊尔·阿韦良内奇来了，安德烈·叶菲梅奇正躺在沙发上。恰好这时霍博托夫也拿着一瓶溴化钾来了。安德烈·叶菲梅奇费劲地起身，坐好，两只手撑着沙发。

"今天，我亲爱的，"米哈伊尔·阿韦良内奇开口说，"您的脸色比昨天好多了。都成小伙子了，真的，成了小伙子！"

"是时候了，也该康复了，同事，"霍博托夫打着哈欠说，"这么拖拖拉拉下去您自己怕是也厌烦了吧。"

"会康复的！"米哈伊尔·阿韦良内奇快活地说，"我们还要活到一百岁呢！肯定的！"

"一百岁不好说，再活二十年不成问题，"霍博托夫安慰说，"没事，没事，同事，您可别泄气……您不该故布疑阵。"

"我们还要大显身手呢！"米哈伊尔·阿韦良内奇放声大笑，还拍拍朋友的膝头，"我们要大显身手的。上帝保佑，明年夏天我们去高加索，骑着马儿跑遍全境——驾！驾！驾！等我们从高加索回来，等着瞧，说不定还要喝您的喜酒哩，”米哈伊尔·阿韦良内奇调皮地挤挤眼睛，“我们让您成亲，亲爱的朋友，让您成亲……”

安德烈·叶菲梅奇忽地感到，积怨已堵到嗓子眼，他的心脏剧烈地跳动起来。

“庸俗！”他说，立即起身，来到窗前，“难道你们不明白你们说得多庸俗吗？”

他本想说得委婉些，礼貌些，然而不由自主地捏紧拳头，高高举过头顶。

“别来烦我！”他大喝一声，嗓音都变了，涨红了脸，浑身打战，“滚出去！两个人都滚出去！滚！”

米哈伊尔·阿韦良内奇和霍博托夫双双站起来，先是吃惊地望着他，后来害怕了。

“两个人都滚出去！”安德烈·叶菲梅奇继续喊道，“傻瓜！蠢材！我既不要你们的友谊，也不要你们的药水，蠢材！庸俗！可恶！”

霍博托夫和米哈伊尔·阿韦良内奇不知所措地交换一下眼色，退到门口，进了前室。安德烈·叶菲梅奇抓起那瓶溴化钾，使劲朝他们背后扔去。玻璃瓶砰的一声在门槛上砸碎了。

“见你们的鬼去！”他带着哭腔喊道，追到前室，“见鬼去！”

客人走后，安德烈·叶菲梅奇像发疟子一样不住打战，躺到沙发上，一次次反复着：

“傻瓜！蠢材！”

他平静下来后，首先想到的是，现在米哈伊尔·阿韦良内奇一定羞愧难当，心情沉重。太可怕了。从来没发生过这种事。怎么这样没半点头脑和礼貌？怎么这样不通情达理，没保持明哲的冷静？

医生十分内疚，不住地埋怨自己，弄得彻夜未眠。第二天早上十点钟，他动身去邮政局向邮政局长赔礼道歉。

“昨天的事我们就不要提了，”米哈伊尔·阿韦良内奇大为感动，紧紧握住他的手，叹口气说，“谁再提旧事，让他瞎了眼。留巴夫金！”他忽然大叫一声，弄得邮务人员和顾客都吓了一跳，“端把椅子来！你等一下，”他对一个农妇喊道，她正把一封挂号信从铁格子里递给他，“难道你没看见我正忙着吗？过去的事就不提了，”他又转身对安德烈·叶菲梅奇温和地说，“坐呀，我恳求您，亲爱的朋友。”

他默默坐着，轻轻地抚摩着膝头，过了一会儿才说：

“我心里一点也不怨恨您。疾病是无情的，这我知道。昨天您犯病了，把我和大夫吓坏了。过后我们又谈起您，谈了很久。我亲爱的，您为什么不想认真治一治自己的病呢？这行吗？请原谅我作为朋友直言不讳。”米哈伊尔·阿韦良内奇开始小声说，“您的处境太糟糕了：住处逼仄、肮脏、缺人照料，没钱治病……我亲爱的朋友，我和大夫一起真诚地恳求您，听从我们的劝告：住到医院里去吧！那里有营养食品，有护理，有治疗。叶夫根尼·费多雷奇，我们私下里说说，尽管是个粗俗的人①，可是通晓医术，对他是完全可以信赖的。他保证说，你的病他来治。”

安德烈·叶菲梅奇被邮政局长真诚的关怀和突然流到脸上的眼泪感动了。

“尊敬的朋友，别相信！”他也小声说，一手按到胸口上，“别信他们！这是骗局！我的病只在于二十年来我在这个城市里只找到一个有头脑的人，而他是个疯子。我根本没有病，我只是落进了一个魔圈里，再也出不去了。我已经无所谓了，我做好了一切准备。”

“住院吧，我的朋友。”

“我无所谓，哪怕落入一个深坑。”

“亲爱的，您得答应，处处都听叶夫根尼·费多雷奇的安排。”

“好吧，我答应。可是我要再说一遍，尊敬的朋友，我落入了魔圈。现在所有的一切，包括我的朋友们真诚的关怀，都导致一个结局——我的毁灭。我正在毁灭，而且有勇气承认这一点。”

“好朋友，您会康复的。”

“别说了！”安德烈·叶菲梅奇忿忿地说，“很少有人在人生的终点不感受到我此刻的心境。一旦有人对你说，你的肾脏有毛病，心房扩大，所以你必须治疗，或者对你说，你是疯子，是罪犯，总之，一旦别人突然注意你，那你就该知道落入了魔圈里，再也出不去了。你千方百计想跑出去，越跑越迷路。束手就擒吧，因为任何人的力量已救不了你。我就是这样想的。”

---

①“粗俗的人”四字为俄语音译法文。

当时铁格子那边挤了很多顾客。安德烈·叶菲梅奇不想妨碍公务，便站起来告辞。米哈伊尔·阿韦良内奇再一次请他务必答应他的话，一直把他送到大门口。

这一天的傍晚，穿着短皮袄和高统靴的霍博托夫出乎意料地也来看望安德烈·叶菲梅奇。他平静地说，那语气仿佛昨天什么事也没发生一样：

“我有事来找您，同事。我来邀请您：您可愿意跟我一道去参加一次会诊？”

安德烈·叶菲梅奇心想，霍博托夫可能想让他出去走一走，散散心，或者真要给他一个挣钱的机会，便穿上衣服，跟他一道走了。他很高兴有机会改正昨天的过错，两人和解了，并且由衷地感谢霍博托夫，他居然只字不提昨天的事，可见原谅他了。想不到这个没有教养的人待人这么大度。

“您的病人在哪儿？”安德烈·叶菲梅奇问道。

“在我的医院里。我早就想请您来了……一个很有意思的病例。”

他们走进医院院子，绕过主楼，朝关疯子的厢房走去。不知为什么一路上谁都不说话。他们走进前室，尼基塔照例跳起来，挺直身子。

“这里有个病人得了由肺部引起的并发症，”霍博托夫同安德烈·叶菲梅奇走进六号病房时小声说，“您在这儿先等一下，我很快就回来。我去取听诊器。”

说罢，他转身走了。

十七

天色暗下来，伊凡·德米特里躺在自己床上，把脸埋在枕头里。瘫痪病人一动不动地坐着，小声抽泣，嘴唇不住地颤动。胖农民和前拣信员已经睡了。病室里悄没声息。

安德烈·叶菲梅奇坐在伊凡·德米特里的床上等着。可是一个半小时过去了，进来的不是霍博托夫，而是尼基塔，还抱着病人服，不知谁的内衣裤和一双拖鞋。

“老爷，请您换衣服，”他轻声说，“这是您的床，请过来，”他指着一张显然是刚搬来的空床，加了一句，“没事，上帝保佑，您会康复的。”

安德烈·叶菲梅奇这下明白了。他一句话没说，走到尼基塔指定的床前，坐了下来。他看到尼基塔站在一旁等着，便自己脱光了衣服，他感到很难为情，赶紧穿上病人的衣服，内裤太短，衬衫很长，那件长袍上有熏鱼的气味。

“您会康复的，上帝保佑。”尼基塔重复道。

他抱起安德烈·叶菲梅奇换下的衣服，走出去，随手关上门。

“无所谓……”安德烈·叶菲梅奇想道，不好意思地裹紧长袍，直觉得穿了这身衣服活像个囚徒了，“没什么……礼服也罢，制服也罢，这身病人服也罢，反正都一样……”

可是怀表呢？侧面口袋里的记事本呢？还有香烟呢？尼基塔把衣服送哪儿去了？今后，恐怕直到死，他再也穿不上自己的裤子、坎肩和靴子了。这一切实在奇怪，刚开始的时候简直不可思议。尽管直到现在安德烈·叶菲梅奇还是相信，小市民别洛娃家的房子和这六号病房之间完全一个样，相信这个世界上万事皆空，荒诞不经，然而他的手还是发抖，腿脚冰凉。一想到伊凡·德米特里很快会起床看到他穿着病人服，他就觉得十分恐怖。他站起来，在病室里不停地走来走去，后来又坐了下去。

就这样他坐了半个小时，一个小时，他感到厌倦和难以忍受的烦闷。难道要在这里坐上一天，一星期，甚至像这些人那样一坐就几年吗？好吧，他坐一阵，走一阵，又坐下了。可以走到窗前，看看外面，然后再从这个屋角走到那个屋角。可是以后做什么呢？就这样像个木头人似的老坐着想心事吗？不，这几乎是不可能的。

安德烈·叶菲梅奇刚躺下，立即又坐起来，用袖子擦去额上的冷汗。他觉得他的脸上也有一股熏鱼味。他又在病室里来回走动。

“这是场误会……”他说，疑惑不解地摊开双手，“应当解释一下，这是场误会……”

说话间，伊凡·德米特里醒来了。他坐起来，用两个拳头托着腮帮。他啐了一口痰。然后懒洋洋地看了医生一眼，显然开始时不明白这是怎么回事，但不久他那睡眼惺忪的脸上露出了恶意的嘲弄人的表情。

“啊哈，把您也关到这里来啦，亲爱的！”他用带着睡意的嘶哑声音说，还眯起一只眼睛，“我很高兴。您以前喝别人的血，现在轮到别人喝您的血了。妙极了！”

“这是场误会……”安德烈·叶菲梅奇说。听了伊凡·德米特里的话吓坏了，他耸耸肩膀，重复道，“这是误会……”

伊凡·德米特里又啐一口，躺了下去。

“该死的生活！”他发起牢骚，“令人悲哀、令人屈辱的是，这种生活不是因为你受苦而报偿你，也不像歌剧中那样因你受苦而礼赞你，而是以死亡结束。总有一天勤杂工会来抓住尸体的手脚，把他拖到地下室里。呸！那也没什么……到了那个世界我们就要欢欣鼓舞了……我的幽灵也要从那里回来，吓唬这些畜生。我要叫他们吓白了头。”

莫谢伊卡回来了，看到医生，伸出一只手。

“赏个小钱吧！”他说。

十八

安德烈·叶菲梅奇走到窗前，望着野外。天色已黑，在右侧的地平线上升起一轮红色的冷月。在离医院围墙不远的地方，大约一百俄丈开外，是一幢高大的白房子，围着石墙。那是监狱。

“瞧，这就是现实！”安德烈·叶菲梅奇想道。他心里害怕。

这月亮，这监狱，围墙上的铁钉，连同远处焚尸场上腾起的火焰，都让人不寒而栗。身后传来叹息声。安德烈·叶菲梅奇回过头去，看见一个胸前戴着亮闪闪的勋章的人正露出笑脸，狡黠地挤着一只眼睛。那模样也显得令人胆战心惊。

安德烈·叶菲梅奇要自己相信：月亮和监狱其实没有什么特别的地方，心理健全的人照样佩戴勋章，世上万物最后都要腐烂，化作尘土。可是突然间他陷入绝望，伸出双手抓住铁栏杆，使出浑身的气力摇撼起来。坚固的铁窗纹丝不动。

后来，为了摆脱恐惧，他走到伊凡·德米特里床前，坐了下来。

“我的精神崩溃了，亲爱的朋友，”他小声低语，战战兢兢地擦着冷汗，“精神崩溃了。”

“那您就谈谈人生哲理吧。”伊凡·德米特里挖苦说。

“我的天哪，天哪……对了，对了，您有一次谈到俄国没有哲学，可是人人都大谈其谈哲学，连小人物也不例外。不过您知道，小人物大谈哲学对谁也没有害处，”安德烈·叶菲梅奇用一种仿佛想哭、想引起怜悯的语气说，“我的朋友，为什么您要这样幸灾乐祸地嘲笑人呢？倘若小人物感到不满，为什么他不能发发议论呢？一个有头脑的、有教养的、有自尊心的、爱好自由的人，一个圣洁如神灵的人，竟然没有别的出路，除了去一个肮脏愚昧的小城当个医生，一辈子只是给病人拔火罐、贴水蛭、贴芥末膏！招摇撞骗，思想狭隘，庸俗！啊，我的天哪！”

“您尽说蠢话。既然讨厌当医生，何不去当大臣？”

“不行，哪儿也不行。我们软弱，亲爱的……对世事我向来冷眼旁观，过去议论起来便无所顾忌，可是一旦生活粗暴地碰我一下，我就垂头丧气……意志消沉……我们软弱，无用……您也一样，我的朋友。您聪明、高尚，您从母亲的乳汁里吮吸着美好的激情，可是一旦您迈进生活，您就倦怠，患病了……我们软弱，软弱啊！”

随着傍晚的来临，除了恐惧和屈辱之外，安德烈·叶菲梅奇无时无刻不感受到一种难以摆脱的不安。最后，他弄明白，他这是想喝啤酒，想抽烟了。

“我要出去，我的朋友，”他说，“我去说，让他们弄灯来……不能这样……我受不了了……”

安德烈·叶菲梅奇走到门口，打开门，可是尼基塔立即跳起来，挡住他的去路。

“您去哪儿？不行，不行！”他说，“该睡觉啦！”

“我出去一会儿，在院子里走走。”安德烈·叶菲梅奇慌张地说。

“不行，不行，这不许可。您自己也知道。”

尼基塔砰的一声关上门，用背顶住门板。

“可是即使我出去了，这又碍着谁了？”安德烈·叶菲梅奇耸耸肩膀问道，“莫名其妙！尼基塔，我要出去！”他用颤抖的声音说，“我非出去不可！”

“别捣乱，这不好！”尼基塔训斥道。

“鬼知道这是怎么回事！”伊凡·德米特里突然跳起来喊道，“他有什么权利不放人出去？他们怎么敢把我们关在这里？法律好像明文规定，不经审判谁都不能被剥夺自由！这是暴力！专制！”

“当然，这是专制！”安德烈·叶菲梅奇受到伊凡·德米特里呼喊声的鼓舞，也说，“我要出去。我必须出去。他没有权利！放我出去，你听见没有？”

“你听见没有，蠢猪？”伊凡·德米特里大声叫骂，用拳头捶门，“你开门，要不然我砸了它！屠夫！”

“开门……”安德烈·叶菲梅奇浑身打战，大喊道，“我要你开门！”

“再喊呀！”尼基塔在门后回答，“喊呀！”

“至少你去把叶夫根尼·费多雷奇叫来。对他说，我请他来一趟……来一会儿！”

“明天他们会亲自来的。”

“他们绝不会放我们出去！”这时伊凡·德米特里继续道，“他们要在这里把我们活活折磨死！哦，主啊！难道在那个世界里真的没有地狱，这些恶人可以不受惩罚吗？正义在哪里？快开门，恶鬼，我要闷死了！”他声嘶力竭地喊着，身子向房门撞去，“好吧，我来撞个头破血流！你们这些杀人犯！”

尼基塔迅速打开门，用双手和膝盖粗鲁地把安德烈·叶菲梅奇推开，然后抡起胳膊，一拳打在他的脸上。安德烈·叶菲梅奇感到一股带咸味的巨浪把他连头带脑吞没，向床那边冲去，他的嘴里当真有股咸味儿：他的牙齿多半出血了。他像要游出水面，挥舞着胳膊，抓住了不知谁的床，这时他感到尼基塔在他背上又打了两拳。

伊凡·德米特里一声尖叫。想必他也挨打了。

随后一切复归平静。淡淡的月光照进铁窗，地板上落着网格子一样的影子。真可怕。安德烈·叶菲梅奇躺下，屏住呼吸，惶恐不安地等着再一次挨打。就像有人拿一把镰刀，扎进他的体内，在胸腔和腹腔内转了几圈。他疼得直咬枕头，磨牙。忽然间，在他一片混沌的脑子里，清晰地闪出一个可怕的难以承受的念头：此刻在月光下像鬼影般的这几个人，几十年来一定天天都忍受着这样的疼痛。二十多年来他对此一无所知，而且也不想知道——怎么能这样呢？他没有受过苦，甚至不知道什么叫疼痛，因此他也许情有可原。可是，良心的谴责却像尼基塔那样固执无情，弄得从头到脚浑身冰冷。他一跃而起，想大喊一声，飞快跑去杀了尼基塔，杀了霍博托夫、总务长和医士，然后自杀，然而从他的胸腔里发不出一丝声音，两条腿也不听使唤。他上气不接下气，一把抓住胸前的长袍和衬衫，猛地撕开了。他倒在床上，失去了知觉。

十九

第二天早晨，他头疼耳鸣，感到周身瘫软。想起昨天自己的软弱他不觉得有愧。昨天他胆怯，甚至怕见月亮，真诚地说出了以前意料不到的思想感情，如小人物感到不满难免爱发议论的想法。可是现在他觉得一切都无所谓了。

他不吃不喝，躺着不动，一声不吭。

“我无所谓了，”别人问他话时，他想，“我不想回答……我无所谓了。”

午饭后，米哈伊尔·阿韦良内奇来了，带来了四分之一俄磅①茶叶和一俄磅水果软糖。达留什卡来过几次，呆板的脸上露出几分悲伤，在床头一站就是一个钟头。霍博托夫也来看望他，带来一瓶溴化钾，吩咐尼基塔熏一熏病室。

傍晚，安德烈·叶菲梅奇因脑溢血死去。起初他感到一阵剧烈的寒战和恶心，那股难受劲像是渗透他的全身，直至手指，从胃里涌到头部，灌进了眼睛和耳朵。眼前的东西发绿。安德烈·叶菲梅奇明白他死到临头了，他忽然想到伊凡·德米特里、米哈伊尔·阿韦良内奇以及千千万万的人是相信永生的。万一真能这样呢？然而他不想永生，他的这个念头也只是一闪而过。他昨天在书里读到的一群体态优雅、美丽异常的鹿正从他身前跑过，随后一个农妇伸手给了他一封挂号信……米哈伊尔·阿韦良内奇说了一句什么。随后一切都消失了，安德烈·叶菲梅奇永远失去了知觉。

勤杂工来了，抓住他的胳膊和腿，把他抬到小教堂。他躺在那里的桌子上，睁着眼睛，夜里月光照着他。早晨谢尔盖·谢尔盖伊奇来了，他对着十字架上的耶稣像祷告一番，合上前任上司的眼睛。

第二天，安葬了安德烈·叶菲梅奇。只有米哈伊尔·阿韦良内奇和达留什卡两个人来送葬。

（1892年）

---

① 一俄磅等于409.5克。

文学教师

一

木地板上响起了马蹄声。马厩里先后出来了三匹马，领先的是叫奴林伯爵的黑马，接着是白马维利康，最后被牵出来的是它的妹妹玛伊卡。这些都是非常名贵的马儿。老者舍列斯托夫给维利康放上马鞍后，转身对自己的女儿玛莎说：

“我说，玛丽娅·戈德弗罗阿，过来上马吧。跳！”

玛莎·舍列斯托娃是家里最小的孩子。她都十八岁了，家里人还习惯性地把她看作是小姑娘，管她叫玛尼娅或玛纽霞。每当城里来了马戏团，她都急着要去看，于是大家便叫起她为玛丽娅·戈德弗罗阿来了。

“跳！”她坐上维利康后，吆喝了起来。

她的姐姐瓦丽娅也坐上了玛伊卡。尼基丁则上了奴林伯爵。各位军官也跟着骑上了马。于是一长列又长又漂亮的马队浩浩荡荡出了院子，军官们雪白的制服，小姐们黑色的骑服，五颜六色，煞是耀眼。

尼基丁发现，大家上了马后，以及后来到了街上，玛纽霞的目光不知为什么老盯着一个人。她忧心忡忡地打量着那人和奴林伯爵，说：“您呀，谢尔盖·瓦西里伊奇，得随时勒紧马嚼子，别惊了马。那畜生可会装模作样了。”

不知是因为她的维利康与奴林伯爵特别要好，还是事出凑巧，昨天和前天，她老骑着马与尼基丁紧紧挨在一起。他呢，眼睛始终不离她左右。你看她骑在得意洋洋的白马上，那娇小的身躯显得格外的婀娜多姿，她的腰肢出落得分外纤细，头上戴的那高筒帽与她实在不相配，反而显得老成持重。他呢，看着看着，目光露出了不尽的快乐、兴奋、激动，听着听着，却什么也没听进去。他想：

"我向上帝起誓，说实在的，今天再也不扭扭捏捏，要大胆向她表白了……"

还不到下午八点，这时候的洋槐和丁香花香浓烈，空气和树木仿佛被花香灌醉了。市公园里乐声已起。马路上马蹄声"得得"，四面八方的欢笑声，人语声，开、关门声不绝于耳。迎面而来的士兵给军官行礼致敬，中学生向尼基丁弯腰鞠躬。看来，或在街上漫步，或到公园去听音乐会的所有人，个个都兴高采烈地看着这班骑着马的人。无序地散落在蓝天上的白云显得多么温暖和柔和。白杨和洋槐的影子伸到了宽阔大街的另一头，遮盖住对面房子的凉台和二层楼，显得异常的柔和、温馨！

一行人出了城，便在大道上奔驰起来。这里已闻不到洋槐和丁香的花香，听不到公园里的乐声了，但处处洋溢着田野的芬芳，满眼是幼小的黑麦和小麦的青葱绿意，小黄鼠吱吱声和白嘴鸦聒噪声盈耳。目力所及，绿意葱茏，只有瓜地露出点点黑色，左边远处的墓地上凋谢了的苹果花显得一片惨白。

他们过了屠宰场，又过了啤酒厂，追上了一队急着要到公园去的军乐队的队员。

"波利扬斯基说有一匹好马，这我不想争辩，"玛纽霞眼望着瓦丽娅身旁骑在马上的军官，对尼基丁说，"可那马有一个缺点，它的左腿上有一块白斑，长得不是地方，您看它，脑袋一直往后仰，这习惯再也改不过来了，到死都那么仰着。"

玛纽霞活像乃父，是个马迷，一见别人有匹好马，就感到别扭，见到人家的马有缺陷，就高兴。尼基丁则对马一窍不通，勒不勒紧马缰绳或马嚼子，马是在快跑还是小跑，他都毫无感觉；他只关心，骑在马上的姿势自不自然，紧不紧张，因此想来玛纽霞一定更喜欢那些善于骑马的军官，所以他便对他们存有一股醋意。

到了城郊公园，有人提议去喝矿泉水，大家便去了。公园里长的是清一色的橡树，橡树还是不久前长出了叶子，透过片片新叶能见到公园的全貌，能见到园子里的戏台、小桌子、秋千架，能见到所有像大礼帽的乌鸦窝。骑手和女士们匆匆围着一张小桌子，要来了矿泉水。在园里散步的熟人们纷纷走过来。与此同时，过来的还有一位穿高筒靴的军医和一位等着乐队到来的乐队队长。那军医大概把尼基丁误看作是大学生了，所以才问：

“请问你们是来过暑假的吧？”

“不是，我们长住在这里。”尼基丁答，“我在中学里教书。”

“当真？”军医显得很惊讶，“您这么年轻，就当老师了？”

“哪来的年轻？我都二十六岁了……借您的吉言了。”

“您虽说留了胡子和唇髭，看上去不超过二十二、三岁。真年轻！”

“简直在胡说八道！”尼基丁心想，“这家伙把我看作是乳臭未干的小娃娃了。”

每当有人，特别是在女士或学生面前提到他年轻，他非常不高兴。自从他来到这个城市，到学校任教以来，他特别恨人家提到他长得年轻，学生不怕他，老者叫他年轻人，妇女尤其喜欢跟他跳舞，而不想听他长篇大论。他宁愿自己再年长十岁，付什么代价他都在所不惜。

出了公园，一班人继续前行，到了舍列斯托夫田庄，在大门附近停住马，唤来管家的妻子普罗斯科维娅，要了鲜牛奶。没人喝牛奶，彼此对望了起来，笑了一阵，便掉转马头回去了。那时候，城郊公园已乐声响起，太阳也躲到墓地后面去了，半个天空被晚霞染得红彤彤的。

玛纽霞还是跟尼基丁并排骑着，他很想跟她说，他是多么爱她，可又担心这话被那些军官和瓦丽娅听见，便一声不吭。玛纽霞也沉默不语。他感觉得出，她为什么一言不发，为什么愿意跟自己并排走，所以显得乐陶陶的，只觉得大地、天空、城里的灯火、啤酒厂那模糊的影子——在他眼里一切都融成了非常美好、动人的映象，只觉得自己的坐骑奴林伯爵奔驰在空中，要腾上那通红的云霄。

大家到了家。花园里的饭桌上已摆上茶炊，在呼呼作响，舍列斯托夫老头和自己几位老朋友，地方法院的法官已在桌子的一边坐好了，照例在指指点点。

“实在太卑鄙无耻了！”老人说，“除了卑鄙无耻，还是卑鄙无耻。是的，太卑鄙无耻了！”

尼基丁爱上玛纽霞后，他也喜欢上了舍列斯托夫家的一切：房子、房子附近的花园、傍晚的茶会、藤椅、老保姆，甚至老人常挂在口中的“卑鄙无耻”四字，他全都喜欢。他唯一不喜欢的就是他们家养的那么多的狗、猫和关在凉台上大笼子里不停伤心地咕咕叫的埃及鸽子。看家护院的和室内的狗非常多，自认识舍列斯托夫家这么久以来他只认得两条狗：木什卡和索姆。木什卡是条浑身脱光了毛，却满脸毛茸茸的小狗。木什卡很凶，是家里的宠儿。它特别恨尼基丁，一见他就把脑袋歪向一边，龇牙咧嘴，“汪，汪，汪”地叫个不停。

叫罢它就在椅子下蹲下来。他企图把它从椅子下赶走，它就尖声怪叫起来，主人便说：

“别怕，它不咬人。它的脾气可好哩。”

索姆是条黑狗，长着四条长腿，一只尾巴粗硬得像根木棍子，它立起来的时候显得非常高大。大家吃饭和喝茶的时候，它始终待在桌下，一声不吭，尾巴敲打着人家的靴子和桌腿。它是条安分的傻狗，尼基丁最不喜欢它是因为它老把狗脸儿搁在吃饭人的膝盖上，把人家的裤子沾得满是唾液。尼基丁好几次想用刀柄敲它的大脑门，用手指弹它的鼻子，骂它，抱怨叫苦，可他的裤子还是屡屡遭殃。

一番骑游之后，茶水、果酱、糖果、黄油，无不显得特别可口。第一杯茶大家默默地埋头喝，喝得津津有味，可喝第二杯前，便开始了争执。每次吃饭和喝茶时的争执都是瓦丽娅挑起的。她已经二十三岁了，长得挺漂亮，比玛纽霞美。她自认为是家里最聪明、最有学问的人，始终摆出一副家里做姐姐应有的那种庄重、严厉的架势，充当起已故母亲的角色。因为是女主人，她有权穿着短衫出没在客人面前，对军官指名道姓，把玛纽霞看作是小姑娘，用女领班的口吻跟她说话。她管自己叫老处女——听口气她坚信自己嫁得出去。

不问是什么话题，哪怕说到天气，她定要挑起争端。她有个怪癖——爱捕捉人家的话柄，挑起矛盾，不放过人家话里的毛病。你只要跟她说话，她就眼睛死死盯着你，忽地打断你的话，说：“对不起，对不起，彼得罗夫，您昨天说的完全是相反的话！”

要不她嘲讽地笑着说：“可是我发现，您这是在为第三厅①的原则作宣传。恭喜您了！”

如果你说的是俏皮话或双关语，立时就能听到她的话声：“全是陈词滥调！”要么，“无非是平庸浅薄之言！”如果说俏皮话的是军官，她

---

① 第三厅是沙皇俄国的最高警察机构。

就做起了鬼脸，不屑地说："不过是丘八们的笑谈！"

听了她这话，木什卡必然在椅子下报之"汪汪"声，以示为之呼应。

这一次的争论是因喝茶时尼基丁提到中学里的考试引起的。

"对不起，谢尔盖·瓦西里伊奇，"瓦丽娅插言道，"您说，做学生的不容易，那么请问，这到底该怪谁呢？譬如说，您给八年级的学生出了这么一道作文题：《作为心理学家的普希金》。第一，不该给学生出这么难的作文题；第二，普希金哪是心理学家？要是说谢德林，陀思妥耶夫斯基①是心理学家，那是另一说。可普希金只能是伟大的诗人。"

"谢德林是谢德林，普希金是普希金。"尼基丁阴沉着脸说。

"我知道，你们学校不待见谢德林。问题不在这里。请告诉我，哪来的心理学家普希金？"

"难道他不是心理学家吗？很抱歉，我可以给您举出一些例子。"

于是尼基丁读了几段普希金的《奥涅金》，后来又读了几段《鲍里斯·戈东诺夫》②。

"我从中看不出丝毫的心理学，"瓦丽娅一声叹息，说，"只有写得出人复杂曲折的心路历程的人才称得上心理学家，而这些只是优秀的诗，仅此而已。"

"我知道您需要什么样的心理学！"尼基丁生气地说，"你需要的是有人用钝锯子锯断我的手指，我痛得呼天抢地——这就是您要的心理学！"

"平庸浅薄！但是您并没有向我证明：为什么说普希金是心理学家？"

当有人说尼基丁是个抱残守缺、思想狭隘之人，他奋起争辩时，往

---

① 萨尔蒂科夫·谢德林（1826—1889）俄国杰出的现实主义作家，曾一度与陀思妥耶夫斯基等人一起称霸俄国文坛。费奥多尔·米哈伊洛维奇·陀思妥耶夫斯基（1821—1881）：是19世纪群星灿烂的俄国文坛上一颗耀眼的明星，与列夫·托尔斯泰、屠格涅夫等人齐名，是俄国文学的卓越代表，他所走过的是一条极为艰辛、复杂的生活与创作道路，是俄国文学史上最复杂、最矛盾的作家之一。即如有人所说，"托尔斯泰代表了俄罗斯文学的广度，陀思妥耶夫斯基则代表了俄罗斯文学的深度"。

②《奥涅金》和《鲍里斯·戈东诺夫》都是普希金的名作。前者是诗体小说，后者是历史小说。

往从座位上跳起来，双手抱头，离开饭桌，从一个角落跑到另一个角落，这时他也这么做了：跳将起来，离开饭桌，手抱脑袋，围着桌子哼哼唧唧地来回走了起来，后来又在稍远的地方坐下来。

军官们都支持他，波利扬斯基上尉要瓦丽娅相信，普希金事实上就是位心理学家，他引用了莱蒙托夫的两首诗作为证据。盖尔涅特中尉也说，如果普希金不是心理学家，就不会为他在莫斯科竖立纪念碑了。

"简直卑鄙无耻！"饭桌的另一边传来了这样的声音，"我就对总督说过：'大人，这简直是卑鄙无耻！'"

"我再也不跟您争了！"尼基丁嚷道，"您那套说辞没完没了，哪里是个头。够啦！滚，你这讨人厌的脏狗！"他冲索姆喊道，因为索姆又把脑袋和爪子放到他膝盖上了。

"汪，汪，汪！"椅子下传来了狗叫声。

"您得承认，您错了！"瓦丽娅说，"您承认吧！"

这时有几位小姐来拜访，争论就此打住。大家都到客厅去。瓦丽娅在钢琴前坐下来，弹起了舞曲。大家跳起了舞，开始时跳华尔兹，然后是波尔卡，接着跳卡德利尔，波利扬斯基在卡德利尔舞曲伴奏下，领着大家穿过一个个房间，最后又跳了华尔兹。

老人们都坐在客厅里抽烟，看着年轻人翩翩起舞。老年人中有城市信用社经理舍巴尔津，他对文学和舞台艺术情有独钟。他首创当地的"音乐戏剧小组"，亲自参加演出，不知为什么，他老演一个滑稽的老仆人角色，要么就有声有色地朗诵《女罪人》。城里人管他叫木乃伊，因为他长得又高又瘦，青筋嶙嶙，脸上始终露出庄重的神色，眼睛茫然无神。他对舞台艺术死心塌地，甚至剃了胡子和唇髭，害得他更像木乃伊了。

卡德利尔舞过后，他迟疑地侧着身子，来到尼基丁跟前，咳嗽一声，说：

"喝茶的时候我有幸听到了争论。我完全同意您的高见。你我志同道合，我非常愿意跟您谈谈。请问您读过莱辛①的《汉堡剧评》吗？"

"没有，还没拜读过。"

---

① 莱辛（1729—1781）：德国十八世纪启蒙运动的主要代表人物之一，杰出的剧作家、文艺批评家和美学家。他在德国启蒙运动中的地位和作用相当于狄德罗在法国启蒙运动中的地位和作用。《拉奥孔》和《汉堡剧评》是莱辛的代表作。

舍巴尔津听了吃了一惊，挥了挥手，像是手指被火烫了似的，一言不发，倒退一步，转身离开了尼基丁。舍巴尔津离去的的背影、他提出的问题、脸上露出的惊讶神色让尼基丁觉得非常好笑，但心里还是想道：

“确实有失体统。我，作为一名文学教师，至今还没读过莱辛的作品，应该找来读读。”

晚饭前，所有的人，无论是年长的还是年轻的，都坐下来玩“运气”。有人拿来了两副牌，一副平均分给大家，另一副背朝上，放在桌子上。

“谁手里有这张牌，”舍列斯托夫老头翻开第二副牌最上面的一张，一本正经地说，“就到育婴室去吻一下保姆。”

亲吻保姆的好运落到了舍巴尔津头上，大家又是笑，又是鼓掌，开开心心簇拥着他去了育婴室，逼着他亲吻保姆。顿时引起了一阵喧闹声、叫好声……

“还不够热烈！”舍列斯托夫笑得泪水直流，嚷嚷道，“还不够热烈！”

落到尼基丁头上的“运气”是：听取大家的忏悔。他端坐在客厅中央的凳子上，头上被蒙上披巾。第一个来忏悔的是瓦丽娅。

“我了解您的罪孽，”尼基丁在黑暗中眼望着她那一本正经的身影，开言道，“小姐，告诉我，您为何天天要跟波利扬斯基一起散步？不会是无缘无故，不会是无缘无故跟那个骠骑兵在一起的！”

“简直是平庸浅薄！”瓦丽娅说罢，走掉了。

接着黑暗中出现的是一个可亲可爱的身影，透过披巾，他看见一对亮晶晶、凝神的大眼睛，身上散发出他早已熟悉的、珍贵的气息，一闻令尼基丁想到了玛纽霞的房间。

“玛丽娅·戈德弗罗阿，”他说话的声音变得连自己也认不出来了，“您有什么罪过？”

玛纽霞眯着眼睛，向他伸出舌尖，笑了一声，转身就走了。片刻后她又回到了客厅，拍了拍手掌，大声道：

“晚饭，晚饭，吃晚饭了！”

于是大家便涌进了餐厅。

晚饭时，瓦丽娅又挑起了舌战，这一次对方是父亲。波利扬斯基一本正经地吃着，喝着红酒，对尼基丁叙述着一个冬天，那还是战争期间，他整夜都立在齐膝深的池沼里，敌人离得很近，所以不准说话，也不准抽烟，夜又冷又黑，刮着刺骨的寒风。尼基丁听着，眼瞟着玛纽霞。她一动不动，眼睛一眨不眨，凝视着他，像是在思索着什么，忘了形……他只觉得又欣喜，又痛苦。

“她为什么这么看着我？”他不安地想道，“太难堪了。会被人发觉的。唉，她太年轻，太幼稚了！”

夜深了，大家各自离开。尼基丁出了大门，二楼的一扇小窗打开，玛纽霞的身影露了出来。

“谢尔盖·瓦西里伊奇！”她喊道。

“有什么事吗？”

“是这样……”玛纽霞说，听得出来她这是有话要说，“是这样……波利扬斯基最近要来，带来照相机给我们大家拍照。到时候大家都要来。”

“好哇。”

玛纽霞消失了，只听得关窗声，很快房间里传来了钢琴声。

“好一家人！”尼基丁过街的时候，想道，“在这个家里听到的全是埃及鸽子的呻吟声，他们之所以呻吟，是因为除此不足以表达自己的欢乐！”

但是快乐的不只有舍列斯托夫一家。尼基丁走了不到两百步，听到另一家传出来钢琴声。又走了几步，看见一名汉子在家门口弹三弦琴。公园里乐队奏着俄罗斯民歌的集成曲……

尼基丁住的地方离舍列斯托夫家只有半俄里。那是一座公寓，有八个房间。尼基丁用每年三百卢布的租金租了下来，与他合租的是同事，历史地理老师伊波里特·伊波里特奇。这位伊波里特·伊波里特奇不算老，蓄着火红的胡子，翘鼻子，长相粗鲁，不像有文化的人，倒像是手艺人，但心地好。尼基丁回到家时，他正坐在桌后，批改学生的地图作业。在他眼中，地理课最重要、最要掌握的是绘图，而历史课最重要、最需要的是记住年表。他往往通宵达旦用蓝铅笔为男女学生批改地图作业，或编制历史年表。

“今天的天气好极了！”尼基丁走到他跟前，说，“奇怪的是，您怎么整天待在房间里不出去走走？”

伊波里特·伊波里特奇是个话不多的人。平日里，他要么闷声不响，要么只说尽人皆知的事。这时候他回答说：

“是呀，天气是好。现在都五月了，很快就到了真正的夏天。夏天和冬天大不相同。冬天里要生暖炉，夏天不生炉子也挺暖和的。夏天夜里开着窗子也暖和，冬天里即使关上双层窗也是冷的。”

尼基丁在桌旁坐了不到一分钟，就感到很无聊。

“再见！”他站了起来，打着哈欠，说，“我本想跟您说说有关我的爱情的事，可您眼中只有地理！一跟您提起爱情，您马上就说：‘卡尔卡河战役①是哪一年开始的？您的那些战役还是见鬼去吧，还有您那些楚科奇岬②！”

“您生什么气？”

“我心烦！”

他心烦，是因为这次还是没有向玛纽霞表白，现在又找不到人诉说自己的爱情。他回到自己的书房，在沙发上躺了下去。书房里暖和和、静悄悄的。他躺着，眼望黑暗。尼基丁没来由地想到，再过两三年，他不知为了什么事要去彼得堡，玛纽霞到车站送别，哭哭啼啼。他在彼得堡收到她的一封长信，她求他赶快回家，他便给她写了回信……自己的信是这样开头的：“我亲爱的小耗子……”

“就这么写：亲爱的小耗子。”他笑着说道。

他躺在沙发上觉得很不舒服，便把双手垫在脑袋下，左脚搁在沙发背上。这下舒服多了。这时候窗子慢慢变亮，屋外瞌睡蒙眬的公鸡开始啼鸣。尼基丁继续想着，想到自己从彼得堡回了家，玛纽霞在车站迎接他，见了他高兴得扑到他身上，搂住他的脖子。要么最好是耍个花招，夜里偷偷回来，厨娘给他开了门，他蹑手蹑脚进了卧房，悄没声息地脱了衣服——扑通一声钻进了被窝！她醒了过来——哦，多开心！

天空已一片明亮，书房和窗子没了踪影。今天大家经过的那啤酒厂的台阶上坐着玛纽霞，嘴里说着什么。后来她挽起尼基丁的手，跟他一起进了公园。在公园里他看见了橡树和帽子般的乌鸦窝。一只乌鸦窝摇晃起来，舍巴尔津从乌鸦窝里探出了头，大声嚷嚷道：“您居然没读过

---

① 卡尔卡河位于俄国顿涅茨克州。1223年俄国同蒙古一鞑靼军队在这里打过仗。

② 楚科奇岬在西伯利亚。

莱辛的书!"

尼基丁浑身哆嗦，张开眼睛。沙发前站着伊波里特·伊波里特奇，他后仰着头，在打领带。

"快起来，该上班了，"他说，"不能和衣而卧，那会毁了衣服的。该脱了衣服睡到床上去……"

他照例断断续续、唠唠叨叨说起了尽人皆知的事。

尼基丁第一堂课上二年级的语文。他九点钟准时进了教室，只见黑板上写着两个很大的字：玛·舍。明显指的是：玛莎·舍列斯托娃。

"这些下流胚，被他们探听到了……"尼基丁心想，"他们到底是怎么知道的?"

第二堂课上五年级的文学课。黑板上也写着：玛·舍。他上完课，出了教室，身后响起了叫嚷声，仿佛是坐在戏院里楼座后排那些人发出的：

"好——哇，舍列斯托娃!"

夜里和衣躺在沙发上，尼基丁的脑子很不舒服，身子也觉得懒洋洋的。学生们一心盼着考试前的放假，无所事事，无聊得捣蛋起来。尼基丁也心烦意乱，没有理会学生们的捣蛋，时不时来到窗口。只见街道上阳光灿烂，屋顶上蓝天明澄透彻，鸟儿飞翔，远处，绿意盎然的公园和屋舍后面是一眼望不到边的的广阔空间，处处点缀着蓝幽幽的树木，还有火车经过时冒出的缕缕白烟……

街上洋槐的树影下，走过去两名军官，身穿白衣，手里摆弄着马鞭。又有一群蓄着白胡子、戴着便帽的犹太人穿过了大街，家庭女教师领着校长的孙女在散步……索姆跟着两条看门狗到处乱跑……瓦丽娅穿着灰色的紧身连衣裙和红色的袜子，手里拿着《欧洲通报》走过来。也许她刚从市图书馆来……

离放学的时间还早着——要到下午三点钟！一放学就不回家，也不去舍列斯托夫家，而是要去给沃尔弗上课。这个沃尔弗是个有钱的犹太人，信奉路德派新教，不送子女到学校上学，而是请中学老师到家里给孩子上课，每堂课的酬金是五卢布……

"烦人，烦人，多烦人!"

到了三点钟，他去了沃尔弗家，在那里简直是度日如年。五点钟从那家出来，六点钟该去学校参加教务会议——给五六年级的学生编制口试时间表！

很迟了他才去舍列斯托夫家，他心头怦怦跳，脸孔发烧。一星期前，每次他都准备表白，想好了该如何开口，最后又说些什么。这次一个字都没有准备，脑子一团糟，只知道今天无论如何要表白，再等待下去毫无机会了。

“我邀请她去花园，”他想，“散一会儿步后就表白……”

前厅里不见一个人影。他进入大厅，再走进客厅……客厅里也见不到人。只听得二层楼上瓦丽娅跟什么人的争论声和育儿室里雇来的女裁缝的裁剪声。

这个家有个房间有三种叫法：小房间、过道间和小黑屋。里面摆着一个很大的旧柜子，柜子里放着各种药品、火药和猎具。那里有座狭窄的木梯通到二楼，梯上老睡着几只猫。那里有两扇门：一扇通育儿室，另一扇通客厅。尼基丁到客厅来就是为了上楼去。这时候育儿室的门打开，砰的一声又重重关上，震得木梯和柜子都颤动起来。玛纽霞身穿黑色连衣裙，手里拿着一块蓝布料，跑了进来。她没有注意到尼基丁，直接往楼梯奔。

“等会儿，”尼基丁叫住了她，“您好，戈德弗罗阿……请……”

他气喘吁吁，不知说什么好。一只手握住对方的手，另一只手抓住蓝布料，这一意外举动吓得她不知是惊还是奇，一双大眼睛只盯着他看。

“请……”尼基丁接着说，生怕她跑掉了，“我有话要跟您说……只……这里不方便。我不能，没法子……明白吗，戈德弗罗阿，我不能……就这话……”

蓝布料掉落在地上。尼基丁握住了玛纽霞的另一只手，她脸色苍白，嘴唇微微哆嗦，接着身子后退，退到了墙壁和柜子之间的角落里。

“真心话，请相信我……”他轻声道，“玛纽霞，真心话……”

她身子后仰，他吻了吻她的芳唇，为了让这一吻长久保持下去，他的手指捧着她的脸颊，结果连他自己也落到了墙壁和柜子中间去了，她双手搂住他的脖子，脑袋紧贴进他的胡子中。

接着两个人跑进了花园。

舍列斯托夫家的花园很大，占地四俄亩。花园里除了近二十株槭树和椴树、一株松树，其余的全是果树：樱桃、苹果、梨树、野栗树、银色的橄榄树……还有许多花卉。

尼基丁和玛纽霞在林荫道上跑着，什么话也不说，只是一个劲笑着，偶尔向对方断断续续提问题，但谁也不作回答。花园上空挂着半月。在半月的辉映下，地上的草丛中探出睡眼惺忪的郁金香和鸢尾花，似乎在请求人们向它们吐诉衷肠。

尼基丁和玛纽霞回到屋里时，军官和小姐们已聚在一起，跳起了玛祖卡舞。又是波利扬斯基领着大家跳起了卡德利尔，跑遍了各房间。跳过舞后，又开始玩“运气”。晚饭前，客人们从客厅来到餐厅，玛纽霞和尼基丁单独待在一起，依偎着他，说：

“你自己跟爸爸和瓦丽娅去说，我不好意思开口……”

饭后，尼基丁去跟老头说。听了他的话，舍列斯托夫想了想，说：

“非常感谢您对我和我女儿的关爱。请允许我以朋友的身份对您说几句，君子对君子。请告诉我，您为什么这么早就想结婚呢？只有那些庄稼人才很早就结婚。众所周知，这里的人觉得这也太卑鄙无耻了，您为什么要这么做呢？为什么年纪轻轻就乐于套上这镣铐呢？”

“我已经不年轻了！”尼基丁觉得很委屈，“我都快二十七了。”

“爸爸，兽医来了！”瓦丽娅从另一个房间大声道。

于是他俩的交谈没有继续下去。瓦丽娅、玛纽霞和波利扬斯基都来送尼基丁回家。到了他家门，瓦丽娅说：

“您那位伊波里特·伊波里特奇为什么老不露真容呢？请他来我们家走动走动……”

尼基丁进了屋，来到这个叫人看不透的伊波里特·伊波里特奇跟前，对方正坐在床上脱袜子。

“先别睡，亲爱的。”尼基丁喘着粗气，说，“慢着，先别睡！”

伊波里特·伊波里特奇很快穿上袜子，担心地问：

“怎么回事？”

“我要结婚了！”

尼基丁在同事的身旁坐了下来，惊异地看着对方，仿佛自己也感到惊讶似的，说：

“想不到吧，我要结婚了！跟玛莎·舍列斯托娃结婚！今天求的婚。”

“那有什么？她可是个漂亮的姑娘。只是太年轻了点。”

“是年轻!”尼基丁叹了口气，不安地耸耸肩，“非常，非常年轻!”

“她在我们学校念过书，我认识她。地理学得还可以，可历史——太糟糕了。在班级里并不起眼。”

尼基丁无端地可怜起自己的同事来了，很想对他说些安慰他的好话。

“亲爱的，您为什么不结婚呢?”他问，“伊波里特·伊波里特奇，譬如说，您为什么不娶瓦丽娅呢?她是个非常出色的优秀姑娘!不错，她非常喜欢跟人争论，可她的心地……心地多好!她刚才还问起您。娶她吧，亲爱的，怎么样?啊?”

他非常清楚，瓦丽娅是不会嫁给这么一个乏味的翘鼻子的人的，但还是劝说他娶她。为什么呢?

“结婚，可是件严肃的大事，”伊波里特·伊波里特奇若有所思地说，“得考虑周全，仔细掂量，马虎不得。思前想后永远错不了。特别是婚姻大事，那意味着从此结束单身的日子，开始新生活。”

他说到了尽人皆知的一些道理。尼基丁不想再听下去了，离开了他，回到自己的房间。他快速脱掉外衣，躺了下去，好快点想想自己的幸福生活，想想玛纽霞，想想未来，想着想着，禁不住莞尔一笑，突然想到了自己还没读过莱辛的书呢。

“应该读，”他想，“可干吗读呢?见他的鬼去吧!”

他被自己的幸福搅得心力交瘁，立刻就睡着了，到了第二天早晨才笑盈盈地醒来。

他梦见了马蹄踩在木地板上的“得得”声。梦见从马厩里先出来的是黑马奴林伯爵，然后是白马维利康，然后是它的妹妹玛伊卡……

二

“教堂里很热闹，很拥挤，有一次有人甚至喊了起来。为我和玛纽霞举行婚礼仪式的大司祭透过眼镜盯了人群一眼，严厉地说：

“‘在教堂里别走来走去，别喧哗，静静地站着祈祷。要对上帝敬畏。’

“我的两位同事做我的男傧相，给玛纽霞做傧相的是波利扬斯基上尉和盖尔涅特中尉。高级僧侣唱诗班的合唱非常出色。蜡烛噼里啪啦作响，辉煌的灯光，华装丽服，军官，众多张快活、心满意足的脸，玛丽娅的面庞多轻盈，多特别——整个气氛和婚礼上的祷词无不令我感动得泪水盈眶。处处洋溢着喜庆的氛围。我想，我最近的生活如鲜花怒放，色彩缤纷，诗情画意！两年前我还是个大学生，住在涅格林诺依廉价的客房里，身无分文，无亲无故，那时看起来，自己的前途迷茫。现在呢——我是最好的省城中学的一名教师，生活有保障，得到了爱情，被人宠爱。我想，这里聚集了那么多的人，都是为了我。也是为了我，才点上了三盏枝形吊灯，助祭才大声喊叫，唱歌的人才卖力歌唱；为了我，那个年轻的人儿才打扮得花枝招展，显得心花怒放，很快我就可以称她为妻子了；我想起了我与她第一次相遇，我俩出城郊游的情景，想起了我的表白，想起了整个夏天的天气出奇的好，好像故意安排下的；当年住在涅格林诺依时想象的幸福觉得只有小说里才有，现在已成为现实，已双手在握了。

“婚礼后大家都争先恐后跑到我和玛尼娅身边来，向我们道喜、祝福。一位准将，都近七十岁了，只跟玛尼娅一人道贺，用那老年人的沙哑的声调说，说得很响，整个教堂都能听见：

“‘亲爱的，希望您婚后还像玫瑰花般鲜艳迷人。’

“军官们、校长和所有的老师都出于礼貌，满脸堆笑，我也觉得自己挂着快活却不是真正的笑容。极可爱的史地老师伊波里特·伊波里特奇向来尽说些尽人皆知的话，这时候也紧紧握着我的手，动情地说：

“‘此前你还没有成家，一个人生活，现在结婚了，进入两人世界了。’

“婚礼后我们坐车去了一座没有经过粉刷的两层楼。这是我得到的一份嫁妆。除了这房子，玛尼娅还带来了两万卢布，外加一块叫梅里托诺夫斯卡娅的荒地和看守人住的房子，据说那里养着许多鸡鸭，由于没人照料，那些家禽都成了野鸡鸭了。从教堂回来后，我躺在新书房的土耳其沙发上，伸懒腰，抽着烟。我只觉得自己软绵绵的，一身从未有过的轻松、舒适。而客人们的高声的‘乌拉’声阵阵，前室里蹩脚的乐队演奏着刺耳的迎宾曲和乱七八糟的玩意儿。玛尼娅的姐姐瓦丽娅一手端着高脚杯，跑进书房，脸上带着奇怪的紧张表情，嘴里像是满含着水。看样子，她还要往前跑，但突然又哭又笑起来，高脚杯‘当’的一声掉到地上滚了起来。我们搀着她出了书房。

“‘谁也不明白是怎么回事！’后来她躺在远处奶奶的床上，嘟哝着说，‘不明白，谁也不明白！老天爷，谁也不明白！’

“但是，人人都非常明白，她比自己的妹妹玛尼娅大四岁，可还没有出嫁，她哭，不是出于嫉妒，而是因为她的大好年华正渐渐失去，也许已经失去，她为此而痛心疾首。大家在跳卡德利尔舞时，她已经来到大厅，泪痕斑斑，脸上扑上了厚厚的一层粉。我看见波利扬斯基上尉给她端来了一碟冰淇淋，她用调羹吃了起来……

“已经是第二天的早晨六点。我拿来日记本，想把自己美满而多彩的感想记录下来，要写下整整六页，明天念给玛尼娅听。不料我只觉得头昏脑晕，意识模糊，如置身梦中，只依稀记得有关瓦丽娅的那件事，很想写下‘可怜的瓦丽娅’这几个字。只想一直坐着，写下：可怜的瓦丽娅！这时候外面树木萧萧，要下雨了。乌鸦聒噪。我的玛尼娅刚刚入睡，不知为什么，居然是一脸愁容。”

此后好长时间尼基丁都没碰自己的日记本了。在八月初，他忙于学生的补考，后来又是新生入学考试，圣母升天节①后开始上课。他通常是上午八点钟到学校去，到了九点钟就开始想念起玛尼娅和新家，便看起表来。在上低年级的课时，他让一个学生给全班同学听写，自己则坐在窗台想心事。不论是想象未来，还是回忆过去，无不像童话般美好诱人。上高年级课时，他让学生朗读果戈理和普希金的作品，他听着听着渐渐犯起困来，脑海中出现了人、树木、田野、奔驰的马匹，他便赞叹似的说：

“多美啊！”

中午休息时间，玛尼娅派人给他送来用雪白的餐巾盖着的早饭，他慢慢地吃着。他吃吃停停，为的是延长享用美餐的时间。伊波里特·伊波里特奇的早餐只有面包，满怀敬意和羡慕看着他，说些尽人皆知的话，如：

“不吃饭人就无法生存。”

放学后尼基丁还要去私教，五点钟才回到家，他既高兴又担心，好

① 圣母升天节：天主教、东正教节日。又称圣母升天瞻礼、圣母安息节。在天主教、东正教的教义中，耶稣的母亲玛丽亚结束在世的生命之后，灵体一齐被接进天堂。天主教于公历 8 月 15 日举行，东正教于公历 8 月 27 日或 28 日举行。这是关于圣母玛丽亚最古老、神圣的节日。

像离家已整整一年了。他奔上了楼梯，气喘吁吁地找到了玛尼娅，搂着她吻个不停，赌咒发誓说，他爱她，离了她他没法活了。他一直惦记着她，忧心忡忡地问她身体好不好，为什么一脸的不高兴。接着两个人坐下来吃饭。饭后，他躺在书房的沙发上，抽起了烟，她就在他身旁坐下，低声说了起来。

如今星期天和节假日成了他俩最最幸福的日子，从早到晚足不出户。这些日子，他俩过的既纯朴又不一般的快乐生活，在他觉得这简直是田园牧歌式的日子。他目不转睛地注视着自己聪明能干、贤惠的玛尼娅经营着自己的小窝，他也尽自己的本分，不扮演家里的多余角色，做了些吃力不讨好的事儿，譬如说，把轻便马车从车棚里拖出来，然后绕着车子前后看。玛尼娅养了三头奶牛，简直在经营名副其实的牛奶业了。她在地窖和地窖的出口处放了许多大大小小的罐子，用来保存牛奶和酸奶油。有时候尼基丁为了开心，故意向她要一杯牛奶，可把她吓坏了。这可不合规矩。他便搂着她说：

“得了，得了，宝贝，我这是开个玩笑！开个玩笑！”

再譬如，有时她在橱子里发现一块硬邦邦、变了质的香肠或干酪，还一本正经地说：

“这些东西厨房里的用人可以吃！”——他便笑话她太抠门。

他对她说，这些玩意儿只配放在捕鼠器捕老鼠。她听了使劲争辩说，男人对家务事什么都不懂，哪怕送三普特好吃的东西给他们，他们也会嫌多，他听了连声说是，便高高兴兴地拥抱她。他觉得她说的句句在理，说得出奇的正确，大出他的意料。即使有跟他不合的意见，他也觉得虽幼稚，但是非常感人。

有时他的头脑里会出现一些极富哲理性的奇思妙句，他就对她就这一抽象的话题发挥起来，她听着，好奇地盯着他。

“你是我的快乐，与你在一起我幸福无限，”他说着，抚弄着她的手指儿，要不解开她的辫子，又扎起来，“但是我并不把自己的幸福看作是自天而降，偶然得来的。我的幸福是自然而然、符合逻辑的合情合理的现象。我相信，人是自己幸福的缔造者，现在我所获得的正是自己所创造的。是的，我不是在信口开河，这幸福是我自己一手创造的，我有权享受。你知道我的过去。我孤苦伶仃、贫穷困苦、不幸的童年、苦难的青春——所有这一切全靠自己的奋斗，开辟出一条通向幸福的道路……”

十月，中学遭受了沉重的损失：伊波里特·伊波里特奇脑袋上长出了丹毒不治而亡。他去世前两天，处于昏迷状态，说着胡话。即使是说话，说的也是尽人皆知的事：

“伏尔加河注入里海……马吃燕麦和干草……”

他入土的那天，学校里停课。他的同事和学生扶着盖上盖的棺材，学校合唱队一路唱着《神圣的上帝》，把他送到了墓地。参加出殡仪式的有三位司祭、两位助祭、全体男生和老师，以及穿上讲究制服的大主教唱诗班。一见这么庄严的出殡队伍，路过的人无不在胸前画十字，说：

“天保佑人人都能这样死去。”

从墓地回来深有感触的尼基丁在抽屉里找出了日记本，写下了以下一段话：

“刚安葬了伊波里特·伊波里特奇。

“这位默默耕耘的劳动者，你安息吧！玛尼娅、瓦丽娅和所有送殡的妇女都真心实意地哭了，也许她们知道，没有一个女人喜欢过这个枯燥无趣、忍声吞气的人。我很想在自己同事的坟头为他说些好话，但事先有人提醒我，校长并不赞成这样做，因为他不喜欢死者。看来这是我婚后第一次感到心里不舒畅……”

此后整整一个学期，学校里没发生特别的事。

这年的冬天不太冷。没有过暴风雪，下的雪也是湿漉漉的。主显节①前夕，整夜寒风像秋天时那样，凄惨地呻吟，水从屋檐上滴滴答答往下掉，到了早晨，举行圣水祭时，警察不准任何人靠近河上，因为据警察说，河上的冰开始膨胀，变得昏黑了。但是，虽然天气恶劣，尼基丁的日子还是像夏天那样，过得乐陶陶的，他甚至还添了一样娱乐：玩“文特”纸牌游戏。只有一件事害得他觉得生活并不十全十美。那就是他所得的嫁妆中的那些猫和狗。大清早，各个房间里就散发出动物园里的那种臭气，怎么也消除不了。猫和狗还经常打架，凶狠的木什卡一天要喂十次，并且还是像过去那样对尼基丁不待见，见到他就汪汪叫。

有一次是大斋日，他从俱乐部玩牌回家时夜已很深了。下着雨，夜

---

① 主显节，即耶稣受洗节，为俄历1月19日。

很黑，路很脏。尼基丁满肚皮的怨气，怎么也不明白，自己的心情怎么会这么坏。是自己在俱乐部打牌输了二十卢布，还是在付账时，自己的对手说尼基丁不稀罕几个钱，言外之意是说他得了不少的嫁妆？区区二十卢布算不了什么，对方的话也没有叫人生气的地方，可听起来就是不舒服。他甚至连家也不想回了。

“呸，糟透了！”他说罢，在路灯附近停下了脚步。

他忽然想到，他并不心疼那二十卢布，是因为它们全是白白得来的。如果他是个打工的，就知道每一文钱的价值，就不会对输赢满不在乎了。他又想到，自己的幸福得来也是全不费功夫的，实际上，幸福就像是药物对健康的人一样，无非是一种奢侈品。如果他像绝大多数人一样，为一片面包而苦苦奋斗，累得腰酸背痛，那么一顿晚饭，一处舒适的住所，和家庭的幸福便成了必不可少的东西、是生活对自己的一种奖励和饰物了。而如今对他来说，这些都具有奇怪而不确定的性质。

“呸，糟透了！”他又说了一句，他很明白，上述的这些想法本身就是一种糟糕的前兆。

他回家时，玛尼娅已经睡了。她呼吸平稳，面带微笑。看来睡得很甜。她的身旁白猫身子蜷缩成一团，打着呼噜。尼基丁点上了蜡烛，抽起了烟，玛尼娅醒了过来，贪婪地喝下了一杯水。

“我吃了太多果酱，”她笑着说，“你上我的娘家去了？”

“没去。”

尼基丁知道，波利扬斯基上尉最近被调到西部一个省里去，最近忙着做辞行的准备，瓦丽娅对他很在意。他岳父家显得很沉闷。

“今晚瓦丽娅来过，”玛尼娅坐了下去，说，“她什么也没说，可从脸色看出，可怜的人，她心情很不好。我就是看不惯波利扬斯基这个人，那么胖，皮肤松弛，走路和跳舞时，腮帮子颤抖着……不是我的菜。不过我过去觉得他是个正派的人。”

“现在我也认为他是个正派的人。”

“那么他为什么对瓦丽娅那么冷淡呢？”

“为什么冷淡？”他反问道，他对那伸着懒腰、弓起背的白猫已开始反感了，“据我所知，他并没有向她求过婚，什么承诺也没许过。”

“那么他老上我们家为的哪般？如果无意娶她，别来好了。”

尼基丁熄灭了蜡烛，躺了下去。他毫无睡意，也不想躺着。他觉得自己的头脑像座空无一物的大仓库，脑子里充斥着新的、奇特的想法，像一个长长的影子，飘来荡去。他心想，除了那盏发出幽光的神灯，微笑着为这个宁静的家庭带来幸福，除了他和这只白猫所生活得那么甜蜜而安宁的小天地，还有另一个世界，奇怪的是他苦恼地突然产生一种愿望，要到那个世界去，找家工厂或大作坊干活，或作演讲，写作、出书、大声呐喊、受累受苦……他多么希望有某种东西抓住他，令他达到忘我的境界，忘了个人的幸福，如今的幸福看起来是多么的单调之味。他的脑海中突然浮现出舍巴尔津生动的形象，胡子刮得光光的，惊恐万状地说：

"你没读过莱辛的书！你多么落伍！天哪，你是多么空虚的一个人！"

玛尼娅又喝起了水。他打量着她的脖子、丰满的双肩、胸脯，突然想到了某日那个准将在教堂里说过她的一个词：玫瑰花。

"玫瑰花。"他笑着说了这么一句。

回答他的是床下瞌睡蒙眬的木什卡的叫声：

"汪……"

他的内心像是猛地被一只冰冷的小锤子敲打了一下，顿时觉得深深的愤恨。他很想对玛尼娅说些狠话，甚至想跳起来，揍她一顿。他的心怦怦跳起来。

"你的意思是说，"他强忍住愤恨，问，"如果我常上你家去，就是为了把你娶到手？"

"那还用说。你自己不是一清二楚吗？"

"说得好。"

为了不再说过多的话，也为了让自己平静下来，尼基丁跑到自己的书房，在沙发上躺了下去，不垫枕头，然后又躺到地板和地毯上。

"太无聊了！"他安慰自己道，"你是名教育工作者，做的是最最崇高的事业……还需要另一个世界吗？何必多此一举！"

然而他又满怀信心地自言自语道，他绝非是名教育工作者，而是个官员，一个无能、无个性的捷克籍的希腊语教员。从来就不配做教师。他不熟悉教学工作，也没有从事教学工作的兴趣，不善于与学生相处，也不理解做教师的意义，也许他教授的只是些一无所用的东西。已故的伊波里特·伊波里特奇的愚蠢是昭然若揭的，他是个什么样的人，有什么能耐，所有的老师和学生都一目了然。而他尼基丁呢，作为一个捷克人，善于掩饰自己的蠢态，巧妙地欺骗所有的人，伪装自己，仿佛很能干的样子。一想到这里，他惊惶万状起来，想加以否认，说那是非常荒唐的，他相信自己只是神经紧张才会这么想，过后会为此而嘲笑自己神经过敏的。

事实上到了第二天早晨，他就嘲笑自己神经过敏，才变得像个娘们毫无主见了。但是他很清楚，他的心境已失去了宁静，这座没有粉刷过的二层楼房子里的幸福对他来说已一去不复返了。他预感到，幻想已破灭，新的、心神不宁的、有意识的生活已经开始，它与宁静和个人的幸福是不合拍的。

第二天是星期天，他在学校教堂里遇见了校长和同事们。他觉得他们个个都在煞费苦心地遮掩自己的无知和对生活的不满。为了不在他们面前流露出自己的不安，他故作姿态，笑脸盈盈，显出非常高兴的样子，尽说些鸡毛蒜皮的小事。后来他去了车站，看着来了又开走的邮车，觉得在这里他可以独自一人，不必与别人交谈，反而十分自在。

回到家，见到岳父和瓦丽娅在。他俩是来用午饭的。瓦丽娅的眼睛泪水涟涟，她说是因为头疼。舍列斯托夫胃口很好，说起如今的年轻人没有一个可靠的，毫无绅士风度。

“简直是卑鄙可耻！”他说，“我要直言不讳地告诉他，亲爱的先生，这简直是卑鄙无耻！”

尼基丁莞尔一笑，接着帮玛尼娅接待客人去了。饭后他径自来到书房，把房门反锁起来。

三月的阳光灿烂，暖热的阳光透过窗玻璃照到桌子上。现在刚到三月二十日，屋外已车来车往，花园里的椋鸟声阵阵了。想来，玛纽霞这就要进来，一只手挽住他的脖子，对他说，出游的马已到了台阶，问他她该穿什么衣服才不挨冻。春天已经来了，跟去年一样，又是个美好的春天，也会带来无穷的快乐的……可是尼基丁心里想的是，现在得请个假，跑到莫斯科去，就待在涅格林诺依那家旅馆熟悉的客房里。隔壁的房间里大家喝着咖啡，说着波利扬斯基上尉的事。尼基丁竭力不去听，管自在日记本里写下了这么一段话：“天哪，我到底在哪里？我的周围充斥着庸俗，庸俗！全是一班无聊的小人。一罐罐的酸奶油、牛奶，蟑螂和愚蠢的女人……再也没有这等可怕，令人屈辱、痛心和卑劣的景象了。逃离这里，今天就走，否则我要疯了的！”

（1894 年）

脖子上的安娜

一

教堂里的婚礼结束后，连清淡的酒菜也没备下，新婚夫妇各喝了一杯酒便换好衣服，坐车赶往火车站，一应欢乐的婚庆舞会和晚宴、音乐和跳舞都取消了，因为他们要赶到二百俄里以外去朝圣。许多人赞同这种做法，说，莫杰斯特·阿列克谢伊奇官职在身，年纪也不轻，热闹的婚礼看来不大得体。再说一个五十二岁的文官，娶了一个刚满十八岁的姑娘，听音乐也没多大意思。也有人说，莫杰斯特·阿列克谢伊奇是个循规蹈矩的人，他之所以想去修道院朝圣，其实是为了让年轻的妻子明白：在婚姻问题上，他是把宗教和道德放在第一位的。

一班同事和亲戚到车站为新婚夫妇送行。他们端着酒杯，等着火车开动时好欢呼“乌拉”。彼得·列翁季伊奇，新娘的父亲，头戴高筒礼帽，身穿教员制服，已喝得酩酊大醉，脸色煞白，举着杯子，不住地往窗口探过身去，央求说：

“安妞塔！安尼娅[①]！安尼娅，听我一句话！”

安尼娅从窗子里探出身来，他便贴着她的耳朵嘟哝起来。阵阵酒气扑鼻，口中喷出的气直往她耳朵里灌，什么也听不清楚。他就在她脸上、胸前、手上不住地画十字。这时他连呼吸都在颤抖，眼睛里的泪水亮晶晶的。她的两个弟弟，中学生别佳和安德留沙，在他身后拉扯他的制服，难为情地小声说：

---

① 安妞塔、安尼娅：均为安娜的小名。

“爸爸，行了……爸爸，别这样……”

火车开动了，安尼娅看到，他的父亲跟着车厢踉踉跄跄跑了几步，酒杯里的酒都洒了。他脸带愧色，显得何等可怜而善良啊！

“乌——拉！”他嚷嚷道。

现在新婚夫妇终于单独待在一起了。莫杰斯特·阿列克谢伊奇进了包间，细看过后，便把东西往行李架上一放，满面春风地在年轻妻子的对面坐下。他中等身材，相当胖，大腹便便，保养得很好，脸上留着长长的络腮胡子，却不留唇髭。他那个刮得光光的、轮廓分明的圆下巴，看上去倒像脚后跟。看来脸上没留唇髭是他最大的特征了，这块新刮过的蛮荒之地，渐渐地与旁边两个胖乎乎、颤悠悠、像果冻一样的腮帮子联成了一片。他举止端庄，动作从容，态度温和。

“现在我不由得想起一件事，”他含笑说，“五年前，科索罗托夫得了一枚二级安娜勋章，到大人府上道谢的时候，大人是这样说的：‘如此说来，您现在有三个安娜了：一个在纽扣孔里，两个挂在脖子上。’这里得说明一下，当时科索罗托夫的妻子安娜，一个爱吵嘴的轻浮女人，刚刚回到他的身边。我希望，当我拿到二级安娜勋章的时候，大人丝毫找不到口实能对我说这种话。”

他眯起小眼睛笑开了。她也微微一笑；但她一想到这个男人随时会用他那肉嘟嘟、湿漉漉的嘴唇来吻她，而她已经无权拒绝他这样做，便心慌意乱起来。他那臃肿的身子只要一动，就吓了她一跳。她感到又可怕又厌恶。他站起身来，不慌不忙地从脖子上取下勋章，脱掉燕尾服和坎肩，换上长袍。

“这就舒服了。”他说着坐到安娜身边。

她回想起刚才婚礼上的难堪场面，总觉得牧师、宾客和教堂里所有的人，都用一种悲哀的目光望着她，似乎在问：像她这样一位漂亮可爱的姑娘，为什么非要下嫁这个上了年纪、枯燥乏味的先生？为什么？虽说今天早晨她还满心欢喜，认为一切都安排得妥妥帖帖，可在举行婚礼的时候，以及现在坐在车厢里，她已经感到自己错了，上当受骗，显得十分荒唐可笑。她不是嫁给了一个有钱人吗？可她还是身无分文，连做结婚礼服的钱也是借的。今天父亲和两个弟弟来为她送行的时候，一看他们的脸色就知道，他们身上一个子儿也没有。今天他们能吃上晚饭吗？明天呢？不知为什么她觉得，她走后父亲和弟弟只好坐在家里挨饿，就像安葬完母亲的那天晚上一样，她心情沉重，感到难以排遣的悲哀。

“唉，我多不幸！”她想，“为什么这样不幸呢？”

莫杰斯特·阿列克谢伊奇是个端庄的人，不习惯向女人献殷勤，他笨手笨脚地碰碰她的腰，拍拍她的肩膀；她呢，正想着钱，想着母亲和她的去世。母亲死后，父亲彼得·列翁季伊奇，一名中学习字课和图画课教员，从此开始酗酒，家境越来越艰难。两个男孩子没有靴子和套鞋，父亲被告到民事局，法警来家查抄家具……真丢人！安尼娅要照看酗酒的父亲，给弟弟补袜子，跑市场……每当有人夸她年轻漂亮、楚楚动人时，她总觉得全世界的人都在瞧着她那顶廉价的帽子和皮鞋上用黑墨水染上的破洞。到了夜里她就伤心落泪，怎么也摆脱不掉不安的思绪：老担心父亲很快就会因酒瘾发作被校方辞退，他受不了这种打击，会跟母亲一样一命呜呼。于是，一些相识的太太开始四处张罗，要为安尼娅找一个好男人。不久就找到了这个莫杰斯特·阿列克谢伊奇。他不年轻，也不漂亮，但很有钱，银行里有十万存款，还有一座祖上留下、目前已出租出去的庄园。这人循规蹈矩，颇得大人的赏识。别人告诉安尼娅：他只消请大人给中学校长，甚至给督学写张条子，叫校方不得辞退彼得·列翁季伊奇，事儿就妥了……

她正想着这些往事，突然从窗子里传来音乐声和嘈杂的人声。原来火车在小站上停下了。月台对面的人群里，有人使劲地拉着手风琴，一把廉价的小提琴发出刺耳的拉锯声。从一排高高的白桦和杨树后面，从沐浴在月光中的别墅区那边，传来悠扬的军乐声：显然别墅里正举行舞会。月台上，避暑客和来这儿的城里人在散步，只要天气好，他们就上这儿来呼吸新鲜空气。其中就有阿尔特诺夫，整个别墅区的业主，大富翁，一个又高又胖的黑发男子，脸型像亚美尼亚人，眼睛鼓出，穿一身古怪的衣服。他上身的衬衫不扣纽扣，敞着怀，一双高统靴上带着马刺，肩上披一件拖到地上的黑斗篷，像女人身后拖地的长后襟，身后跟着两条耷拉着尖嘴的猎狗。

安尼娅的眼睛里还噙着泪花，但她已经不想母亲，不想钱和自己的婚事了。她不断跟认识的中学生和军官们握手，笑脸盈盈，快速地重复着：

“您好！过得怎么样？”

她来到车厢外的月台，站到月光下，好让大家都能看到她穿着华丽的新衣，戴着漂亮的帽子。

“为什么我们在这里停下？”她问。

“这儿是会让站，”有人答，“在等一列邮车。”

她发现阿尔特诺夫正瞧着她，便卖弄风情地眯起眼睛，大声说起法语来。忽然间，因为她的声音那么动听，因为周围乐声荡漾、一轮明月倒影在水池里，因为阿尔特诺夫，这个出了名的风流男子和幸运儿，正色眯眯地、好奇地盯着她，还因为大家都很快活，安尼娅不禁心花怒放。火车开动，相识的军官们纷纷行军礼向她告别，她随着树林后面送来的军乐声，已经哼起了波尔卡舞曲。她回到包间时，心里有一种感觉，似乎小站上的人使她确信：不管际遇如何，她日后肯定会幸福的。

这对新婚夫妇在修道院里住了两天就回到城里。他们住在一幢公家寓所里。莫杰斯特·阿列克谢伊奇上班后，安尼娅就弹弹钢琴，或是烦闷得哭一阵，或是躺在软榻上看看小说，翻翻时装杂志。午饭的时候，莫杰斯特·阿列克谢伊奇总是吃得很多，边吃边谈政治，说些有关任命、调动和奖赏的消息，说人应当劳动，说家庭生活不是享福，而是尽责，说一卢布就是一戈比一戈比积攒成的，说他把宗教和道德看得高于世间的一切。最后，他握着餐刀，像举着剑似的，说：

“人人都应当尽心尽职！”

安尼娅在一旁听着，心里害怕，吃不下东西，常常饿着肚子离开餐桌。午饭后丈夫躺下休息，不久就响起呼噜声，她就回到自己的家。父亲和弟弟们看了她一阵，那眼神有点异样，好像她来之前他们刚刚责备过她，说她是为了金钱才嫁给一个她不爱的、既乏味又讨厌的人。她那窸窣作响的衣裙、手镯，总之她的一身贵妇人打扮，使他们感到拘束和屈辱。在她面前他们有点发怵，不知道跟她说什么好。但他们还像以前一样爱她，吃饭的时候少了她还不习惯。她坐下来，跟他们一道喝菜汤和粥，吃那种有蜡烛味的羊油煎的土豆。彼得·列翁季伊奇用颤抖的手拿起酒瓶，给自己倒了一杯，然后带着贪婪、厌恶的神情一饮而尽，接着倒第二杯，第三杯……别佳和安德留沙，两个消瘦、苍白、大眼睛的男孩夺过酒瓶，慌慌张张地说：

“别喝了，爸爸……够了，爸爸……”

安尼娅也不安起来，央求他别再喝了，他却勃然大怒，拳头捶着桌子。

“我不许别人来管我！”他大声嚷道，“坏小子！坏丫头！看我不把你们统统轰出去！”

可是他的声音里流露出软弱和善良，所以谁都不怕他。午饭后他通常要打扮一番。他脸色苍白，下巴上有一道刮破的口子，伸着细长脖子，在镜子前一站就是半个钟头。一会儿梳头，一会儿捻捻黑胡子，一会儿往身上洒香水，再打个蝴蝶领结，然后戴上手套和高筒礼帽，这才走出家门去教家馆。如果是节日，他就留在家里，有时画画水彩画，有时弹弹风琴。那台风琴吱吱叫，隆隆响，他偏要逼它奏出和谐悦耳的乐声来，还要自弹自唱，有时就冲着两个孩子生气：

“混账！坏种！弄坏了乐器！”

到了晚上，安尼娅的丈夫常常跟住在同一幢公寓里的同事们玩牌。玩牌的时候，官太太们也聚在一起。这些太太长相不敢恭维，服饰不雅，举止粗鲁，倒像是厨娘。她们在房间里说三道四，播弄是非，她们的话跟她们本人一样粗俗而无聊。有时莫杰斯特·阿列克谢伊奇也带安尼娅上剧院看戏。幕间休息的时候，他不让她离开半步，他要她挽着自己的胳臂一道在走廊里和休息室里来来去去。有时候，他对某个人躬身敬礼，随即悄悄对安尼娅说：“是五品文官……大人接见过他……”或者，“这人很有钱财……有自己的房子……”当他们经过小卖部时，安尼娅很想买点甜食，她喜欢巧克力和苹果馅小蛋糕，但她囊中羞涩，又不好意思向丈夫开口。他拿起一个梨，用指头捏捏，犹豫不决地问道：

“多少钱？”

“二十五戈比。”

“是吗？”他说着又把梨放回原处，什么也不买，若无其事地走开。最后，他只要了一瓶矿泉水，一个人全喝光了，喝得他的眼睛里冒出泪水。这时候安尼娅恨死他了。

有时候，他忽然涨红了脸，急匆匆地对她说：

“向那位老夫人鞠个躬！”

“可我不认识她。”

“没事。她是税务局局长太太！鞠躬呀，我跟你说哪！”他一个劲儿地唠叨着，“不会让你掉脑袋的。”

安尼娅便鞠躬敬礼，她的脑袋果真没有掉下来，但内心感到十分痛苦。她的行动完全按丈夫的吩咐办。可她真不该像个大傻瓜似的受了他的骗。她本来只是为了钱才嫁给他，可是现在她的钱比结婚前还少。原先父亲还常常给她二十戈比，现在呢，她连一个戈比也没有。偷偷拿钱或者向他要点儿，她做不到，她怕丈夫，在他面前她战战兢兢。说来她对这个人的恐惧感似乎是由来已久。小时候，她总认为中学校长是最威严、最可怕的力量，这力量像头上的乌云、像冲过来的火车头想把她碾死。另一种威严而可怕的力量，就是家里经常提起、不知为什么大家都对他诚惶诚恐的大人。另外还有十几种小一些的可怕力量，其中包括中学里那些胡子刮得干干净净、神色严厉、铁面无情的教员。最后，就是现在的莫杰斯特·阿列克谢伊奇，这个循规蹈矩的人连面孔也长得像中学校长。在安尼娅的想象中，这一切拧成了一股力量，变成一头可怕的硕大白熊，正一步一步朝像她父亲那样一些弱小而有过失的人逼近。她不敢说出违拗的话，每当她受到粗暴的爱抚，被对方的拥抱吓得胆战心惊、受到玷污时，她只能强颜欢笑，装作快乐的样子。

只有一次，为了偿还一笔极不愉快的债务，彼得·列翁季伊奇壮着胆子向他借五十卢布，可那是多么令人难堪啊！

“好吧，钱我借给您。”莫杰斯特·阿列克谢伊奇考虑一番后说，“不过我得警告您：如果您再不戒酒，今后我不会再接济您。一个国家公职人员，沾上这种毛病有多可耻。我不得不向您提醒一个众所周知的事实：这种嗜好葬送了许许多多有才华的人，其实只要他们有所节制，本来是可以步步高升、身居高位的。”

接下去便是长篇大论：“根据……”“鉴于刚才所说……”“由此得出结论……”可怜的彼得·列翁季伊奇忍受着屈辱的折磨，反而更想喝酒了。

两个弟弟有时到安尼娅家来作客，他们总是穿着破裤子和破靴子，照样要听他的教训。

“人人都应当尽心尽职！”莫杰斯特·阿列克谢伊奇对他们说。

钱他是不给的。但他送安尼娅戒指、手镯和胸针，说这些东西遇到艰难日子就大有用处。他经常拿钥匙打开她的五斗柜，检查这些东西是否完好无缺。

二

冬天到了。还在圣诞节以前，当地报纸早就登出消息：一年一度的圣诞舞会将于十二月二十九日在贵族俱乐部举行。每天晚上打完牌之后，莫杰斯特·阿列克谢伊奇总要焦急不安地跟官太太嘀咕一阵，不时忧心忡忡地看安尼娅一眼，随后久久在房间里踱来踱去，心事重重。终于有一天夜里，他在安尼娅面前站住，说：

"你得做一身跳舞时穿的衣服，听明白了吗？只是请你先跟玛丽亚·格里戈里耶夫娜和娜塔利娅·库兹米尼什娜商量一下。"

他给了她一百卢布。她收下钱，但是她在定做舞衣的时候，跟谁都没有商量，只是在父亲面前提了一句。她竭力设想，母亲参加舞会会怎么穿着打扮。她去世的母亲向来穿得很时髦，也肯为安尼娅花工夫，把她打扮得像一个漂亮的洋娃娃，还教会她说法语，跳玛祖卡舞——而且跳得极出色（出嫁前她母亲当过五年的家庭教师）。安尼娅跟母亲一样，会把旧裙翻改成新装，用汽油洗手套，租用 bijoux①，她也跟母亲一样，善于眯起眼睛，娇声娇气地说话，摆出种种迷人的姿态，必要时可以高兴得眉飞色舞，也可以变得一脸忧伤，叫人琢磨不透。她从父亲那里继承了黑头发、黑眼睛、神经质和随时注重打扮的习惯。

赴舞会前半个小时，莫杰斯特·阿列克谢伊奇没穿礼服走进她的房间，想在她的穿衣镜前把勋章挂在脖子上。他一看，简直被她的美貌和那身新做的华丽夺目的薄纱舞衣迷住了。他得意地梳理着自己的络腮胡子，说：

"瞧你多漂亮……多漂亮！我的安妞塔！"忽然他换了一本正经的语气接下去说，"是我使你得到了幸福，今天你也同样能使我得到幸福。我求你跟大人的夫人结识！看在上帝的分上！通过她我就能弄到主任奏事官的职位了！"

他们坐车去参加舞会。贵族俱乐部的大门口站着侍卫。进了前厅，只见衣帽架上挂了不少皮大衣，侍者来往穿梭，袒胸露背的仕女们用扇子挡着穿堂风。空气里散发着煤气灯和军人的气味。安尼娅挽着丈夫的

---

① bijoux：法语，"贵重的首饰"。

胳臂踏上楼梯，耳听音乐，眼望大镜子里被辉煌灯火照亮的自己，她心中的欢乐苏醒了，像那次在月光下的小站上一样，再一次预感到幸福即将来临。她高傲自信地走着，第一次感到自己已经不是小姑娘，而是一位贵妇人，并且不由自主地模仿起已故母亲的步态和风度来。她平生第一次觉得自己是个富有的、自由的人。即使丈夫在场，她也不感到拘束，因为在她踏进俱乐部门槛的那一刻起，她已经本能地意识到，身边的年老丈夫丝毫不会贬低自己，相反，倒给她增添一层诱人的神秘色彩，这正是男人们最动心的。大厅里乐声悠扬，舞会已经开始。从简朴的公寓里出来，置身于这片辉煌的灯火、缤纷的色彩、音乐和喧闹之中，深受感动的安尼娅向大厅里扫了一眼，心中暗想："啊，真是太好了！"她立刻在人群中认出了她所有的熟人，所有那些以前在晚会上或游乐场遇见过的军官、教员、律师、文官、地主、大官、阿尔特诺夫和上流社会的太太小姐们。这些女士个个都打扮得时髦入时，袒胸露背，有的妩媚动人，有的长相难看。她们在义卖市场的小木屋和售货亭里已经各就各位，为周济穷人举行义卖。一个佩戴带穗肩章的魁梧军官（她是在上中学时在老基辅街上跟他相识的，现在已不记得他的名字）像从地底下钻出来似的，邀请她跳华尔兹舞。她从丈夫身边翩然飞走，她觉得此刻像坐在一条小帆船上在暴风雨中随波漂荡，而丈夫已远远地留在岸上了……她跳得热烈奔放、兴致勃勃，华尔兹、波尔卡、卡德利尔，一曲接一曲跳下去，从一个舞伴手里转到另一个舞伴手里，音乐和喧闹使她心醉神迷，她娇滴滴地与他说话，俄语夹杂着法语，笑声盈盈，脑子里既没有丈夫，也没有任何人、任何事。她赢得了男人的欢心，这是显而易见的，而且也不可能不是这样。她兴奋得喘不过气来，焦急不安地捏着手里的扇子，她感到口渴。她的父亲彼得·列翁季伊奇穿一件皱巴巴的有汽油味的礼服，走到她跟前，递给她一小碟红色冰淇淋。

"你今天真迷人！"他喜洋洋地瞧着她说，"我还从来没有像今天这么后悔过，你不该匆匆忙忙出嫁……为了什么？我知道，你这样做是为了我们，可是……"他用发抖的手掏出一小沓钞票，说："今天我领到教家馆的薪水，我可以还清欠你丈夫的钱了。"

她把小碟子塞回他手里，立即被人搂住腰，被远远地带走了。她越过舞伴的肩头，匆匆一瞥，看到父亲在镶木地板上轻快地滑行，搂着一位太太在大厅里满场飞旋。

“他不醉的时候多么可爱啊！”她说。

她还是跟那个魁梧军官跳玛祖卡舞。他傲慢地、沉重地踏着舞步，活像一头被套上军装的屠宰后的牲口，他不时耸动肩膀、挺挺胸膛，脚跟很勉强地踏着拍子——一副极不愿跳舞的样子。她却在他身边像彩蝶一样翩翩起舞，用她的美貌和裸露的脖颈挑逗他。她的眼睛像火一般燃烧，她的动作充满了激情，而他却越来越无动于衷，像国王恩赐似的向她伸出手去。

“好哇，好哇！”人群里有人喝彩。

但是，渐渐地连魁梧的军官也抵挡不住了，他活跃起来，激动起来，已经陶醉于她的魅力，变得无比狂热，现在他的动作变得轻快，充满了活力，而她只是摆动肩头，狡黠地望着他：她像女王，而他是奴隶。这时她感觉到，整个大厅里的人都在看着他们，大家都看呆了，心里嫉妒他们。魁梧的军官刚向她道过谢，人群中突然闪开一条道，男人们不知为什么奇怪地挺直身子，双手贴在裤缝上……原来，礼服上佩戴着两枚星章的大人正朝她走来。是的，大人正是冲她而来的，因为他的眼睛死死盯着她，脸上堆着媚笑，嘴巴努动着像在吃东西——他看见漂亮女人的时候向来这样。

“我很高兴，很高兴……”他这样开了口，“我要下令关您丈夫的禁闭，因为他金屋藏娇，一直瞒着我们。”

“我受太太之命前来找您，”他继续道，向她伸出手去，“您得帮帮我们……嗯，是的……应当发您一笔美女奖金才对……就像美国那样……嗯，是的……美国人……我太太正焦急等着您去呢。”

他把她领到小木屋里，去见一位上了年纪的太太。这位太太脸的下半截大得不成比例，就好像她的嘴里含着一块大石头。

“快来帮帮我们，”她用鼻音慢腔慢调地说，“所有的漂亮女人都在义卖市场上工作，只有您一个人不知为什么只顾自我逍遥，您为什么不想帮帮我们？”

她走开了，安尼娅就坐了她的位置，守着一把银茶壶和几只杯子。这里的生意立即兴隆起来。喝一杯茶安尼娅至少收一个卢布，那个魁梧的军官让她逼着喝了三杯。阿尔特诺夫也来了。这个富翁眼睛鼓出，有哮喘病，身上穿的已不是安尼娅夏天看到的那身古怪衣服，而是跟大家一样的燕尾服。他不眨眼地盯着安尼娅，喝了一杯香槟酒，付了一百卢布，接着又喝一杯，又给了一百——这中间一句话也没说，因为哮喘病犯了……安尼娅招徕顾客，收他们的钱，此刻她已经确信不疑，她的笑容和目光能给这些人带来极大的快乐。她这才明白，她生来只是为了消受这种有音乐、有舞蹈、有崇拜者的热闹、豪华、欢乐的生活的。想到长期以来她所害怕的那股威逼她的、想把她碾死的力量，她不免觉得可笑。现在她无所畏惧了。她只惋惜母亲去世得早了，否则她此刻会看到她的成功，跟她一起高兴的。

彼得·列翁季伊奇脸色已经发白，但两条腿还算站得稳，他来到小木屋前，要了一杯白兰地。安尼娅脸红了，等着他会说出什么不得体的话（她已经为自己有这样一个贫穷而普通的父亲感到羞愧），但他喝完酒，从一沓钞票中扔出十卢布，一句话没说就傲慢地走了。不久她看到他跟舞伴一道跳轮舞，这时他已经脚步踉跄，不停地嚷叫，弄得他的舞伴十分尴尬。安尼娅由此想起，三年前的一次舞会上，他也是这样东歪西倒、不停地嚷叫——结果让警察分局长把他弄回家睡觉，第二天校长就威胁要辞退他。这段回忆多么煞风景啊！

售货亭里的茶炊都已熄灭，精疲力竭的女慈善家们把各自的进款交给了那位嘴里像含着石头、上了年纪的太太。这时阿尔特诺夫挽起安尼娅的胳臂把她领到餐厅，那里已经为全体参加义卖的人摆上酒宴。参加晚宴的不超过二十人，席间非常热闹。大人举杯祝酒："在这个豪华的餐厅里，应当为本次义卖的宗旨——为廉价的慈善食堂的兴旺发达干杯。"一名陆军准将建议大家为"连大炮也甘拜下风的力量"干杯，于是男士们纷纷探过身子跟女士们碰杯。大家快活异常！

当安尼娅让人护送回家时，天色已经大亮，厨娘们都上市场了。她满心欢喜、带着醉意、满脑子新鲜印象，同时又疲惫不堪，脱去衣服，倒在床上，立即睡着了……

下午一点多钟女仆把她唤醒，禀报说，阿尔特诺夫先生登门拜访。她很快穿好衣服，来到客厅。阿尔特诺夫走后不久，大人亲自前来感谢她参与义卖工作。他色眯眯地瞧着她，努动嘴巴，吻她的小手，并且请求她允许他以后再来拜访，然后坐车走了。她站在客厅中央，又惊讶又兴奋，不相信她的生活这么快就发生了如此惊人的变化。正在这时候她的丈夫莫杰斯特·阿列克谢伊奇进来了……他站在她面前，竟也是一副讨好巴结、毕恭毕敬的奴才相，这副模样她已经看惯了。他在那些有权有势的大人物面前总是这模样。她料定自己说什么话他也拿她没办法，于是又高兴、又气愤、又轻蔑地，清清楚楚、一字一句地，说：

“滚出去，蠢货！”

从此以后，安尼娅没一天清闲的时候，因为她有时参加野餐，有时参加郊游，有时参加演出。她每天凌晨才回到家里，经常睡在客厅的地板上，事后还动人地对别人说，她怎么在花丛底下睡觉。她需要很多钱，但她已经不怕莫杰斯特·阿列克谢伊奇了，她花他的钱就像花自己的钱一样随心所欲。她不讨也不要，只是把账单给他送去，或者写张便条：“交来人二百卢布”，或“速付一百卢布”。

复活节那天，莫杰斯特·阿列克谢伊奇得了一枚二级安娜勋章。当他前往道谢时，大人把报纸放到一边，在圈椅里坐得更舒服一些。

“这么说，您现在有三个安娜了，”他说，一面查看着自己的白嫩的手和粉红的指甲，“一个在纽扣孔里，两个挂在脖子上。”

莫杰斯特·阿列克谢伊奇小心地伸出两个手指，按住嘴巴，免得笑出声来。他说：

“现在就等小弗拉季米尔出世了。我斗胆请求大人做他的教父。”

他这是暗示四级弗拉季米尔勋章，而且已经暗地里想象着，他将到处去宣扬他的这句既机智又大胆、语义双关的俏皮话。他本想再说些类似的连珠妙语，但大人又埋头看报去了，还朝他点一下头……

安尼娅依旧坐着三套马车兜风，同阿尔特诺夫出去打猎，演独幕剧，在外面晚餐，并且很少回家看望父亲和弟弟了。他们自个儿吃饭。彼得·列翁季伊奇的酒瘾越来越大，又没有钱，那架风琴早已卖掉抵债。两个男孩子现在不放他独自上街，老是跟着他，生怕他跌倒。有时他们在老基辅街上遇见安尼娅坐在双套马车上兜风，车旁还有一匹拉套的马，阿尔特诺夫坐在车夫座位上亲自赶车。这时，彼得·列翁季伊奇摘下高筒帽，总想对她喊一声，可是别佳和安德留沙一人拽他一条胳膊，央求他：

“别这样，爸爸……算了，爸爸……”

（1895年）

带阁楼的房子

（画家的故事）

这事发生在六七年前，当时我住在T省某县地主别洛库罗夫的庄园里。别洛库罗夫是个年轻人，早晨起得早，穿一件腰部带褶的外衣，每天晚上都要喝啤酒，老跟我抱怨，说他处处得不到人家的同情。他住在花园的厢房里，我则住在地主老宅的大厅里。大厅有许多圆柱，除了我睡的一张宽大的长沙发以及我摆纸牌作卦的一张桌子外，再没有别的家具。里面的几个老旧的阿莫索夫壁炉①不停地发出嗡嗡声，哪怕晴天也不例外。遇上大雷雨，整座房子便震颤起来，似乎要轰地一声塌下来，粉身碎骨了。特别是在夜里，十扇大窗被闪电照亮，令人胆战心惊。

我这人生性懒散，万事不管，这也是命运使然。一连几个小时眼望窗外的天空、飞鸟和林荫道，阅读给我邮寄过来的书报，要不就睡觉。有时我外出，找个地方游荡一番，很晚才回来。

有一天，在回家的路上，我无意中走进一处陌生的庄园。太阳躲起来，黄昏的阴影在扬花的黑麦地里伸展开去。两行又高又密的老云杉，像两堵望不断的墙，形成了一条幽暗而美丽的林荫道。我轻松地越过一道栅栏，顺着林荫道走去，地上铺着一俄寸②厚的针叶，走起来有点打滑。四周寂静、昏暗，只有在高高的树梢上，不时跳动着明亮的金色光芒，在蜘蛛网上变幻出彩虹般的色彩，针叶的气味浓烈得让人透不过气来。我拐了弯，来到一条长长的椴树林荫道。这里同样是一派荒凉而古老的景象。隔年的树叶在脚下哀伤地窸窣作响，暮色中树木阴影幢幢。

---

① 由H. A. 阿莫索夫（1787—1868）设计的一种气动式炉子。

② 一俄寸等于4.44厘米。

右侧的一座古老的果园里，一只黄莺懒洋洋地、有气无力地唱着歌，想必它也上了年纪了。到了椴树林荫道的终点，走过一幢白色带凉台和阁楼的房子，眼前忽然出现一座庄园的院落和一个水面宽阔的池塘。池塘四周绿柳成荫，有一座洗澡棚子。池塘对岸有个村庄，还有一座又高又窄的钟楼，在夕阳映照下，上面的十字架金光闪闪。刹那间勾起我一种亲切而又熟悉的醉人回忆——这番景象我似乎早在儿时见过。

院落前有一道白色的石砌大门通向田野，大门古色古香而结实，两侧蹲着一对石狮子。大门口站着两个姑娘。其中一个年长些，身材苗条，脸色苍白，十分漂亮，一头栗色的蓬松浓发，一张小嘴轮廓分明，神态严厉，对我似乎不屑一顾。另一位还很年轻，顶多十七八岁，身材同样苗条，脸色苍白，嘴巴大些，一双大眼睛吃惊地望着我从一旁走过，说了一句英语，又忸怩起来。我只觉得这两张可爱的脸儿仿佛也是早已熟悉的。我回到住处，恍如做了一场春梦。

此后不久，有一天中午，我和别洛库罗夫在屋外散步，忽听得草地上传来沙沙声，一辆带弹簧座的四轮马车驶进院子，车上坐着那位年长的姑娘。她为遭受火灾的乡民募捐而来，随身带着认捐的单子。她不正眼看我们，极其严肃而详尽地对我们讲起西亚诺沃村烧了多少家房子，有多少男女和儿童无家可归，以及救灾委员会打算初步采取什么措施——她就是这个委员会的成员。她让我们认捐签字，收起单子后即刻离去。

“您完全把我们忘了，彼得·彼得罗维奇，”她向别洛库罗夫伸出手，说，“您来吧，如果Monsieur N[①]（她说出我的姓）想看一看崇拜他天才的人是怎样生活的，那么请光临寒舍，妈妈和我将十分荣幸。”

我鞠躬致谢。

她走之后，彼得·彼得罗维奇讲起她家的情况。据他说，这个姑娘是好人家出身，叫莉季娅·沃尔恰尼诺夫娜，她和母亲、妹妹居住的庄园，连同池塘对岸的村子，都叫舍尔科夫卡。她的父亲当年在莫斯科地位显赫，去世时已是三品文官。尽管家财万贯，沃尔恰尼诺夫的家人一直住在乡间，不论夏天冬天从不离开。莉季娅在舍尔科夫卡的地方自治会办的小学任教，每月领二十五卢布薪水。她就靠这笔收入维持自己的

---

① Monsieur N：法文，意为“某先生”。

生计，她为能自食其力而感到自豪。

“这个家庭挺有意思，”别洛库罗夫说，“好吧，我们哪天去看看她们。她们会欢迎您的。”

一个节日的午后，我们想起了沃尔恰尼诺夫一家人，便动身到舍尔科夫卡去拜访她们。母亲和两个女儿都在家。母亲叶卡捷琳娜·帕夫洛夫娜当初想必挺有几分姿色，不过现在身体发胖，精神萎靡不振，显得比实际年龄要大，还害着哮喘病。她神色忧郁而恍惚，尽量跟我聊绘画方面的话题。事先她从女儿那里得知，我可能会去舍尔科夫卡，她仓促间想起了在莫斯科的画展上曾见过我的两幅风景画。现在她就问我，在这些画里我想表现什么。莉季娅，家里人都叫她丽达，大部分时间在跟别洛库罗夫交谈，很少跟我说话。她神态严肃，不苟言笑，问他为什么不到地方自治机关任职，为什么他至今一次也没有参加过地方自治会的会议。

“这样不好，彼得·彼得罗维奇，”她责备说，“不好。该惭愧才是。”

“说得对，丽达说得对，”母亲附和道，“这样不好。”

“我们全县现在是巴拉金一手遮天，”丽达转向我，接着说，“他本人是县地方自治局执行委员会主席，他把县里的所有职位都让他的那些侄儿和女婿占着，自己为所欲为。应当起来斗争才是。青年人应当组成强有力的一派。可是您看到了，我们这儿的青年人是怎么样的。惭愧啊，彼得·彼得罗维奇！”

大家谈论地方自治局的时候，妹妹任尼娅一声不吭。她向来不参加严肃的谈话。家里人还不把她当作大人看待，由于她小，大家叫她蜜修斯①，这是因为她小时候称呼她的家庭女教师为蜜斯的缘故。她一直好奇地望着我，当我翻看相册时，她不时为我解释，“这是叔叔……这是教父”，还用纤细的手指点着相片。这时她像孩子般把肩头贴着我，我便在近处看到她那柔弱的尚未发育的胸脯、消瘦的肩膀、发辫和紧束着腰带的苗条身躯。

我们玩槌球，打网球②，在花园里散步，喝茶。晚餐时消磨了很长

---

① “蜜斯”是英语 miss（小姐）的音译。“蜜修斯”为“蜜斯”的昵称。

② “打网球”三字原文为英语。

时间。在住惯了又大又空的圆柱大厅之后，来到这幢不大却很舒适的房子里一时还有点不适应。这里的四壁没有粗劣的石版画，这里对仆人以“您”相称，这里因为有了丽达和蜜修斯一切都显得年轻而纯洁，到处都呈现出上流社会的氛围。餐桌上，丽达又跟别洛库罗夫谈起县地方自治局、布拉金和学校图书馆。这是一位充满活力、真诚、有坚定信念的姑娘，听她讲话很有意思，只是她话太多，声调很高——这大概是她做老师养成的习惯。可是我的那位彼得·彼得罗维奇，从上大学起，就喜欢把普通的谈论引向争论，而且讲起话来枯燥无味、拖沓冗长，总想炫耀自己是个有头脑的进步人士。他做手势的时候，袖子带翻了一碗调味汁，弄得桌布上一滩油渍，可是除了我，好像没有引起谁的注意。

我们回家的时候，天已经黑了，四下里静悄悄的。

“良好的教养不在于你不弄翻调味汁、弄脏桌布，而在于别人弄翻了你只当没看见，”别洛库罗夫说完叹了一口气，“是啊，这是个了不起的、有教养的家庭。我跟这些高尚的人很少来往了，我远远落在这些优秀人物之后了！成天忙忙碌碌！忙忙碌碌！”

他讲到，如果你想把农业经营得出色，就必须付出许多辛劳。而我却想：他这人多么迟钝、懒散！每当他谈起什么正经事，就故意拖长声调，哎呀哎呀的，干起事来，跟说话一样——慢腾腾，拖拖拉拉，错失时机。我已经不相信他会认真办事，因为我曾托他去邮局发几封信，他却一连几个星期把信揣在自己的口袋里忘了寄出去。

“最难以忍受的是，”他跟我并排走着，嘟哝道，“最难以忍受的是，你辛辛苦苦地工作，却得不到任何人的同情。得不到丝毫同情！”

二

此后我经常去沃尔恰尼诺夫家。通常我坐在凉台最下一级的台阶上。我心情苦闷，对自己不满，为匆匆流逝的岁月而暗自神伤，只觉得生活索然无味。我老想，我的心变得如此沉重，真该把它从胸腔里挖出来才好。这时候凉台上有人说话，响起衣裙的窸窣声和翻书声。我对丽达的活动很快就见怪不怪了：白天她给病人看病，分发书本，经常不戴帽子、打着伞到村子里去，晚上则大声谈论着地方自治局和学校的事。这个苗条、漂亮、神态始终严肃、小嘴轮廓分明的姑娘，只要一谈起正经话题，总是冷冷地对我说：

“您对这种事是不会感兴趣的。”

她对我没有好感。她之所以不喜欢我，是因为我是风景画家，在我的那些画里不反映人民的困苦，而且她觉得，我对她坚信不疑的事业是漠不关心的。我不由得记起一件往事，一次我路过贝加尔湖畔，遇到一个骑在马上、穿一身蓝布裤褂的布里亚特族①姑娘。我问她，可否把她的烟袋卖给我。我们说话的时候，她一直轻蔑地看着我这张欧洲人的脸和我的帽子，不一会儿就懒得搭理我。她一声叱喝，策马离去。丽达也是这样蔑视我，似乎把我当成了异族人。当然，表面上她绝不表露出对我的不满，但我能感觉出来，因此，每当我坐在凉台最下一级台阶上，总是生着闷气，数落道：自己不是医生却给农民看病，无异于欺骗他们，再者一个人拥有两千俄亩②土地，做个慈善家岂不是举手之劳？

她的妹妹蜜修斯，事事用不着她操心，跟我一样，完全过着闲散的生活。早上起床后，她立即拿过一本书，坐在凉台上深深的圈椅里读起来，两条腿刚够着地。有时她带着书躲到椴树林荫道里，或者干脆跑出大门到田野里去。她整天看书，全神贯注地看。有时她的眼睛看累了，目光变得呆滞，脸色十分苍白，凭着这些迹象才能推测到，阅读使她何等的劳精耗神。每逢我上她的家，她一看到我就有点脸红，放下书，两只大眼睛盯着我的脸，容光焕发，对我讲起家里发生的事，比如说下房里的烟囱起火了，或是有个雇工在池塘里捉到一条大鱼。平时她总穿浅色的上衣和深蓝色的裙子。我们一道散步，摘樱桃做果酱，划船。每当她跳起来摘樱桃或划桨时，从她那宽大的袖口里就露出细弱的胳膊。有时我写生，她则站在旁边，欣赏我作画。

七月末的一个星期日，早上九点多钟我来到沃尔恰尼诺夫家。我先在花园里散步，慢慢地离房子越来越远，寻找白蘑菇。那年夏天这种蘑菇特别多，我在一旁插上标记，以便后来好同任尼娅一道来采。暖风拂面。我看到任尼娅和她的母亲身穿浅色的节日衣裙，从教堂里回来，任尼娅一手扶着帽子，怕被风刮掉。后来我听到她们在凉台上喝茶。

我这人无牵无挂，而且总想为自己的懒散生活找点借口，所以夏天

---

① 布里亚特族：俄国境内少数民族，系蒙古族的一支。

② 一俄亩等于 1.09 公顷。

庄园里的早晨对我来说，总觉得格外喜人。这时郁郁葱葱的花园里空气湿润，露珠点点，晨曦下万物熠熠生辉，显得喜气洋洋；这时房子附近弥漫着木犀花和夹竹桃的香味，年轻人刚从教堂归来，在花园里喝着茶；这时人人都穿得漂漂亮亮，个个都欢天喜地；这时你才知道，所有这些健康、鲜衣饱食、漂亮的人，在这漫漫夏日里可以无所事事——在这种时刻，你不禁想到：但愿此生都能过上这种生活。此刻我就是怀着这样的愿望，在花园里徜徉，准备就这样悠闲地、漫无目标地走上一整天，走上一个夏季。

任尼娅提着篮子来了。看她的表情，仿佛她早知道或者预感到会在花园里找到我。我们一起采起了蘑菇，聊天。每当她想问我什么，就朝前走几步，好面对我的脸。

“昨天我们村里出了件奇事，”她说，“瘸腿的佩拉盖娅病了整整一年，什么样的医生和药都不管用，可是昨天有个老太婆过来嘀咕了一阵，她的病就好了。”

“这算不了什么，”我说，“不应当在病人和老太婆身上寻找奇迹。难道健康不是奇迹吗？难道生命本身不是奇迹吗？凡是不可理解的东西，都是奇迹。”

“那您害怕那些不可理解的东西吗？”

“不怕。对那些我不理解的现象，我总是勇敢地迎上去，不向它们屈服。我比它们高明。人应当意识到，人比狮子、老虎、星星要高明，比自然界的万物都要高明，甚至比那些不可理解、被说成奇迹的东西还要高明，否则他就不能算人，成了见什么都怕的鼠辈。”

任尼娅以为，我既然是画家，应该懂得很多，即使有些事情不知道，多半也能猜出来。她一心想让我把她领进那个永恒而美妙的天地里，领进那个崇高的世界，照她看来，在那个世界里我是她的知己，她可以跟我谈上帝，谈永生，谈奇迹。而我认为我和我的思想在我死后还会存在，便回答说“是的，人是不朽的”，“是的，我们将永生”。她听着，相信了，并不要求什么论证。

我们在回去的路上，她突然停住脚步，说：

“我们的丽达是个了不起的人，是不是？我深深爱她，随时都可以为她献出生命。可是请您告诉我，”任尼娅伸出手指碰碰我的袖子，“您说说您为什么老跟她争论？您为什么动辄生气？”

任尼娅说罢摇了摇头，眼睛里泪水盈盈。

“因为她是不对的。”

“真不可理喻！”她说。

这时，丽达刚好从外面回来，手里拿一根马鞭站在台阶附近，在阳光的照耀下更显得苗条，婀娜多姿。她正对雇工吩咐些什么。她匆匆忙忙，大声说话，接待了两三个病人后，一脸认真、操心的神色走遍所有的房间，一会儿打开这个柜，一会儿又打开那个柜，最后跑到阁楼上去。大家找了她好久，叫她吃午饭。等她来时，我们已经喝完汤了，所有这些细节不知为什么我至今都记得一清二楚，想起来还挺喜欢。整个这一天虽然没有发生什么特别的事，回忆起来却历历在目。午饭后，任尼娅深深地埋进圈椅里，又看起书来，我又坐到台阶的最下一级。大家都不说话。天空乌云密布，下起稀疏的细雨。天气闷热，风早就停了，这一天仿佛永远没有尽头似的。叶卡捷琳娜·帕夫洛夫娜摇着扇子，也到凉台上来了，一副睡眼惺忪的样子。

“啊，妈妈，”任尼娅说，吻她的手，“白天睡觉对你的健康是有害的。”

母女俩相亲相爱。一人去了花园，另一人必定站在凉台上，望着树林呼唤：“喂，任尼娅！”或是“妈妈，你在哪儿?”她俩经常一起祈祷，两人同样笃信上帝，即使不说话，彼此也能心领神会。她俩对人的态度也一样。叶卡捷琳娜·帕夫洛夫娜很快就跟我处熟，喜欢我，只要我两三天不去，她就会打发人来探问我是不是病了。跟蜜修斯一样，她也在观赏我的画稿时连连夸赞，絮絮叨叨地、无所顾忌地告诉我发生的事，甚至把一些家庭秘密也透露给我。

她崇拜自己的大女儿。丽达向来不对人表示亲热，说的都是正经事。她过着自己独特的生活，在母亲和妹妹的眼里，她是个神圣而又带几分神秘的人物，诚如水兵们眼里端坐在舰长室里的海军上将。

“我们的丽达是个了不起的人物，”母亲常常这样说，“不是吗?”

这时下着细雨，我们正谈到了丽达。

“她是个了不起的人，”母亲说，然后战战兢兢地四下里看看，压低嗓子，怀着鬼胎似的补充说，“这种人白天打着灯笼也难找。不过，知道吗，我开始有点不放心。学校啦，药房啦，书本啦，这些都很好，可是何苦走极端呢？她都快二十四岁啦，早该认真想想自己的终身大事了。老这样为书本和药房的事忙忙碌碌，不知不觉中大好年华就要过去……她该出嫁了。”

任尼娅看书看得脸色发白，头发散乱，她抬起头来，望着母亲，像是自言自语地说：

“妈妈，一切听凭上帝的旨意。”

说罢，又埋头看起了书。

别洛库罗夫来了，他穿着腰部带褶的长外衣和绣花衬衫。我们玩槌球，打网球。后来天黑了，大家吃晚饭，又消磨了很长时间。丽达又讲起学校的事和那个一手遮天的巴拉金。这天晚上我离开沃尔恰尼诺夫家时，带走了这漫长而又闲散的一天留下的美好印象，同时又忧伤地意识到：这世上的一切，即使天老地荒，毕竟有它终结的一天。任尼娅把我们送到大门口，也许是因为她从早到晚伴我度过了一天，这时我感到，离了她似乎有些寂寞，这可爱的一家人对我来说已十分亲切。入夏以来我头一次有了作画的愿望。

“告诉我，您为什么生活得这么枯燥，毫无色彩？”我和别洛库罗夫一道回家时，我问他，“我的生活枯燥，沉闷，单调，这是因为我是画家，我是怪人，从少年时代起我在精神上就备受煎熬：嫉妒别人，对自己不满，对事业缺乏信心，我向来贫穷，四处流浪；可您呢，您是健康正常的人，是地主，是老爷——您为什么生活得这么乏味？您为什么从生活中获取那么少的东西？比如说吧，为什么您至今没有爱上丽达或者任尼娅？”

“您忘了我爱着另一个女人。”别洛库罗夫回答。

他说的是自己的女友，和他一起住在厢房里的柳波芙·伊凡诺夫娜。我每天都能见到这位女士在花园里散步。她长得极其丰满，肥胖，举止傲慢，活像一只养肥的母鹅，穿一套俄式衣裙，戴着项链，经常打一把小阳伞。常常都得仆人喊叫她来吃饭喝茶。三年前她租了一间厢房当别墅，从此就在别洛库罗夫家住下，看样子永远不会走了。她比他大十岁，把他管得很严，以至于他每次出门，都要征得她的许可。她经常扯着男人般的嗓子大哭大叫，遇到这种时候，我就打发人去对她说，如果她再哭下去，我就立即搬家，她这才止住不哭。

我们回到家里，别洛库罗夫坐到沙发上，皱起眉头想起心事，我则在大厅里来回踱步，像个堕入情网的人，感受着内心微微的情感波澜。

我禁不住想谈谈沃尔恰尼诺夫一家人。

“丽达只会爱上地方议员，而且那人得像她一样，热心办医院和学校，”我说，“啊，为了这样的姑娘，不但可以参加地方自治会的工作，而且像童话里说的那样，穿破铁鞋也心甘情愿。还有那个蜜修斯，她是多么可爱呀！”

别洛库罗夫拖长声调，慢腾腾地大谈特谈时代病——悲观主义。他说得振振有词，那种口气就好像我在跟他辩论似的。他就这么坐在那里，高谈阔论，又不知道他什么时候会走，这时你的心情远比穿过几百俄里荒凉、单调、干枯的草原还要烦闷。

“问题不在悲观主义还是乐观主义，”我气恼地说，“问题在于一百个人当中倒有九十九个没有头脑！”

别洛库罗夫认为这话是说他，一气之下扬长而去。

三

“公爵在玛洛焦莫沃村作客，他向你问候，”丽达不知从哪儿回来，脱下手套，对母亲说，“他讲了许多有趣的事情……他答应在省地方自治局代表会议上再一次提出在玛洛焦莫沃村设立医务所的问题。不过他又说希望不大。”然后转身对我说，“对不起，我又忘了，您对这种事是不会感兴趣的。”

我感到气愤。

“为什么不感兴趣？”我问，耸耸肩膀，“您不屑知道我的看法，但请您相信，对这个问题我很感兴趣。”

“是吗？”

“是的。依我看，玛洛焦莫沃村根本不需要医务所。”

我这一番愤激之言惹恼了她。她看我一眼，眯起眼睛，问：

“那么需要什么呢？风景画吗？”

“风景画也不需要。那里什么都不需要。”

她脱掉手套，打开邮差刚送来的报纸。过一会儿，她显然克制住自己，低声说：

“上星期安娜难产死了，如果附近有医务所，她就能活下来。我以为，风景画家先生们对此应有自己的高见吧。”

“我对此有十分明确的见解，请您相信，”我回答说，但她用报纸挡住了自己的脸，似乎不愿听我的，“依我看，医务所、学校、图书馆、药房等等，在现有的条件下只有利于奴役。民众被一条粗大的锁链死死捆住了，而您不去砍断这条锁链，反而给它增加许多新的环节——这就是我的见解。”

她抬头看我一眼，嘲讽地一笑。我继续说下去，竭力抓住我的主要思想：

“问题不在于安娜死于难产，而在于所有这些安娜、玛芙拉和佩拉盖娅们从早到晚累弯了腰，力不从心的劳动害得她们病痛不断，她们一辈子为挨饿和生病的孩子担惊受怕，一辈子害怕死亡和疾病，一辈子求医问药，未老先衰，面容憔悴，在污秽和臭气中死去。她们的孩子长大了，又重蹈覆辙。几百年就这样过去了，千千万万的人过着猪狗不如的生活——只为了一块面包，成天担惊受怕。他们的处境之所以可怕，就在于他们没有时间考虑自己的灵魂，顾不上自己的形象和容貌。饥饿，寒冷，肉体的恐惧，繁重的劳动，像雪崩一样堵塞了他们精神生活的道路。而精神活动才是人与动物区别所在，才是人值得生存之处。您用医院和学校帮助他们，但您这样做并不能使他们摆脱束缚，恰恰相反，您却进一步奴役他们，因为您给他们的生活增加了新的偏见，您扩大了他们的需求，且不说为了买斑蝥膏药和书本，他们就得给地方自治会付钱，就是说，他们得更辛苦地干活才成。”

“我不想跟您争论，”丽达放下报纸说，“这一套我早听说了。我只想对您说一句：不要袖手旁观。的确，我们并不能拯救人类，而且在许多方面可能犯错误，但是我们是在做力所能及的事，所以我们是正确的。一个有文化的人最崇高、最神圣的使命是为周围的人服务，我们正尽力所为。您不喜欢这个，不过一个人做事本来就无法使人人满意。”

“说得对，丽达，你说得对”。母亲附和道。

有丽达在场她总有点胆怯，说着说着，眼睛不安地看着她的脸，生怕说出多余的或者不恰当的话。她从来不与她的意见相左，总是随声附和，“说得对，丽达，你说得对。”

“教农民读书识字、散发充满可怜的说教和民间俗语的书本、设立医务所，这一切既不能消除愚昧，也不能降低死亡率，这正如你们家里的灯光不能照亮窗外的大花园一样。”我说，“您并没有给他们任何东西，您干预他们的生活，结果只能使这些人生出新的需求，为此付出更多的劳动。”

“啊，我的天哪，人总得有所作为！”丽达恼火地说，听她的语气可以知道，她认为我的议论微不足道，她不屑一顾。

“必须让人们从沉重的体力劳动中解放出来，”我说，“必须减轻他们的沉重负担，给他们以喘息的时间，使他们不至于一辈子守着灶台、洗衣盆，不要一辈子困在田野里，让他们也有时间来考虑灵魂和上帝，能够更广泛地发挥他们精神上的才能。一个人真正的使命在于精神活动，在于在精神活动中探求真理和生活的意义。让他们感到干那种笨重的牲口般的劳动毫无必要，需要的是自己的自由。到了那个时候您将看到，您的那些课本和药房无异是一种嘲弄。人一旦意识到自己真正的使命，那么能够满足他们的只有宗教、科学和艺术，而不是这些微不足道的小事。”

“从劳动中解放出来！”丽达冷笑道，“难道这可能吗？”

“可能。您可以分担他们的部分劳动。如果我们，全体城乡居民，无一例外地同意分担他们旨在满足全人类物质需要的劳动，那么我们每个人分到的一天劳动可能不超过两三小时。试想，如果我们，全体富人和穷人，一天只工作三小时，那么其余的都是闲暇的时间。请再设想一下，为了更少地依靠我们的体力，付出更少的劳动，我们发明各种机器来替代体力劳动，并且尽量把我们的需求减少到最低限度。我们锻炼自己，锻炼我们的孩子，让他们不怕饥饿和寒冷，到时候我们就不会像安娜、玛芙拉和佩拉盖娅们那样，成天为孩子们的健康担惊受怕了。您想一想，我们不看病，不开药房、烟厂和酒厂——结果我们会剩下多少富余的时间！让我们大家共同把这闲暇的时间献给科学和艺术。就像农民有时全体出动去修路一样，我们大家也全体出动，去探求真理和生活的意义，那么——对此我深信不疑——真理会很快被揭示出来，人们就可以摆脱那种经常折磨人、压抑人的恐惧感，甚至摆脱死亡本身。”

“可是，您这番高论是自相矛盾的，”丽达说，“您口口声声‘科学’‘科学’，可您又否定识字教育。”

“在人们只能读酒店的招牌、偶尔看到几本读不懂的书本的情况下，识字教育又能怎么样？这样的识字教育早从留里克①时代起就延续下来，果戈理笔下的彼得鲁什卡早就会读书认字了。可是农村呢，留里克时代是什么样子，现在还是什么样子。我们需要的不是识字教育，而是广泛地发挥精神才能的自由，需要的不是小学，而是大学。”

“您也否定医学。”

“是的。医学只有在把疾病当作自然现象加以研究，而不是为了治疗的情况下，才是必需的。如果要治疗的话，那也不是治病，而是除掉病因，只要消除体力劳动这一主要的病因，就不会有疾病。我不承认有什么治病的科学，”我激动地继续道，“一切真正的科学和艺术所追求的不是短暂的、局部的目标，而是永恒的、整体的目标——寻求真理和生活的意义，探索上帝和心灵。如果它们拘泥于当前的需要和迫切问题，拘泥于药房和图书馆，那么它们只能使生活变得更加复杂、更加沉重。我们有不少医生、药剂师、律师，识字的人很多，可是没有一位生物学家、数学家、哲学家和诗人。人们全部聪明才智和精神力量都耗费在满足暂时的、一时的需要上……我们的学者、作家和艺术家们在劳精费神，正因为有了他们的努力，人们的生活条件才变得日益舒适，人们的物质需求不断增长，与此同时，离真理尚十分遥远，人依旧是最贪婪凶残、最卑鄙龌龊的动物。事物发展的趋势是，人类的大多数将退化，并永远丧失一切生存能力。在这种情况下，艺术家的生活是没有意义的，他越是有才能，他的作用就越令人奇怪、不可理喻，因为实际上他的工作不过是供凶残卑鄙的禽兽消遣，有利于维护现行的制度。所以我现在不想工作，将来也不工作……什么都不需要，让地球毁灭吧！”

“蜜修斯，你出去。”丽达对妹妹说，显然认为我的言论对这样年轻的姑娘是有害的。

任尼娅不悦地看看姐姐和母亲，走了出去。

“有些人想为自己的冷漠辩解，总是发表这类妙论。”丽达说，“否定医院和学校，比给人治病和教书容易得多。”

“说得对，丽达，你说得对。”母亲附和道。

“您威胁说不再工作，”丽达接着说，“显然您把自己的工作估计得

---

① 据编年史记载，留里克为公元九世纪的诺夫哥罗德大公，留里克王朝的奠基人。

过高了。我们别争论了，反正我们永远谈不到一块儿去，因为您刚才那么鄙薄图书馆和药房——它们即使很不完美，我也认为它们也高于世界上所有的风景画。”她说到这里，立即转向母亲，用完全不同的语气说，“公爵自从离开我们家后，人瘦了许多，模样大变了。家里人要把他送到维希①去。”

她对母亲谈起公爵的情况，显然是不想跟我说话。她满脸通红，为了掩饰自己的激动，她像个近视眼似的，把头低低地凑到桌子跟前，装出看报的样子。我再待下去会使人难堪，便告辞回家。

四

外面很静。池塘对岸的村子已经入睡，看不到一丝灯光，只有水面上朦朦胧胧地倒映着暗淡的星空。任尼娅一动不动地站在大门前的石狮旁，等着我，想送送我。

“村里人都睡了，”我对她说，竭力想在黑暗中看清她的脸，看到的是一双忧伤的黑眼睛紧紧地望着我，“连酒店掌柜和盗马贼都安然入睡了，我们这些上流人却在互相怄气，争论不休。”

这是一个凄凉的八月之夜，之所以凄凉，因为已经透出秋意。紫气氤氲的月亮慢慢升起，照得大路和大路两侧黑沉沉的冬麦地朦胧一片。不时有流星坠落下去。任尼娅和我并排走在路上，她竭力不看天空，免得看到流星，不知为什么她害怕流星。

“我觉得您是对的，”她说，夜间的潮气害得她打起冷战，“如果人们万众一心，献身于精神活动，那么他们很快就会明了一切。”

“当然。我们是万物之灵。如果我们当真能认识到人类天才的全部力量，而且只为崇高的目的而生活，那么我们最终会变成神。然而这永远是不可能的：人类将退化，连天才也不会留下一鳞半爪。”

大门已经看不见，任尼娅停住脚步，匆匆地跟我握手。

“晚安，”她打着哆嗦说。她只穿一件衬衫，冷得瑟缩着，“明天再来吧。”

想到此后只剩下我一个人，生着闷气，对己对人都不满意，我不禁

① 维希：法国疗养城市。

感到害怕。我也竭力不去看天上的流星。

“再跟我待一会儿，”我说，“求求您了。”

我爱任尼娅。我爱她也许是因为给我送往迎来的总是她，也因为她总是温情脉脉地望着我，欣赏我。她那苍白的脸，娇嫩的颈项，纤细的手，她的柔弱、闲散，她的书籍，是多么美妙而动人！那么，智慧呢？我怀疑她有超群的智慧，但我赞赏她的眼界开阔，也许正因为此，她的许多想法才跟严肃、漂亮却不喜欢我的丽达显得截然不同。任尼娅喜欢我这个画家，我的才能征服了她的心。我也一心只想为她作画，在我的幻想中，她是我娇小的皇后，她跟我将共同支配这些树林、田野、雾霭和朝霞，支配这美丽迷人的大自然，尽管在这里我至今仍感到极其孤独，像个多余的人。

“再待一会儿，”我央求道，“求求您了。”

我脱下大衣，披到她冰凉的肩上。她怕穿着男人的大衣显得可笑、难看，便笑起来，甩掉了大衣。我趁机把她搂在怀里，连连吻她的脸、肩膀和手。

“明天见！”她悄声说，然后小心翼翼地，似乎怕打破这夜的宁静，拥抱了我，“我们家的人彼此不保守秘密，我现在应当把一切都告诉妈妈和姐姐……太可怕了！妈妈倒没什么，妈妈喜欢您，可是丽达……”

她说罢朝大门跑去。

“再见！”她喊了一声。

之后有两分钟之久我都听到她的奔跑声。我已不想回家，再说也没有必要急着回去。我犹豫地站了片刻，然后缓步走回去，想再看一眼她居住的那幢可爱、朴素、古老的房子，它那阁楼上的两扇窗子，像眼睛似的望着我，它似乎什么都知道了。我走过凉台，在网球场旁边的长椅上坐下。我置身在老榆树的荫影中，打量着房子。蜜修斯生活的阁楼上，窗子亮了一下，接着透出柔和的绿光——这是因为灯上罩着罩子。人影摇曳……我的内心充溢着柔情和恬静，我满心欣喜，高兴的是，我还能够有所爱恋，能够爱人。可是转念一想，此刻在离我几步之遥的这幢房子的某个房间里，生活着丽达，她并不喜欢我、可能还恨我，我又感到很不痛快。我坐在那里，一直等着任尼娅会不会走出来，我凝神细听，似乎觉得阁楼里有人在说话。

大约过了一个小时，绿色的灯光熄灭了，人影也消失了。月亮已经高高地挂在房子上空，照耀着沉睡中的花园和小径。屋前花坛里的大丽花和玫瑰清晰可见，好像都是一种颜色。天气变得很冷。我走出花园，在路上拣起大衣，不慌不忙地回去了。

第二天午后，我又来到沃尔恰尼诺夫家。通往花园的玻璃门敞开着。我坐在凉台上，等着任尼娅会突然从花坛后面走出来，或者从一条林荫道里出现，或者能听到她从房间里传来的声音。后来我走进客厅和饭厅。那里一个人也没有。我从饭厅里出来，经过一条长长的走廊，来到前厅，然后又返回来。走廊里有好几扇门，从一间房里传来丽达的声音。

“上帝……送给……乌鸦……”她拖长声音大声念道，大概在给学生听写，“上帝送给乌鸦……一小块奶酪……谁在外面？”她听到我的脚步声，突然喊了一声。

“我。”

“哦！对不起，我现在不能出来见您，我正在教达莎功课。”

“叶卡捷琳娜·帕夫洛夫娜在花园里吗？”

“不在，她跟我妹妹今天一早动身去平扎省我姨妈家了。冬天她们可能到国外去……”过了一会，她接着说，“上帝……送给乌鸦……一小块奶酪……你写完了吗？”

我走进前厅，呆呆地站在那里，眼望着池塘，望着村子，耳边又传来丽达的声音：

“一小块奶酪……上帝给乌鸦送来一小块奶酪……”

我离开庄园，走的是头一次来的路，不过方向相反：先从院子进入花园，经过一幢房子，然后是一条椴树林荫道……一个男孩追上我，交给我一张字条。我念道：

我把一切都告诉姐姐了，她要求我跟您分手。我无法不听她的话而让她伤心。愿上帝赐您幸福，请原谅我。但愿您能知道我和妈妈多么伤心！

然后是那条幽暗的云杉林荫道，一道倒塌的栅栏……田野上，当初黑麦正扬花，鹌鹑声声啼叫，此刻只有母牛和加了羁绊的马儿在游荡。山坡上，散落着一些绿油油的冬麦地。我又回到平常那种冷静的心境，想起在沃尔恰尼诺夫家讲的那些话，不禁感到羞愧——跟从前一样我又过起枯燥乏味的生活。回到住处，我收拾一下行李，当天晚上就动身回彼得堡去了。

此后我再也没有见到沃尔恰尼诺夫一家人。不久前的一天，我去克里米亚，在火车上遇见了别洛库罗夫。他依旧穿着腰部有褶的长外衣和绣花衬衫。当我问到他的健康状况，他回答说："托您的福了。"我们交谈起来。原来他把原先的田庄卖了，买了一处小一点的田庄，写在柳波芙·伊凡诺夫娜的名下。关于沃尔恰尼诺夫一家人，他说得不多。据他说，丽达依旧住在舍尔科夫卡，在小学里教孩子们读书。渐渐地她在自己周围聚集了一群同情她的人，他们结成强有力的一派，在最近一次地方自治会的选举中"击垮了"一直把持全县的巴拉金。关于任尼娅，别洛库罗夫只提到，她不在老家住，现在去向不明。

那幢带阁楼的房子我已渐渐淡忘，只在作画和读书的时候，偶尔忽然无端地忆起阁楼窗口那片绿色的灯光，忆起我那天夜里走在田野上的脚步声，当时我沉醉于爱情之中，不慌不忙地走回家去，冷得我不断搓手。有时——这种时刻更少——当我孤独难耐、心情郁闷的时候，也会模模糊糊地忆起这段往事，而且不知什么缘故，我渐渐地觉得，有人也在想念我，等待我，有朝一日我们会相逢的……

蜜修斯，你在哪儿？

（1896 年）

套中人

在米罗诺西茨村边，在村长普罗科菲的板棚里，两名猎人迟迟才回到这里过夜。他们是兽医伊凡·伊凡内奇和中学教员布尔金。伊凡·伊凡内奇有个相当古怪的复姓：奇木沙–喜马拉雅斯基，这个姓跟他很不相称①，所以省城里的人通常只叫他的名字和父称。他住在城郊的养马场，这次出来打猎是想呼吸点新鲜空气。中学教员布尔金每年夏天都在П姓伯爵家里做客，所以在这一带早已不算外人了。

两人一时还没有睡觉。伊凡·伊凡内奇是个又高又瘦的老头，留着长长的唇髭，脸朝外，坐在门口月光下抽着烟斗，布尔金则躺在里面的干草上，黑暗中看不见他的脸面。

他们海阔天空地闲聊着。顺便提起村长的老婆玛芙拉，说这女人身体结实，人也不蠢，就是一辈子没离开过自己的村子，从来没见过城市，没见过铁路，最近十年间更是整天围着炉灶转，只有到夜里才出来走动走动。

“这有什么好大惊小怪的！”布尔金说，“有些人生性孤僻，他们像寄居蟹或蜗牛那样，总想缩进自己的壳里，这种人世上还不少哩。也许这是一种返祖现象，他们返回到太古时代，那时候人类祖先还不成其为社会动物，各各独自居住在洞穴里。也许这仅仅是人的复杂性格中的一种罢了——谁知道呢。我不是搞自然科学的，这类问题不关我的事。我只是想说，像玛芙拉这类人，并不是罕见的现象。哦，不必去远处找，两个月前，我们城里死了这么一个人，他姓别利科夫，希腊语教员，我

① 旧俄用复姓者多为名人、望族，而伊凡·伊凡内奇只是个普通的兽医，故有此说。

的同事。您一定听说过他。他与众不同之处就在于：他出门时，哪怕是大晴天，也总要穿上套鞋，带着雨伞，而且一定穿上暖和的棉大衣。他的伞装在套子里，怀表用灰色的鹿皮套套起来，有时他掏出小折刀削铅笔，那刀也装在一个小套子里。他的脸似乎也装在套子里，因为他总是高高竖起衣领，把脸藏起来。他戴墨镜，穿绒衣，耳朵里塞着棉花，每当他坐上出租马车，一定吩咐车夫支起车篷。一言以蔽之，这个人永远有一种难以克制的欲望——用一层外壳把自己包起来，给自己做一个所谓的套子，可以与外界隔绝，不受外界的影响。现实生活刺激他，让他害怕，惹得他终日惶惶不安。也许是出于胆怯、为自己排斥现实所作的辩护吧。他总是赞美过去，赞美不曾有过的东西。就连他所教的古代语言，实际上也相当于他的套鞋和雨伞，也是可以用来逃避现实的。

"'啊，古希腊语是多么悦耳动听！'他说时露出喜滋滋的表情。仿佛为了证实自己的话，他眯起眼睛，竖起一根手指头，念念有词：'安特罗波斯！'①

"别利科夫连自己的思想也竭力藏进套子里。在他眼中，只有那些刊登各种禁令的官方文告和报纸文章才是明白无误的。既然规定晚上九点后中学生不得外出，或者报上有篇文章提出禁止性爱，那么他认为这说得明明白白，确确切切，禁止就是了。至于文告里批准、允许干什么事，他总觉得其中有些成分可疑，还有某种言犹未尽、模糊不清的地方。每当城里批准成立戏剧小组，或者阅览室，或者茶馆时，他总是摇头晃脑，小声说：

"'这个嘛，当然也可以，这都很好，但愿不要惹出什么乱子！'

"任何违犯、偏离、背弃所谓规章的行为，虽说跟他毫不相干，也总让他忧心忡忡。比如说有个同事做祷告时迟到了，或者听说中学生调皮捣蛋，或者有人看到女学监很晚还和军官在一起，他就会非常激动，总是说：但愿不要惹出什么乱子。在教务会议上，他那种疑虑重重、疑神疑鬼的举动和一套纯粹套子式的论调，把我们压得透不过气来。他说什么某某男子中学、女子中学的年轻人行为不轨，教室里乱哄哄的——唉，千万别传到当局那里，哎呀，千万不要惹出什么乱子！又说，如果把二年级的彼得罗夫、四年级的叶戈罗夫开除出校，那么情况就会大有

---

① "安特罗波斯"：希腊文，"人"。

改观。结果呢？他不住地唉声叹气，牢骚满腹，苍白的小脸上架一副墨镜——您知道，那张小尖脸跟黄鼠狼的一样——在他如此这般逼迫下，我们只好让步，把彼得罗夫和叶戈罗夫的操行分数压下去，关他们的禁闭，最后把他俩开除了事。他有一个古怪的习惯——喜欢到同事家串门。他到一个教员家里，坐下后一言不发，像是在监视什么。就这样不声不响坐上个把钟头就走了。他管这叫做'和同事保持良好关系'。显然，他上同事家闷坐并不轻松，可他照样挨家挨户串门，只因为他认为这是尽同事应尽的义务。我们这些教员怕他。连校长也怕他三分。不是吗，我们这些教员都是些有头脑、极正派的人，受过屠格涅夫和谢德林①的良好教育，可是我们的学校却让这个穿套鞋、雨伞不离身的小人压着，苦了整整十五年！何止一所中学？全城都捏在他的掌心里！由于怕他知道，我们的太太小姐们星期六不敢安排家庭演出；神职人员在他面前不好意思吃荤和打牌。在别利科夫之流的影响下，最近十到十五年间，我们全城的人都变得谨小慎微，胆小怕事。不敢大声说话，不敢写信，不敢交朋友，不敢读书，不敢周济穷人，不敢教人识字……"

伊凡·伊凡内奇想说话时，总要清了清嗓子，但他先抽起烟斗来，看了看月亮，然后才一字一顿地说：

"是的，我们都是有头脑的正派人，我们读谢德林和屠格涅夫的作品，以及巴克莱②等人的著作，可是我们又常常屈服于某种压力，忍气吞声……问题就出在这儿。"

"别利科夫跟我住在同一幢房里，"布尔金接着说，"同一层楼，门对门，我们经常见面，所以他的家庭生活我了解。他在家里也是那一套：睡衣，睡帽，护窗板，门闩，无数清规戒律，还有那句口头禅：'哎呀，千万别惹出什么乱子！'斋期吃素不利健康，可是又不能吃荤，因为怕人说别利科夫不守斋戒。于是他就吃牛油煎鲈鱼——这自然不是素食，可也不算是荤的。他不用女仆，害怕被人说三道四。他雇了个厨子阿法纳西，此人六十岁上下，成天醉醺醺的，还有点痴呆。他当过勤务兵，好歹能做几个菜。这个阿法纳西经常站在房门口，交叉抱着胳膊，老是一声长叹，嘟哝同一句话：

① 屠格涅夫（1818—1883）和谢德林（1826—1889）：两人均为杰出的俄国作家。

② 巴克莱（1821—1862）：英国历史学家。

“‘如今他们这种人多着呢!’

“别利科夫的卧室小得像口箱子，床上挂着帐子。睡觉的时候，他被子蒙头。房间里异常闷热，风敲打着紧闭着的门，炉子里好像有人呜呜哭泣，厨房里传来声声叹息，不祥的叹息……

“他躺在被子里恐惧至极。他生怕会出什么乱子，生怕阿法纳西会宰了他，生怕窃贼溜进家来，这之后就通宵噩梦连连。到早晨我们一起去学校时，他无精打采，脸色苍白。看得出来，他怕进这所学生众多的学校，感到非常厌恶，而这个生性孤僻的人觉得与我同行也很不自在。

“‘我们班上总是闹哄哄的，’他说，似乎想解释一下为什么他心情沉重，‘太不像话!’

“可是这个希腊语教员，这个套中人，您能想象吗，差一点还成家了呢!”

伊凡·伊凡内奇猛地回头瞧瞧板棚，说：

“您开玩笑!”

“没错，他差点成家了，尽管这多稀奇古怪。我们学校新调来了一位史地课教员，叫米哈伊尔·萨维奇·柯瓦连科，是乌克兰人。他不是一个人来的，还带着姐姐瓦莲卡。他年轻，高挑身材，肤色黝黑，一双大手，看模样就知道他说话声音低沉。果真没错，他的声音像从木桶里发出来的：嘭，嘭，嘭……他姐姐年纪已经不轻，三十岁上下，高高的个子，身材匀称，黑黑的眉毛，红红的脸蛋——一句话，哪是普通的姑娘，简直是诱人的果冻，她不拘小节，爱说爱笑，不停地哼着小俄罗斯的抒情歌曲，高声大笑，动不动就发出一连串响亮的笑声：哈，哈，哈！我们初次正式结识柯瓦连科姐弟，我记得是在校长的命名日宴会上。我们这群教员个个神态严肃、拘谨，把参加校长命名日宴会也当作例行公事，我们忽然看到，一位新的阿佛洛狄忒①从泡沫中诞生了：她双手叉腰走来走去，又笑又唱，翩翩起舞……她动情地唱起一首《风飘飘》，随后又唱一支抒情歌曲，接着再唱一曲，我们大家都让她迷住了——所有的人，甚至包括别利科夫。他在她身旁坐下，甜蜜地微笑着，说：

---

① 阿佛洛狄忒：希腊神话中爱与美的女神，即罗马神话中的维纳斯。传说她在大海的泡沫中诞生。

“‘小俄罗斯语柔和，动听，使人联想到古希腊语。’

“这番奉承听得她得意洋洋，于是她用令人信服的语气动情地告诉他，说他们在加佳奇县有一处田庄，现在妈妈还住在那里。那里有的是上好的梨，上好的甜瓜，上好的‘卡巴克’①！小俄罗斯人把南爪叫‘卡巴克’，把酒馆叫‘什诺克’。他们用红红的、紫紫的作料做出来的浓汤‘味道好极了，好极了，好吃得——要命’！

“我们听着，听着，忽然大家不约而同冒出一个念头：

“‘把他俩撮合成一对，那才叫妙！’校长太太悄悄对我说。

“不知怎地这话提醒了大家，原来我们的别利科夫还是个单身汉。这时候我们都感到好生奇怪，我们对他的终身大事怎么竟一直没有注意，居然完全忽略了。他对女人一般持什么态度？他是怎么解决这个重大问题的呢？以前我们对此完全不感兴趣，也许我们压根就没想过，这个不论天晴天雨都穿着套鞋、挂着帐子的人还能爱上什么人。

“‘他早已年过四十，她也三十多了……’校长太太说出自己的想法，‘我觉得她是乐意嫁给他的。’

“在我们省，人们出于无聊，什么事干不出来？无聊的蠢事层出不穷！可必要的事没人愿干。不是吗，既然从没想到别利科夫会结婚，我们又为什么突然之间心血来潮张罗着这桩婚事呢？校长太太，督学太太，以及全体教员太太个个都跃跃欲试，甚至连她们的模样都变漂亮了，仿佛一下子找到了生活的目标。校长太太订了一个剧院包厢，一看——她的包厢里坐着瓦莲卡，拿着一把小扇子，眉开眼笑，喜气洋洋。身旁坐着别利科夫，瘦小，佝偻着身子，倒像是让人用钳子把他从家里钳到这里来的。我在家里请朋友聚会，太太们硬是要我非把别利科夫和瓦莲卡请来不可。总而言之，机器开动起来了。看来瓦莲卡本人并不反对嫁人。她跟弟弟生活在一起不大愉快，大家都知道，姐弟俩凑在一起成天吵吵闹闹，骂骂咧咧。我给诸位说说这么一出好戏：柯瓦连科在街上走着，一个壮实的大高个子，穿着绣花衬衫，一绺头发从制帽里耷拉到额头上。他一手抱着一包书，一手拿一根多节的粗手杖。她姐姐跟在后面，也拿着书。

---

① 卡巴克：俄语中意为“酒馆”，乌克兰语中意为“南瓜”。

“‘我说，米哈伊里克①，这本书你就没有读过！’她大声嚷道，‘我对你说，我可以起誓，你压根儿没有读过这本书！’

“‘可我要告诉你，我读过！’柯瓦连科也大声嚷道，还用手杖敲得人行道咚咚响。

“‘哎呀，我的天哪，明契克②！你干吗生气，要知道你我是在谈原则性的问题。’

“‘可我要告诉你：这书我读过！’他嚷得更响了。

“在家里，即使有外人在场，他们也照吵不误。这种生活多半让她厌倦了，她一心想有个自己的窝，再说年龄不饶人哪。现在已经不是挑精拣肥的时候，嫁谁都可以，哪怕希腊语教员也凑合。这么说吧，我们这儿的大多数小姐只要能嫁出去就行，嫁谁无所谓。不管怎么说，瓦莲卡开始对我们的别利科夫表露出明显的好感。

“那么，别利科夫呢，他也像我们一样，常去柯瓦连科家。到了那里，他便坐下来，一声不吭。他闷声不响地坐着，瓦莲卡就为他唱《风飘飘》，或者用那双乌黑的眼睛若有所思地望着他，或者突然发出一串爽朗的笑声：

“‘哈哈哈！’

“在恋爱问题上，特别是在婚姻问题上，劝导的作用大着哩。于是全体同事和太太们都劝别利科夫，说他应当结婚了，说他的生活中没有别的遗憾，只差结婚了。我们大家向他道喜，一本正经地重复着那些俗套的话，比如说婚姻是终身大事，等等，再说瓦莲卡相貌不俗，招人喜欢，是五品文官的女儿，又有田庄，最主要的，她是头一个待他这么热情又真心实意的女人。结果说得他晕头转向，他认定自己当真该结婚了。”

“这下该有人让他收起套鞋和雨伞了。”伊凡·伊凡内奇说。

“想不到吧，怎么可能呢？虽然他把瓦莲卡的相片放在自己桌子上，还老来找我谈论瓦莲卡，谈论家庭生活，谈婚姻是人生大事；虽然他也常去柯瓦连科家，但他的生活方式丝毫没有变化。甚至相反，结婚的决定使他像得了一场大病：人瘦了，脸色苍白，整个人似乎更深地藏进自

---

① 米哈伊里克：米哈伊尔的小名。

② 明契克：也是米哈伊尔的小名。

己的套子里去了。

“‘瓦尔瓦拉·萨维什娜①我喜欢，’他说道，勉强地淡淡一笑，‘我也知道，每个人都该结婚，但是……这一切，知道吗，事出突然……需要仔细考虑考虑。’

“‘这有什么好考虑的？’我对他说，‘您结婚就是了。’

“‘不，结婚是一件大事，首先应当掂量一下将要承担的义务和责任……免得日后惹出什么乱子。这件事弄得我心烦意乱，现在天天夜里都睡不着觉。老实说吧，他们姐弟俩的思想方法有点古怪，让我心里有点儿怕。他们的言谈，您知道吗，也有点古怪。她的性格太活泼。真要结了婚，恐怕日后会惹出乱子来。’

“就这样他一直没有求婚，老是拖着，这使校长太太和我们那里所有太太们大为恼火。他反反复复掂量着面临的义务和责任，与此同时几乎每天都跟瓦莲卡一道散步，也许他认为处在他的地位必须这样做。他还常来我家谈论家庭生活，若不是后来出了一件 kolossalische Scandal②，很可能他最终会去求婚，那样的话，就会促成了一门不必要的、愚蠢的婚姻了。在我们这里，出于无聊，出于无所事事，这样的婚姻可以说成千上万。这里必须要说明一下，瓦莲卡的弟弟柯瓦连科，从认识别利科夫的第一天起就痛恨他，容忍不了他。

“‘我不明白，’他耸耸肩膀对我们说，‘不明白你们怎么能容得下这个爱告密的家伙，这么一个卑鄙的小人。哎呀，先生们，你们怎么能在这儿生活！你们这里的空气污浊，能把人活活憋死。难道你们是教育家、为人师表吗？不，你们是一群官吏，你们这里不是科学的殿堂，而是城市警察局，有一股酸臭味，跟警察岗亭里一个样。不，诸位同事，我再跟你们待上一阵，不久就回到自己的庄园去。我宁愿在那里捉捉虾，教乌克兰的孩子读书认字。我一定要走，你们跟这个犹大就留在这里，叫他见鬼去。③’

“有时他哈哈大笑，笑得涕泗交流，笑声时而低沉，时而尖细。他双手一摊，问我：

“‘他干么来我家坐着？他要干么？坐在那里东张西望的！’

---

① 瓦莲卡的正式名字。

② 德语：“荒唐事”

③ 原文为乌克兰语。

“他甚至给别利科夫起了个绰号叫‘毒蜘蛛’。自然，我们当着他的面从来不提他的姐姐要嫁给‘毒蜘蛛’的事。有一天，校长太太暗示他，说如果把他的姐姐嫁给像别利科夫这样一个稳重的、受人尊敬的人，倒不失是件美事。他皱起眉头，埋怨道：

“‘这不关我的事。她哪怕嫁一条毒蛇也由她去，我可不爱管别人的闲事。’

“现在您听我说下去。有个促狭鬼画了一幅漫画：别利科夫穿着套鞋，卷起裤腿，打着雨伞在走路，身边的瓦莲卡挽着他的胳臂，下面的题词是：‘堕入情网的安特罗波斯’。那副神态，您知道吗，惟妙惟肖。这位画家想必画了不止一夜，因为全体男中女中的教员、中等师范学校的教员和全体文官居然人手一张。别利科夫也收到一份。漫画使他的心情极其沉重。

“我们一道走出家门——这一天刚好是五月一日，星期天，我们全体师生约好在校门口集合，然后一道步行去城外树林里郊游。我们一道走出家门，他的脸色铁青，比乌云还要阴沉。

“‘天底下竟有这样恶劣、这样恶毒的人！’他说时嘴唇在发抖。

“我甚至可怜起他来了。我们走着，突然，您能想象吗，柯瓦连科骑着自行车赶上来了，后面跟着瓦莲卡，也骑着自行车。她满脸通红，很累的样子，但兴高采烈，欢天喜地。

“‘我们先走啦！’她大声嚷道，‘天气多好啊，多好啊，简直好得要命！’

“他们走远了，不见了。我们的别利科夫脸色由青变白，像是吓傻了。他停下脚步，望着我……

“‘请问，这是怎么回事？’他问，‘还是我的眼睛看错了？中学教员和女人都能骑自行车，这成何体统？’

“‘这有什么不成体统的？’我说，‘愿意骑就由他们骑好了。’

“‘怎么行呢？’他喊起来，对我满不在乎的样子，他感到吃惊，‘您这是什么话？！’

“他像受到致命的一击，不愿再往前走，转身独自回家了。

“第二天，他老是神经质地搓着手，不住地打战，看脸色他像是病了。没上完课就走了，这在他还是平生第一次早退。他也没有吃午饭。傍晚，他穿上暖和的衣服，尽管这时已经是夏天了，步履蹒跚地朝柯瓦连科家走去。瓦莲卡不在家，他只碰到了她的弟弟。

"'请坐，'柯瓦连科皱起眉头，冷冷地说。他午睡刚醒，睡眼惺忪，心情极坏。

"别利科夫默默坐了十来分钟才开口：

"'我到府上来，是想解解胸中的烦闷。现在我的心情非常非常沉重。有人恶意诽谤，把我和另一位你我都亲近的女士画成一幅可笑的漫画。我认为有责任向您保证，这事与我毫不相干……我并没有给人任何口实，可以招致这种嘲笑，恰恰相反，我的言行举止表明我是一个极其正派的人。'

"柯瓦连科坐在那里生闷气，一言不发。别利科夫等了片刻，然后忧心忡忡地小声说：

"'我对您还有一言相告。我已任教多年，您只是刚开始工作，因此，作为一个年长的同事，我认为有责任向您提出忠告。您骑自行车，可是这种玩闹对为人师表的您来说，是不成体统的！'

"'为什么？'柯瓦连科问，声音低沉。

"'这还需要解释吗？米哈伊尔·萨维奇，难道这还不明白吗？如果教员骑自行车，那么学生们会怎么样呢？恐怕他们只好用脑袋走路了！既然这事没有明文规定可以做，那就不能做。昨天我吓了一大跳！我一看到您的姐姐，我就两眼发黑。一个女人或姑娘骑自行车——这太可怕了！'

"'您到底还有什么事？'

"'我只有一件事——对您提出忠告，米哈伊尔·萨维奇。您还年轻，前程远大，您的言行举止务必非常非常小心谨慎，可是您太随便了，哎呀，太随便了！您经常穿着绣花衬衫出门，上街时老拿着什么书，现在还骑起自行车来。您和您姐姐骑自行车的事会传到校长那里，再传到督学那里……那会有什么好结果？'

"'我和我姐姐骑自行车的事，不关任何人的事！"柯瓦连科说时涨红了脸，'谁来干涉我个人和家庭的私事，我就叫他——见鬼去！'

"别利科夫脸色刷白，站了起来。

"'既然您用这种口气跟我讲话，那我就无话可说了，'他说，'我提请您注意，往后在我的面前千万别这样谈论上司。对当局您应当恭而敬之。'

“‘怎么，难道我刚才说了当局的坏话不成?’柯瓦连科责问，愤愤地瞧着他，‘劳驾了，请别来打扰我。我是一个正直的人，跟您这样的先生根本不想交谈。我不喜欢告密分子。’

“别利科夫紧张得手忙脚乱起来，匆匆穿上衣服，大惊失色。他平生第一回听见这么不礼貌的话。

“‘您尽可以随便说去，’他说着从前室走到楼梯口，‘不过我有言在先：我们刚才的谈话也许有人听见了，为了避免别人歪曲谈话的内容，闹出乱子，我必须把这次谈话内容……基本要点，向校长报告。我有责任这样做。’

“‘报告?报告去!’

“柯瓦连科一把揪住他的后领，只一推，别利科夫就滚下楼去，套鞋碰着楼梯啪啪地响。楼梯又高又陡，他滚到楼下却平安无事。他站起来，摸摸鼻子，看眼镜摔破了没有?正当他从楼梯上滚下来时，瓦莲卡和两位太太刚好走进来。她们站在下面看着——对别利科夫来说这比什么都可怕。看来，哪怕摔断脖子，摔断两条腿，也比成了人家的笑柄强：这下全城的人都知道了，还会传到校长和督学那里——哎呀，千万别惹出乱子来——有人会画一幅新的漫画，结果校方会勒令他辞职……

“他爬起来后，瓦莲卡认出他来。她瞧着他那可笑的脸，皱巴巴的大衣和套鞋，不明白是怎么回事，还以为他是自己不小心摔下来的，忍不住纵声大笑起来，笑声响彻全楼：

“‘哈哈哈!’

“这一连串清脆响亮的‘哈哈哈’断送了一切：断送了别利科夫的婚事和他的尘世生活。他没听见瓦莲卡说了什么，也没看见什么。他回到家里，首先拿掉桌上瓦莲卡的相片，然后躺倒在床上，从此再也没有起来。

“三天后，阿法纳西来找我，问要不要去请医生，因为他家老爷‘出事’了。我去看望别利科夫。他躺在帐子里，蒙着被子，不言不语。问他什么，除了‘是’‘不是’外，什么话也没有。他躺在床上，阿法纳西在一旁忙活着。他脸色阴沉，紧皱眉头，不住地唉声叹气。他浑身酒气，那气味跟小酒馆里的一个样。

“一个月后别利科夫死了。我们大家，也就是男中、女中和师范专科学校的人，都去为他送葬。当时，他躺在棺木里，面容温顺，愉快，甚至有几分喜色，仿佛很高兴他终于被装进套子，从此再也不必出来了。是的，他实现了自己的理想！连老天爷也表示对他的敬意：下葬的那一天，天色阴沉，下着细雨，我们大家都穿着套鞋，打着雨伞。瓦莲卡也来参加葬礼，当棺木放下墓穴时，她大声哭了一阵。我发现，乌克兰女人不是哭就是笑，介于二者之间的情绪是没有的。

“老实说，埋葬别利科夫这样的人，是一件大快人心的好事。从墓地回来的路上，我们都是一副端庄持重、愁眉不展的面容，谁也不愿意流露出喜悦的心情——很像我们在很久很久以前还在童年时代体验过的一种感情：等大人们出了家门，我们就在花园里跑来跑去，玩上一两个钟头，享受一番充分自由的欢乐。啊，自由呀自由！哪怕只有一点迹象，哪怕只有一丝希望，它也会给我们的心灵插上翅膀。难道不是这样吗？

“我们从墓地回来，感到心情愉快。可是，不到一个星期，生活又依然故我，依然那样严酷，压抑，毫无理性。这是一种虽没有明令禁止、但也没有得到充分许可的生活。情况不见好转。的确，我们埋葬了别利科夫，可是世上还有多少这类套中人存在，而且将来还会有多少套中人啊！”

“问题就在这儿。”伊凡·伊凡内奇说着，点起了烟斗。

“将来还会有多少套中人啊！”布尔金又重复了一句。

中学教员走出板棚。这人身材不高，胖胖的，秃顶，留着几乎齐腰的黑胡子。两条狗也跟了出来。

“好一派月色，好一派月色！”他说着，抬头仰望天空。

已是午夜时分。向右望去，可以看到整个村子，一条长街伸向远处，足有四五俄里之遥。万物都进入静穆而深沉的梦乡。没有一丝动静，没有一丝声息，令人难以置信的是，大自然竟能这般寂静。在这月色溶溶的夜里，望着那宽阔的村街、道路两侧的农舍、草垛和睡去的杨柳，内心会感到分外平静。摆脱了一切辛劳、忧虑和不幸，在朦胧夜色下，宁静中村子在安然恬睡，显得那么温柔、凄清、美丽，星星似乎也都亲切地、深情地端详着它，这片土地上邪恶似乎已不复存在，一切都十分美好。向左望去，村子尽头处便是田野。田野一望无际，一直延伸到远方的地平线。沐浴在月光中的这片广阔土地，同样纹丝不动，无声无息。

“问题就在这儿，”伊凡·伊凡内奇又说了一句，“我们住在空气污浊、拥挤不堪的城市里，写些没用的公文，玩‘文特’牌戏——难道这不是套子吗？我们在游手好闲的懒汉、损公肥私的讼棍和愚蠢无聊的女人们中间消磨了我们的一生，说着并听着各种各样的废话——难道这不是套子吗？哦，如果您愿意的话，我现在就给您讲一个很有教益的故事。”

“不用了，该睡觉了，”布尔金说，“明天再讲吧。”

两人回到板棚里，在干草上躺下。他们盖上被子，正要蒙眬入睡，忽然听到轻轻的脚步声：吧嗒，吧嗒……有人在板棚附近走动：走了一会儿，站住了，不多久又吧嗒吧嗒走起来……狗汪汪地叫起来。

“这是玛芙拉在走动。”布尔金说。

脚步声听不见了。

“看别人作假，听别人说谎，”伊凡·伊凡内奇翻了一个身说，“你若容忍得了这种虚伪行径，别人就管你叫傻瓜。你只好忍气吞声，任人侮辱，不敢公开声称你站在正直自由的人们一边，你只好说谎，赔笑，凡此种种只是为了混口饭吃，有个温暖的小窝，捞个分文不值的一官半职！不，再也不能这样生活下去了！”

“哦，您扯得太远了，伊凡·伊凡内奇，”教员说，“我们睡觉吧。”

十分钟后，布尔金已经睡着了。伊凡·伊凡内奇却还在不断地辗转反侧，唉声叹气。后来他索性爬起来，走到外面，在门口坐下，点起了烟斗。

（1898年）

醋栗

大清早起，满天雨云滚滚。没有风，不热，但空气沉闷。但凡大地上空乌云低垂、等着下雨却不见雨的阴晦天气时，往往有这种现象。兽医伊凡·伊凡内奇和中学教员布尔金已经走得精疲力竭，觉得眼前的这片田野没有尽头似的。前方很远的地方，隐约可见米罗诺西茨村的风车。右边，是连绵不断的山丘，消失在远处的村子后头。他们都知道那是河岸，那边有草场、青翠的柳树和不少庄园。如果登上小山头，放眼望去，同样开阔的一片田野、电线杆，以及远方像毛毛虫般爬行的火车尽收眼底。遇上晴朗的天气，从那里甚至可以看到城市。如今，在这无风天，整个大自然显得温馨，像是陷入了沉思。伊凡·伊凡内奇和布尔金内心里充溢着对这片土地的深情，两人都在想，这方水土多辽阔、多美丽！

“上一次，我们同在村长普罗科菲的板棚里过夜，”布尔金说，“当时您打算讲一个故事。”

“是的，我当时想讲讲我弟弟的事。”

伊凡·伊凡内奇深深地叹一口气，点上烟斗，刚要讲起来，可是这时下起了雨。四五分钟后，雨大了，淅淅沥沥，实难预料什么时候才能停下来。伊凡·伊凡内奇和布尔金站住，犹豫起来。他们的狗已经淋得湿淋淋的，夹着尾巴站在那里，讨好地望着他俩。

“我们得找个地方避避雨，”布尔金说，“去找阿列兴吧。他家住得近。”

“去吧。”

他们拐了弯，径直在收割完的庄稼地里穿行，时而照直走，时而折向右边，最后走上一条大道。不久就出现杨树林、果园，然后是谷仓的红屋顶。有条河波光粼粼，眼前出现一段宽阔的深水湾、风车和一座白色浴棚。这就是阿列兴居住的索菲诺村。

风车正在转动，隆隆声盖过了雨声，水坝在颤动。几匹淋湿的马耷拉着脑袋，站在那边的大车旁，人们披着麻袋来来去去。这里潮湿，泥泞，憋闷。看上去这片深水湾阴冷而凶险。伊凡·伊凡内奇和布尔金已经浑身湿透，拖泥带水，实在难受，他们的脚由于沾上烂泥而发沉。当他们越过堤坝，登上地主的谷仓时，两个人都默默不言，像是彼此都在生对方的气。

在一座谷仓里，簸谷的风车轰隆作响。门是开着的，从里面扬出一团团烟尘。阿列兴刚好站在门口，这是一个四十岁上下的汉子，又高又胖，头发很长，那模样与其说像地主，不如说像教授或者画家。他穿一件很久没洗过的白衬衫，腰间系着绳子，一条长衬裤作外裤，靴子上也沾着烂泥和干草。粉尘把他的鼻子和眼睛都抹黑了。他认出了伊凡·伊凡内奇和布尔金，显得非常高兴。

“快请屋里坐，两位先生，”他含笑说，“我这就来。”

这是一座两层楼的大房子。阿列兴住在楼下的两个房间里，两个房间都带拱顶和小窗子，这里原先是管家的住处。屋里的陈设简单，混杂着黑麦面包、廉价的伏特加和马具的气味。楼上的正房里他很少去，只有来了客人才上去。在房子里，伊凡·伊凡内奇和布尔金受到一名女仆的接待，这女人年轻漂亮，两人不由得同时停住了脚步，对视了一眼。

“你们怎么也想不到我见到你们有多高兴，两位先生，”阿列兴跟着他们进了门厅，说，“真是喜出望外！佩拉盖娅，”他转身对女仆说，“快去给客人们找两身衣服换换。顺便我也要换一下衣服。只是先得去洗个澡，我好像开春后就没洗过澡。两位先生，你们想不想去浴棚？趁这工夫好让他们把这里收拾一下。”

俏丽的佩拉盖娅非常殷勤，模样儿那么温柔，给他们送来了浴巾和肥皂。阿列兴就领着两位客人到浴棚去了。

“可不是，我已经很久没有洗澡了，”他脱衣服时说，“这浴棚，你们也看到了，很不错，还是我父亲盖的，可是不知怎么地总没有时间洗澡。”

他坐在台阶上，往他的长头发和脖子上抹了许多肥皂，他周围的水立时变成了褐色。

“是啊，我看也是……”伊凡·伊凡内奇意味深长地看着他的头，说道。

“我已经很久没有洗澡了……”阿列兴不好意思地重复道，他又擦洗身子，周围的水变成墨水一样的深蓝色。

伊凡·伊凡内奇跑到外面，扑通一声跳进水里，使劲挥动胳臂，冒雨游了起来。他搅起了水波，白色的睡莲便随波荡漾。他游到深水湾中央，一个猛子扎下去，不一会儿又在另一个地方露出头来，他继续游过去，不断潜入水中，想摸到河底。“哎呀，我的老天爷……”他游得痛快，快活地又说了一句，“哎呀，我的老天爷……”他一直游到磨坊那儿，跟几个庄稼汉交谈一阵，又游回来，到了深水湾中央，便仰面躺在水上，让雨淋着脸。布尔金和阿列兴这时已经穿好衣服，准备回去，他却一直在游泳，扎着猛子。

“哎呀，我的老天爷……”他说，“哎呀，求上帝保佑……”

“您该游够了！”布尔金对他喊道。

三个人回到房子里。在楼上的大客厅里点上了灯，布尔金和伊凡·伊凡内奇都穿上了绸长袍和暖和的便鞋，坐在圈椅里。阿列兴本人洗完澡、梳了头，显得干干净净，换了新上衣，在客厅里踱来踱去，显然因为换上干衣服和轻便鞋而心满意足地享受着这份温暖和洁净。俏丽的佩拉盖娅悄没声息地在地毯上走过来，带着一脸甜甜的笑意，端着托盘送来了茶和果酱。正在这个时候，伊凡·伊凡内奇开始讲起他的故事。看来听故事的不只是布尔金和阿列兴，墙上镶着金边画框里的老老少少的太太和将军们无不安详而严厉地望着他们，似乎也在听哩。

“我们兄弟两人，”他开口说了起来，“我叫伊凡·伊凡内奇，他叫尼古拉·伊凡内奇，比我小两岁。我完成学业，当了兽医，尼古拉从十九岁起就进了省税务局工作。我们的父亲奇木沙-喜马拉雅斯基是世袭兵①，但后来因功获得军官官衔，给我们留下了世袭贵族身份和一份小小的田产。他死后，那份小田产被迫拿去抵了债，但不管怎么样，我们的童年是在乡间自由自在度过的。我们完全跟农家孩子一样，白天晚上都待在田野上、树林里，看守马匹，剥树皮，捕鱼，以及诸如此类的事情……你们也知道，谁一生中哪怕只钓到过一条鲈鱼，或者在秋天只见

① 十九世纪上半期的俄国，士兵的儿子出生后便记入服兵役的名册。

过一次鸫鸟南飞，看它们在晴朗凉爽的日子成群飞过村子，那他已经不算是城里人，他至死都会向往这种自由自在的生活了。我的弟弟身在省税务局，心里却老惦记着乡下。一年年过去，他却守在老地方，抄写老一套公文，想着同一件事情：最好回乡间去。他的这种思念渐渐地成为一种明确的愿望、一种理想——要在什么地方的河边或湖畔买下一座小小的庄园。

“我弟弟是个善良温和的人，我喜欢他，可是对他的这种把自己关在自家庄园里过一辈子的愿望，我向来不表同情，人们常说：一个人只需要三俄尺地就够了。可是要知道，需要三俄尺地的，是死尸，而不是活人。人们又说，如果我们的知识分子都贪恋土地，向往庄园，那是一件好事。殊不知，这些庄园不啻三俄尺之地。离开城市，离开斗争，离开喧嚣的生活，躲进自家的庄园——这不是生活，这是自私，懒散，这也是另一种僧侣主义，然而是一种毫无建树的僧侣主义。人所需要的不是三俄尺之地，不是庄园，而是整个地球，整个大自然，在这个广阔天地里人才能展现出他自由精神的全部品质和特性。

“我弟弟尼古拉坐在他的办公室里，梦想着有朝一日能喝上满院飘香的自家菜汤，在绿油油的草地上吃饭，在阳光下睡觉，一连几个小时坐在大门外的长凳上欣赏田野和树林。阅读有关农艺方面的小册子和日历上的这类建议，是他的一大乐趣，成了他心爱的精神食粮。他喜欢看报，但只读其中的广告栏，如某地出售若干俄亩的耕地和草场，连同庄园、果园、磨坊和若干活水池塘。于是他就在脑子里描绘出果园里的小径、花丛、水果、椋鸟笼、池塘里的鲫鱼，你们知道，尽是这类玩意儿。当然这些想象中的画面是各不相同的，这要根据他所看到的广告内容而定。可是不知为什么所有的画面上必定有醋栗①。一座庄园，一处富有诗情画意的地方，居然会没有醋栗，在他是不能想象的。

“‘乡居生活自有其乐趣，’他常常这样说，‘你可以坐在阳台上喝茶，水塘里有自家的小鸭子在戏水，鸟语花香，而且……而且醋栗长大了。’

“他绘制了自己田庄的草图，每一次图上都是同样的东西：一、主

① 醋栗：是一种抗寒的小浆果，又名灯笼果。果实近圆形或椭圆形，成熟时果皮黄绿色，光亮而透明，几条纵行维管束清晰可见，花萼宿存，很像灯笼，故名灯笼果。

人的正房；二、仆人的下房；三、菜园；四、醋栗。他省吃俭用，经常半饥半饱，不多饮茶水，天知道他穿什么破烂，倒像叫花子，可是不断攒钱，存到银行里。他成了吝啬鬼！我一见他心里就不是滋味，常常给他点钱，过节前也给他寄点，可是他连这个也存起来。一个人要是打定主意，那死活也改变不了他了。

“几年过去，他被调到另一个省工作，当时已年过四十，但还在读报上的广告，还在攒钱。后来我听说他结婚了。出于同样的目的，想买一座有醋栗的庄园，他娶了一个年老而丑陋的寡妇，他对她毫无感情可言，只图她手里几个臭钱。他俩一起生活，日子过得紧巴巴的，害得她经常吃个半饱，他把她的钱存进银行却记在自己名下。她原先的丈夫是邮政分局局长，她过惯了吃馅饼、喝果子露酒的生活，现在在第二个丈夫家里连黑面包也难得吃上。这种生活把她弄得越来越消瘦，三年不到就一命归天了。当然，我的弟弟从来没有想到过，她的死是由他的过错造成的。金钱如同伏特加，能把人变成怪物。以前我们城里有个商人病得快死了。临终前他叫人端来一碟蜂蜜，他把自己所有的钱和彩票就着蜂蜜都吃进肚里，叫谁也得不到。还有一次我在火车站检查牲畜，当时有一个牲口贩子不慎掉到机车底下，一条腿被轧断了。我们把他抬到急诊室，血流如注，非常危险。他却不住地求我们把他的断腿找回来，因为那条腿的靴子里有二十五卢布，生怕弄丢了。”

“哎，您扯远了。”布尔金说。

“妻子死后，”伊凡·伊凡内奇想了半分钟接着说，“我弟弟开始物色田庄。当然啦，你哪怕物色五年，到头来还会出错，买下的和朝思暮想的完全是两码事。我弟弟尼古拉通过代售人，用分期付款的方式购得占地一百十二俄亩的田庄，有主人的正房，有仆人的下房，有花园，但没有果园，没有醋栗，没有活水池塘和小鸭子。倒有一条河，但河水浑浊得呈咖啡色，因为田庄一侧是砖瓦厂，另一侧是火葬场，可是我的尼古拉·伊凡内奇并不介意，他立即订购了二十丛醋栗，动手栽下，过起地主的生活来了。

“去年我去看望他。我想，我得去看看他那里到底怎么样。他在来信里管自己的田庄叫‘丘姆巴罗克洛夫荒园’，又叫‘喜马拉雅村’。我是下午到达‘喜马拉雅村’的。天气很热。到处都是沟渠、篱笆和围墙，到处栽着成排的云杉——害得你晕头转向，不知道怎样才能走到他家，把马拴在哪儿。我朝一幢房子走去，迎面来了一条红棕狗，肥得像头猪。它想叫几声，可是又懒得张嘴。厨房里走出来一个厨娘，光着脚，胖得也像猪。她告诉我，老爷吃过饭正在休息。我走进屋里找弟弟，他坐在床上，膝头盖着被子。他苍老了，发胖了，皮肉松弛。他的脸颊、鼻子和嘴唇都向前突出，眼看被窝里就要发出像猪那样的哼哼声了。

“我们互相拥抱，流下了悲喜交集的眼泪：想当年我们都很年轻，现在却白发苍苍，不久于人世了。他穿上衣服，领我去参观他的庄园。

“‘哦，你在这儿过得怎么样？’我问他。

“‘还不错，托上帝的福，我过得挺好。’

“他已经不是从前那个胆小怕事的可怜的小职员了，而是货真价实的地主老爷。他已经习惯那里的生活，过得有滋有味。他胡吃海喝，长胖了，在澡堂里洗澡，已经跟村社和两个工厂都打过官司，遇到庄稼人不叫他‘老爷’时他就恼火。他按老爷的气派，关心自己灵魂的得救，他做好事不是简简单单，而是摆足谱子。那么他做了哪些好事呢？他用苏打和蓖麻油给农民治百病，每到他的命名日必定在村子里做感恩祈祷，之后摆出半桶白酒，自以为该这么做。哎呀，多可怕的半桶白酒！今天这个胖地主还拖着农民向地方行政长官控告他们的牲口祸害了他的庄稼，可是到了明天，遇上他隆重的命名日，他就赏给他们半桶白酒。他们喝了酒就高呼‘乌拉’，喝醉了还给他叩头。生活变富裕了，酒足饭饱，游手好闲，养成了俄罗斯人的自命不凡和厚颜无耻。尼古拉·伊凡内奇当初在税务局里甚至害怕自己有个人见解，现在呢，他说的话都成了‘圣旨’，说起话来，用的是达官贵人的官腔：‘教育是必不可少的，但对平民百姓来说还为时尚早’，又如‘体罚一般来说是有害的，但在某种场合下又是有益的、不可替代的’。

“‘我了解老百姓，善于对付他们，’他说，‘老百姓也喜欢我。我只消动一动手指头，我想要办的事，他们全都会替我办好。’

“这一切，听好了，他都是面带精明而善良的微笑说出来的。他不下二十遍反反复复地说：‘我们这些贵族’，‘我，作为一名贵族……’显然已经不记得我们的祖父是庄稼汉，父亲当过兵。我们的姓奇木沙-喜马拉雅斯基本来有点古怪，现在依他看来却响亮，高贵，悦耳动听。

“但是问题不在于他，而在我自己这方面。我想对你们讲讲，我在他庄园里逗留的不多几个小时里我内心发生的变化。傍晚，我们喝茶的时候，厨娘端来满满一盘醋栗，放在桌子上。这不是买来的，而是自家种的，自从栽下这种灌木以后，这还是头一回收摘果子。尼古拉·伊凡内奇眉飞色舞，足有一分钟默默地、泪汪汪地看着醋栗，他激动得说不出话来。随后他把一只果子放进嘴里，得意地瞧着我，那副神态就像一个小孩子终于得到了自己心爱的玩具。

"'味道好极了！'他说。

"他津津有味地吃着，不断重复道：

"'嘿，味道好极了！你也尝一尝！"

果子又硬又酸，不过正如普希金所说，'对我们来说，使我们变得高尚的谎言较之无数真理更为珍贵。'① 我看到了一个幸福的人，他朝思暮想的理想无疑已经实现，他人生的目标已经达到，得到了他想要的一切，他对自己的命运和他本人都感到心满意足。不知为什么，过去每当我想起人的幸福，常常夹杂着伤感的成分，现在，面对着这个幸福的人，我的内心充满了近乎绝望的沉重感觉。夜里我的心情更加沉重。他们在我弟弟卧室的隔壁房间里为我铺了床，夜里我听到，他没有睡着，常常起身走到那盘醋栗跟前拿果子吃。我心想：实际上，世上心满意足之人何其多！这是一种多么令人压抑的力量！你们看看这种生活吧：强者蛮横无礼，游手好闲，弱者愚昧无知，过着牛马不如的生活，到处是难以想象的贫穷、拥挤、堕落、酗酒、虚伪、谎言……与此同时，每一个家庭和每一条街道却安安静静，人们心平气和。在城里五万居民中，没有一个人会大声疾呼，公开表示自己的愤慨。我们所看到的，是人们上市场采购食品，白天吃饭，夜里睡觉，他们说着自己的生活琐事，结婚，衰老，平静地把死去的亲人送到墓地。可是我们看不见那些受苦受难的人，听不见他们的声音，看不见在生活背后发生的种种惨事。一切都安静而平和，提出抗议的只是不出声的统计数字：多少人发疯，多少桶白酒被喝光，多少儿童死于营养不良……这样的秩序显然是必需的。显然，幸福的人之所以感到幸福，只是因为不幸的人们在默默地背负着自己的重担。一旦没有了这种沉默，一些人的幸福便不可想象。这是普遍的麻木不仁。真应当在每一个心满意足的幸福之人的门背后，站一个

---

① 引自普希金的诗《英雄》，引文与原文稍有出入。

人，拿着小锤子，经常敲门提醒他：世上还有不幸的人；不管他现在多么幸福，生活迟早会对他伸出利爪，灾难会降临——疾病，贫穷，种种天灾人祸。到那时，面对他，谁也视而不见，听而不闻——现在他不是看不见别人，听不见别人吗？可是，拿锤子的人是没有的，幸福的人照样过他的幸福生活，只有日常生活的小小烦恼才使他感到有点激动，就像微风吹拂杨树一样。一切都幸福圆满。

“那天夜里我才明白，原来我也是心满意足，也是幸福的，”伊凡·伊凡内奇站起来，接着说，“我在饭桌上、在打猎时也一样教导别人怎样生活，怎样信仰，怎样管理平民百姓。我也常常说：学问是光明，教育必不可少，但对普通人来说目前只要能读会写就足够了。自由是好东西，我也这样说，没有自由就像没有空气一样是不行的，但目前还得等待。是的，我就是这样说的，不过我现在要问：为什么要等待？”伊凡·伊凡内奇生气地望着布尔金，问道，“请问，为什么要等待？出于什么考虑？别人对我说，凡事不能一蹴而就，任何理想总是在生活中逐步地、在适当的时候实现的。不过，这是谁说的？有什么证据说明这是对的？你们会引证事物的自然规律和社会现象的合法性。但是我请问：我，一个有思想的活人，站在一道沟前，本来我也许可以跳过去，或者在上面架一座桥走过去，我却偏要等着它自己合拢，或者等着淤泥把它填满，这样做有什么规律和合法性可言？再说一遍，为什么要等待，等到没法活的那一天吗？可是人需要生活，渴望生活！

“我一清早就离开弟弟的庄园。从此以后，我就感到城市的生活难以忍受。那份平静和安宁令我压抑，我害怕看别人家的窗子，因为现在对我来说，没有比围着桌子坐在一道喝茶的幸福家庭更令人不堪忍受的场景了。我已经老了，已经不适宜当一名斗士，我甚至不会憎恨了。我只是心里悲哀，气愤，懊丧，每到夜里我的脑子里种种思想纷至沓来，弄得我十分激动，不能安睡……唉，要是我还年轻该多好啊！”

伊凡·伊凡内奇激动得在两个屋角间不停地走来走去，反复说：

“要是我还年轻该多好啊！”

他突然走到阿列兴身边，握住他的一只手，之后又握他的另一只手。

“巴维尔·康斯坦丁内奇！”他用恳求的语气说，“您永远不要感到满足，不要让自己麻木不仁！趁您年轻、强壮、朝气蓬勃，您要不知疲倦地做好事！幸福是没有的，也不可能有；如果生活有意义、有目标，那也绝不是我们的幸福，我们的幸福在于更明智、更伟大的事业。做好事吧！”

伊凡·伊凡内奇带着可怜的、央求的笑容说出了这番话，仿佛他是为自己央求他的。

后来三人坐在客厅不同角落的圈椅里，都默不做声了。伊凡·伊凡内奇的故事既没有让布尔金，也没有让阿列兴感到满足。在昏黄的光照中，金边画框里的将军和太太像活人似的瞧着他们，在这种时候听一个爱吃醋栗的可怜的小职员的故事不免乏味。不知为什么他们很想听听文人雅士或女人的故事。他们坐着的这个客厅里的一切，从蒙着套子的枝形吊灯架、圈椅，到脚下的地毯，都说明，这些此刻在画框里看着他们的人从前也在这里走过，坐过，喝过茶。现在俏丽的佩拉盖娅在地毯上不出声地走着——这比任何故事更美妙动人。

阿列兴困得不行，他早上三点就起床操持家务，现在他的眼睛都睁不开了。但他担心客人们在他不在时会讲什么有趣的故事，所以不肯离开。伊凡·伊凡内奇刚才所讲的是否明智、是否正确，他没有细想。客人们不谈麦种，不谈干草，不谈焦油，他们谈的事跟他的生活没有直接关系，这就让他很高兴，他希望他们继续谈下去……

“不过该睡觉了，”布尔金站起身来说，“祝各位晚安。”

阿列兴道了晚安，回到楼下的住室去了，两位客人留在楼上。他们被领到一个大房间过夜，那里有两张老式的雕花木床，屋角挂着耶稣受难的象牙十字架。床又宽大又凉爽，被褥由俏丽的佩拉盖娅刚刚铺好，新换的床单散发出一股好闻的气味。

伊凡·伊凡内奇默默地脱去衣服，躺了下去。

“主啊，饶恕我们这些罪人吧！”他说完就蒙头睡了。

他放在桌上的烟斗散发出一股浓重的烟油子味。布尔金一直睡不着，他纳闷：哪儿来的这股难闻的气味。

雨整夜敲打着窗子。

（1898 年）

说说爱情

第二天早餐供应的食物非常可口，有小馅饼、虾和羊排。吃饭的时候，厨子上楼来问，客人午饭要吃些什么。厨子中等身材，脸孔胖胖的，眼睛细细的，脸刮得光光的，唇髭不是刮，而是拔掉的。

阿列兴说，标致的佩拉盖娅爱上了这个厨子。由于他酗酒，脾气暴躁，她不想嫁给他，只愿与他这样混下去。这厨子是名虔诚的教徒，宗教信条是不允许这样生活的。他要与她结婚，不想跟她同居，他喝醉了就骂她。他经常喝得烂醉，那时她就躲到楼上去，哭哭啼啼，阿列兴和仆人见了就寸步不离家，必要时好保护她。

大家谈起了有关爱情的话题。

“爱情是如何产生的，”阿列兴说，“佩拉盖娅为什么不爱外表和内在品质更合适的人，而偏爱上尼康诺尔这样一个丑八怪（我们这里的人都叫他丑八怪），爱情在个人的幸福中到底占多大的比例——这些问题都不得而知，而且各有各的说法。至今只有一点是众所认同的，被看作是颠扑不破的真理，那就是‘它是个大秘密’，而其他有关爱情的种种说法都是问题，无法得到彻底解决。某种解释可适用于某一种情况，却不适用于其他的十种情况。在我看来最好的办法是对具体问题作具体解释，不要一概而论，像医生说的，个别病例作个别处理。”

“对极了。”布尔金赞同道。

“我们这些上流社会的俄国人，对这些悬而未决的问题往往抱有偏见，认为爱情无不具有诗情画意，用玫瑰花和夜莺美化它。同样是我们这些俄国人，又用这些该死的问题装点它，而且挑选出其中最最乏味的问题来为难自己。当年我在莫斯科上大学的时候，我有一位生活伴侣，一位非常可爱的女士，每次我拥抱她的时候，她心中想的是我每月会给她多少钱，眼下牛肉多少钱一磅。在我们相爱的日子里，我们也不断提出这样的问题：这样的生活诚不诚实，理不理智，这种爱情到底有没有前途，等等等等。是好是坏，我不知道，不过我知道，这样一来我们的日子不会一帆风顺、不会心满意足、会争吵不断的。”

听来他这番话另有深意。孤独的人，心中往往有话要一吐为快。城里的单身汉喜欢上澡堂、下馆子，目的是找人说说话，常常对澡堂和饭馆的伙计说些有趣的故事。乡下人会对客人吐露自己的心声。窗外的天空灰蒙蒙的，树木被雨水淋得湿漉漉的。这样的天气，无处可去，除了跟人聊聊天，听人说说话，没别的事可做。

“我的家在索芬诺，我早就从事农业了，”阿列兴说了起来，“大学一毕业就从事农业了。论我所受的教育，我不是个体力劳动者；论我的志向，我喜欢待在书斋里；论产业，我来这里的时候已负债累累。我父亲因为供我上大学才背了一身债，所以我决定待在这里，好好干活，不还清债务决不离开。我下了决心，就干了起来。坦白说，开始的时候我还真的感到有点不称心。这里的土地收成不很好，为了不亏本，非得靠农奴和雇工不可，这两者劳力其实是一样的。要不就按一般的农民那样经营，也就是说，带着一家人，亲自到田里干活。除此没别的办法。可是当时我对这一切并不通晓。我把自己所有的土地都用起来了，没让一块闲着。我把邻近村子的男男女女都叫过来干活，搞得红红火火。我自己也亲自去耕地、播种、收割。与此同时我也感到活得枯燥乏味，老皱着眉头，活像那只饿了就去园子里偷吃黄瓜的猫。我累得浑身酸痛，走路时也会睡过去。开始时，我以为自己会挺过去的，轻而易举把这种生活与自己的文明习惯协调起来。我以为，为此只要在表面上做到与习惯性的生活规矩保持一致就行了。我自己就住在楼上的正房里，早饭和中饭后让人把咖啡和烈酒送给我，晚上睡觉前读《欧洲通报》，有一次我们教区的神父伊凡到我房间来，一口就把我的烈酒喝了。《欧洲通报》也落到了神父的孩子手中，这是因为到了夏天，特别在收割的日子，我往往来不及按时回到自己的房间睡觉，便在板棚、雪橇或找个守林人的窝棚将就地睡了——这样一来哪里谈得上读报呢？慢慢地我下楼来住，在厨房里与仆人一起吃饭，过去的那些奢华的生活改掉了，只留下这几个仆人，过去他们也侍候过我父亲，我不忍心辞退他们。

“我来这儿的头几年就被选作当地荣誉调停法官。有时需要到城里去参加代表大会和区法庭的会议。我觉得很高兴。生活在这样的地方，有时连续两三个月足不出村，尤其是冬天，不由得人不想念穿上黑色礼服的日子。区法庭上有穿礼服的，有穿制服的，也有穿燕尾服的，但大家都是受过相同教育的法律工作者，跟他们有共同的语言。睡过板棚，在厨房里与仆人吃过饭，再在沙发上一坐，穿上干净的衬衣，脚蹬轻便的鞋子，胸前挂着表链——那有何等奢侈的感觉！

“到了城里受到热情的招待。我特别爱跟人交往。说实在的，在我所有的相识的人中，数法庭副庭长卢加诺维奇是我最可靠、最要好的朋友了。你俩都知道，他是个极可爱的人。我们是在审理完那宗著名的纵火案后结识的。庭审持续了两天，我们都被搅得筋疲力尽。卢加诺维奇看了看我，说：

“‘您尝到审案的滋味了吧？午饭上我家吃吧！’

“想不到我们就这么突然认识了，因为此前我与卢加诺维奇很少来往，除了公事，从没上过他家。我回到客栈的房间换好了衣服，立即去他家吃饭了。就是在他家我结识了卢加诺维奇的妻子安娜·阿列克谢耶夫娜。那时她还非常年轻，只有不到二十二岁。她的第一个孩子是在一年半前出生的。都是过去的事了，现在很难想起来，她身上到底有什么与众不同之处，我为什么就那么喜欢她。可是吃饭的时候，我心中已非常清楚：我见到的是位非常年轻的女人，一位我前所未见的漂亮、善良、有知识、魅人的女人。我立时感到她是一位可亲的、早就熟悉的人。她的容貌、她那亲切的、聪慧的眼睛是我童年时在相册里见过的。那相册就放在我母亲的五斗橱里。

“纵火案里受审的有四名犹太人，他们被判定是一群匪徒，据我看，这判决毫无根据。吃饭的时候我非常激动，心情沉重，现在已记不得当时说了些什么，只记得安娜·阿列克谢耶夫娜一直摇着头，对丈夫说：

“‘德米特里，怎么会这样呢？’

“卢加诺维奇是个心地善良、思想简单的人，他抱定一个信念，一个人既然受审，他必定有罪无疑。即使对判决的正确性有不同见解，只要经过法律程序，以书面形式提出来，在饭桌上是不宜说的。

“‘你我都没有纵火，’他语气温和地说，‘所以我们没有受审判，没有坐牢。’

“夫妻俩想方设法让我尽量多吃些，多喝些。从一些细节上，譬如说，他俩一起为我煮咖啡，只一言半语彼此就能心领神会，我能判定，他俩相处和睦，美满，殷勤好客。饭后夫妻俩一起联手弹钢琴，天暗了，我告别回去。这是初春。后来整整一个夏天我都待在索芬诺没有外出。我忙得没有时间去想城里的事，但那位身材苗条、金发的女子一直在我脑子里盘旋。我并没有想念她，她却像一个影子在我心中挥之不去。

“深秋，城里有一场慈善演出。我进入省长的包厢（我是幕间休息时被邀到这里来的），一看，省长夫人旁边坐着安娜·阿列克谢耶夫娜，她还是显得那么楚楚动人，一双美目那么可爱，不由我不心旌荡漾，倍感亲切。

“我与她坐在一起，后来双双去了休息厅。

“‘您瘦了，’她说，‘患过病了？’

“‘是的，我的一只肩膀受了风寒，雨天里睡不好。’

“‘您看起来没有精神，春天您来我家吃饭时，显得年轻些，更有精神。那时您生气勃勃，很健谈，引人入胜，坦白说，我还差点被您迷上了呢。夏天时，我经常想起您，今天，我准备来剧院时，觉得我能见到您。’

“她说罢，莞尔一笑。

“‘可今天您显得精神不振，’她又说了一句，‘这个样子您就见老了。’

“第二天我在卢加诺维奇家用早餐。饭后夫妻俩去了自家的别墅，安排过冬的事。我也跟他俩去。与他们回城已是半夜了，我们在宁静的家庭氛围中喝了茶，生上了壁炉，年轻的妈妈再三去查看，小女孩睡了没有。此后，我每次上城，都去卢加诺维奇家。他们对我已经不再见外，我也习惯待在他们家了。通常我像自家人那样，不经事先通报，径自进他家门。

“‘谁呀？’她待在远处的房间，拖长声音问，那问声我听来非常悦耳。

“‘是巴维尔·康斯坦丁内奇。’不是女仆，就是保姆回答说。

“安娜·阿列克谢耶夫娜忧心忡忡地走过来，每次都问：

“‘您为什么这么久都不来了？出什么事了吗？’

“她的眼神、伸过来的丰满而高贵的手、家常的便服、发式、声音、步态，每次都给了我全新的、在我生活中起着非同寻常作用的印象。我俩长时间交谈，久久相对无言，各想着各自的心事，要不她就为我弹钢琴。如果夫妇俩不在家，我就待下来等他们回来，其间与保姆说说话，与孩子一起玩，要不就躺到书房里的土耳其沙发上看报。安娜·阿列克谢耶夫娜一回来，我就在前厅迎候她，把她买回来的东西拿过来。不知为什么，我每每怀着一股脉脉柔情对待她买回来的东西，就像对小孩子那样非常宝贝。

“有句话说得好：女人闲得慌，买只小猪来解闷。卢加诺维奇家的人也闲得慌，把我这只‘小猪’请进了门。如果我长久不上城，那就是说，我病了，要不就出了事。害得他们操心不已。他俩担心的是我这个受过高等教育的人，懂好多种外语，不从事科学，或文学工作，生活在农村，像只待在转动的轮子上的松鼠，忙得团团转，累得半死，还是身无分文。他们认为我在受罪，如果说我还说话、微笑、吃东西，那不过是我为了掩饰自己的痛苦。即使在我快乐的时候，心情很好，我也感觉到他们流露出探究的眼神。尤其在我真的艰难的时候，在债主逼债，或在偿还定期款项而缺钱的时候，他们表现得特别感人。夫妻俩双双待在窗前，一阵窃窃私语后，丈夫到了我跟前，一脸认真地说：

“‘巴维尔·康斯坦丁内奇，如果眼下您真的需要钱，我和妻子请您不必客气，从我们这里拿些去吧。’

“他激动得双耳通红。常常如此，他俩在窗前嘀咕一阵后，他红着双耳，来到我跟前，说：

“‘我和妻子真诚地请您收下这礼物。’

“他送给我一副袖扣、一个烟盒、一盏灯。我回到农村送给他们一只猎杀来的飞禽、奶油和鲜花。顺便说一句，夫妻俩是富有人家。开始阶段，我经常借债，且不择对象地借，只要能借到就行。可说什么我也不愿对卢加诺维奇家开口。干吗提这事呢？

“我很不幸。无论是在家里，田野里，还是板棚里，随时随地都想念她，我竭尽全力去窥探这个年轻、美丽、聪慧女人的秘密。她嫁给了一个枯燥无趣的男人，几乎可以说是老人了（丈夫已超过四十了），为他生男育女。我也想窥探这个无趣男人的秘密。一个善良、率直的男人，思想守旧而真诚，舞会或晚会上只与正经的人来往，精神不振，不为人所待见，神情呆滞、恭顺，他像是被送到这里来出卖似的。但他相信自己有权幸福、要她为自己生男育女。我千方百计想知道，为什么她遇到的是他，而不是我，我们的生活为什么会发生这样可怕的错误。

“每次我上城去，从她的眼神看出，她在等着我来。她也亲口承认说，从一早起，她就有特别的预感，猜到我会来。我俩交谈了很久，默默无言了很久，但是我俩都没有把心中的爱意吐露出来，羞羞答答、心怀妒意地掩饰起来。我们非常害怕做所有可能揭露我们秘密的事。我爱得温柔而深切，但我自问：既然没有勇气与胆怯抗争，结果会怎么样呢？我深切感到，我这一默默无言而愚蠢的爱，有朝一日很可能会粗暴地爆发出来，打乱了她丈夫、孩子和整个家的幸福生活的进程，而这个家里的人是那么爱我，信任我。这是正人君子的为人之道吗？如果说她会跟着我，那么我们何去何从？我将引她奔向何方？如果我有美好、有意义的生活，如果我是在为解放祖国而战斗，或者我是名著名的科学家、演员、美术家，那就是另一回事了。可是我是把她从一个枯燥平凡的环境带到另一个甚至还要枯燥平凡的环境。我们的幸福能维持多久呢？遇到我生病、死亡，或干脆彼此失去爱情的时候，她会怎么样呢？

“看来她也有与我相同的判断。她会想到丈夫、孩子，想自己那个把女婿看作是儿子的妈妈。如果她屈从于自己的感情，那就得说谎，要么就道出真情，就她所处的地位，说谎或坦白对她来说都是非常可怕，很难办到的。有个问题令她痛苦：她的爱会给我带来幸福吗？这会令我的生活变得复杂而棘手吗？况且我的生活本已充满了诸多不幸了。她觉得，她对我来说，已算不得年轻了，为了开始新的生活，她还缺乏足够的吃苦耐劳的精神，精力已不够充沛了。她经常跟丈夫说，我需要娶一位聪明、与我般配的姑娘，成为我的好主妇，好帮手——说罢马上补了一句：这样的姑娘这个城里怕是难以找到。

“岁月如流。安娜·阿列克谢耶夫娜已育有两个孩子了。每当我去卢加诺维奇家，仆人都会有礼貌地冲我微笑，孩子嚷着说：巴维尔·康斯坦丁内奇舅舅来了，接着搂住了我的脖子。大家都很高兴。他们并不知道，我内心是什么感受，以为我也高兴。在大家的眼中，我是个高尚的人，无论是大人，还是小孩，看到在房子里来来去去的是个高尚的人，这就使得他们对我的态度特别好，好像我的到来使得他们的生活变得更纯净、更美丽了。我与安娜·阿列克谢耶夫娜常常一起去看戏，都是步行去的。我俩坐在一起，肩挨着肩，我默默地从她手中拿过望远镜，这时候，我便觉得她是何其亲近，她是我的，彼此难以分离，但又有一种奇异的差错从中作梗。出了剧院，每次我们都像陌生人，分手后，各自回家。这事已闹得满城风雨了，不知他们说些什么，但他们说的，没一句是事实。

“最近几年，安娜·阿列克谢耶夫娜常常不是去娘家看妈妈，就是找姐姐。她的心情变得很不好，觉得处处不如人意，生活已被糟蹋得一团糟。她常常不愿见到丈夫和孩子。她因神经异常在治疗了。

“我与她已无话可说，不再交谈了。在外人面前，她变得爱生气，老与我作对，不论我说什么，她始终反对。如果我跟别人争论，她就站在对方一边，一旦我失手，她就冷冷地说了一句：

“‘恭喜您！’

“如果我与她一起去看戏，忘了带望远镜，她就说：

“‘我就知道您会忘了带。’

“不论是幸运还是不幸，我们的生活迟早都是这样的结局。分别的时刻到了，因为卢加诺维奇新近被调到一个西部省份任法院院长。得把家具、马匹和别墅卖掉。我们去了别墅，回来时回顾那别墅，最后看一眼那花园和那绿色的屋顶，大家都感到一阵心酸，我知道，这不单是与别墅告别。已作出决定，八月底送安娜·阿列克谢耶夫娜到克里米亚疗养。送她去的是几名医生，卢加诺维奇带着孩子去了西部某省份。

“给安娜·阿列克谢耶夫娜送行时来了一大群人。当她与丈夫和孩子告别后，很快就要响起第三遍铃声的刹那间，我奔进了她坐的车厢，为的是把她差点忘了的篮子给她放上行李架，还为了与她告别。就在车厢里，我俩的目光相遇，一股激情爆发了出来，我拥抱了她，她的脸庞紧贴在我胸前，泪水滚滚而下。我吻着她被泪水湿透的脸颊、双肩、两手——啊，我与她是多么不幸！我向她表白了自己的爱情，我心如刀绞，明白一个道理：妨碍我们相爱的理由是何等不值得，何等的渺小，简直是自欺欺人。我也明白了，当你爱上某个人时，作出相爱与否的判断时，应该出自一个更加高尚、更加重要的原则，而不是单想到世俗意义上的幸福还是不幸，罪孽还是行善，否则还是免谈的好。

“我最后一次吻过她，紧握住她的手，两个人就分别了——从此永别了。火车已经驶离车站，我坐在邻近的车厢里——车厢里空无一人。我一直坐着，哭着，到了下个车站才下车，然后步行回索芬诺自己的家……”

阿列兴说着这故事的时间里，雨已经停了，太阳露了出来。布尔金和伊凡·伊凡内奇来到凉台，远远望去，花园和河湾历历在目，阳光下的河湾一平如镜，闪闪发亮。两个人欣赏这美景之余，不免觉得遗憾，这个有一对聪慧、善良的眼睛的人，推心置腹地吐露了自己的心事，与此同时，他又在这庞大的田庄上，像一只待在旋转的轮子上的松鼠，忙得团团转，而没有从事科学研究，或其他让他的生活变得更愉快的事业。两个人还想到，他与她在车厢里告别时，吻着她的脸和双肩，那时年轻的太太的脸一定是黯然神伤的。他们两个人都在城里见到过她，布尔金甚至还与她相熟，知道她长得非常美。

（1898 年）

姚内奇

一

每当有人来省城C，抱怨这里的生活单调无聊时，本地的居民像是为自己辩护似的说：恰恰相反，C城好得很，这里有图书馆、剧院、俱乐部，经常举行舞会，而且还有许多聪明、有趣、令人愉快的家庭，尽可以跟他们交往。他们便举出图尔金一家，说这是本城最有教养、最有才华的家庭。

这一家人住在本城一条主要大街上自家的宅院里，紧挨着省长官邸。伊凡·彼得罗维奇·图尔金本人是个肥胖、标致的黑发男子，留着络腮胡子，经常举办业余演出为慈善事业筹募资金，自己在剧中扮演老将军的角色，不时发出滑稽可笑的咳嗽声。他知道许多笑话、字谜和俗语，喜欢开玩笑，说俏皮话，脸上的那副表情总让人捉摸不透：他这是在开玩笑，还是说正经的。他的妻子薇拉·约瑟福夫娜是个面容俏丽而瘦削的太太，戴副pince-nez①，她写中篇小说和长篇小说，还喜欢为客人们朗诵自己的作品。他们的女儿叶卡捷琳娜·伊凡诺夫娜是个年轻的姑娘，会弹钢琴。总而言之，这个家庭的每个成员都有各自的才能。图尔金一家殷勤好客，他们总是快快乐乐、真诚简朴地向客人们展示自己的才华。他们那幢高大的砖砌房子十分宽敞，夏天凉爽，半数窗子对着一个树木葱茏的古老花园，到了春天园子里夜莺引吭高歌。家里来了客人，厨房里叮叮当当的菜刀声不绝于耳，院子里便弥漫着一股煎洋葱的

---

① pince-nez：法文，“夹鼻眼镜”。

气味。这一切预示着将大摆一席丰盛而美味的晚餐。

德米特里·姚内奇·斯塔尔采夫，地方自治局新派来的大夫，居住在离省城九俄里的佳利日。他来不久就听人说，他作为有知识的人，理当结识图尔金一家。冬天，一次在大街上经人介绍，他认识了伊凡·彼得罗维奇。两人谈天气，谈戏剧和霍乱，之后图尔金邀请他去做客。春天，耶稣升天节那一天，斯塔尔采夫看完病人之后，进城去散散心，顺便买点东西。他不急不忙地步行进城（当时他还没有置备马车），一路上不停哼着：

> 我痛饮人生之杯，
> 还不知道泪水滋味……①

他在城里吃了午饭，在公园里散了一会步后，自然而然想起了伊凡·彼得罗维奇的邀请，便决定到图尔金家走一遭，看看他们都是些什么样的人。

“您好啊，请进，”伊凡·彼得罗维奇在台阶上迎接他说，“见到这样一位令人愉快的客人，我非常非常高兴。请进屋，让我把您介绍给内人。我对他说，薇洛奇卡②，”他把医生介绍给妻子，继续道，“我对他说，按罗马法典，他没有任何权利只待在自己的医院里，他应当把闲暇时间奉献给社交活动。我说的对不对，亲爱的？”

“请坐在这儿，”薇拉·约瑟福夫娜指着身边的座位说，“您不妨对我献献殷勤。我丈夫好吃醋，他是奥赛罗③，不过我们可以设法叫他什么也觉察不出来。”

“哎呀，你这个小母鸡，宠坏了的女人……”伊凡·彼得罗维奇柔情脉脉地说，还吻一下她的额头，“您来得正好，”他又对客人说，“内人刚写完一部可观的长篇小说，今天正要朗诵呢。”

“让，”薇拉·约瑟福夫娜对丈夫说，“dites que l'on nous donne

---

① 出自俄国诗人杰利维格的诗《悲歌》，由著名音乐家雅科夫列夫谱曲。

② 薇洛奇卡：薇拉的昵称。

③ 奥赛罗：英国剧作家莎士比亚名著《奥赛罗》中的主人公，因嫉妒杀死自己的妻子。

du thé。①”

斯塔尔采夫被介绍给叶卡捷琳娜·伊凡诺夫娜，一个十八岁的姑娘，长得像乃母，同样身材瘦削，面容俏丽，脸上略带稚气，腰肢柔软而苗条，已经发育的少女胸脯十分健美，洋溢着十足的青春气息。后来大家喝茶，吃果酱、蜂蜜、糖果和饼干。饼干十分可口，入口即化。傍晚时分，陆续来了许多客人，伊凡·彼得罗维奇眉开眼笑地迎接每一位客人，说：

“您好啊，请！”

然后大家一本正经地坐在客厅里，薇拉·约瑟福夫娜开始朗诵自己的小说。她这样开始：“严寒凛冽……”所有的窗子都敞开着，可以听到厨房里的菜刀声，闻到一股煎香葱的气味……大家舒舒服服坐在柔软的深深圈椅里，在昏暗的客厅中灯光亲切地闪着眼睛。现在，在这夏日的傍晚，当窗子里传来街头的人声和笑语，送来院子里丁香花的阵阵清香，听众们很难体会凛冽的严寒，以及夕阳西下、一片寒光照耀着雪原和孤独的旅人的景象了。薇拉·约瑟福夫娜读的是一个年轻美丽的伯爵小姐如何在村子里开办学校、医院和图书馆，以及如何爱上一个流浪的画家的故事。尽管她读的是生活中永远不会发生的故事，但听起来还是很令人愉快，令人陶醉，让人心里生出许许多多美好而恬淡的思想。简直叫人不想站起来……

“还真不赖……”伊凡·彼得罗维奇轻声叹道。

有一位客人听着，听着，思想已跑到很远的地方去了，用几乎听不见的声音说：

“是的……的确……”

过去了一小时，又过去了一小时。邻近的市立公园里有乐队在演奏，合唱团在演唱。薇拉·约瑟福夫娜合上自己的本子，足有四五分钟的时间大家都默不作声，听着合唱团唱的《卢奇奴什卡》，这支歌表达出小说中所没有而生活中常见的东西。

“您的作品要在杂志上发表吗？”斯塔尔采夫问薇拉·约瑟福夫娜。

“不，”她回答道，“我的作品向来不发表。我写完了就把它藏进我的柜子里。何必发表呢？”她解释说，“要知道我们有产业。”

---

① 法文：你去吩咐他们端茶来。

不知为什么大家都叹了一口气。

“科季克①，该你来弹支曲子了。”伊凡·彼得罗维奇对女儿说。

有人把钢琴盖子掀开，原先摆好的乐谱翻开，叶卡捷琳娜坐下，双手齐按琴键，随即又使劲敲打起来，一下，两下，她的肩头和胸脯不住地颤动，她使劲地敲打同一个地方，似乎不把琴键敲进钢琴里决不罢休。客厅里琴声雷动，地板、天花板和家具全被震得轰隆作响……叶卡捷琳娜·伊凡诺夫娜弹的是一段极难的曲子，又长又单调，唯一的意义就是难弹。斯塔尔采夫一边听着，一边想象着，只觉得高山上乱石滚滚而下，滚滚而下，他盼望这些石头早点儿停住。这时叶卡捷琳娜紧张得满脸通红，精神抖擞，充满活力，一绺头发掉在额上，那模样很招他喜欢。在佳利日，他在病人和庄稼汉中间度过了漫长的冬季，此刻坐在客厅里，看着这个年轻、文雅，想必也纯洁的人儿，听着这支喧闹的、令人厌烦的、但毕竟高雅的乐曲，说来何等愉快，何等新鲜……

“哦，科季克，你今天弹得比哪次都好，”伊凡·彼得罗维奇在女儿弹完一曲站起来时含着泪说，“你可以死了，丹尼斯，你反正写不出更好的曲子了。”

大家围着她，向她祝贺，个个显出惊讶的样子，众口一词，说他们已经很久很久没有听到这样美妙的音乐了。她呢，默默听着，微微露出一丝笑意，得意洋洋。

“妙极了！太美啦！”

“妙极了！”斯塔尔采夫在众人热情的感染下，也说，“您在哪儿学的音乐？”他问叶卡捷琳娜·伊凡诺夫娜，“是在音乐学院吗？”

“不，我正打算进音乐学院呢，目前在跟扎夫洛夫斯卡娅太太学琴。”

“那么您在本地的中学毕业了？”

“噢，没有！”薇拉·约瑟福夫娜代女儿回答，“我们为她请了家庭教师，进普通中学或者进贵族女中，我想您也会同意的，难免会受到坏影响。一个女孩子在发育成长阶段，只应受母亲的影响。”

“可是我反正要进音乐学院！”叶卡捷琳娜·伊凡诺夫娜说。

“不，科季克爱她的妈妈。科季克不会伤爸爸妈妈心的。”

---

① 科季克：叶卡捷琳娜的小名。

"不嘛，我要去！我就要去！"叶卡捷琳娜·伊凡诺夫娜撒娇地说，还跺了一下脚。

到吃晚饭的时候，轮到伊凡·彼得罗维奇来显露他的才华了。他眼睛笑眯眯讲着各种奇闻轶事，说俏皮话，提一些荒谬可笑的问题，自问自答。他说的话与众不同，这种语言是他长期练习说俏皮话练就的，显然已成了他的习惯，比如说：其大无边的，真正不赖的，千万分地感谢您，等等，等等。

但是这还不算完。酒足饭饱、心满意足之余，客人们挤在前厅里，拿各自的大衣和手杖时，有个小厮忙前忙后，伺候他们。他叫帕夫卢沙，这家人叫他帕瓦，是个十四五岁的男孩子，留着短短的头发，脸蛋胖乎乎的。

"来，帕瓦，你表演一下！"伊凡·彼得罗维奇对他说。

帕瓦摆出可笑的姿势，举起一只手，用凄惨的声调说：

"死去吧，你这不幸的女人！"

大家听了一阵捧腹大笑。

"真有意思。"斯塔尔采夫走到街上，心里想道。

他又顺路进了一家餐馆，喝了啤酒，然后步行回佳利日。他走着，一路上轻声哼着：

你的声音令我感到亲切，销魂……①

走了九俄里路，然后躺下睡觉，他却没有感到一丝倦意，相反，他觉得还能高高兴兴地再走上二十俄里。

"真的不赖……"蒙眬中他想起这句话，又笑了起来。

二

斯塔尔采夫老想去看望图尔金一家，但是医务繁冗，怎么也抽不出空来。就这样在辛劳和孤独中度过了一年多时间。可是有一天，从城里送来了一封蓝封皮的信……

① 引自普希金的诗《夜》，由音乐家鲁宾斯坦谱曲。

薇拉·约瑟福夫娜早就有个偏头痛的毛病，近来，因为科季克每天闹着要进音乐学院，这病便频繁发作了。请遍了城里所有的医生，终于想到了他这位地方自治局的大夫。薇拉·约瑟福夫娜给他写了一封感人至深的信，请他务必来一趟，为她减轻病痛。斯塔尔采夫应邀前往，此后就常去图尔金家……经他的治疗，薇拉·约瑟福夫娜的病还真有点儿好转，于是她见了客人就说，斯塔尔采夫是一名与众不同、了不起的大夫，不过后来他之所以经常去图尔金家，已经不是为她治偏头痛了……

这天是节日。叶卡捷琳娜·伊凡诺夫娜总算弹完了那些冗长的、令人心烦的练习曲。大家一直坐在饭厅里喝茶，听伊凡·彼得罗维奇讲一件趣事。门铃响起，得有人去前厅迎接客人，斯塔尔采夫趁这忙乱的工夫，万分激动地小声对叶卡捷琳娜说：

"我求求您，看在上帝的分上，别折磨我，我们去花园吧！"

她耸耸肩膀，一副困惑不解的神色，似乎不明白他要她做什么，但还是站起身，走了出去。

"您每天要练三四个钟头的琴，"他跟在她后面，说，"然后老跟妈妈坐在一起，我都没有机会跟您说说话。哪怕给我一刻钟也好啊，我求您了。"

秋天快到了，古老的花园里一片寂静和凄凉，林荫道上铺满了枯黄的落叶。天色很快就要黑了。

"我已经整整一个星期没有见到您，"斯塔尔采夫接着说，"您要是知道这有多痛苦就好了！坐吧，请听我说。"

两人在花园里有一处心爱的地方：一棵枝繁叶茂的老枫树下的一张长椅。这时他们就坐到这张椅子上。

"您有什么事？"叶卡捷琳娜·伊凡诺夫娜问得一本正经，干巴巴的。

"我已经整整一个星期没有见到您，我好久好久没有听到您的声音了。我多想，多渴望听到您的声音。您说话呀。"

她那青春的活力，眼睛和脸上洋溢着的天真神态，令他如痴如醉。连她身上穿的连衣裙在他看来也特别别致，那份朴素而天真的风姿多令人心醉神迷。她天真烂漫，同时他又觉得她聪明伶俐，相当成熟，与她的年龄很不相称。他可以跟她谈论文学，谈论艺术，以及随便什么样的话题，也可以向她抱怨叫屈，发泄对生活和人们的不满，虽说在这种严肃谈话中间，有时她会突然无端地笑起来，或者跑回屋里去了。她跟C城的所有姑娘一样，看了许多书（一般说来，C城的人很少读书。本地的人很少看书，图书馆里的人都说，要是没有这些姑娘和年轻的犹太人，图书馆早就可以关门大吉了）。这一点尤其让斯塔尔采夫感到满意。每一回他总是激动地问她，近来她读了什么书。等她讲起来，他听得入了迷。

“在我们没有见面的这个星期里，您读了什么书？”此刻他问她，“请您给我说说。”

“我读了皮谢姆斯基①的作品。”

“哪些作品？”

“《一千个农奴》，”科季克回答，“可是这个皮谢姆斯基的名字多么可笑，叫什么阿列克谢·费奥菲拉克特奇！”

“您这要去哪儿？”斯塔尔采夫看到她突然站起来朝房子走去，吃惊地问，“我必须跟您好好谈一谈，我心里有话要向您倾诉……跟我再待五分钟！我求您了！”

她站住了，像要说点什么，随后不好意思地把一张纸条塞进他手里，急忙跑回家，又坐到钢琴前。

“今晚十一点，”斯塔尔采夫念道，“请去墓地，在杰米奇的墓碑附近。”

“哦，这个主意太不聪明了，”他回过神来，不禁想道，“这跟墓地有什么相干？她要干什么？”

显而易见：科季克是在开玩笑。既然轻而易举能在街上或在公园里安排约会，有谁会想出这种馊主意——一本正经地约人半夜三更到郊外的墓地相会？再说他作为地方自治局医生，是个有头有脸的人物，居然唉声叹气，接下约会的条子，夜闯墓地，做出连中学生都会笑话的蠢

---

① 皮谢姆斯基（1821—1881）：俄国作家。生于没落贵族家庭。1848年开始发表作品，成名作为中篇小说《窝囊废》。此后，又发表了《喜剧演员》《有钱的未婚夫》《巴特马诺夫先生》《吹牛者》《她有罪吗？》。皮谢姆斯基十分熟悉外省生活风习，擅长讽刺，在作品中暴露贵族地主的精神空虚和小市民的无聊习气，对受压迫的农奴和受凌辱的妇女表示同情。其代表作长篇小说《一千个农奴》（1858）展示一幅农奴制俄国生活的广阔图景，描绘贵族的荒淫无耻和官吏的争权夺利。

事，这成何体统？这种罗曼蒂克的事儿会有什么结果？要是让同事们知道了，他们会怎么说？斯塔尔采夫在俱乐部的桌子旁踱来踱去的时候，就是这样想的。可是到了十点半，他突然拿定主意，要去墓地了。

这时他已经有了自己的双马车了。车夫叫潘捷莱蒙，经常穿一件丝绒坎肩。皓月当空。万籁无声，天气暖和，但已透着一丝秋天的凉意。城郊的屠宰场附近有狗在吠叫。斯塔尔采夫把马车留在城边上的一条胡同里，自己步行去墓地。"各人有各人的怪脾气，"他想，"科季克也古怪，谁知道呢？说不定她不是开玩笑，当真会来的。"他沉缅于这个毫无根据的渺茫希望中，诱得他心醉神迷。

他在野地里走了半俄里路。远处出现一长条黑黝黝的墓地，看上去像是一片树林或是一座大花园。渐渐地白色的围墙、大门显露出来……月光下大门上的题词清晰可见："时候要到……"① 斯塔尔采夫穿过小门进去，首先映入眼帘的是宽阔的林荫道两侧的许多白十字架和墓碑，以及它们和杨树投下的无数阴影。向远处望去，周围也都是黑白两种颜色，沉睡中的树木枝条垂向白色的墓石。这里似乎比野地里更明亮。无数爪子般的枫叶清清楚楚地躺在林荫道的黄沙上和石板上，墓碑上的题词也清清楚楚。起初，眼前的一切让斯塔尔采夫好生吃惊，他这是平生第一次见到这番景象，往后恐怕再也不会见到了。这是一处跟别的地方完全不同的世界：这里的月色无比美妙柔和，这里仿佛成了月光的摇篮；这里没有生命，绝对没有，可是每一棵黝黑的杨树，每一座坟墓都让人感到里面隐藏着能揭开静穆、美好、永恒生命的奥秘。白色的墓石，枯萎的花朵，连同树叶透出的秋意，无不透出宽恕、凄凉和安宁的气息。

周围一片静穆，天上星星静静地俯视这片土地，只有斯塔尔采夫的脚步声显得那么刺耳，与四周的气氛很不协调。教堂的钟声响起，他听来觉得自己也成了埋在这里的死人，似乎有人在看着他，他忽然想到，这里并不安宁，并不寂静，这里笼罩着虚无的无声悲哀和深深压抑的绝望。

杰米奇的墓碑做成小教堂的样子，上面立着一个天使。从前，有个

---

① 见《圣经·约翰福音》，第五章，第二十八节。全句为"时候要到，凡在坟墓里的都要听见他的声音就出来，行善的复活得生，作恶的复活定罪"。

意大利歌剧团路过C城，一名女歌唱家死了，被安葬在这里，还立了这块碑。现在城里已经没有人记得她了，可是墓门上方的长明灯，在月光照耀下，好像还在闪光。

周围一个人也没有。试想，谁会半夜三更到这个地方来？但斯塔尔采夫还是等着，那月光仿佛燃起他的激情，他热情洋溢地等待着，想象着跟心爱的姑娘拥抱接吻。他在墓碑旁坐了半个钟头，后来又在旁边的林荫道上徘徊良久。他手里拿着帽子，边等待边思索，在这些坟墓里不知埋葬了多少妇女和姑娘，她们活着的时候美丽迷人，她们也恋爱过，享受过夜间热烈而缠绵的欢爱。说真的，大自然母亲这么捉弄人，太令人难堪，太令人沮丧了。虽然斯塔尔采夫这么想着，但他还是情不自禁地想大声呼喊，说他需要爱情，不惜一切代价非得到爱情不可。在他面前，那些发白的东西已经不是一块块大理石，而是许多美丽的女儿身。他看到羞答答地躲藏在树影里的丽人，能感受到她们的体温。这种折磨太令人难堪了……

月亮躲进云层，仿佛天幕落下，四周忽然一片黑暗。斯塔尔采夫好不容易才找到大门——这时天色已黑，秋夜总是这样——然后又摸黑走了一个半小时的夜路，才找到停着马车的那条胡同。

“我累了，脚都站不稳了。”他对潘捷莱蒙说。

他舒舒服服地坐进马车里，心想：

“哎呀，真不该发胖！”

三

第二天晚上，他坐上马车去图尔金家求婚。可是事不凑巧，有个理发师在叶卡捷琳娜的房间里给她做头发。她正准备去俱乐部参加舞会。

他只好在饭厅里坐了好一会，喝茶等候。伊凡·波得罗维奇看到客人心事重重、郁郁寡欢的样子，便从坎肩口袋里掏出几张纸，念了一封他的德国总管写来的可笑的信，报告说庄园里“所有的闷霜都毁了，羊皮倒了”①。

“嫁妆他们大概不会少给的。”斯塔尔采夫想道，一边心不在焉地

① 德国总管用错了词，他想说：“所有的门闩都坏了，一堵墙倒了。”

听着。

度过了一个不眠之夜，此刻他处在昏昏沉沉的状态，仿佛有人用催眠的甜酒把他灌醉了似的。他迷迷糊糊，但是很快活，心里暖洋洋的。与此同时他的脑子里有块冷冰冰、沉甸甸的东西在争辩：

“趁早歇手！你们两个般配吗？她娇生惯养，任性，每天要睡到下午两点钟；你呢，一个教堂执事的儿子，地方自治局医生。”

“那又怎么样？”他想，“听之任之吧。”

“再者，你若娶了她，”那东西接着说，“她的家人会逼你辞掉地方自治局医生的工作，搬到城里来住。”

“那又有什么？”他想，“待在城里就待在城里。他们会给嫁妆，我们会安排好家……”

叶卡捷琳娜终于出来了。她穿一身袒胸露背的舞衣，那么妩媚可人，纯洁可爱，让斯塔尔采夫看得入迷，欣喜若狂，连一句话也说不出来，只有瞧着她傻笑的分儿。

她开始跟大家告别，他呢，留下来已经没有意思，便起身说，他也该回去了，有病人等着呢。

“那就不留您了，”伊凡·彼得罗维奇说，“请便吧。不过，请您顺便把科季克送到俱乐部。”

外面下起毛毛细雨，天很暗，只是凭着潘捷莱蒙的喑哑的咳嗽声，才能推断马车在哪儿。车篷已经支起来了。

“我走路踩地毯，你走路尽撒谎，”伊凡·彼得罗维奇说着顺口溜，扶女儿坐进马车，“他走路尽撒谎……走吧！再见，请啦！”

他俩坐车走了。

“我昨晚去墓地了，”斯塔尔采夫开口说，“您这样做未免太损人，太狠心了……”

“您去墓地了？”

“是啊，我去了，一直等了快两个钟头。我好痛苦……”

“既然您不懂得玩笑，那就该痛苦。”

叶卡捷琳娜·伊凡诺夫娜想到这么巧妙地捉弄了一个爱她的男人，对方又这么热烈地爱着她，感到十分得意，不禁哈哈大笑起来。忽然她一声惊叫，因为这时两匹马猛地朝俱乐部大门拐过去，马车倾斜了。斯塔尔采夫趁势搂住她的腰，她吓得倒在他的怀里。他情不自禁，热烈地吻她的嘴唇，她的下颏，把她搂得更紧了。

“别闹了。”她干巴巴地说。

她很快下了车。俱乐部大门口灯火辉煌，一名警察用极难听的口气冲着潘捷莱蒙大声斥责：

“怎么停下来了，你这呆鸟！快把车赶走！”

斯塔尔采夫坐车回家，但很快又转回来。他穿上借来的礼服，系着白色的硬领结，那领结不知怎么总翘起来，老想从领口上滑开。午夜时分，他坐在俱乐部的休息室里，兴致勃勃地对叶卡捷琳娜·伊凡诺夫娜说：

“啊，从来没有恋爱过的人怎么懂得什么叫爱情！在我看来，至今还没有人准确地描写过爱情，而且这种温柔、欢愉而又痛苦的感情怕是难以描状的。谁体验过这种感情，哪怕只有一次，他也就不想用语言来表达它了。何必来开场白，何必细细描述呢？花言巧语有什么用呢？我的爱情无边无际……我请求您，我央求您，”斯塔尔采夫终于说出口，“做我的妻子吧！”

“德米特里·姚内奇，”叶卡捷琳娜·伊凡诺夫娜想了一下，极其严肃地说，“德米特里·姚内奇，我十分感激您的真诚，我尊敬您，但是……”她说罢站起来，接着说下去，“但是，请原谅，我不能做您的妻子。让我们严肃地谈一谈。德米特里·姚内奇，您知道，我的生活中我爱艺术甚于一切。我爱音乐爱得发疯，我崇拜音乐，我要为音乐而献身。我想当一名演唱家，我渴望荣誉、成就和自由，而您却要让我继续待在这个城市里，继续过这种空虚、无益的生活，这种生活我已经无法忍受了。做您的妻子——哦，不，请原谅！人应当追求一个崇高而辉煌的目标，而家庭生活只会永远束缚我。德米特里·姚内奇（说到这里她微微一笑，因为这个名字让她想起了“阿列克谢·费奥菲拉克特奇”），德米特里·姚内奇，您是一位善良、高尚、聪明的人，谁都比不上您……”说到这里她已热泪盈眶了：“我衷心同情您，但是……但是您得明白……”

免得哭出来，她赶紧转身跑出了休息室。

斯塔尔采夫的心不再剧烈地跳动。他走出俱乐部来到街上，头一件事就是扯下那个硬领结，深深地吁了一口气。他觉得有点难堪，他的自尊心受到了伤害——他没有料到会遭到拒绝——也不相信，他的一切幻想、痴情和希望让他落到这么一个尴尬的结局，简直就像业余演出的一出小戏。他为自己的感情，为自己的初恋感到伤心，伤心得恨不得大哭一场，或者操起伞来朝潘捷莱蒙的宽背使劲打去。

一连两三天他无心工作，不吃不睡。消息传来，他得知叶卡捷琳娜·伊凡诺夫娜已经去莫斯科进了音乐学院，他才平静下来，过起从前那种生活。

后来，他偶尔回想起当初如何在墓地里徘徊，如何跑遍全城去借礼服的情景，总是懒洋洋地伸个懒腰，说：

“惹出了多少麻烦，真是的！”

四

四年过去了。斯塔尔采夫在城里的业务已经相当繁忙。每天上午他在佳利日匆匆看完病人，然后坐车赶到城里行医。现在他坐的已经不是双套马车，而是带许多小铃铛的三驾马车了，每天总要到深夜才能回到家。他发福了，而且越来越胖，患上了气喘病，已经懒得走路。潘捷莱蒙也发福了，他的腰身越宽，越是伤心地哀声叹气，怨自己命苦：赶马车的活儿太累人了。

斯塔尔采夫去过各种各样的人家，遇见过许许多多人，但跟谁也没有深交。当地人的言谈、对生活的看法，连同他们的外表，他看了就生气。渐渐地经验告诉他：你可以跟当地人打打牌，或者吃吃喝喝，他们都心平气和，宽厚善良，甚至相当聪明，但是只要话题一转到吃喝以外的事，比如说谈政治或者科学，那他们就变得茫茫然，或者发一通空洞、愚蠢、恶毒的议论，叫人听了只好摆摆手走开。有时，斯塔尔采夫甚至试着找一些具有自由思想的当地人交谈，比如说到人类。他说，谢天谢地，人类在不断进步，又说随着时间的推移，到时候将废除护照和死刑。这时候，对方斜着眼睛怀疑地看着他，问道：“如此说来，到时候人就可以在大街上任意杀人了？”有时斯塔尔采夫参加应酬，在饭余酒后说到人应当劳动，缺了劳动生活难以为继，大家便认为这是指责他们，开始生气，跟他争论不休。尽管这样，城里人还是无所作为，对什么也不感兴趣，简直想不出能跟他们谈些什么。斯塔尔采夫只好回避各种交谈，只管吃喝玩牌。每当他碰上某家有喜庆，主人请他入席时，他就坐下，望着面前的盘子，默默地吃喝。席间的谈话没有趣味，不公正，愚蠢，他义愤填膺，激动异常，但一言不发。由于他总是板着脸不说话，眼睛望着盘子，城里人就给他起个外号，叫他“傲慢的波兰人”，虽说他根本不是波兰人。

对于戏剧和音乐会这类娱乐活动，他向来不参加，可是每天晚上都打牌，一玩就是三个小时，玩得兴致勃勃。他还有一样消遣——他是在不知不觉中渐渐地迷上玩牌的——每到晚上，从一个个口袋里掏出行医得来的钱，这些花花绿绿的票子有的带香水味，有的带醋味，有的带薰香味，有的带鱼油味。这些票子胡乱塞在各个口袋里，有时约摸有七十个卢布。等到积攒到几百，他就送到信贷合作社存活期。

在叶卡捷琳娜·伊凡诺夫娜外出求学的四年间，斯塔尔采夫只去过图尔金家两次，还是应薇拉·约瑟福夫娜之请去治她的偏头痛的。每年夏天叶卡捷琳娜·伊凡诺夫娜都回来度假，但他一次也没有见到她，不知怎么地，每次都错过了。

四年就这样过去了。在一个宁静温暖的早晨，一封信送到医院里。信是薇拉·约瑟福夫娜写给德米特里·姚内奇的。信上说，她很想念他，请他务必光临以便减轻她的病痛，况且今天是她的生日。信下面有一行附言：“我也和妈妈一样，邀请您。卡。”

斯塔尔采夫考虑一番后，傍晚驱车到了图尔金家。

“哎呀，您好啊，有请！”伊凡·彼得罗维奇眉开眼笑地欢迎他，“蓬茹杰①！”

薇拉·约瑟福夫娜已经老多了，头发也白了。她握住斯塔尔采夫的手，不自然地叹口气，说：

“大夫，您显然不想对我献殷勤了，老不到我们家来，我太老了，配不上您。不过，现在回来了一位年轻的，也许她会比我幸运。”

科季克呢？她瘦了些，白了些，变得更漂亮，更苗条了。但她已经是叶卡捷琳娜·伊凡诺夫娜，不是当年的科季克了，在她身上已经没有昔日的蓬勃朝气和天真烂漫的神态。现在她的目光和举止间流露出一种新的表情——胆怯和愧疚。仿佛在这里，在图尔金家里，她像在做客。

---

① “蓬茹”是法语“你好”的音译，“杰”是俄语动词字尾。这种不伦不类的语言意在逗乐。

“多年不见了！”她说着，把手递给斯塔尔采夫。看得出来，她有点儿心慌意乱。她好奇地细细盯着他的脸，继续道，“您可发福了！您晒黑了，壮实了，不过总的来说变化不大。”

现在他还是喜欢她，非常喜欢她，不过，她身上好像短缺了点什么，或者说多了点什么——究竟是什么，他自己也说不清，但有种东西妨碍了他，使他没有了以前那样的激情。他不喜欢她那苍白的脸色，那新的表情，淡淡的笑容和说话的声音。又过了一会儿，连她的衣服和坐着的圈椅他也不喜欢了，他也不喜欢过去那段往事——当时他差点想娶了她。他想起了四年前令他激动不安的爱情、幻想和希望，他感到不自在起来。

大家喝茶，吃甜点心。然后薇拉·约瑟福夫娜朗读她的小说，读着生活中永远不会发生的故事。斯塔尔采夫听着，望着她一头漂亮的白发，盼望着她早点读完。

“不会写小说的人未必愚蠢，”他想，“会写小说却不会把它藏起来的人那才愚蠢。”

“还真不赖……”伊凡·彼得罗维奇说。

然后叶卡捷琳娜·伊凡诺夫娜弹钢琴，琴声轰鸣，弹了很久。一曲弹完，大家长时间地向她道谢，对她赞不绝口。

“幸好我当年没有娶她。”斯塔尔采夫暗想。

她望着他，显然在等着他邀她到花园里去，但他默不作声。

“让我们谈谈吧，”她走到他跟前，说，“您生活得怎么样？有什么新闻？您好吗？这些天我一直在想念您，”她激动地说下去，“我一直想给您写信，也想亲自去佳利日看望您，我本来决定动身了，可是后来又改变了主意——谁知道您现在对我的态度呢？今天我就这样激动不安地等着您来。看在上帝分上，我们去花园吧。”

他们来到了花园，坐到老枫树下那张长椅上，就像四年前一样。周围很暗。

“您好吗？”叶卡捷琳娜·伊凡诺夫娜问。

“没什么，平平常常。”斯塔尔采夫回答。

他再也想不起该说什么。两人相对无言。

“此刻我很激动，”叶卡捷琳娜·伊凡诺夫娜说着用双手捂着脸，“不过请您别在意。回到家我的心情好极了，看到大家我真高兴，我一时还不习惯。有多少事值得回忆啊！我觉得我们两人会不停地谈下去，谈到天亮呢。”

此刻他在近处看见她的脸和晶晶亮的眼睛。在这儿，在昏暗中，她显得比刚才在屋子里更年轻些，仿佛她的脸上又露出昔日那种稚气。实际上她确实怀着天真的好奇心望着他的脸，似乎想在近处仔细地端详他，了解这个当年那么热烈、温柔地爱过她，却又那么不幸的人。她的眼睛分明在感谢他的这份爱情。他也记起了过去的一切，甚至全部细节：他怎样在墓地徘徊，后来在凌晨又怎样筋疲力尽地回到自己的住处。他忽然伤感起来，往日的情怀多么令人惋惜！他心里像是燃烧起了一团火。

“您还记得我送您去俱乐部参加晚会的情景吗？”他说，“当时下着雨，天很黑……”

内心的火越烧越旺，他要诉说他的苦闷，抱怨生活的无奈……

“唉！”他叹口气说，“您刚才问我过得怎么样，我们这里的生活能怎么样呢？不行啊。我们衰老，发胖，堕落。日子一天天过去，生活黯淡地流逝，没有留下印象，没有思想……白天赚钱，晚上去俱乐部，周围是一伙牌迷、酒鬼和声嘶力竭的人，真叫我无法忍受。这种生活有什么好呢？”

“可是您有工作，有高尚的生活目标。以前您总爱谈您的医院。那时候我有点古怪，自以为是个了不起的钢琴家。其实现在所有的小姐都在弹钢琴，我也在弹，跟大家一样，并没有什么出众的地方。我这个钢琴家，跟妈妈那个作家一个样。所以我那时候自然不了解您，可是后来到了莫斯科，我却常常想念您。我只想念您一个人。做一名地方自治局的医生，帮助受苦的人们，为民众服务，那是何等幸福，何等幸福啊！”叶卡捷琳娜·伊凡诺夫娜深情地重复说，“我在莫斯科想念您的时候，我觉得您是那么完美，那么高尚……”

斯塔尔采夫一想起了每天晚上从一个个口袋里掏出许多钞票的乐趣，他心中那团火便熄灭了。

他站起身来，想回到屋里。她挽住他的胳臂。

“您是我一生中所认识的最优秀的人，”她接着说，“我们会经常见面谈心的，是不是？答应我。我不是什么钢琴家，在这方面我已经有自知之明，在您的面前我不会再弹琴，再谈音乐了。”

他们进了屋子。斯塔尔采夫在傍晚的灯光下看到她的脸，看到那双忧伤、感激、探询的眼睛正紧紧盯着他，他感到不安起来，又暗自想道：

“幸好我那时没有娶她。”

他起身告辞。

“按罗马法典，您没有任何权利不吃晚饭就走，”伊凡·彼得罗维奇送他出门时说，“您这态度简直是一百八十度的大转变。喂，快表演一下。”他对前厅里的帕瓦说。

这时的帕瓦不再是孩子，这个留着唇髭的年轻小伙子，摆出可笑的姿势，举起一只手，用凄惨的声调说：

“死去吧，你这不幸的女人！”

这一切令斯塔尔采夫感到不快。他坐进马车，望着黑沉沉的房子和花园，望着这个他曾经十分珍爱的地方，他立即想起了一切——薇拉·约瑟福夫娜的小说，科季克轰响的琴声，伊凡·彼得罗维奇的俏皮话和帕瓦的装腔作势，他不禁想到，既然全城最有才华的这家人个个那么平庸，那么这个城市又会怎么样呢？

三天后，帕瓦送来一封叶卡捷琳娜的信。信是这样写的：

> 您没有来看我们，为什么？我担心您对我们的态度已经变了，我一想到这一点就害怕。只有您才能使我安下心来，快来吧，告诉我您一切都好。
>
> 我必须跟您谈一谈。
>
> 您的叶·图

他读完信，考虑了一会儿，对帕瓦说：

“伙计，你回去说我今天很忙，不能去。就说过两三天再去。”

三天过去了，一星期过去了，他始终没有去图尔金家。有一天他路过那里，想到应当进去坐坐，哪怕一小会儿也好，但转念一想……还是没有进去。

此后他再也没有去过图尔金家。

五

又过了几年。斯塔尔采夫更胖了，一身肥肉，气喘吁吁，走起路来总是仰着脑袋。每逢他大腹便便、红光满面地坐在铃声叮当的三驾马车上，而那个同样大腹便便、红光满面的潘捷莱蒙，坐在车夫座上，挺起胖嘟嘟的后脑勺，朝前伸出木棍般僵直的胳臂，向着迎面而来的行人吆喝着："靠右，右边走！"——这幅景象可真够动人的，似乎这坐车的不是人，而是异教的神灵。他在城里的业务十分繁忙，忙得连喘口气的工夫都没有。他已经有了一处庄园，两幢城里的房子，目前正物色第三幢更有利可图的房产。每当他在信贷合作社听说某处有房出售时，他就毫不客气地闯进去，走遍每个房间，全然不管那些没穿好衣服的妇女和孩子正惊恐地瞧着他，用手杖捅着所有的房门，问：

"这是书房吗？这是卧室吗？这算什么？"

他一面说，一面气喘吁吁地擦着额头上的汗珠。

他要操劳的事很多，但他仍然不放弃地方自治局医师的职位。他贪得无厌，总想两头都兼顾着。在佳利日，在城里，大家都只叫他"姚内奇"①。"这个姚内奇要去哪儿？"或者"要不要请姚内奇来会诊？"

大概是他的喉部长了一层肥油吧，他的声音变得又尖又细。他的性格也变了，变得难以相处，动辄发怒。他给病人看病的时候，总爱发脾气，不耐烦地用手杖敲地板，用他那难听的声音嚷嚷：

"只请您回答我的问题！别说废话！"

他孤身一人，过着寂寞无聊的生活，任什么也提不起他的兴趣。

他住在佳利日的这些年月，他对科季克的爱情算是他唯一的、恐怕也是最后的欢乐。每天晚上他在俱乐部里玩牌，然后独自坐在一张大桌子旁边吃晚饭。一个年龄最大、最稳重的侍者伊凡伺候他用餐，给他送上第十七号拉斐特红葡萄酒。俱乐部里所有的人，上至主任，下至厨师和侍者，都知道他喜欢什么和不喜欢什么，个个都尽心竭力地满足他，唯恐他突然大发脾气，拿手杖敲地板。

吃晚饭的时候，他有时转过身，对别人的谈话插上几句：

"你们这是说什么？啊，说谁？"

有时候，邻桌有人谈到图尔金家的事，他就问：

"你们说的是哪个图尔金家？是女儿会弹钢琴的那一家吗？"

关于他的情况，能说的也就是这些。

---

① 直呼父称，表示不客气。

那么，图尔金一家人呢？伊凡·彼得罗维奇不显老，一点儿也没有变，照旧爱说俏皮话，讲各种奇闻轶事。薇拉·约瑟福夫娜照旧高高兴兴地、热心而又质朴地朗诵她的小说。科季克每天照旧弹钢琴，一弹就是三四个小时。她明显地老了，还常常生病，每年秋天总跟妈妈一道去克里米亚疗养。伊凡·彼得罗维奇便到火车站给她们送行，火车开动时，他擦着眼泪大声叫道：

"再见，请啦！"

还挥动手绢。

（1898 年）

出诊纪事

教授接到利亚利科夫工厂打来的电报，请他立即过去。这封电报啰啰嗦嗦不知所云，只能勉强看出：利亚利科娃太太，显然是该工厂的厂主，她的女儿病了。教授自己不去，派了主治医师科罗廖夫前往。

从莫斯科出发得坐两站火车，然后坐马车再走大约四俄里的路。有辆三驾马车在车站等着科罗廖夫。车夫戴着一顶插着孔雀翎的帽子，对科罗廖夫提的问题，一概像个当兵的那样，大声答以："绝不是！"或"完全对！"时值星期六的傍晚，日薄西山。工人纷纷从工厂向车站而来，见到科罗廖夫坐的马车，连连鞠躬致意。黄昏、庄园、两旁的别墅、白桦树和四周静静的氛围，无不让科罗廖夫心醉神迷。此刻，假日的前夕，田野、森林和太阳都准备与工人一起休息了，也许还要祈祷……

科罗廖夫出生在莫斯科，长在莫斯科，不熟悉乡村，对工厂丝毫不感兴趣，从未进过工厂。但他偶尔读过有关工厂的书籍，在工厂主家做过客，跟他们谈过话。每当他或远或近见到工厂，往往觉得，看厂外那么安静、平和，可里面的工厂主也许个个都是不好说话、无知愚昧的自私自利之辈，工人干的是枯燥而有碍健康的劳动，他们吵架斗嘴、酗酒，与虫蚋为伴。现在看到工人们见了车子开过，战战兢兢，恭恭敬敬退到一边，给车子让路，从他们的脸上、帽子上、步态上，可以看出，他们脏巴巴、醉醺醺的，还带有几分神经质，显得心慌意乱。

车子进了工厂大门。道路两侧是工人的小房子，见到的是女人脸，门廊上晾着的被褥和衣衫。"当心！"车夫并不勒住马匹，嚷道。到了一个院子，地上不长野草，坐落着五座大厂房，彼此相距不远，各有一根烟囱，此外还有货栈和板棚，院子里的东西全都蒙上了一层灰色的粉末，像是尘土。有几个地方散落着小园子，活像沙漠里的绿洲，显得可怜巴巴，还有一些红色或绿色屋顶的房子，那是管理人员的住房。车夫突然勒住了马，车子便停在一座房子前。这房子已重新油漆，漆成了灰色。房前有个小庭院，种着丁香花，上面蒙上了一层灰尘，黄色的门廊油漆味扑鼻。

“请，大夫老爷，”过道和前室传来几个女人的声音，与此同时，听到一阵叹息声和低语声，“请进，我们盼您很久了……真是不幸呀，请这边走。”

利亚利科娃太太是位上了岁数的肥胖女子，身穿黑色的丝绸连衣裙，衣袖挺时髦，但从脸面上看出，她粗俗，没有文化，忧心忡忡地打量大夫，犹犹豫豫，不敢向大夫伸出手。她的身旁站着一个女人，头发剪得短短的，戴着 pince-nez①，身穿艳丽的短上衣，瘦瘦的，已不很年轻。下人管她叫赫利斯京娜·德米特里耶夫娜，科罗廖夫猜想，她是位家庭教师。她大概是这个家庭最有学问的人了，所以迎接和接待大夫的重任就落到她的肩上。你看她一见大夫就急不可耐地说起了病因，说得详详细细，讨人厌的细枝末节无一遗漏，只是没说病人是谁，到底是怎么回事。

大夫和家庭教师坐在一起说着话，女主人则立在门边，一动不动地候着。科罗廖夫从女教师口中得知，患病的是利亚利科娃太太的独生女、继承人，二十岁的丽莎。她害病很有一段时间了，看过各种各样的医生，头天夜里，从傍晚起整夜心跳过速，闹得全家人一夜没睡。生怕她因此一命呜呼。

“她这人，可以说，打从吃奶时起，就病不离身，”赫利斯京娜·德米特里耶夫娜嗓音悦耳，时不时拿手揩着嘴唇，说道，“大夫都说，问题出在神经上，可她小时候害过小儿淋巴结结核，大夫把那病逼进她心里没出来，我看，这就是病因。”

大家一起去见病人。病人已完全是个成年人了，身材高大，但不漂亮，像乃母，细细的眼睛，脸的下半部分过大。她正躺着，披头散发，被子盖到了下巴。科罗廖夫一眼就觉得，这是个不幸的人，挺可怜的，人家出于怜悯才给她一个安身之地，实难相信，这么个人竟是那五座大

---

① 法文：夹鼻眼镜。

厂房的继承人。

“我们来见您，”科罗廖夫说，“是给您治病的。您好。”

他报出了自己的姓名，伸出了手——握住的是一只冷冰冰、并不漂亮的大手。她坐起来，显然，她见过的医生多了，面对医生她满不在乎地展露出双肩和胸脯，任凭人家听诊。

“我的心跳很快，”她说，“整夜狂跳不止……吓死我了！您给开点药吧。”

“好的，好的。请放心好了。”

科罗廖夫听了听她的心脏，耸耸肩。

“心脏挺正常，”他说，“没事，丝毫没毛病。也许是神经方面出了点儿问题，可也是些常见的小病，而且已经没事了。您且躺下休息休息就是了。”

这时候给他送来了灯。病人对着灯光眯了眯眼睛，突然双手抱头，号啕大哭起来。病人给科罗廖夫留下的那丑陋的印象随之消失，他看到的不再是那双细眼睛，再也不觉得脸孔下半部分过大了；他注意到的是那饱受痛苦而温柔的表情，显得那么聪慧，那么动人。在他心目中她出落得苗条曼美，极富女性风韵，却十分质朴。他很想安慰她，但不想用药物、医生的忠告，而是要用普通的、温和亲切的话语。母亲拥抱了她，把她紧紧抱在胸口。老太太脸上现出何等样的绝望和痛苦的神情啊！作为母亲，她哺育女儿，把她培养成人，不惜一切，用毕生的心血，让她去学法语、舞蹈、音乐，请了数十个的老师教她，请过最好的医生给她治病，还养着一位家庭教师，可眼下还不明白女儿的眼泪因何而起，为什么会有那么多的痛苦。她就是不明白，感到迷茫，显出一种负罪感，显得忧心忡忡，绝望，仿佛还有一件很重要的事被她忽略了，有什么事她该做而没有做，该请的人没有请来。谁呢——她不知道。

“丽莎卡，你又……你又……”她紧紧抱着女儿，说，“我的亲人，宝贝，我的孩子，告诉我，你怎么了？可怜可怜我吧，告诉我。”

母女双双抱头痛哭。科罗廖夫坐在床沿上，握着丽莎的手。

“好了，没什么可哭的。”他好声好气地说，“要知道，世上没什么值得流泪的。好了，不哭了，没这个必要……”

他心中暗想：

“她该嫁人了……”

“我们厂里的大夫给她服溴化钾，”家庭教师说，“我发觉，她越服情况越糟糕。要我说，要是治的是心脏，那就得服药水……药水叫什么来着，我忘了……该是铃兰滴剂吧，是不是？”

她又说了种种细节，还时不时插嘴，害得大夫说不了话，而她的脸上挂着奇怪的表情，仿佛在说，她，一位家里最有文化的女人，有义务不断跟大夫交流，商谈医学方面的事。

科罗廖夫已不耐烦了。

“我没法说她有什么特别严重的疾病，”他从卧室里出来，对母亲说，“既然您女儿已由厂医来治，不妨继续治下去。至今他的治疗没有错，我看没有必要改换医生。何必改呢？这是一种很普通的疾病。完全谈不上多严重……”

他戴上手套，说得从容。利亚利科娃太太一动不动站着，泪汪汪地打量他。

“离十点钟的火车还有半小时，”他说，“我希望能赶得上这班车。”

“您这就走了？”她说着，泪水又顺着脸颊滚滚而下，“真不好意思打扰您，看在上帝的分上，发发善心……”她眼看着门，轻声说，“留下来过一夜吧。她可是我唯一的……独生女……昨晚吓了我一夜，到现在还没回过神来……请您别走，看在上帝的分上……”

他想对她说，他在莫斯科有许多事等着处理，家里人还等着他回去呢。他觉得毫无必要在别人家里过整整一个晚上，他受不了。但是一见对方的神情，叹了口气，默默地摘下手套。

为了他，客厅和会客室里的灯和蜡烛全点上了。他在钢琴前坐下，翻起了乐谱，然后看了看墙上的画和照片。镶着金边的画框里的油画，画的是克里米亚的风光：波涛汹涌中有一条小船，一名天主教的教士手里端着酒杯。整个画面干巴巴的，过于雕饰而平庸……照片上的人找不出一张美丽而引人入胜的面容，个个都是高颧骨，眼睛里露出的是惊讶的神情。丽莎的父亲利亚利科夫脑门很低，脸上一副沾沾自喜的表情。他那肥大而粗俗的身上披着布袋似的礼服，胸前挂着一枚奖章和红十字勋章。房间里，奢华有余，文化气息不足，那些摆设也是七拼八凑起来的，显不出精心构思之美，反而像那件礼服，多有臃肿不便之病。地板亮光闪闪，煞是刺眼，枝形吊灯也很不悦目。种种景象让人看了不禁联想到一个居然戴着奖章去洗澡的商人……

前室传来细细絮语，有人在低声打着呼噜。突然响起了断断续续的刺耳的金属声，这样的声音科罗廖夫前所未闻，现在听来也不知道是什么声音。听来觉得怪怪的，很不舒服。

“看来不该在这儿待下去……”他想罢再次拿起了乐谱。

“大夫，请去用餐!”家庭教师轻声唤他。

他去吃晚饭。餐桌很大，摆着许多菜肴和酒类，但吃饭的只有两个人：他和赫利斯京娜·德米特里耶夫娜。她喝红葡萄酒，吃得很快，边吃边说话，还透过夹鼻眼睛不时打量他：

“工人们对我们很满意。我们的厂每年冬天都演戏，都是工人自己来演。还有幻灯片配合的朗诵，很不错的茶会，应有尽有。工人们对我们挺忠心，一听说丽莎卡病重了，都为她祈祷。别看他们没受过什么教育，可都挺有感情的。”

“你们家里好像见不到什么男人。”科罗廖夫说。

“没一个男人。彼得·尼卡诺雷奇一年半前去世后，剩下只有我们几个女人了。只有我们三个人。夏天我们住在这里，冬天就去莫斯科的波梁卡。我在他们家已待了十一个年头了，已把这里当作自己的家了。”

饭桌上陆续端上鲟鱼、鸡肉饼、糖煮水果，酒全是法国的名酒。

“大夫，您不必拘束，”赫利斯京娜·德米特里耶夫娜说。她吃着，不时用拳头抹着嘴巴。显然，她对此处的生活心满意足，“请随意吃吧。”

饭后大夫被领到一个房间，房里已为他铺设好了床。但他还不想睡。房间里很闷热，散发着油漆味。他穿上大衣，出了房间。

院子里很凉爽。已是破晓时分，潮湿的空气中，那五座厂房、高高的烟囱、板棚和货栈的轮廓清晰可见。由于是假日，工厂没开工，窗内不见灯光，只有一座厂房透出炉火，映得两扇窗子红彤彤的，一根烟囱冒着烟，偶尔有火光跑出来。院子外，远处有阵阵蛙声，夜莺在低吟浅唱。

他眼看着厂房和睡着工人的板棚，不由再次勾起平日里见到工厂时引发出来的那些想法。即使这里有戏剧演出，有幻灯片，有厂医，有种种改良措施，但今天他从车站来此途中所遇到的工人在外表上与他过去、童年时所见到的工人，并无丝毫区别——那时的工厂还没有什么戏剧演出和改良措施。他，一名医生，能正确诊断出种种病因不名、难以治愈的慢性病，在他的眼中，工厂也是一种来历不名、无法排除的费解之物，他觉得工厂生活的任何改善虽算不得多此一举，但绝不能看作是治疗不治之症的良药。

“这里当然也令人费解……”他看着那红彤彤的窗子，想道，“一千五百到两千工人在这里干活，得不到休息，环境恶劣，制造出劣质的印花布，过着半饥不饱的日子，只有偶尔在小酒馆里摆脱一时的噩梦，得到片刻的清醒，另有一百来号人监督工人干活，这一百号人全部精力全用在记录罚款、谩骂、制造不公上。只有两三个叫做厂主的人，虽不干活，也看不起那些劣质的印花布，他们却享用利润。但那是什么样的利润，他们怎么享用呢？利亚利科娃和她的女儿很不幸，看着叫人可怜，生活得心满意足的只有那个戴着夹鼻眼镜、上了年纪、傻乎乎的老处女赫利斯京娜·德米特里耶夫娜一人。莫非这五座厂房不停地生产，制造出劣质印花布销往东方市场，只为了让赫利斯京娜·德米特里耶夫娜吃上鲟鱼，喝上红葡萄酒？”

突然传来了奇怪的声音，就是晚饭前他听到的那声音。在一座厂房附近，有人在敲金属板，敲得很有节奏，所以敲出来的声音短促、刺耳，沉闷，听来像是“偈儿……偈儿……偈儿……”的。停了半分钟后，另一座厂房也响起声响，也是断断续续，刺耳，更低沉——类似“得儿……得儿……得儿……”声，敲了十一次。原来是守夜人在报时，表明现在是十一时了。

他又听见第三座厂房附近响起的声响：“扎克……扎克……扎克……”接着其他的厂房和板棚子及门外先后都响起了声响。在万籁俱寂的夜晚，这些声响好像是瞪着红眼睛的怪物发出来的，是统治着这个地方、统治着厂主和工人的鬼怪亲口发出来的，同时欺骗着厂主和工人双方。

科罗廖夫出了大门，来到田野。

“谁在那儿走动？”厂门口有人粗鲁地喝问。

“就像待在牢房里……”他心想，但没有回答。

这里听到蛙声和夜莺的歌唱声，能感到五月之夜的气息。从火车站传来火车的隆隆声，什么地方瞌睡中的公鸡啼叫起来，但打破不了夜的宁静。大地在沉睡中。离工厂不远处的田野上，立着一座房架子，里面堆着一些建筑材料。科罗廖夫在木板上坐了下来，陷入了沉思：

“在这地方，只有家庭女教师一人如鱼得水，工厂是为满足她而开的。但那只是表面现象，她充其量不过充当了傀儡的角色。这里大行其道的只有魔鬼。”

他想到了魔鬼，但并不相信魔鬼的存在。他回过头来打量了一眼厂房那闪着亮光的窗子，只觉得那是魔鬼瞪着红彤彤的眼睛在盯着他看。魔鬼，那是建立强者和弱者关系、制造那个已无法纠正的错误的莫名的力量。强者有碍弱者生活，这是自然规律，这道理唯有报刊上的文章和教科书才说得明白，容易为人所接受。日常生活却是如此复杂混乱，人的关系错综复杂，琐碎繁复，这时候这规律再不成其规律，而是一种荒谬的逻辑，强者和弱者都沦落成其相互关系的牺牲品，不由自主地受某种有倾向性的力量支配，这种力量来历不明，站在生活之外，与人类并不相干。科罗廖夫坐在木板上，就这样浮想联翩，不知不觉中陷入了一种状态，恍惚中这股不明来历的神秘力量似乎近在眼前，打量着他。此时，东方渐渐露出鱼肚白，时间在迅速流逝。附近见不到一个人影，仿佛万物全死去了，在黎明灰色背景上的五座厂房和烟囱具有一种特别的外观，跟白天见到的不一样，人们彻底忘了，那里面还有蒸汽机、电、电话，而想到的是水上住宅，石器时代，感到的是存在着的粗暴的、无意识的力量……

再次响起：

“偈儿……偈儿……偈儿……”

响了十二次。停了半分钟，院子的另一头又响起了：

“得儿……得儿……得儿……”

“太难听了！”科罗廖夫心想。

“扎克……扎克……扎克……”第三个地方也响起了断断续续、刺耳的声响，仿佛是因烦恼而发出来的，“扎克……扎克……”

为了报点十二点钟，先后响了四分钟。接着沉寂下来，给人造成这样一种印象，仿佛四周万物全死去了。

科罗廖夫又坐了一小会儿，才回到屋里，但很久没有去睡。隔壁的房间有人在低声说话，有拖鞋的窸窣声，也有人光脚走路的声音。

“莫非她的病又发作了？”科罗廖夫想。

他走了出去，想看看病人。各房间已经很明亮了，微弱的阳光穿过晨雾，落到大厅的墙上、地板上，闪闪烁烁。丽莎房间的门开着，她就坐在床边的安乐椅上，身穿宽大的长衣，还裹着披巾，头发没有梳理。窗帘放下来。

“您感觉如何？”科罗廖夫问。

“谢谢您。”

他给她搭了搭脉博，理了理她落在前额上的头发。

“您没睡，”他说，“外面天气很好，已是春天了，夜莺在歌唱，可您还坐在阴暗中想心事。”

她听着，端详他的脸。她的眼睛流露出胆怯而聪慧的目光。看得出，她有什么话要对他说。

“您常这样吗？”他问。

她微微动了动嘴唇，答道：

“常常这样。差不多天天晚上都感到难受。”

这时，外面院子里守夜人已更打两点。传来“偈儿……偈儿……”声，她身子哆嗦了一阵。

“这声音让您不安吗？”他问。

“不知道，反正样样东西都让我心神不宁。”她说罢陷入了沉思，“样样东西全让我心神不宁。从您话语中听得出您的同情，我第一眼看到您，不知怎么的，就觉得我什么都可以与您谈。”

“说吧，请您说出来。”

“我想说说自己的看法。我觉得我没有病，只是心神不宁，老提心吊胆，因为我的情况只能是这样，没别的。即使身体最健康的人也免不了担惊受怕。譬如说，他觉得窗下有个强盗，他能不害怕吗？家里人常给我治病，”她眼望着自己的膝盖，羞怯地微微一笑，接着说道，“我自然十分感激他们，我不否定治疗的效果，但我盼望有个亲近的人与我说说话，接触的不是大夫，我想有个朋友，他理解我，经常指出我哪些做得对，哪些不对。”

“莫非您就没有一个朋友吗？”科罗廖夫问。

“我孤独。我有母亲，她爱我，但我仍旧感到孤独。这就是我过的日子……孤独的人读了很多很多书，但很少跟人说话，很少听人说话，对他们来说，生活是神秘的。他们是神秘主义者，常在没有魔鬼出没的地方见到魔鬼。莱蒙托夫笔下的达玛拉①是孤独的，她就见到魔鬼。”

“您读了很多书？”

“很多。知道吗，我的全部时间，从早到晚，全都闲着，没事可干。白天我看书，一到晚上头脑空空的，没有思想，只有一片阴影。”

“晚上您见到什么没有？”科罗廖夫问。

“没有，但我感觉到……”

她又微微一笑，抬头看了一眼大夫，那眼神是那么忧郁，聪慧，他从中看出，她已信任他了，想跟他推心置腹地谈谈，想来这也是她的想法吧。但她还是沉吟不语，也许是等着他先开口吧。

他知道该对她说些什么。他心里明白，她需要的是抛弃这五座厂房和千万财产——如果说她将拥有的话——离开她夜夜见到的魔鬼。他甚至知道，她自己也是这么想的，只是在等机会，遇到一个自己信任的人，肯定她的想法。

但是他还没有想好如何把自己的想法对她说。如何说呢？谁也不好开口问被判决的犯人他被判的是什么罪；同样很少有人愿去问十分富有的人，他有那么多的钱有什么用呢，干吗这么糟蹋这些钱财，即使在大祸临头的时候，为什么面对财富还不愿撒手？一旦提到这些事，说起来往往扭扭捏捏，吞吞吐吐，拖拖拉拉。

“怎么说呢？”科罗廖夫左思右想起来，“真的需要说吗？”

结果他还是说了，只是并不直截了当，而是转弯抹角地说了说：

“您拥有多家工厂和一笔巨大的遗产，但是您并不因此而满足，并不相信自己有这权利，因此您夜不能寐。比起心安理得、睡得香甜、认为万事如意来，这当然好多了。您的失眠症是值得人敬重的，不管怎么说，是个好征兆。事实上，凡是做父母的，都会认为你我此刻的交谈是不可理喻的。他们夜里不进行交谈，睡得踏实；而我们这一代人睡得不好，受尽煎熬，谈论不止，判断自己的作为对不对。到了我们的儿女辈，或者是子孙辈，对不对的问题已解决了。他们的眼光要比我们更加远大，过了五十年左右，生活将非常美好，遗憾的是我们活不到那天。要是能看一眼那种日子该多好啊。”

---

① 达玛拉：俄国诗人莱蒙托夫（1814—1841）的长诗《魔鬼》中的女主人公。

“儿孙辈会做些什么呢？”丽莎问。

“不知道……也许将抛弃一切，一走了之。”

“去哪里？”

“哪里……爱去哪里就去哪里。”科罗廖夫说罢，笑了笑，“有头脑的好人能去的地方有的是。”

他说罢看了看表。

“太阳已出来了。但是，”他说，“您该睡了。脱了衣服好好睡一觉吧。认识您我很高兴，”他握了握她的手，接着说下去，“您是个有意思、很不错的人。晚安！”

他回到自己的房间，睡了。

第二天一早，他坐的马车来了，大家都到门口送他。丽莎穿上白色的连衣裙，喜气洋洋，头发上插朵鲜花，脸色苍白，形容憔悴。她还是像头天那样，眼望着他，眼神忧郁，却聪慧，脸带微笑，说起话来神情像是有什么特别重要的话对他说——只对他一人说似的。耳畔云雀啼啭，教堂的钟声悠扬。厂房里亮堂堂的。科罗廖夫坐的车过了院子，沿着大路向火车站行驶途中，再也不去想工人、水上住宅、魔鬼这些事了，他只想到那也许已近在眼前的时代，那时的生活有如这宁静的星期天清晨，阳光灿烂，喜气洋洋。他还想到，在春天如此美好的清晨坐在马车里，车况良好，享受阳光的温暖，是何等赏心悦目啊。

（1898 年）

宝贝儿

退休的八品文官普列米扬尼科夫的女儿奥莲卡，坐在院子的台阶上，想心事。天气炎热难当，苍蝇缠着她嗡嗡声不停，一想到天就要暗下来，她只觉得心里美滋滋的，从东方压过来一团黑黢黢的雨云，时不时飘来一阵潮气。

院子中央站着库金，眼望天空。库金是剧团经理人，经营着“季沃里”游乐园。他就住在这院子里的厢房里。

“又要下雨了！”他沮丧地说，“又要下雨了！天天下雨，下个不停——像是故意跟人作对！叫人没法活了！把人都逼上绝路了！这样下去每天的损失可就太大了！”

他双手一拍，转身对奥莲卡说：

“您瞧，奥莲卡·谢苗诺夫娜，我们过的就这种日子。只有哭的分儿了。干活，卖力气，遭罪，夜里不能睡，老捉摸着该怎么办——可结果呢？一方面，观众都那么没教养，野蛮。我为他们准备了顶呱呱的小歌剧、精彩的梦幻剧，请来一流的讽刺剧的演唱家，他们领情吗？他们爱看的是那些个粗俗的玩意儿！他们有低级趣味的东西就心满意足了！再说这鬼天气。几乎天天晚上都来场雨。打从五月十日起，整个五月和六月没停过一天。太糟糕了！观众不来看，可我照样得付场租不是？还得付演出人员的工钱不是？”

第二天傍晚，乌云又黑压压过来，库金歇斯底里般笑着说：

“你说怎么样？让它下吧！爱把整个园子都淹了，把我也淹了也行！害得我阳世阴间都遭殃也行！让那些演出人员把我送上法庭我也认了！法庭有什么好稀罕的？把我流放到西伯利亚做苦役我也认了！送上断头台也行！哈，哈，哈！”

第三天雨还是照下不误……

奥莲卡认真地听着，但一言不发，听着，听着，泪水夺眶而出。库金的不幸遭遇感动了她，她爱上了他。库金五短身材，瘦骨嶙峋，脸色发黄。头发分梳在两鬓，说起话来用的是尖细的男高音，嘴巴一撇，脸上老挂着绝望的神色，但还是激起她深深的真情爱意。她得老爱某个人，不爱不行。过去她爱爸爸，他现在病了，待在昏暗的房间里，坐在圈椅上，气喘吁吁。她爱自己的姑妈。姑妈每两年从布良斯克过来一次。早些时候，她还在初级中学念书的时候，爱过自己的法语老师。法语老师是个好心肠、体贴人的文静小姐，目光温柔、亲切，身体健康。男人们看着奥莲卡那丰满绯红的脸蛋，看着那长着一颗黑痣的细腻白嫩的脖子，看着她一听到高兴的事脸上便露出天真善良的笑容——看着看着，心里不禁会想："这妞儿挺不错的……"他们便跟着笑起来，而女客在与她交谈中，情不自禁拉起她的手，高兴地说道：

"宝贝儿！"

她打出生起就住在这房子里，在她父亲的遗嘱里就写明这房子将来归在她的名下。这房子坐落在城郊的茨冈区，离"季沃里"游乐园不远，到了傍晚和夜里都能听到游乐园的阵阵乐声，鞭炮的噼啪声，在她听来，这些声响是库金在与命运斗争中发出来的，是他在向自己主要的敌人——冷漠的观众发动进攻。她的心脏便猛烈地，甜甜地跳动起来，便失去了睡意，到了天快亮，库金回家，她便轻轻地敲起自己的窗，隔着窗帘只对他露出脸和一边的肩膀，温情脉脉地笑起来……

他向她求婚，两个人便结了婚。当他仔细地瞧着她的脖子和丰满、健康的肩膀时，往往两手一拍，说：

"宝贝儿！"

他感到万分幸福。只是结婚那天，白天下雨，夜里还是下雨，他脸上那股失望的神情不见消失。

婚后的日子乐陶陶。她待在游乐园的票房里管理票务，照料园里的内务、账目，发放工钱，她那玫瑰色的脸蛋，迷人、天真而闪闪发亮的笑意，时而在票房小窗口，时而在后台，时而在饮食部闪现。从此她往往对自己的亲朋好友说，世上顶出色、顶重要、顶不可缺的数演戏，只有在剧院里才能获得真正的享受，成为有教养、有人情味的人。

"可是观众能理会这道理吗？"她说，"观众需要的是那些个粗俗的玩意儿！昨晚我们演出经我们改编的《浮士德》，全场的包厢空无一人。要是我和万尼奇卡上演低级趣味的玩意儿，我敢说，准要座无虚席。明天万尼奇卡他们要演出《俄耳浦斯在地狱》，您过来看吧！”

库金讲过有关剧院和演员的话，她全都照着说。她也和他一样，瞧不起观众，说他们漠视艺术，怪他们无知。彩排时她指手画脚，纠正演员的动作，对乐师的行为说三道四。遇到当地的报纸对演出稍有微词，她就哭哭啼啼，跑到编辑部辩解。

演员都喜欢她，管她叫“我和万尼奇卡”和“宝贝儿”。她同情演员，常借给他们几个小钱。有时候遇到有人骗了她，她只是偷偷地哭一阵子，但不向丈夫告状。

冬天两人也过得乐陶陶的。整个冬天夫妻俩租下了市剧院演出，只在短期内转租给了小俄罗斯剧团、魔术团或本地业余剧团演出。奥莲卡渐渐地发福了，整个人心满意足，容光焕发。可库金却日见消瘦，脸色发黄，抱怨开销过大，可整个冬天生意还是不错的。一到夜里，他咳嗽不止，她让他喝覆盆子和椴树花汁，用香水擦他的身子，拿自己的软披巾把他裹得严严实实。

“你可是我的心上人！”她抚平头发，真心实意地说，“你可是我的心肝！”

四旬节①期间，他到莫斯科去请剧团。他走后，她夜不能寐，老守在窗口，眼望天上的星星。这期间，她把自己比作母鸡，公鸡不在窝，母鸡忐忑不安，不睡觉。库金在莫斯科耽搁些日子，写信来说，要到复活节才能回来，来信中还交代了“季沃里”的事。可是到了受难节②前的一个星期一深夜，响起了不祥的敲门声，有人狠命地拍着院门，擂鼓似的“嘭嘭”声响个不停。睦睡蒙眬的厨娘光着脚踩过水洼，跑出去开门。

“劳驾，开门！”门外有人用低沉的嗓子喊，“电报！”

此前奥莲卡不是没有接到过丈夫的电报，不知为什么这回吓得她掉了魂似的，她哆哆嗦嗦拆开电报，见到以下的电文：

---

① 四旬节：复活节前的四十日内，纪念耶稣在荒野绝食。是基督教的大斋期。

② 受难节：复活节前一周，纪念耶稣受难。

伊凡·彼得洛维奇猝然离世如河安葬后指示周二

电报上确实写着“如河安葬”，还有那不知所云的“后指示”。电报后署名的是歌剧团导演的名字。

“亲爱的!”奥莲卡号啕大哭，“万尼奇卡，我亲爱的！你我何必相遇？我为什么会见到你，爱上你？这下你把自己可怜的奥莲卡，可怜、不幸的人丢给了谁……”

星期二，库金被安葬在莫斯科瓦冈科沃墓地。星期三奥莲卡回了家，一进门，就扑倒床上，哭天抢地起来，哭声传到了大街和左邻右舍的院子。

“宝贝儿!”女邻居们画着十字，说，“宝贝儿奥莲卡·谢苗诺夫娜，老天爷，她这下完了！”

三个月后，奥莲卡做完弥撒回来，一身孝服，悲悲切切。跟她一起的是位邻居，也是从教堂回来的。他叫瓦西里·安德烈伊奇·普斯托瓦洛夫，是商人巴巴卡耶夫木材场的经理，戴一顶草帽，穿一件白坎肩，坎肩上系一根金表链，看上去不像个商人，倒像名地主爷。

“万事都由天定，奥莲卡·谢苗诺夫娜，”他庄重地、满腔同情地说，“要是我们的哪位亲人去世了，那是上帝召了他去，遇到这种情况，我们就得多想想自己，认命吧。”

他把奥莲卡送到了门口，与她作别，径自离去。此后她整天耳际响着他那庄重的声音，只要闭上眼睛，他那浓黑的胡子就在她眼前晃动。他博得了她的好感，显然，她也给他留下很好的印象，因为不久，一位她不太熟悉的上了年纪的太太来她家喝咖啡，她刚入座，开口就说到了普斯托瓦洛夫来，说他是个好人，老实稳重，哪个姑娘不争着嫁给他。三天后，普斯托瓦洛夫亲自来访，他待不多久，只十分钟，话也不多，但奥莲卡爱上了他，爱得很深，整夜辗转反侧，浑身热辣辣的，像是染上了热病。第二天上午她就把那上了年纪的女人找来，很快就定下了这段姻缘，举行了婚礼。

普斯托瓦洛夫和奥莲卡婚后生活幸福美满。通常，午饭前他待在木材场里，然后出去办事，奥莲卡代他坐办公室，直坐到晚饭前，写写算算，发放货物。

“如今的木材年年都要贵两成，”她老对买主和熟人说，“老天保佑，过去我们卖的是本地的木材，如今瓦西切卡每年都得到莫吉列夫省采购。单运费就是一笔大数目。”她说着，双手掩面，显得惊恐万状，“好大一笔钱!”

她像是干木材生意多年了，生活中最重要，最需要的是木材。什么“梁木”啦，“原木”啦，“薄板”啦，“护墙板”啦，“箱子板”啦，“板条”啦，“木块”啦，“毛板”啦，所有这些词儿，在她听来，有种无比亲切、动人之感。夜里睡觉时，她梦见堆积如山的薄板和板材，长得见不到头的一串大车载着木材往城外远处驶去，她也梦见一大批十二俄尺长、五俄尺粗的原木竖着排山倒海向木材场源源而来，于是原木、梁木、毛板你挤我压，嘭嘭声不绝于耳。接着它们纷纷倒下去，又站起来，惊得奥莲卡大呼小叫起来，普斯托瓦洛夫便温柔地对她说：

“奥莲卡，亲爱的，你怎么啦？快画十字!”

丈夫有什么想法，妻子便遥相呼应。如果他认为房间里很热，或者说如今的生意清淡，她便连声说是。丈夫不爱娱乐消遣，节假日都待在家里，她也足不出户。

“瞧你俩不是待在家里，便是坐办公室，”朋友说，“该去看看戏，要不上马戏团转转。”

“我跟瓦西切卡没时间逛戏院，”她一本正经地说，“我俩是干活的人，顾不上光顾那些玩意儿。这些个戏院有什么好的？”

每逢星期六，普斯托瓦洛夫和她都去参加彻夜祈祷，节假日做晨祷，教堂回来的路上，双双肩并肩走着，脸上现出被感动的神情，两个人身上散发出好闻的味儿，她的丝绸连衣裙发出了动听的窸窣声。回到家喝茶，吃甜面包和种种果酱，最后吃馅饼。每天下午他们家的红甜菜汤、煎羊肉、烧鸭子等佳肴的香味飘到了院子和门外的街上，遇到斋日，便有鱼香飘出来，经过他俩家的人，无不馋得口水横溢。办公室里茶炊始终滚烫，来的顾客少不了受到招待，喝茶，吃面包圈。夫妻俩一星期去一次澡堂，双双肩并肩，回家时脸孔红扑扑的。

“没事，我们过得挺好，”奥莲卡对熟人都这么说，“谢天谢地，但愿人人都像我和瓦西切卡那样，日子过得顺顺当当。”

每逢普斯托瓦洛夫去莫吉列夫省采购木材，她往往十分想念他，夜不能寐，哭泣流泪。有时一位军队里年轻的兽医斯米尔宁在她家厢房寄宿，常在傍晚时来看望她。他跟她一起谈天，玩牌，给她增添不少乐趣。特别是他谈起自己的家庭生活，引起她莫大兴趣。他结过婚，有个儿子，与妻子分居，因为她背叛了他，他恨她，每月给她汇去四十卢布作为儿子的生活费。奥莲卡听着，叹叹气，晃晃脑袋，挺同情他。

“求上帝保佑您，”她说着，拿着蜡烛送他到了楼梯口，“多谢您给我解闷儿，愿上帝保佑您健康，圣母娘娘……”

她仿效丈夫，神情端庄稳重，兽医已下楼到了门外，她还是喊住他，说：

“弗拉基米尔·普拉托内奇，记住，还是跟妻子和好了吧，哪怕是看在儿子分上，该原谅她才是……小孩子兴许什么都明白。”

普斯托瓦洛夫回来后，她就轻声地把兽医和他那不幸的家庭生活说给丈夫听，两个人不禁连连叹息，摇头，谈到那孩子，说他多想念自己的亲爹哩。接着也许是心有灵犀一点通吧，两人都到了圣像前，深深鞠躬，求上帝赐给他俩孩子。

普斯托瓦洛夫夫妻俩就这样和和睦睦、相亲相爱，平静地过了六年。一次，瓦西里·安德列伊奇在木材场喝足了滚烫的茶后，没戴帽子就出去发货，着了凉，病倒了。请来最好的大夫医治，可毫无起色，过了四个月就死了。奥莲卡再次守寡。

“你撇下我，叫我依靠谁呀，亲爱的？”安葬了丈夫，她不免哭诉道，“没有你，今后叫我这个苦命、不幸的女人如何活下去？好心人哪，可怜可怜我这孤苦伶仃的人吧……”

她穿上黑丧服，别上白丧章，今生今世再也不戴帽和手套了。除了上教堂和去丈夫的墓地，她很少出门，待在家里过着修女般的生活。可是过了六个月，她拿下白丧章，打开护窗板。有时清早，人们看见她与厨娘一起出现在市场上买食品。要说她在家里的生活，她在家里干了些什么，那只有凭推测了。譬如说，有人看见她在自家小园子里跟那兽医喝茶，他给她大声朗读报纸，还有，一次她在邮局遇到一个熟悉的太太，她对那太太说：

“我们城里缺乏对兽医的正确监督，因此许多疾病流行。常常听到，人们因喝了牛奶而患病，也有因牛马的传染而患病的。事实上，对家畜的健康也应该像对人的健康那样，给予足够的关切。”

她这是复述那兽医的想法。现在她的一切全都听兽医的了。显然，要她不深爱一个人，一年也活不下去。她又在自家厢房找到了新的幸福。换了别人，你可以说她朝三暮四，可不能把奥莲卡往坏处想。她的人生就是如此，完全可以理解。她和兽医之间的关系到底发生了什么样的变化，两个人对谁也没有提起，双方竭力隐瞒着不说出来，可这是办不到的，因为奥莲卡不是个爱守秘密的人。每逢他家来了客人（他团里的同事），她都要出来给客人献茶，或端饭送菜，说及牛瘟，谈起家畜的结核病，论到城里屠宰场的事，好不叫他难堪，客人一走，他就拉起她的手，生气地嘀咕起来：

"我可多次请求过你，别掺和自己不懂的事！我们兽医谈论本行的事时，你别乱插嘴。说到底，多无聊！"

她惊讶地望着他，惶惶不安地问：

"沃洛奇切卡，那我说什么才是？"

她说罢眼泪汪汪地抱住他，求他别生气，于是两个人变得好不快活。

但是这种幸福为时不长。兽医跟着自己的部队开拔走了，且再不回来，因为部队调到很远很远的地方去，大概是西伯利亚吧。奥莲卡又落到了孤苦伶仃的境地。

现在她是彻彻底底孤单一人了。她父亲早已去世，他常坐的圈椅搁到阁楼上去，通体蒙上了灰尘，还短缺了一条椅脚。她憔悴下去，人变丑了，街上的过往行人再也不像过去那样看她一眼，冲她微笑了。显然，花样年华已逝，不复返了，现在开始要过新的、完全陌生的生活，还是不去想它吧。傍晚，奥莲卡坐在门前台阶上，耳听传来的阵阵"季沃里"的乐声，鞭炮的噼啪声，但再也激不起她丝毫的思绪。她漠然望着自家空荡荡的院子，一无所思，一无所求，夜晚来临，便去睡觉，梦中见到的还是自家那空荡荡的院子。她照例吃喝，但完全像不得已而为之。

主要的，也是最糟糕的是，她现在已完全没有自己的主见。她能看得见自己周围的事物，了解周围发生的种种事件，但丝毫形成不了自己的看法，不知道自己该说些什么。没有主见，这是何等可怕！譬如说，你看见面前立着一只瓶子，或者正下着雨，或者过来的大车上有个庄稼汉，可你竟不知道，这瓶子、这雨，这庄稼汉为什么存在，有什么意义，哪怕给你一千卢布，你也说不出所以然来。在库金和普斯托瓦洛夫在世时，后来身边有那兽医期间，奥莲卡什么事都能说得头头是道，都能充分发表自己的见解。如今，她的头脑中，她的心灵里，就如这空荡荡的院子，一无所有。生活竟如此可怕和悲惨，她宛如在咀嚼苦艾。

城市在渐渐地向四周扩大，茨冈区已改叫大街了。原先是“季沃里”游乐园和木材场的地方，如今已房屋林立，街巷纵横了。时间过得真快啊！奥莲卡的房子已变黑，屋顶生锈，板棚倾斜，院子里杂草和荆棘丛生。奥莲卡自己也老了，丑了。夏天她坐在台阶上，心里还是和过去一样，空荡荡，烦闷闷，满是苦味。冬天，坐在窗前，眼望着白雪，或是闻到春的气息，或是听到春风送来阵阵教堂的钟声，往事会突然涌上心头，顿时激起丝丝甜蜜的悸动，泪水即刻夺眶而出。但这只是短短一分钟时间，紧接着又是空虚，毫无目标。黑猫布雷斯卡依偎着她，轻声叫着，但猫的爱抚触动不了奥莲卡的心——她需要的是这些吗？她需要的是那种触动她整个身躯、灵魂和理智的爱，让她有思想，有生活目标，温暖她那日益老去的血液。她把黑猫布雷斯卡从裙子上甩掉，懊恼地对它说：

“走开……别来烦我！”

就这样日复一日，年复一年，没有欢乐，没有思想，一切全听厨娘马夫拉说的。

七月的一天，天很热，傍晚时分，街上牛马群刚过去，院子里灰尘满天飞，突然，有人来敲院门，奥莲卡亲自去开门，一看惊呆了：门外站着兽医斯米尔宁，满头白发，一身便服。她忽然想起了过去的一切，禁不住哭了起来，头依偎在他的胸口，什么话也没说，万分激动中，没有注意到两个人是如何进了房子，坐下来喝起了茶。

“我亲爱的，”她高兴得身子哆嗦，嘟嘟哝哝道，“弗拉基米尔·普拉托内奇！上帝从哪里把你送来的？”

“我想永远在这里待下去了，”他说，“我退伍了，想上这儿来寻找幸运，过称心的生活。儿子该上中学了，长大了。我跟妻子也已和解了。”

“她在哪儿？”

“她跟儿子在旅馆里，我是来找房子的。”

“主啊，天哪，那就住我这儿吧！还找什么房子？老天爷，我不会收你一分钱的，”奥莲卡又激动起来，哭了起来，“你们就住在这儿，我待在厢房里就行了。天哪，我高兴着哩！”

第二天忙着给房顶上了漆，刷了墙壁，奥莲卡双手叉腰，指指点点。她的脸上又闪烁着过去那种笑容，她浑身充满了活力，容光焕发，像是从漫长的梦中刚醒过来似的。兽医的妻子来了。她骨瘦如柴，挺丑的一个女人，蓄着短发，一脸任性的神色。跟她一起来的有个男孩，叫萨沙，个子矮小，与他的年龄（约莫九岁）不相称，胖胖的，蓝眼睛亮亮的，脸上长着两个酒窝。这孩子一进院子，就追起猫来了，立即响起了他那欢快、爽朗的笑声。

“阿姨，这是您的猫吗？”他问奥莲卡，“等它生了小猫，请您送我一只。我妈非常怕耗子。”

奥莲卡与他说了一会话，请他喝茶，她猛地感到内心一阵温暖，甜蜜地悸动，只觉得这是自己亲生的儿子似的。晚上，他坐在餐厅里，复习功课，她温情脉脉、满怀怜惜地打量着他，低声说：

“我的宝贝，多俊的孩子……好乖乖，长得白白嫩嫩，聪明伶俐。”

“岛屿就是，”他念道，“周围有一片海水的陆地。”

“岛屿就是周围有一片海水的陆地。”她跟着说道，多年的沉默和缺乏主见后，她第一次自信地说出了自己的见解。

她又有了自己的见解，吃饭的时候，她对萨沙的父母说，如今读中学的孩子真不容易，古典教育毕竟比实科教育强，因为中学毕业后，出路有的是，可以去学医，做医生，也可以读工科，当工程师。

萨沙上学了。他的妈妈去了哈尔科夫妹妹家，从此一去不复返。他父亲天天外出给牲口治病，常常三天不着家。奥莲卡觉得这孩子没人管了，成了房子里的多余人，就要饿死了。她把他领到厢房来，给他布置了个小房间。

半年来萨沙就生活在厢房里，每天早晨，奥莲卡就走近他的小房间，他睡得正香，一只手托着腮帮子，呼吸声很细。她舍不得唤醒他。

“萨什卡，”她难受地说，“起来，宝贝！该上学了。”

他起了床，穿上衣服，做好祷告，坐下来喝茶。连喝了三杯茶，吃下两只大面包圈，外加半只抹了奶油的法式面包。他还没有完全醒过来，所以情绪不太好。

“我说，你，萨什卡，寓言可没好好儿背熟，”奥莲卡望着他，说，那眼神像是送他出远门似的，“你真叫我操心。你呀，得加把劲学，宝贝……听老师的话。”

“嘿，请您别唠叨了！”萨沙说。

接着他就沿着街上学去了，他身材矮小，戴只大制帽，背着书包。奥莲卡悄没声息地跟着他。

“萨什卡！”她呼喊道。

他回过头，只见她塞给他一个枣子或一块糖。两个人拐进了学校所在的那条巷子。后面跟着一个又高又胖的女人，好不叫他害臊，便回头对她说：

“您回吧，阿姨，现在我可以自己走了。”

她便站住，目不转睛看着他的背影，目送他到了校门口。啊，她多爱他！在她过去深爱的人中，她还没有爱得如此深切，以前她的心从未出现过如此忘我、无私、快乐的母爱，而且这种爱燃烧得越来越旺。为了这个人家的孩子，这个两颊有酒窝、头戴制帽的孩子她愿献出自己的生命，而且是快快乐乐、饱含温柔的泪水献出来的。为什么？谁说得清为什么？

她把萨沙送到学校后，悄悄地回家，心满意足，平心静气，柔情脉脉。最近半年，她的面容变年轻了，脸上老挂着微笑，容光焕发。遇到她的人都很高兴，对她说；

“你好，奥莲卡·谢苗诺夫娜宝贝儿，你好吗？”

“如今读书真不易，”她在市场上常说，“昨儿就让一年级生背寓言，翻译拉丁文，还要解题，闹着玩的吗？我说，小孩子怎么受得了？”

接着她便说起了老师、功课、学生等的事来——这些话都是萨沙对她说过的。

两点多钟两个人一起吃午饭，傍晚一起做功课，一起哭泣流泪。安顿他睡了，她便久久为他画十字，祈祷，然后自己睡时，还蒙蒙眬眬遥想将来萨沙大学毕业后，做了医生或工程师，拥有自己大房子、马匹、马车，成了家，生男育女……睡着后，还在想着这些，闭着的眼睛里淌下了泪水。黑猫躺在她的身旁，咕噜着：

“喵……喵……喵……”

突然响起了很响的敲门声。奥莲卡醒了过来，吓得喘不过气来。她的心狂跳着。过了半分钟，又响起敲门声。

“哈尔科夫来的电报，”她想道，浑身哆嗦，“母亲要萨沙回哈尔科夫，回到自己身边……老天爷！”

她彻底绝望了。她的头、手、脚全凉了。看来她是这世上最不幸的人了。又过了一分钟，传来了说话声，兽医从俱乐部回来了。

“啊，谢天谢地！”她想。

她慢慢放下心来。人轻松了。她躺下去，又想到萨沙。隔壁房间的萨沙睡得正香，有时还听到他说梦话：

“有你好瞧的！走开！别打架！”

（1899 年）

遛小狗的女人

一

听说堤岸上出现了一个陌生人：一个遛小狗的女人。德米特里·德米特里奇·古罗夫已经在雅尔塔生活了两个星期，对这个地方已经熟悉，也开始对这陌生女人发生兴趣。他坐在韦尔奈的售货亭里，看见堤岸上有一个年轻的金发女人在走动，她身材不高，戴一顶无檐软帽，身后跟着一条白毛狮子狗。

后来他在本城的公园和街心小公园里遇见她，一天见到好几次。她一个人散步，老是戴着那顶软帽，带着那条白毛狮子狗。谁也不知道她是谁，便简单地管她叫"遛小狗的女人"。

"如果她没有跟丈夫住在这儿，也没有熟人，"古罗夫暗自思忖，"不妨跟她认识一下。"

他还不到四十岁，可是已经有一个十二岁的女儿和两个上中学的儿子了。他结婚很早，当时他还是大学二年级的学生，他妻子看起来年纪要比他大一倍半似的。他妻子高高的身架，生着两道黑眉毛，直率，尊严，庄重，按她对自己的说法，她是个有思想的女人。她读过很多书，在信上不写"ъ"这个硬音符号，不叫她的丈夫德米特里而叫吉米特里；他呢，私下里认为她浅薄，小心眼，缺少风雅，他怕她，所以不喜欢待在家里。他早已开始背着她跟别的女人厮混，而且不止一次了，大概就是因为这个缘故，他一说起女人几乎全没有好话；每逢人家在他面前谈到女人，他总是这样称呼她们："卑贱的人种！"

他认为自己已经吃够了苦头，可以随意骂她们了，话虽如此，只要他一连两天身边没有那个“卑贱的人种”，日子就没法过。他跟男人相处觉得乏味，不称心，跟他们没有多少话好谈，冷冷淡淡，可是到了女人堆里，他就觉得如鱼得水，自由自在，知道该跟她们谈什么，该采取什么态度，甚至跟她们不讲话的时候也觉得很通体畅快。他的相貌、他的性格、他的全身心有一种迷人的、不可捉摸的东西，颇博得女人的好感，吸引她们。这一点他心中有数，同时也有一种力量诱使他混到女人堆里去。

多次的经验，确实是惨痛的经验，使他懂得：跟正派女人相好，特别是跟优柔寡断、迟疑不决的莫斯科女人相好，起初倒还能够给生活添一点愉快的变化，平添点轻松可爱的生活小波澜，过后却不可避免地演变成为非常复杂的大问题，最后情况就变得令人难以忍受了。可是每一次他新遇见一个有趣味的女人，总要把这种经验丢到了九霄云外。他渴望生活，于是一切都显得十分简单而引人入胜了。

有一天将近傍晚，他正在公园里吃饭，那个戴软帽的女人慢慢走过来，要在他旁边的一张桌子坐下。她的神情、步态、服饰、发型都告诉他，她是一个上流社会的女人，是名有夫之妇，是头一次来雅尔塔，孤身一人，觉得挺寂寞……那些有关本地风气败坏的传闻，有许多是假的，他并不放在心上，知道这类传闻大多是那些只要自己有办法也很乐意犯点罪的家伙捏造出来的，可是等到那个女人在离他只有三步之遥的那张桌子边坐下，他就不由得想起那些关于风流艳遇和登山旅行的传闻，于是，来一次快捷而短暂的结合，跟一个身世不明、连姓甚名谁都不知道的女人干一回风流韵事这样的诱人想法就突然控制了他。

他好声好气地招呼那条狮子狗，一等它走近，他却摇着手指头吓唬它。狮子狗就汪汪地叫起来。古罗夫又摇着手指头吓唬它。

那个女人瞟他一眼，立刻低下眼睛。

“它不会咬人。”她说，脸红了。

“可以给它一根骨头吃吗？”等到她肯定地点一下头，他就和颜悦色地问道，“您来雅尔塔很久了吧？”

“快五天了。”

“我可在这儿待了两星期了。”

他们沉默了片刻。

“时间过得很快，可这儿又那么沉闷！”她说，眼睛没有看他。

“要说这儿沉闷，这不过是一种惯常的说法罢了。一个居住在内地城市别廖夫或者日兹德拉的市民，倒不觉得沉闷，可是一到这儿反说：‘唉，沉闷啊！哎，好大的灰尘！’人家会以为他是从格林纳达①来的呢。”

她嫣然一笑。后来这两个人继续沉默地吃饭，果真像两个素不相识的人，可是吃过饭后他们并排走着，开始了一场说说笑笑的轻松交谈，看那架势只有那种自由自在而心满意足、不管到哪儿去或者不管聊什么都无所谓的人才会这样交谈。他们一面散步，一面谈到海面奇怪的闪光，海水现出淡紫的颜色，那么柔和而温暖，月光下，水面上荡漾着几条金黄色的长带；他们谈到炎热的白昼过去以后天气多么闷热。古罗夫说他是莫斯科人，在学校里学的是语言文学，然而在一家银行里供职，一度打算在一个私人的歌剧团里演唱，可是后来不干了，他在莫斯科有两所房子……他从她口中知道她是在彼得堡长大的，可是出嫁以后就住到C城去，已经在那儿住了两年，她在雅尔塔还要住上一个月，说不定她丈夫也会来，他也想休养一下。至于她丈夫在什么地方工作——在省政府呢，还是在本省的地方自治局，她却无论如何也说不清楚，连她自己也觉得好笑。古罗夫还打听清楚她的芳名叫安娜·谢尔盖耶芙娜。

后来，他在自己的旅馆里想起她，想到明天想必会跟她见面。这是必然的。他上床躺下，想起她不久以前还是个寄宿女子中学的学生，还在念书，就跟现在他的女儿一样；想起她笑的时候，跟生人谈话的时候，还那么腼腆，那么局促不安，大概这是她生平头一次处在孤身一人的环境里吧，而在这种环境里，人们纯粹出于一种她不会不懂的秘密目的跟踪她，注意她，跟她说话；他想起她的细长的脖子和她那对美丽的灰色眼睛。

“总之，她那模样儿倒真楚楚可怜。”他想着，昏昏睡过去了。

二

他俩相识后过去了一个星期。这一天是节日。房间里闷热，而街道上刮着大风，灰尘满天飞，吹掉人的帽子。人们整天都口干舌燥想喝东

① 格林纳达：指格林纳达岛，位于西印度群岛中向风群岛南部。

西，古罗夫屡次到那个售货亭去，时而请安娜·谢尔盖耶芙娜喝果汁，时而请她吃冰淇淋。大家简直不知躲到哪儿去才好。

傍晚风小了一点，他们就在防波堤上来来去去，看客轮到来。码头上有许多散步的人。他们聚在这儿，手里拿着花束，预备迎接什么人。这一群装束考究的雅尔塔人让人一看就看出两个显著的特点：一是上了年纪的太太们打扮得跟年轻女人一样，二是将军很多。

由于海上起了风浪，轮船来迟了，到太阳下山以后才来，而且在靠拢防波堤以前，花了很长时间掉头。安娜·谢尔盖耶芙娜举起带柄眼镜瞧着轮船，瞧着乘客，好像在寻找熟人似的。等到她转过身来对着古罗夫，她的眼睛闪闪发亮。她说了很多，问的话前言不搭后语，而且刚刚问完就马上忘了问的是什么，后来在人群中把带柄眼镜也失落了。

装束考究的人群已经走散，一个人也看不见了，风完全停息，可是古罗夫和安娜·谢尔盖耶芙娜却还站在那儿，好像等着看轮船上还有没有人下来。安娜·谢尔盖耶芙娜不再说话，不停地闻一束花，眼睛没有看古罗夫。

"天气到傍晚好一点儿了，"他说。"可是现在我们到哪儿去呢？我们要不要坐马车到什么地方去兜风？"

她没有回答。

他定睛瞧着她，忽然搂住她，吻她的嘴唇，花束的香味和潮气向他扑来，他立刻战战兢兢地往四下里看：有没有被人看见？

"我们到您的旅馆里去吧……"他轻声说。

两个人很快走了。

她的旅馆房间里闷热，弥漫着一股她在一家日本商店里买来的香水气味。古罗夫瞧着她，心里暗想："生活里碰到的人可真是形形色色！"在他的记忆里，保留着以往一些无忧无虑、心地忠厚的女人的形象，她们由于爱情而高兴，感激他带来的幸福，虽然这幸福十分短暂。但也保留着另一些女人的印象，例如他的妻子，她们不真诚，说过多的话，装腔作势，感情病态，从她们的神情看来，好像这不是爱情，不是情欲，而是在干一种具有重大意义的事情似的。另外还保留着两三个女人的印象，她们长得很美，内心却冷如冰霜，脸上忽而会掠过一种猛兽般的贪婪神情和固执的愿望，想向生活索取和争夺生活所不能给予的东西。这种女人年纪已经不轻，为人任性，不通情达理，十分专横，头脑不聪明，好发号施令。每逢古罗夫对她们冷淡下来，她们的美貌总是在他心里引起憎恶，她们衬衣的花边在他的眼睛里就成了鱼鳞了。

可是眼前这个女人却还那么腼腆，流露出缺乏经验的青年人那种局促不安的神情和别别扭扭的心态。她给人一种惊慌失措的印象，生怕有人会出其不意来敲门似的。安娜·谢尔盖耶芙娜，这个“遛小狗的女人”，对待刚发生过的事情的态度有点特别，看得十分严重，好像这是她堕落了，至少看上去是这样，而这是奇怪的，不合时宜的。她垂头丧气，无精打采，长发忧伤地挂在她脸的两侧，她带着沮丧的样子呆呆地出神，好像古画上那个犯了罪的女人①。

“这不好，”她说，“现在头一个不尊重我的便是您了。”

房间里的桌子上有一只西瓜。古罗夫给自己切了一块，慢慢吃起来。在沉默中至少过了半个钟头。

安娜·谢尔盖耶芙娜神态动人，从她身上散发出一个正派的、纯朴的、阅世不深的女人的纯洁气息。桌子上点着一支孤零零的蜡烛，几乎照不清她的脸，不过还是看得出来她心绪不宁。

“我怎么能不再尊重你呢？”古罗夫问，“你自己都不知道你在说什么了。”

“求上帝饶恕我吧！”她说，眼睛泪水盈盈，“多可怕。”

“你仿佛在替自己辩白。”

“我有什么理由替自己辩白？我是个下流的坏女人，我看不起自己，我根本没有替自己辩白的意思。我所欺骗的不是我的丈夫，而是我自己。而且也不光是现在，我早就在欺骗我自己了。我丈夫也许是个诚实的好人，可是要知道，他是个奴才！我不知道他在那儿干些什么事，怎样工作，我只知道他是个奴才。我嫁给他的时候才二十岁，好奇心在作怪，我巴望过好一点儿的日子，我对自己说：‘一定有另外一种不同的生活。’我一心想生活得好！我要生活，生活……好奇心刺激着我……这您是不会了解的，可是，我对上帝起誓，我已经管不住自己了，我起了变化，什么东西也没法约束我了，我就对我的丈夫说我病了，我就到这儿来了……到了这儿，我老是走来走去，着了魔，发了疯似的……现

---

① 此处指“抹大拉的马利亚”。据《圣经》载，她本是个妓女，因受耶稣感化，忏悔了过去的罪恶。她的形象在文艺复兴时代的绘画中曾多次出现。

在呢，我变成一个庸俗下贱的女人，谁都会看不起我了。”

古罗夫已经听腻了。那种天真的口气，那种十分意外而大煞风景的忏悔，惹得他不痛快。要不是她眼里含着泪水，就可能认为她是在开玩笑或者装腔作势。

“我不明白，”他轻声说，“你到底要什么？”

她把脸埋在他的胸脯上，依偎着他。

“请您相信我的话，务必相信我的话，我求您……”她说，“我喜欢正直、纯洁的生活，讨厌犯罪，我自己也不知道我在干什么。人们常说：这是鬼迷心窍。现在我也可以这样说我自己：鬼迷了我的心窍。”

“得了，得了……”他嘟哝说。

他瞧着她那对呆滞、惊魂未定的眼睛，吻她，亲热地轻声说话，她就渐渐平静下来，重又感到快活，于是两个人都笑了。

后来，等他们走出去，堤岸上已经一个人影也没有了，这座城市以及它那些柏树显得寂静无声，然而海水还在哗哗地响，拍打着海岸，一条汽艇在海浪上摇晃，汽艇上的灯光睡意蒙眬地闪烁着。

他们雇了一辆马车，要到奥列安达去。

“刚才我在楼下前厅里看到你的姓，那块牌子上写着冯·季杰利茨，”古罗夫说，“你丈夫是德国人？”

“不，他祖父好像是德国人，然而他本人却是东正教徒。”

到了奥列安达，他们坐在离教堂不远的一条长凳上，瞧着身下的海洋，默默不语。透过晨雾，雅尔塔朦朦胧胧，模糊不清，白云一动不动地停在山顶上。树上的叶子纹丝不动，知了在叫，单调而低沉的海水声从下面传上来，叙说着安宁，叙说着那种在等候我们的永恒的安息。当初此地还没有雅尔塔，没有奥列安达的时候，下面的海水就这样哗哗地响，如今还在哗哗地响，等我们不在人世，它仍旧会这么冷漠而低沉地哗哗响。这种永恒中，这种对我们每个人的生和死完全无动于衷，也许包藏着一种保证：我们会永恒地得救，人间的生活会不断地运行，不断日臻完善。古罗夫跟一个在黎明时刻显得十分美丽的年轻女人坐在一起，面对着这神话般的环境，面对着这海，这山，这云，这辽阔的天空，不由得心境平静下来，心醉神迷，暗自思忖：如果往深里想一想，那么实际上，这个世界上的一切都是美好的，唯独在我们忘记生活的最高目标，忘记我们人的尊严的时候所思所做的事情是例外。

有个人，大概是巡夜人吧，走过来，朝他们看了看，就走开了。这件小事显得那么神秘，而且也挺美。可以看见有一条从费奥多西亚来的轮船开到了，船身披着朝霞，船上的灯已经熄灭。

“草上有露水了。”沉默以后，安娜·谢尔盖耶芙娜说。

“是啊，该回去了。”

他们回到了城里。

后来，他们每天中午在堤岸上见面，一块儿吃早饭，吃午饭，散步，欣赏海洋。她抱怨睡眠不好，心跳得不稳；她老是提出同样的问题，一会儿因为嫉妒而激动，一会儿又担心他不十分尊重她。在广场的街心花园里或者大公园里，每逢他们附近一个人也没有的时候，他就会突然把她拉到身边，热烈地吻她。彻底的闲适，这种在阳光下的接吻以及左顾右盼、生怕有人看见的担忧，炎热，海水的气息，再加上闲散的、装束考究的、吃饱喝足的人们不断在他眼前闪过，这一切仿佛使他新生了。他对安娜·谢尔盖耶芙娜说，她多么美，多么迷人，他灼热的情欲令他一步也不肯离开她的身旁，而她却常呆呆地出神，老是要求他承认他不尊重她，一点儿也不爱她，只把她看作一个下流的女人。几乎每天傍晚，夜深了，他们总要坐上马车出城走一趟，到奥列安达去，或者到瀑布那儿去。这种游玩总是很尽兴，他们得到的印象每一次都必定是美好而庄严的。

他们在等她的丈夫到来。可是他寄来一封信，通知她说他的眼睛出了大毛病，要求他的妻子赶快回去。安娜·谢尔盖耶芙娜就慌忙起来。

“我走了倒好，”她对古罗夫说，“这也是命运注定的。”

她坐上马车走了，他送她去。他们走了一整天。等到她在一列特别快车的车厢里坐定，等到第二遍钟声敲响，她就说：“好，让我再看您一回……再看一眼。这就行了。”

她没有哭，可是神情忧伤，仿佛害了病，她的脸在抽搐。

“我会想念您……想念您，”她说，“求主跟您同在，祝您万事如意。我有什么不好的地方，您也别记着。我们永别了，这也是应当的，因为我们就不该相遇。好，求主跟您同在。”

火车很快地开走，车上的灯火消失，过一会儿连轰隆声也听不见了，好像什么事物都串通一气，极力要赶快结束这场美梦，这种疯狂似的。古罗夫孤身一人留在月台上，瞧着黑暗的远方，听着螽斯的叫声和电报线的呜呜声，觉得自己好像刚刚睡醒过来。他心里暗想：如今在他的生活中又添了一次奇遇，或者一次冒险，而这件事也已经结束，如今只剩下回忆了……他感动，悲伤，生出一点淡淡的懊悔。殊不知，这个他从此再也不能与之见面的年轻女人跟他过得并不幸福。他对她亲热，倾心，然而在他对她的态度里，在他的口吻和温存里，仍旧微微地露出讥诮的阴影，露出一个年纪差不多比她大一倍的幸福男子的带点粗鲁的傲慢。她始终说他心好，不平凡，高尚。显然，在她的心目中，他跟他的本来面目不同，这样说来，他无意中欺骗了她……

这儿，在车站上，已经有秋意，傍晚很凉了。

"我也该回北方去了，"古罗夫走出站台，暗想，"是时候了！"

三

莫斯科，家家都已经是过冬的样子了，炉子生上火。早晨孩子们准备上学、喝早茶的时候，天还很暗，保姆还要点上一会儿灯。严寒天已经开始。下头一场雪的时候，人们第一天坐上雪橇，见到白茫茫的大地、白花花的房顶，呼吸柔和而舒畅，就会心旷神怡，这时候不由得会想起青春的岁月。老椴树和桦树蒙着重霜而变得雪白，现出一种忠厚的神情，比柏树和棕榈树更贴近人心，近处有了它们，人就无意去想山峦和海洋了。

古罗夫是莫斯科人，他在一个晴朗、寒冷的日子回到莫斯科，等到他穿上皮大衣，戴上暖和的手套，沿彼得罗夫卡大街信步走去，星期六傍晚听见教堂的钟声，不久前的那次旅行和他到过的那些地方对他来说全失去了魅力。他渐渐沉浸在莫斯科的生活中，每天兴趣盎然地读三份报纸，却说他原则上是不读莫斯科报纸的。饭馆、俱乐部对他已有了吸引力，他也热衷于宴会、纪念会，家里有著名的律师和演员出入，要不他在医师俱乐部里跟教授一块儿打牌，这一切让他容光焕发。他已能吃完整份用小煎锅盛着的酸白菜焖肉了……

他觉得，再过上个把月，安娜·谢尔盖耶芙娜在他的记忆里就会被一层浓雾所遮盖，只有她迷人的笑容偶尔像其他人那样出现在他的梦境中。可是过了一个多月，隆冬来了，在他的记忆里一切还非常清晰，仿佛昨天他才跟安娜·谢尔盖耶芙娜分手似的。回忆反而越来越强烈，不论是在宁静的傍晚，在书房里听到传过来的孩子们复习功课的声音，还是在饭馆里听见抒情歌曲，听见风琴声，或者是暴风雪在壁炉里哀鸣，往事全都会在他的记忆里复活：防波堤上的情事、山上那烟笼雾罩的清晨、从费奥多西亚开来的轮船、亲吻等等，无不历历在目。他久久地在书房里来回走动，回想往事，笑容可掬。接着回忆化成幻想，想象中，过去的事就跟将来会发生的事混淆起来。安娜·谢尔盖耶芙娜没有到他的梦中来，可是她如影随形跟他到处走，寸步不离。他一闭眼就看见她活生生地站在他面前，显得越发妩媚，越发年轻、温柔。他自己也显得比原先在雅尔塔的时候更英俊。每到傍晚她总是从书柜里，壁炉里，从角角落落里端详他，他听见她的呼吸声、她衣服亲切的窸窣声。在街上他的目光常常跟踪着来往的女人，想找一个跟她长得相像的人……

一种强烈的愿望折磨他，他渴望把这段回忆跟什么人说说。然而在家里是不能谈自己的爱情的，而在外面又找不到一个可谈之人。跟房客们谈不行，在银行里也不妥。谈些什么呢？莫非那时候他真的爱上她了？莫非他跟安娜·谢尔盖耶芙娜的那段关系中真的有什么优美的，诗情画意的，或者有教益的，或者干脆有意义的地方吗？要谈的只能是含含糊糊地泛泛地谈爱情，谈女人，谁也猜不出到底是怎么回事，只有他的妻子扬起两道黑眉毛，说：

"德米特里，你可不配扮演花花公子的角色。"

一天夜间，他同一个刚刚一块儿打过牌的文官走出医师俱乐部，忍不住说："知道吗，我在雅尔塔认识了一个多迷人的女人！"

那个文官坐上雪橇，走了，可是突然回过头来，喊道：

"德米特里·德米特里奇！"

"什么事？"

"方才您说得对：那鲟鱼肉……确实有点臭味儿！"

这句平平常常的话，不知为什么惹得古罗夫火冒三丈，他觉得对方的话太肮脏，带有侮辱性。多么野蛮的习气，什么样的人啊！多么无聊的夜晚，多么乏味、平庸的白天啊！狂赌，吃喝、酗酒、翻来覆去一套陈词滥调，瞎忙活和无聊的谈话占去了人的大好时光，耗费了人们最好的精力，到头来只剩下猥琐平庸而狭隘的生活，人生无异于短了翅膀，缺了尾巴，走不开，逃不脱，仿佛被关在疯人院里或者监狱的强制劳改队里！

古罗夫通宵没睡，满腔愤慨，头痛了整整一天。第二天晚上他辗转反侧，睡下去又起来，心事重重，要么从这个墙角走到那个墙角。孩子令他讨厌，银行使他心烦，哪儿都不想去，什么话也不想说。

在十二月的假期中，他准备好出一趟门，对妻子说，他要到彼得堡去为一个青年人张罗一件事，可是他去了C城。干什么去？他自己也说不清。他想见安娜·谢尔盖耶芙娜一面，跟她谈谈，如果可能的话，就约她出来相会。

他到C城的时候是早晨，在一家旅馆里租了一个顶好的房间，房间里整个地板上铺着灰色的军用呢毯，桌子上有一只墨水瓶，上面蒙着灰色尘土，瓶上雕着一个骑马的人像，举起一只拿着帽子的手，脑袋却掉了。看门人给他提供了必要的消息：冯·季杰利茨住在老冈察尔纳亚街他的私宅里，房子离旅馆不远，他生活优裕，阔气，自己有马车，全城的人都认识他。看门人把他的姓念成了“德雷迪利茨”。

古罗夫慢慢地往老冈察尔纳亚街走去，找到了那所房子。那所房子的对面正好立着一道灰色的围墙，很长，墙头上戳着钉子。

“谁见着这样的围墙都会逃跑。”古罗夫看了看窗子，又看了看围墙，心想。

他心里盘算：今天是机关不办公的日子，她的丈夫大概在家。再者，闯进她家里去，害得她难堪，那也不是上策。送一封信去吗，要是信落到她丈夫手里，那就可能把事情弄糟。不如看机会吧。他一直在街上围墙旁边走来走去，等机会。他看见一个乞丐走进大门，一些狗向他扑过来，后来，过了一个钟头，他听见弹钢琴的声音，琴声低微含混。大概是安娜·谢尔盖耶芙娜在弹琴吧。前门忽然开了，一个老太婆从门口走出来，后面跟着那条熟悉的白毛狮子狗。古罗夫想叫那条狗，可是他的心忽然剧烈地跳动起来，他由于兴奋一时忘了那条狮子狗叫什么名字了。

他走过来，走过去，越来越痛恨那堵灰色的围墙，就气愤地暗想安娜·谢尔盖耶芙娜已忘了他，也许已经在跟别的男人相好，而这在一个从早到晚只能瞧着这堵该死围墙的年轻女人，在这种处境下她这么做，说来也是顺理成章的。他回到旅馆房间里，在一张长沙发上坐了很久，不知如何是好，然后吃午饭，饭后睡了很久。

“多愚蠢，多恼人啊，”他醒过来后，眼望暗黑的窗子，原来已经是黄昏时分了，“不知为什么我倒睡足了。那么晚上我干什么好呢？”

他坐在床上，床上铺着一条灰色的、廉价的、像医院里病人盖的被子，他懊恼得挖苦自己说：

“倒是去会会那遛小狗的女人吧……去搞风流韵事吧……可你只能在这儿呆坐着。”

这天早晨他还在火车站的时候，有一张用很大的字写的海报映入他的眼帘：《盖伊霞》① 首次公演。他想起这事，就坐车到剧院去。

“是首次公演的戏，她有可能去看。”他想。

剧院里座无虚席。这儿像内地一般剧院一样，枝形吊灯架的上边弥漫着一团迷雾，顶层楼座那边吵吵嚷嚷。开演前，头一排的当地大少爷们站在那儿，手抄在背后。省长的包厢里头一个座位上坐着省长的女儿，围着毛皮的围脖，省长本人却谦虚地躲在门帘后面，人们只看得见他的两条胳膊。舞台上的幕布晃动着，乐队花了很长时候调好了音。观众们纷纷进来找位子，古罗夫一直在热切地用眼睛搜索。

安娜·谢尔盖耶芙娜果然进来了。她坐在第三排，古罗夫一眼瞧见她，他的心缩紧了，他这才清楚地体会到如今对他来说，全世界再也没有一个比她更亲近、更宝贵、更重要的人了。她，这个娇小的女人，混杂在内地的人群里，毫无出众之处，手里拿着一副俗气的长柄眼镜，然而现在她却占据了他的全部生命，成为他的悲伤，他的欢乐，他目前所指望的唯一幸福。他听着那个糟糕乐队的乐声，听着粗俗、低劣的提琴声，暗自想着：她多么美啊。他思索着，幻想着。

跟安娜·谢尔盖耶芙娜一同走进来、坐在她旁边的是一个身材高挑的年轻人，留着小小的络腮胡子，背有点驼。他每走一步路就摇一下头，仿佛在不住地点头致意。这人大概就是她的丈夫，也就是以前在雅尔塔，她在痛苦的心情中称之为“奴才”的那个人吧。果然，他那细长的身材、那络腮胡子、那一小片秃顶，都有一种奴才般的奴颜婢膝的神态，他的笑容甜得腻人，他的纽扣眼上有个什么闪闪发亮的学术证章，活像是听差的号码牌子。

头一次幕间休息的时候，她丈夫走出去吸烟，她留在位子上。古罗

---

① 《盖伊霞》：当时俄国流行的一个由英国作曲家琼斯（1861—1946）创作的轻歌剧。

夫也坐在池座里，他便走到她跟前，勉强做出笑脸，用发颤的声音说：

“您好。”

她看了他一眼，顿时脸色发白，然后又惊恐地看了一眼，不相信自己的眼睛了。她双手紧紧地握住扇子和长柄眼镜，分明在极力克制着，免得昏厥过去。两个人都没有讲话。她坐着，他呢，站在那儿，被她的窘态弄得惊慌失措，不敢挨着她坐下去。提琴和长笛开始调音，他忽然觉得可怕，似乎所有包厢里的人都在瞧他们。可是这时候她却站起来，很快往出口走去。他跟着她走，两个人糊里糊涂地穿过过道，上了楼又下楼，眼前晃过一些穿法官制服、教师制服、皇室制服的人，一概佩戴着证章。又晃过一些女人和衣架上的皮大衣，穿堂风迎面吹来，送来一股烟头的气味。古罗夫心跳得厉害，心想：“唉，主啊！干么要有这些人，要有那个乐队……”

此刻他突然记起那天傍晚在火车站上送走安娜·谢尔盖耶芙娜的时候，对自己说：一切就此结束，他们从此再也不会见面了。可是这件事离结束还远着哩！

在一道标着“通往梯形楼座”的狭窄而阴暗的楼梯上，她站住了。

“您吓了我一大跳！”她说，呼吸急促，脸色仍旧苍白，慌了神，“哎，您真吓了我一大跳。我几乎昏死过去了。您来干什么？干什么？”

“您要明白，安娜，您要明白……”他匆忙地低声说，“我求求您，您要明白……”

她带着恐惧、哀求、爱意瞧着他，凝视着他，要把他的相貌更牢固地留在自己的记忆里。

“我好苦啊！”她没有听他的话，接着说，“我时时刻刻都在想念您，只想念您一个人，我完全生活在对您的思念之中。我一心想忘掉，忘掉您，您为什么到这儿来？为什么？”

上边，楼梯口有两个中学生在吸烟，瞧着下面，可是古罗夫全不在意，把安娜·谢尔盖耶芙娜拉到身边，开始吻她的脸、她的脸颊、她的手。

“您这是干什么，干什么！”她惊恐万状地说，把他从身边推开，“您和我都疯了。您今天就离开，马上就离开……我凭一切神圣的东西求您，请您……有人到这儿来了！”

有人上楼来了。

“您一定得离开……”安娜·谢尔盖耶芙娜接着小声说，“您听见了吗，德米特里·德米特里奇？我会到莫斯科去找您的。我从来没有幸福过，我现在不幸福，将来也绝不会幸福，绝不会，绝不会！不要给我多添痛苦了！我起誓，我会到莫斯科去的。现在我们分手吧！我亲爱的，好心的人，我宝贵的人，我们分手吧！”

她握一下他的手，快步走下楼去，不住地回头看他，从她的眼神看得出来，她确实不幸福……古罗夫站了一会儿，留心听着，然后，等到一切声音停息下来，找到他那挂在衣帽架上的大衣，走出了剧院。

四

安娜·谢尔盖耶芙娜真的动身到莫斯科去看他了。每过两三个月她就从C城去莫斯科一次，对丈夫说，她去找一位教授治她的妇女病，她的丈夫将信将疑。她到了莫斯科就在斯拉维扬斯基商场住下来，立刻派一个戴红帽子的人去找古罗夫。古罗夫就去看她，莫斯科没有一个人知道这件事。

有一回，那是冬天的一个早晨（前一天傍晚信差来找过他，可是没有碰到他），他就这样去看她。他的女儿跟他同路，他打算送她去上学，正好是顺路。大片湿雪纷纷飘落。

“气温是零上三度，可下雪了，”古罗夫对女儿说，“要知道，这只是地球表面的温度，大气上层完全是不同的温度。”

“爸爸，为什么冬天不打雷呢？”

他解释了一番。他说着，心想：现在他正在去幽会，这件事没人知道，大概永远也不会有人知道。他过着双重生活：一是公开的，想知道，想看到的人，都能看到，都能知道，这是传统上相对性的真实谎言，跟他的熟人和朋友的生活没有丝毫不同；另一种生活则在暗地里进行。由于一种奇特的、也许是偶然的巧合，凡是他认为重大的、有趣的、必不可少的事情，凡是他真诚地去做而没有欺骗自己的事情，凡是构成他的生活核心的事情，统统是瞒着别人，暗地里进行的；而凡是他不诚实的行为，用以伪装自己、以遮盖真相的外衣，例如他在银行里的工作、他在俱乐部里的争论、他的所谓“卑贱的人种”、他带着妻子去参加纪念会等，却统统是公开的。他根据自己的判断来判断别人，不相信他看见的事情，老是揣摩每一个人都在秘密的掩盖下，就像在夜幕的遮盖下，过着自己真正的、最有趣的生活。每个人的私生活都包藏在秘密里，也许，多多少少因为这个缘故，有文化的人才那么紧张地主张个人的秘密应当受到尊重吧。

古罗夫把女儿送到学校以后，就往斯拉维扬斯基商场走去。他在楼下脱掉皮大衣，上了楼，轻轻地敲门。安娜·谢尔盖耶芙娜穿着他所喜爱的那件灰色连衣裙，她由于旅途的劳顿和等待而感到疲乏，从昨天傍晚起就在盼他了。她脸色苍白，瞧着他，没有一点笑容，他刚走进去，她就扑在他的胸脯上了。仿佛他们有两年没有见面似的，两个人吻得又久又深。

“哦，你在那边过得怎么样？”他问，“有什么新闻吗？”

“别急，我这就告诉你……我说不出话来了。”

她开不了口，因为她哭了。她转过脸去，用手绢捂住眼睛。

“好，就让她痛哭一场吧，我坐下来等着就是。”他想，就在圈椅上坐了下来。

后来他摇铃，吩咐送茶来，然后他喝茶，她呢，仍旧站在那儿，脸对着窗子……她哭，是因为激动，因为委屈地意识到他们的生活陷入如此悲惨的境地。他们只能偷偷摸摸见面，瞒住外人，像做贼一样！难道他们的生活不是毁掉了吗？

“得了，别哭了！”他说。

他看得很清楚，他们这场恋爱还不会很快就结束，不知道什么时候才会结束。安娜·谢尔盖耶芙娜越来越深地依恋他，崇拜他。如果有人对她说这场恋爱早晚一定会结束，对她来说，这是不可想象的，而且说了她也不会相信。

他来到她跟前，扶着她的肩膀，想跟她温存一下，说几句笑话，可他看见了自己在镜子里的影子。

他的头发已经开始花白。想不到近几年来他变得这样苍老，这样丑陋。他的手抚摸着的那个肩膀是温暖的，在颤抖。他对这个生命感到万分的同情，这个生命还这么温暖，这么美丽，可是大概已经临近凋谢、枯萎，像他的生命一样了。她为什么这样爱他呢？他在女人的心目中老是跟他的本来面目不同，她们爱他并不是爱他本人，而是爱一个由她们的想象编造出来的、她们在生活里热切地寻求的人，后来她们发现自己错了，却仍旧爱他。她们跟他相好的时候，没有一个人幸福过。光阴荏苒，以往他认识过一些女人，跟她们相好过，分手了，然而他一次也没有爱过。什么都可以说发生过，单单不能说有过爱情。

直到现在，在他的头发开始变白的时候，他才生平第一次认真地、真正地爱上一个女人。

安娜·谢尔盖耶芙娜和他彼此相亲相爱，像一对十分贴近的亲人，像一对夫妇，像两个志同道合的知心朋友。他们觉得他们的邂逅似乎是命中注定的，令人费解的倒是他为什么娶妻，她为什么嫁人。他们仿佛是两只候鸟，一雌一雄，被人捉住，关在两只不同的笼子里。他们过去做过的自觉羞愧的事，彼此能谅解，目前所做的一切彼此也能原谅，他们只觉得他们的这种爱情把他们两个人都改变了。

以前在忧伤的时候，他总是用他想得到的种种借口来安慰自己，可是现在他顾不上什么理由了，他感到深深的怜悯，一心希望自己变得真诚，温柔……

“别哭了，我的好人，”他说，“哭了一阵也就够了……现在让我们来谈谈，想出一个什么办法来吧。”

他们商量了很久，讲到应该怎样做才能摆脱这种必须东躲西藏、欺骗、分居两地、很久不能见面的局面，应该怎样做才能从这种不堪忍受的桎梏中解放出来。

“怎么办？怎么办？”他问，抱住头，“该怎么办呢？”

似乎片刻之后，答案就能找到，到那时候，就会开始一种崭新的、美好的生活，不过两个人心里都明白：离终点还十分遥远，最复杂、最坎坷的道路现在刚刚开始。

（1899 年）

峡谷里

一

乌克列耶沃村坐落在峡谷里，从公路和火车站望下去见到的只是该村的教堂钟楼和几家棉织厂的烟囱。路人要是问起这是座什么样的村子，听到的往往是这样的回答：

“就是教堂执事在葬礼上把鱼子酱吃得精光的那个村子。”

有一次，在工厂老板科斯久科夫举办的葬礼后的丧宴上，老教堂执事一见众多凉菜中有一颗颗鱼子，嘴馋得一个劲吃起来，旁人看了推推他，扯扯他的袖子，可他吃昏了头，硬是没有理会，照吃不误，结果把席上的鱼子吃了个精光，可那一罐鱼子足有四磅之多。那都是多年前的事，那执事早已不在人世，可鱼子酱的事人们还念念不忘。不是这儿的生活太单调乏味，便是人们除了这些十年前发生的陈芝麻烂谷子事，压根说不出别的事儿，一说到乌克列耶沃村不说别的，净拿这个说事。

村子里热病依然时有发生，哪怕是夏季，到处泥泞不堪，特别是篱笆下，老态龙钟的老柳树下，树影幢幢，形成了一个个烂水坑。这里一年四季无时无刻不散发着工厂废料和布厂加工用醋酸的气味。三家布厂和一家制革厂不在村子里，而在离村子稍远的地方。厂子不大，工人约莫有四百来号。制革厂流出的水害得河水恶臭刺鼻。工厂丢弃的废料污染了草地，农民的牲口害上了炭疽病，工厂被勒令关闭。表面上厂子是关了，可县警察局局长和县里医生每月拿到工厂主十卢布的好处，在他俩的默许下，工厂依然偷偷在开工。有铁皮屋顶的砖房全村只有两座，一座是乡公所所在地，另一座二层楼房，就在教堂正对面，住着格里戈里·彼得罗夫·楚布金，他是从耶丕凡搬来的小市民。

格里戈里经营一家杂货铺，这只是装门面，实际上他做贩卖白酒、牲口、皮革、面包、种子和猪的生意，他什么生意都做。譬如说，出口的女帽需要喜鹊毛，他就做喜鹊生意，每对喜鹊能赚三十戈比，他买下林子砍下树木，还放钱生息。总之，这是个头脑灵活、善于钻营的老头。

他有两个儿子，老大阿尼西姆，在警察侦缉队办事，很少在家，老二斯捷潘帮老爹跑买卖，可家里人并不指望他真的帮上什么大忙，因为他体虚力弱，耳朵又聋。他的妻子阿克西尼娅是个标致的娘儿们，体态匀称，节日里戴着帽，打着扇，天天早起晚睡，提着裙子，东来西去，不是出现在屋顶上，便是待在地窖里，要不就在小铺里现身，随身的钥匙串叮当作响。老楚布金见了她就乐开了花，眉开眼笑，只可惜这么个娘儿们嫁的不是大儿子，反被耳背的小儿子娶了去。这小子显然脑子不开窍，消受不了这等标致的娘儿们。

老爷子对家庭生活情有独钟，把家庭生活看得高于世上的一切，特别偏爱在侦缉队干事的大儿子和小儿子的媳妇。阿克西尼娅刚嫁到聋子家来，就显露了自己的精明强干，一眼就看出放钱给哪个可靠，哪个不行。家里的钥匙随身带着，连自己的男人也信不过。她噼里啪啦打起算盘来得心应手，还会像庄稼汉那样看马匹的岁口。她成天不是满脸笑容，便是嚷嚷叫叫，她干的、说的，样样称老爷子的心，让他满心欢喜地唠叨道：

“好个能干的媳妇！好个标致的娘儿们，老天爷！”

他原本是鳏夫，儿子结婚一年后禁不住就续了弦。对方是离村子三十俄里外的一个叫瓦尔瓦拉·尼古拉耶夫娜的姑娘，好人家出身，已上了年纪，可长得挺漂亮，挺出众的。她一住进楼上的小房间，顿时满室生辉，像是窗子全换上了新玻璃。圣像前的长明灯点亮了，桌子上全铺上了雪白的桌布，窗台上和庭院里出现了鲜花，红红的花苞煞是招人爱。吃饭用的不单是公用的饭钵，每人面前都摆着自己的盘子。瓦尔瓦拉·尼古拉耶夫娜笑脸盈盈，亲切近人。从前院子里乞丐和男女香客从不进来，如今大为改观，窗下常能听到乌克列耶沃村女人哀怨而悦耳的告苦声和因为酗酒而被工厂解雇的孱弱瘦削的男人的咳嗽声，这声声咳嗽声无不含有负疚之意，瓦尔瓦拉·尼古拉耶夫娜便周济他们几个钱、面包、旧衣服。后来住久了，还从铺子里拿东西给他们。有一次那聋子看见她拿走两包每包八分之一磅重的茶叶，只觉得惴惴不安。

“妈拿走了两包每包八分之一磅重的茶叶，”事后他对父亲说，“这账怎么记？”

老爷子什么话也不答，站在那里想了会儿，动了动眉毛，上楼去了。

“瓦尔瓦鲁什卡，亲爱的，”他亲切地对她说，“往后要是需要铺子里的东西，去拿好了。尽管拿去，放心去拿。”

第二天，那聋子奔过院子，对她大声说道：

“妈，您需要什么，就拿吧。”

她施舍的行为看来有点儿新鲜，称人的心，也是举手之劳，就像点亮长明灯，院子上种些红花绿叶那样不费多少劲儿。一到斋日前的最后一个吃荤日或一连三天的守神节，楚布金的铺子总要把已发了臭的腌肉卖给村民，那腐肉臭气冲天，很难叫人在腌肉桶旁待下去。与此同时，铺子也收下醉汉送来的镰刀、帽子、女人的头巾等作抵押。这时候，被劣酒灌得烂醉如泥的工人在污泥中打滚，罪恶之气如重重浓雾，笼罩人间——在此期间，一想到自己的屋里有个文静整洁的女人，她身上不沾腐肉和劣酒的臭味，心里该是何等畅快！在这些艰难、朦胧的日子里，她的施舍行为有如机器的安全阀，起着应有的调节作用。

楚布金家的日子在操劳忙碌中一天天过去。太阳尚未露面，阿克西尼娅已经起来在外屋梳洗，鼻子发出嗤嗤声，厨房里的茶炊也已烧好，咝咝作响，像是预报将发生什么不吉利的事似的。老爷子格里戈里·彼得罗夫身穿长长的黑上衣，下着印花布裤子，脚踏亮闪闪的高统靴，干干净净，小小的个子，在各房间来回走动，鞋跟发出啪啪声，活像一首名歌中唱的那位老公爹。铺子开了。天也亮了。门前台阶前停着一辆赛跑用的二轮马车。老爷子像个年轻人，麻利地坐了上去，把一顶大帽子拉下来直盖住了耳朵。瞧他那架势，谁都不会说他已是个五十六岁的老人了。妻子和媳妇送他上车，你看他穿着的是干净讲究的上衣，拉车的是一匹价值三百卢布的铁青色大种马。老爷子最不喜欢庄稼汉前来诉苦求助。他不喜欢庄稼人，看不起他们。看到哪个庄稼人等在大门口，他就气汹汹地嚷起来：

“待在这儿干吗？走开！”

要是见到要饭的，便嚷：

“向上帝要去，他会给的！”

他外出办事。他妻子穿着深色的衣服，围着黑围裙，在整理房间，要么在厨房里帮忙。阿克西尼娅在铺子里忙生意，院子里都能听到瓶子和钱币的叮当响，听到她发出的笑声和吆喝声，也听到顾客受到欺诈时发出的怒骂声。与此同时，也能发现铺子里正悄悄进行着私酒买卖。聋子也坐在店里，要么帽子也不戴，两手插在口袋里，在街上晃荡，漫不经心地时而打量街两旁的农舍，或抬头眼望天空。家里一天要喝六次茶，四次围坐桌前吃饭。晚上用来算账，计算一天的收入，然后去睡个好觉。

乌克列耶沃村有三家印花布厂，厂主老赫雷明、小赫雷明和科斯久科夫三家的住宅与工厂都有电话相通。电话还接到乡公所，但那里的电话很快就用不了啦，因为电话机里生满了臭虫和蟑螂。乡长是个识字不多的大老粗，公文上的每个字的第一个字母他都用大写。电话坏了后，他就说：

“这下没了电话，事儿就难办了……”

老赫雷明家与小赫雷明家官司不断，有时小赫雷明家自己也发生窝里斗，也打起了官司，这期间工厂就停工两三个月，到他们和解了才开工。这下乌克列耶沃村的人可开心了，因为每闹出纠纷，大家就有话可说，传言纷纷。每逢节日，科斯久科夫和小赫雷明家的人就要坐着车四处兜风，满村跑，压死不少牛犊。阿克西尼娅打扮得花枝招展，裙子沙沙作响，在大街上，自己铺子附近，抛头露面，小赫雷明家的人，就强拉她上车，像是要把她绑架了去一般。这时候老爷子楚布金正坐车外出，炫耀自己的新马，把瓦尔瓦拉也带了去。

晚上，兜风回来，好睡觉了，可赫雷明家的院子里，那架昂贵的手风琴奏得正欢，要是遇到有月亮，手风琴声听来又哀伤又喜悦。乌克列耶沃村已不像是深深陷在峡谷里的一个深坑了。

二

大儿子阿尼西姆很少回家，要回家也只在重大的节日。有时托老乡捎回点儿点心和信，信是人家代写的，笔迹挺漂亮，写在信笺上，像张公文，里面的用词阿尼西姆说话时向来不用，譬如：“父母亲大人，奉上一磅花茶，以满足你们的生理之需。”

每封信的最后，像是用坏了的笔尖，歪歪扭扭涂上“阿尼西姆·楚布金”几个字，签名的下面又是端端正正的“侦缉队”三个字。

来信被大声反复读了好几遍，老爷子被深深感动，高兴得满脸红光，说：

“你瞧他，不愿待在家里，干起了有学问的人干的事儿。你能怎么样？让他干去吧！人人干各自该干的事儿。”

谢肉节前，又是泼盆大雨，又是冰雹。老爷子和瓦尔瓦拉来到窗口，只见阿尼西姆冒雨从车站坐着雪橇来了。真想不到。他慌里慌张进了房间，一副忧心忡忡的样子。后来这种状态一直保持了很久，他始终显得心不在焉。他没有急着回去的表示，看起来他被解职了。他回来，瓦尔瓦拉倒觉得挺高兴，狡黠地看着他，直摇脑袋，叹叹气。

“亲人儿，倒是这么回事？”她问，“小伙子都二十七八了，还打着光棍，唉嘿嘿……”

隔壁房间里她这平稳轻柔的声音听来是一连串的“唉嘿嘿”。她与老爷子和阿克西尼娅悄声说着，他们的脸上都现出狡黠而神秘的神情，像是在密谋什么事似的。

三个人一齐认定，该给阿尼西姆娶媳妇了。

“唉嘿嘿，弟弟早就娶了妻，”瓦尔瓦拉说，“可你活像市场上的公鸡，孤零零的还没有个配对的。这成何体统？唉嘿嘿，上帝保佑，你成亲吧，要是愿意，娶了妻子，自己办事去，妻子待在家里做个帮手。你这是不讲礼数，小伙子，我看是把规矩都忘了。唉嘿嘿，跟你们这些城里人一起实在是作孽。”

楚布金家的人娶媳妇也像那些富贵人家，爱讲究女方的姿色，所以也得给阿尼西姆找个漂亮的媳妇。论外貌，阿尼西姆并不怎么样，算不上出众。他生来身体单薄，不健壮，个子不高，脸蛋胖胖的，肌肉松弛，像是老鼓着腮帮子。从来不眨巴眼睛，目光挺锐利，长着稀疏的棕黄色胡子，遇到想心事，就把胡子往嘴里塞，咀嚼了起来。他还是个贪杯的人，从他的脸色和步态上可以清楚看出他的这一嗜好。后来人家告诉他说，已为他找了个非常标致的未婚妻，他说：

“可我又不是独眼龙，我们楚布金家个个都一表人才。”

紧挨市区有个叫托尔古耶沃村。村子的一半不久前已与市区联在一起了，另一半还是村庄。在并入市区的那一部分有名寡妇，住在自己的小房子里。她有个妹妹，穷得响叮当，常外出打零工。这个妹妹有个女儿莉帕姑娘，美貌出众，在托尔古耶沃村是出了名的，只是她家里太穷，人家都不敢娶她。都说，兴许哪个上了年纪的，或哪个鳏夫不怕她家里穷，好歹娶了她去，同时好让她娘从此不会饿肚子。瓦尔瓦拉从几位媒婆处打听到了莉帕的情况，便到托尔古耶沃村去走了一遭。

接着在姨妈处像模像样地相了亲，有吃的，有喝的，莉帕穿上了为相亲专门缝制的全新的粉红色连衣裙，头发上扎了一根火红的缎带，闪闪发亮，她长得瘦瘦的，显得虚弱，苍白，脸蛋秀美，皮肤细腻、黝黑，那是长年在户外干活引起的。她始终堆着羞怯、忧伤的笑容，眼神满含稚气——信赖而好奇。

她岁数还很小，充其量还是个小丫头，胸脯刚开始发育，不过结婚还是可以的，因为年龄已到了。事实上她长得确实标致，只有一处不招人喜欢，那就是她那一双像男人一样的大手，相亲的时候闲挂在两边，像两把大钳子。

“没有嫁妆，我们不在意，”老爷子对姨妈说，“我们给我儿子斯捷潘娶的也是穷人家的姑娘，如今我们对她的好夸也夸不够。家里的活，铺子里的事，她是一把金子打的好手。”

莉帕待在门边，像是有话要说：“让我干什么都行，我信得过你们。”她的妈妈普拉斯科维娅，那个打零工的女人，躲在厨房里，怕得喘不过气来。早年她年轻的时候，给一个商人擦地板，那商人生了气，拿脚踹她，她吓破了胆，昏了过去，从此一辈子都心存恐惧。怕起来时手脚哆嗦个不停，连脸颊也要发颤。这次她坐在厨房里竖起耳朵偷听，听客人都说了些什么，手指儿贴在脑门，眼望着圣像，不断在胸前画十字。阿尼西姆，喝了点酒，有点醉了，打开厨房的门，若无其事地说：

“您干吗待在厨房里，我珍贵的妈妈？您不在我们可寂寞哩。”

普拉斯科维娅吓得双手紧紧按在自己干瘪的胸脯上，说：

“您这是，别这样……我对您可满意了。”

相亲后定下了结婚日子。回到家，阿尼西姆在各房间转来转去，吹着口哨，有时突然想起了什么事，陷入了沉思，眼睛一动不动紧盯着地板，像是要看透地下深处。他要结婚了，很快要在复活节后的第一周结婚了，对此他既不表示高兴，也没说想与未婚妻约会，只是一个劲吹口哨。他要结婚，那显然只是父亲和后妈要他结婚，因为这是农村的风俗：儿子结了婚，家里多了个帮手。他离家回城时不急不忙，与过去回家的表现完全不一样。这次他处处表现得玩世不恭、漫不经心，说的尽是废话。

三

希卡洛沃村有两名裁缝，姐妹俩，是鞭笞教①的教徒。人们常向她俩定制新婚穿的服装。于是姐妹俩常来量尺寸，长时间喝茶。她俩为瓦尔瓦拉缝制了一件棕色连衣裙，上面缀着黑色的花边和玻璃珠子。也为阿克西尼娅做了件淡绿色的连衣裙，黄色的前胸和长后摆。活计完了，楚布金没用现金，而是用铺子里的货物抵价付了工钱，两个人走时提着压根儿用不着的硬脂蜡烛和沙丁鱼，闷闷不乐。出了村后，到了野地，索性在一个土堆上坐下，哭哭啼啼起来。

婚礼前三天，阿尼西姆回了家。他浑身全新的衣衫，脚蹬亮光可鉴的橡皮靴，戴的不是领带，而是点缀着小珠子的红细带，肩上披着新大衣，手没有伸进袖子里去。

他庄重地对神祈祷了一阵后，向父亲问了好，给了他十个银卢布和十个面值半卢布的硬币。给了瓦尔瓦拉相同数目的钱，而给阿克西尼娅是二十枚面值四分之一卢布的银币。这份礼物的诱人之处是钱币全都经过了精心挑选，枚枚簇新，在阳光下闪闪发亮。阿尼西姆竭力装得庄重和严肃，板着脸孔，鼓起腮帮子，酒气扑鼻。看来，火车每到一个站点停下来，他都跑到小卖部喝上一口。他又是那吊儿郎当、不三不四的样子。接着阿尼西姆和老爷子坐下来喝茶吃东西。瓦尔瓦拉拿着新钱币翻来覆去地看起来，问起城里那些乡亲的情况。

“没事，谢天谢地，他们活得好好的。”阿尼西姆说，“只有伊凡·叶戈罗夫家出了点事，他的老婆子索菲亚·尼基福罗芙娜死了，害痨病死的。丧宴是在包办婚丧酒席的饭店预定的，每人两个半卢布。喝的是上等的葡萄酒。我们几个老乡都去了，每个人付了两个半卢布，什么也

---

① 鞭笞教：19世纪60年代俄国流行的一个教派，将表面的礼仪和宗教书上的说教，跟真正“精神上的”宗教信仰对立起来，认为“圣洁的灵魂”寓于“正人君子”身上，只有他们才能变成“基督”或“圣母”。

没吃，庄稼人不识货！”

“两个半卢布！”老爷子说着直摇头。

“那算得了什么？那里不是农村。你进了店，想吃点什么，点了几样菜，来了一帮朋友，喝着喝着，不觉到了天亮——对不起，你得替每个人付三四个卢布。要是跟萨马罗多夫一起，他饭后还喜欢喝一杯咖啡加白兰地。可一小杯白兰地得六十戈比银币。”

“他这是胡扯！”老爷子惊叹道，“全是胡扯！”

“如今我老跟萨马罗多夫在一起。就是他替我给你写的信。写得漂亮极了。妈，说起来，”他转身对瓦尔瓦拉高高兴兴地接着说，“说起这个萨马罗多夫是怎么一个人，您还真的不信哩。我们大伙都叫他穆赫达尔，因为他长得像亚美尼亚人。浑身黑黑的。我对他可了解了。他好像什么都了如指掌，妈，他自己也有所觉察，所以老跟着我，寸步不离。如今我跟他那关系叫作水泼不进，棒打不开。他好像有点儿为这事担心害怕，可离了我他就活不成似的。我去哪里，他就跟到哪里。妈，我这人的眼睛可尖，看得可准哩。到了旧货市场我一眼就看出，哪个在卖衬衫。‘站住，你那衬衫是偷来的！’一查，那衬衫果然是偷来的。”

“你怎么知道？”瓦尔瓦拉问。

“用得上问别人吗？我这对眼睛可尖哩。我倒不知道人家是件什么样的衬衫，可不知怎么的，我硬是被他那衬衫给吸引过去了——是偷来的，没什么好说的。我们侦缉队的人都说：‘可不，阿尼西姆打山鹬去了！’这话说的是我找小偷去了。就这么回事……偷东西嘛，哪个不会？可得把偷来的东西藏好才算本事！天下大着，可就是找不到藏东西的地儿。”

“我们村的古托雷夫家上星期被人偷走了一只公羊、两只牝羊，”瓦尔瓦拉说，叹了口气，“可就是找不回来……唉嘿嘿……”

“是吗？能找回来。没事，找得回来。”

结婚的日子到了。这是四月份一个凉爽而晴朗的日子，喜气洋洋。大清早起乌克列耶沃村车马来来往往，铃铛声不绝于耳，车轭和马鬃上的彩带飘飘扬扬。柳树枝头的白嘴鸦被来往的车马惊动，发出了呱呱的叫声。白头翁叫个不停，仿佛为楚布金家的喜事助兴叫好。

屋内宴席上摆好了一长溜的鱼、火腿、填馅的家禽、一盒盒熏鲱鱼、各种各样腌制的和醋渍的食品，处处飘散着熏腊肠和酸龙虾的气息。楚布金老爷子在桌旁来回转悠，鞋后跟踩得嘎嘎作响，手中的两把刀磨来磨去。召唤瓦尔瓦拉的声音不绝于耳，问她要这要那，她则惶惶不安，气喘吁吁，跑进厨房。从科斯久科夫家请来的大厨和小赫雷明家那白白净净的厨娘天一亮在厨房里忙开了。阿克西尼娅没穿外衣，只着一件紧身胸衣，烫了发，脚上的新皮鞋叽嘎响，像阵风，在院子里奔来跑去，见到的是她那闪来闪去的裸露双肩和胸脯。闹哄哄，骂人声、咒人声混成一片。过往行人在敞开的大门口驻足观看，只觉得不寻常的事即将发生。

“接新娘去了！”

铃铛响起，又消失在远远的村外……下午两点多钟，人们又跑了起来，又听到铃铛声，新娘这就来了！教堂里满是人，圣像前的枝形烛台光芒四射，如老楚布金所愿，唱诗班对着乐谱唱了起来。明亮的灯光和鲜艳的服饰照得莉帕眼花缭乱，她恍惚觉得，唱诗班唱出来的那些响亮的歌声，声声如榔头敲打在自己的脑袋上。她这辈子第一次穿上胸衣和皮鞋，它们压得她浑身不舒服，看她那表情，像是她刚从昏厥中苏醒过来——眼睛东张西望，可就是不明白是怎么一回事。阿尼西姆身穿黑色大礼服，没系领带，戴了条红色的细带子，心事重重，目光只盯着一个点，每听到唱诗班的歌声高高响起，便飞快地在胸前画一画十字。他的心受到了触动，真想哭出来。他从童年起就熟悉这教堂了，他那已故的妈妈曾多次带他来这里参加领圣餐仪式，当年他也在唱诗班与一班孩子唱过诗。这里的角角落落，张张圣像他都十分熟悉。很快就要给他祝福，祝他完婚，按规矩他就要娶妻。可他这时想的不是这方面的事，他不知怎么的，记不得、忘了自己的婚礼了。他眼含泪水，看不清圣像，他感到胸口憋闷。他祈祷祈求上帝，那场在劫难逃的灾难不要在今天，而到明天再降临到他头上，让他躲过去，就像大旱之年，雷雨绕过村子，不降点滴雨水。过去，他已作了那么多的罪孽，已罪不可恕，无可挽回，但他还是恳求宽恕，甚至号啕大哭起来，可是谁也没有在意，他们还以为他喝多了。

传来了孩子惊慌的哭声。

“好妈妈，带我离开这里，我的亲娘！”

“肃静！”牧师喊了起来。

从教堂回来的路上，他们的身后跑着一帮人，铺子四周，大门口，连院子的窗下都聚着人。婆娘们赶来祝贺，新婚夫妇刚跨过门槛，唱诗班早已拿着乐谱站在前厅，扯起喉咙，高声唱了起来，特地从城里请来的乐队奏起了乐曲。客人纷纷端起用高脚杯盛着的顿河香槟酒。木匠包工头叶里扎罗夫是个又高又瘦的老头，浓眉几乎盖没了眼睛，对新婚夫妇说：

“阿尼西姆，还有你，姑娘，得互敬互爱，按上帝的教导活着，孩子，那圣母就不会抛弃你俩的。”他说罢伏在老爷子的肩上哭哭啼啼起来，“格里戈里·彼得罗夫，咱们痛痛快快哭它一场吧！”他用尖细的声音说罢，突然又用男低音放声笑了起来，笑得响亮，“哈，哈，哈！你那儿媳妇可标致哩！机件到位，全都精光溜滑，听不到吱嘎响，整部机器正常，螺丝还真不少哩，靠得住。”

木匠出生在叶戈里耶夫县，但打小时候起就在乌克列耶沃村的工厂和县里打工，已在这里扎下了根。在人家的眼里多年前他就是个又高又瘦的老苍头了，人们管他叫“拐棍儿”也有好长时间了，这也许是因为四十年来他一直在厂子里干的是修理工，他评价人和事的唯一标准是看这人这事结不结实、需不需要修理。他在桌子前坐下去时，先把好儿把椅子试坐一番，看结不结实，连吃鲑鱼时也要摸它一摸。

喝过香槟酒后，大家入席就餐。客人们一面移动椅子，一面说话。歌手在前厅唱起了歌，乐队奏起了乐曲，婆娘们在院子里齐声祝贺——发出的是怪声怪气，十分刺耳，听得人头昏脑涨。

“拐棍儿”坐在椅子上身子老是东转西晃的，不是胳膊肘碰到了他左右的人，就是妨碍人家说话，还有哭有笑的。

“孩子哪，孩子，孩子……”他快速地嘟嘟哝哝着，“亲爱的阿克西妞切卡，瓦尔瓦鲁切卡，咱们都将要生活在太平和睦的世道上，我亲爱的斧头们……”

他酒量小，只喝了一杯英国白酒就醉了，这种不知用什么东西做的玩意儿真叫害人，喝得大伙的脑袋晕晕的，谁喝了，脑袋像挨了一闷棍似的难受，说起话来也结结巴巴了。

在座的有神职人员、带着妻子一起来的工厂职员、商人和别村来的饭馆老板。乡长和乡文书共事已有十四年之久，其间没签署过任何公文，经他俩点头从乡政府放走的人无一不被他俩敲诈和凌辱。眼下他俩双双坐在一起。他俩都脑满肠肥，大腹便便，看来都是凭谎话养肥自己，甚至连脸上的皮肉也与众不同，透着一股骗人的气息。文书的老婆是个斜眼、精巴干瘦的娘儿们，把自家几个孩子全带来了。她那模样像只猛禽，斜眼盯着菜盘，随手抓到什么就抓什么，抓来的食物赶紧藏到自己和孩子的口袋里。

莉帕木头似的一动不动坐着，脸上还是在教堂里的那种表情。阿尼西姆自认识她以来没跟她说过一句话，所以至此还不知道她的声音是什么样的。此刻，他俩坐在一起，他还是一言不发，只喝英国白酒，喝得兴奋了，便转身对坐在对面的姨妈说：

"我有个朋友，姓萨马罗多夫。很有一套本事，是位非世袭荣誉公民①，能说会道。姨妈，我对他了解得一清二楚，他自己也觉察到了。请您同我一起为萨马罗多夫的健康干一杯，姨妈！"

瓦尔瓦拉围着餐桌，招呼客人吃喝，忙得精疲力竭，晕头转向。酒菜应有尽有，十分丰盛，现在再也不会被人说三道四了，为此她心满意足。太阳已经下山，宴席还在继续。大家已吃得、喝得食不知味，酒不醉人了，再也听不清人家在说什么，只有在偶尔乐曲停止的间隙，才会清楚听到院子里哪个婆娘大声嚷嚷：

"吸饱了我们的血，你们这班恶人，叫你们不得好死！"

晚上在音乐伴奏下大家跳起了舞。小赫雷明家的人带来自家的酒也来了。他家有个人在大家跳卡德利尔舞的时候，左右手各拿一瓶酒，嘴里衔着酒杯，逗得大家笑开了。卡德利尔舞刚跳到一半，他突然蹲下身子，跳起来。一身翠绿的阿克西尼娅的身影飘飘忽忽，长后襟随风荡漾。有人踩到了她后襟上的皱边，"拐棍儿"嚷了起来：

"瞧，踩坏了她下面的护墙板，孩子们！"

阿克西尼娅长了一对天真烂漫的灰眼睛，她很少眨巴自己的眼睛，脸上荡漾着纯真的笑容，在这双难得眨巴的眼睛里，在细长的脖子上小小的脑瓜里，在她那匀称的身架里——蕴藏着花蛇般的特性。她全身上下翠绿，只有前胸是黄色的，笑脸盈盈，她看人时，就像春天里的蝮蛇，在幼小的黑麦田里，挺直身子，窥探着路过的行人。赫雷明家的人对她很放肆，显而易见，她跟赫雷明家的老大关系非常密切。聋子还蒙

---

① 旧俄时代凡商人等非贵族出身的人，因功被受予的"荣誉公民"称号，不能世袭。

在鼓里，并不注意她。他径自翘起二郎腿，端坐着吃胡桃，噼噼啪啪声有如打枪。

这下老爷子楚布金来到舞场中央，挥了挥手帕，表示他要跳个俄罗斯舞，于是房子里，院子上响起了一片叫好声。

“他亲自出马了！居然亲自出马了！”

瓦尔瓦拉跳着，老爷子只是挥着手帕，跺着脚跟。可待在院子里的人挤挤挨挨地凑过去透过窗子想看个究竟。一时间高兴之余，宽恕了他的财富和对他们的敲诈欺凌。

“好样的，格里戈里·彼得罗夫！”人群中有人喊道，“继续跳，加把劲！看来你还有能耐！哈，哈！”

到了深夜一点多钟，才曲终人散。阿尼西姆跌跌撞撞送走来唱歌的和乐手，给每人一枚崭新的面值半卢布的银币。老爷子身子并没摇摇晃晃，但走起路来一条腿很不利索，送客时对每个人都说：

“这场婚礼花去了两千卢布。”

客人离开时，有人用一件旧外衣把希卡洛沃村饭铺老板上好的新外衣换走了，阿尼西姆一听火了，嚷道：

“都别走！我来找找！我知道是哪个偷的！别走！”

他跑到街上，去追一个人，可是大家拦住了他，架着他的胳膊领着他回了家，把这醉醺醺、气得脸孔通红、大汗淋漓的新郎推进了房间，房间里姨妈已在给莉帕脱衣服，然后她走出去，锁上了门。

四

过了五天。阿尼西姆准备好回县了，走前他到楼上去向瓦尔瓦拉告别，她房间里的长明灯全点亮了，散发出一股神香味。她就坐在窗前，用红毛线织袜子。

“你跟我们一起生活的日子不长，”她说，“你兴许感到寂寞了吧？唉嘿嘿……我们的日子过得挺不错的，一应东西应有尽有，你的婚礼办得也风光，礼数全到。老爷子多次说花去了两千卢布。总之一句话，我们过的是商人的日子。只是我们这里太枯燥了点。我们已经得罪了许多人，我的心难受，朋友，我们太亏待人家了——老天！做马的买卖也罢，购买东西也罢，雇个工人也罢——全用欺骗的手段。铺子里的素油是苦的，臭的，比人家的焦油还要糟。你倒是说呀，咱们就不能卖好的油吗？”

“人该干吗都是注定的，妈。”

“可人总归得死吧？哟，哟，说真的，你最好跟你爹说说去……”

“还是您自己跟他说说的好。”

“得了吧，我说我的，他说他的，归根到底还是那句话：人该干吗都是注定的。到了阴间该让你明白该干吗了。上帝的审判可是公正的。”

“自然，谁都不会来审明的。”阿尼西姆说罢叹了口气，“哪有什么上帝，妈。有什么好审明白的！”

瓦尔瓦拉吃惊地打量着他，微微一笑，拍了拍手。他的一番话着实让她吃惊不小，看着她像在打量怪人一般，她的这一表现惹得他好窘。

“上帝兴许是有的，只是没有什么信仰。”他说，“举行婚礼时，我不知如何是好。就好像拿走了母鸡身下的蛋一般难受，那里面可有叽叽叫的小鸡呀，我的良心也在叽叽叫哩。婚礼时我一直在捉摸：上帝是有的！可出了教堂，便脑子空空的了。再说我怎么知道有没有上帝？从小就没人教过我们，吃奶的孩子，就只教他说：该干吗是注定的。爹也是不信上帝的。您不是多次说过，古托雷夫的羊被人偷了……我发现是希卡洛沃村的庄稼人偷的。他偷了羊，羊皮就在爹手里……好一个信仰！”

阿尼西姆说罢摇了摇脑袋。

“乡长也不信上帝，”他接着说了起来，“文书也不信。教堂的执事同样不信。要说他们上教堂，守斋吃素，那是他们不想让人家当面说他们的坏话，也是怕万一真的有最终的审判日。如今大家都说，一旦人变坏了，连爹娘都不孝敬了，等等，世界的末日就到了。全是胡扯。我是这样理解的，妈，坏就坏在人没了良心。我算是看透了，妈，全明白了。要是哪个有件偷来的衬衫，我一眼就看出。酒馆里坐着一个人，大家都以为他在喝茶，仅此而已。我呢，除了看见他喝茶，还有别的，看到他没了良心。我整整一天走下来，见到的没一个是有良心的。原因只有一个，他们就不知道到底有没有上帝……好啦，妈，再见了。自己保重，祝您健康，别记着我的坏处。”

阿尼西姆对瓦尔瓦拉深深鞠了一躬。

“感谢您方方面面对我的关照，”他说，“我们这个家好多方面全亏了有您。您是个很不错的女人，我对您十分满意。”

阿尼西姆深受感动，走了出去，但又转身回来，说：

“萨马罗多夫让我牵扯进了一件事：要么我发财，要么完蛋。万一出事，那时您，妈，好好安慰我爹。”

“看你，说到哪里去了！唉嘿嘿……上帝是慈悲的。你呢，阿尼西姆，好好对待自己的妻子。可你倒好，两个人一见面，绷着脸，哪怕冲她笑一笑也是好的，真的。”

“我说她这人也真叫怪……”阿尼西姆说罢，叹了口气，“什么也不懂，整天闷声不响。太年轻了，让她长大起来吧。”

门前有匹高大的、喂得饱饱的白色公马已套上车，等着他。

老楚布金跑了几步，生龙活虎般地上了车，拿起了缰绳。阿尼西姆与瓦尔瓦拉、阿克西尼娅和弟弟吻别。莉帕也站在台阶上，一动不动地站着，眼睛看着另一个方向，她出来仿佛不是为了送别，而像是凑巧站在那儿似的。阿尼西姆到了她跟前，嘴唇轻轻碰了碰她的脸颊，很轻很轻。

“再见。”他说。

她的眼睛没有望着他，怪怪地微微一笑，脸一阵抽搐，大家不由地可怜起她来。阿尼西姆也跳上了车，坐下来，双手叉腰，这一来他觉得自己挺英俊的。

父子俩出了峡谷，上了坡，阿尼西姆频频回望村子。是个暖和的大晴天。人们第一次把牲口赶出来，畜群附近有些姑娘和村妇，穿戴得漂漂亮亮。一头褐色的公牛得到了自由，高兴得哞哞叫唤着，前蹄刨着泥土。上上下下，四处都有百灵鸟在歌唱。阿尼西姆回望教堂。那么端庄，那么白净——不久前刚粉刷过——忽然想起，五天前他在那里祈祷过。他又看了看绿色屋顶的学校，看了看小河，早年他在这河上游过泳，钓过鱼。他的胸臆间顿时漾起一阵喜悦，只想突然间前面竖起一堵墙，挡住他不让走下去，让他与过去一起留在了这里。

到了车站，两个人来到小卖部，各要了一杯烈性白葡萄酒。老爷子伸手到口袋里掏钱包付钱。

“我请客！”阿尼西姆说。

老爷子感到很欣慰，拍了拍他的肩，对小卖部的店员眨眨眼睛：瞧我有多棒的儿子。

“阿尼西姆，你还是留在家里做生意吧，”他说，“你可是个无价之宝！好儿子，我要把你从头到脚都镀上金。”

“绝不行，爸爸。”

葡萄酒酸酸的，有股火漆味儿，但两人还是把杯里的酒喝完了。

老爷子从车站回来，一下子还认不出自己小儿子的媳妇来。丈夫刚跨出家门，莉帕就大大变了样：突然变得开开心心的样子。她光着脚，穿上旧的破裙子，两个袖子直卷到了肩上。她在前厅擦洗楼梯，嘴里哼着银铃般尖细的曲儿。她把一盘脏水往外端，笑吟吟地，满脸稚气地打量着太阳，还真的像只百灵鸟哩。

一个老雇工，经过台阶时，晃了晃脑袋，咳嗽了一声。

“可不是，格里戈里·彼得罗夫，上帝可给你送来好媳妇哩！”他说，“哪是个婆姨，实实在在是个宝贝哩！”

五

七月八日，星期五。绰号叫“拐棍儿”的叶里扎罗夫和莉帕从喀山村回来。他俩是去那儿做祈祷的，那天正赶上当地的庙会——喀山圣母节。莉帕的母亲普拉斯科维娅远远地跟着她。她有病，气喘吁吁，老是落在了后面。已近黄昏时分。

“啊哈……”“拐棍儿”听着莉帕说话，惊讶地说，“啊哈……是这样？”

“我呢，伊利亚·马卡雷奇，就爱吃果酱。”莉帕说，“一个人待在角落里，就着果酱一个劲儿喝茶，要不就跟瓦尔瓦拉·尼古拉耶夫娜一块喝，她常给我说动人的事儿。他们家果酱多的是——整整四罐。‘吃吧，莉帕，’她说，‘放开肚子吃’。”

“啊哈！……四罐！”

“日子过得真叫富裕。喝茶还吃白面包。牛肉爱吃多少尽管吃。日子真叫富裕。只是待在他们家老叫人提心吊胆，伊利亚·马卡雷奇。唉，好可怕！”

“孩子，有什么好怕的？”“拐棍儿”问，回头看了看普拉斯科维娅是不是落得太远了。

“起初，婚礼后，我怕的是阿尼西姆·格里戈里奇。他人倒没什么，没欺负我，可只要他走近，我就浑身冰冷，直哆嗦。我没一夜合过眼，哆哆嗦嗦，祷告上帝。现在我怕的是阿克西尼娅，伊利亚·马卡雷奇。她也没什么，整天笑嘻嘻的，可有时朝窗子望过去，怒气冲冲，眼睛发绿，跟圈子里的羊眼睛没有两样。小赫雷明常使坏，对她说：‘你家老爷子在布乔基诺有块地，约莫四十俄亩，尽是沙子，好多水。你呀，阿克秀莎①，就在那儿建一座砖厂。咱俩一起干。’如今一千块砖能卖二十卢布，是桩好买卖。昨儿吃午饭的时候阿克西尼娅对老爷子说：‘我想在布乔基诺建一座砖厂，由我自己来经营。’她说时脸上堆着笑。可格里戈里·彼得洛维奇一听脸阴沉了下来，一看就知道，他不愿意。他说了：‘只要我还活着，不允许分家，一家人得一起过日子。’她呢，不高兴了，眼冒火光，牙齿咬得咯咯响……端上来的油煎饼她也不咬一口！”

“啊哈……”“拐棍儿”显得很吃惊，“不咬一口！”

“天哪，你知道吗，她什么时候睡的觉？”莉帕接着说，“睡了不到半小时，她就跳了起来，东转转西走走，看庄稼人烧了什么没有，偷了什么没有……跟她待在一起，真叫人害怕，伊利亚·马卡雷奇！可婚礼后小赫雷明没有回去睡觉，还是上城打官司去了。大伙都说全是为阿克西尼娅打的官司。赫家老大、老二都答应为她建砖厂，老三不答应，厂子建了一个月就停了。我叔叔普罗霍尔因此没了活干，只好挨家挨户要饭。我说：‘叔叔，眼前先去种地，要么锯木头也是好的。要饭多丢人！’他说：‘庄稼活我全丢了，干不来了，莉帕什卡！’……”

他们在一片幼小的山杨林旁停了下来，歇歇脚，等着普拉斯科维娅赶上来。叶里扎罗夫早已当上包工头了，但家里没有马，去县里各处只能凭双脚走了去。他带上一只小袋子，里面装了面包和洋葱，迈开大步，挥起双手。与他一起走路很难跟得上他。

小林子的入口处立着一根界桩，叶里扎罗夫碰了碰，看是不是结实。普拉斯科维娅赶上来了。她那皱纹纵横、老是担惊受怕的脸上喜气洋洋：今天，她也人模人样地进了教堂，然后逛了市场，在市场上还喝了梨汁克瓦斯哩！她很少有这样的机会，在她看来今天平生第一次度过了称心如意的一天。休息片刻后，三个人肩并肩一起动身走了。太阳西下，阳光穿过林子射下来，照得枝枝条条亮晃晃的，前方响起了嘈杂的人声。乌克列耶沃村的姑娘们早已跑到前面去了，但一到林子，就慢了

① 阿克秀莎：阿克西尼娅的爱称。

下来：大概是忙着采蘑菇吧。

“喂，小丫头们！”叶里扎罗夫吆喝道，“喂，美人儿！”

传来了一阵笑声。

“‘拐棍儿’走过来了！‘拐棍儿’！糟老头！”

林中响起了笑哈哈的回声。山杨林子已落在了后面。工厂烟囱的顶部已历历在目。钟楼上的十字架闪闪发亮。这便是“丧宴上那教堂执事吃光了鱼子酱”的村子。快到家了。只要下了山坡到了这座大峡谷便到村了。莉帕和普拉斯科维娅都是光着脚的，坐到草丛上，穿起了鞋子。包工头也在她俩身旁坐了下来。从上面看下去，乌克列耶沃村，连同村里的柳树、白色的教堂和小河看起来一片宁静，非常美丽，只是那几家工厂的屋顶，为了省钱被漆成了黯淡古怪的颜色，十分煞风景。到了对面的山坡上，眼前是一片黑麦地，到处是一堆堆、一垛垛的黑麦，像是被暴风吹过散落在那里。这些黑麦是刚收割下来的，所以都堆在了地上。燕麦也已成熟，阳光下发出了珍珠母般的色彩。正是农忙季节。今天是假日，明天，星期六要收割黑麦，运走干草，接着是星期天，又是节日。每天都听到远处隆隆的雷声。暑气蒸人，像是要下雨了。现在每个人一见到田野，不由想到，老天保佑，及时收割回庄稼才好，谁的心中不既高兴快活，又担心不安呢？

“如今的麦客工钱可高哩，”普拉斯科维娅说，“一天是一卢布四十戈比！”

人们纷纷从喀山村的集市回来：婆娘、戴着新帽子的工厂工人、乞丐、孩子……时而驶过一辆大车，扬起了满天的灰尘，紧跟着过来的是一匹没卖出去的马，也因为没有被卖掉显得兴高采烈似的；时而一头母牛，死活不肯走，牛角被人牵着过去；时而又是辆大车，车上坐的是烂醉如泥的庄稼汉，耷拉下双脚。一位老太婆，手牵着一个戴大帽、穿大靴的男孩，那靴子沉甸甸的，害得他膝盖不能弯曲，加上这炎热天，这孩子被折磨得精疲力竭了，可他还是使出吃奶的力气，不停地吹着玩具喇叭。三个人已下了山坡，来到村道，那喇叭声还隐约可闻。

“我们这些工厂主心情不好，”叶里扎罗夫说，“这下可倒霉了！科斯久科夫生我的气，说我：‘飞檐上的薄板用多了。’怎么多了？我回说：‘瓦西里·丹尼雷奇，该用多少我就用多少。我又没拿薄板当粥给喝了。’他说：‘你怎么这样对我说话？你这傻瓜，没出息的！别犯糊涂了！你的工头是我让你做的。’见他嚷嚷，我说：‘我不稀奇！没当工头的时候，我照样天天喝茶！’他说：‘你们全是骗子……’我没吭声。心想，要说我们现世是骗子，那你们到了阴间便是骗子。哈，哈，哈！到了第二天，他说话软了，说：‘你别生我的气，马卡雷奇。要是我说了不该说的话，那又有什么呢？我到底是个一等的商人，我是长者，你不该回嘴。’我说：‘你是一等商人，我是木匠，这不假。连圣约瑟夫也做过木匠。干我们这一行的得守教规，是上帝喜欢的人。您愿意做长者，那是您的事，请别在这方面摆谱子，瓦西里·丹尼雷奇。’后来，这次谈话后，我想：倒是哪个是长者：一等商人还是木匠？应该是木匠，两个孩子！”

“拐棍儿”思忖了一会，补充说：

“是这么回事，两个孩子。谁干活，谁能吃苦，谁就是长者。”

太阳已经下山。河面上，教堂的围墙内和工厂附近的空地上浓雾笼罩，白茫茫一片，像浸在牛奶里。夜幕很快落下，身下已灯光闪烁。这时候看起来，浓雾下藏着不见底的深渊。莉帕和她的娘原是穷苦人出身，以为自己一辈子就这样过去了，除了自己那担惊受怕、恭顺的心，把自己的一切都献给了别人，她俩此刻只觉得在这广漠神秘的世界，作为无穷无尽的生命序列中，自己也是股力量，也是某人的长者。身处此地，高高在上，感觉良好，不觉开心地粲然一笑，忘了最终还得回到下面去。

一行人终于回到了家。几个麦客坐在铺子附近大门的地上。乌克列耶沃村的本地人一般不会给楚布金干活的，所以都得请外地人来打工。这时候，这些麦客在暮色中看起来个个都像是长了黑黑的长胡子。铺子的门还开着。从门里看进去，只见聋子正在与一个小孩子玩跳棋。有的麦客在哼着歌，低得难以听清，但听得见也有人在大声讨头天的工钱。但人家不付，生怕第二天他们跑了。老楚布金没穿上衣，只穿坎肩，阿克西尼娅坐在台阶前的桦树下喝茶，桌子上点着灯。

“老爷子！”门外有个麦客说，像是在逗谁，“哪怕给一半也是好的！好老爷子啊！”

顿时响起了笑声，接着有人又哼起了难以听清的歌儿……“拐棍儿”也坐下来喝茶。

“我们几个赶集去了，”他说了起来，“玩了一圈，孩子们，玩得可痛快哩，多谢老天开恩。发生了这么一件不幸的事。铁匠萨什卡买了烟叶，这么说吧，付了店家半卢布。可那半卢布是假币。”“拐棍儿”接着说下去，还回头看了看。他原想轻声讲，可说出来的声音低沉沙哑，反倒让大家全听到了，“原来那半卢布是假币。人家问了，钱是哪儿来的？回说是阿尼西姆·楚布金给的。他说，我在他的婚礼上玩的时候给的。店家叫来了警察，带走了他。听好了，彼得罗维奇，可别闹出什么事，别引来什么闲话才好……”

“老爷子！”逗人的还是门外的那个人，“老爷子啊！”

一阵沉默。

“唉，孩子们，孩子们，孩子们……”“拐棍儿”快速地说了这几个字，站了起来，因为他困极了，“谢谢你们的茶和砂糖，孩子们。该去睡了。我这身子都散架了，梁柱全腐烂了。哈，哈，哈！”

临走时，他说了一句：

“看来该见阎王了！”

说罢他低低哭了一声。老楚布金茶还没喝完，还坐在那里，想着事儿。看他脸上的表情，仿佛在细听已到街上的“拐棍儿”的脚步声。

“这个铁匠萨什卡准在撒谎。”阿克西尼娅猜到了他的心思，说。

楚布金进了屋，不久又回来了，拿来一卷东西，打开来——是闪闪亮的卢布，崭新崭新。他拿起一枚，用牙齿咬了咬，然后丢进了托盘。接着又丢下一枚……

“这些钱果真全是假的……”他眼望着阿克西尼娅说，像是有些疑惑不解，“这些全是阿尼西姆拿来的，当作礼物。你，媳妇，拿着，”他低声说着，把一小包钱塞到她的手中，“拿着，扔进井里去……听着，见它们的鬼！注意，别多嘴多舌。别惹出事来……拿走茶炊，把灯火灭了……”

莉帕和普拉斯科维娅坐在板棚里，看着灯光一个个熄了，只有楼上瓦尔瓦拉房间里的长明灯还发出蓝幽幽、红通通的光，平添了几分安宁、满足和玄妙的氛围。普拉斯科维娅怎么也不习惯女儿嫁给富人的事实。她每次来，都怯生生地蜷缩在前厅，脸上挂着求人的笑，茶和糖都是有人送来的。莉帕也觉得不习惯。丈夫走后，她不睡在自己的床上，另外随便找个地方就睡——厨房也罢，板棚也罢。她天天都要擦地板，洗衣物，她觉得自己只是个打短工的。这一次，祈祷回来，母女俩在厨房里跟厨娘一起喝茶，然后去了板棚，躺到地上，躺在雪橇和矮墙间的地板上。里面昏暗，有股马轭的气味。房子四周的灯全灭了，接着听到聋子关铺子的声音，麦客们都躺在院子里睡了。远处，小赫雷明家响着那架昂贵的手风琴声……普拉斯科维娅和莉帕开始入睡。

脚步声惊醒了娘儿俩，一看，月色十分明朗。阿克西尼娅站在板棚的入口，手中抱着被褥。

“还是这里凉快……”她说罢，走了进来，躺到紧靠门槛的地板上，月光照得她通体发亮。

她没有睡，热得她摊开四肢，几乎脱光了身上的衣裤，不停地喘着粗气。在魅人的月光映射下，她成了何等妩媚、骄人的尤物！不多久，脚步声再次响起：门口出现了老爷子的身影，通身雪白。

“阿克西尼娅！”他招呼她，“你在这里吗？”

“别吱声！”她怒气冲冲地答道。

“刚刚我要你把钱扔到井里去。扔了没有？”

“瞧他说的，把钱财扔到井里去哩！我给了麦客了……”

“啊，天哪！”老爷子又惊又怕，“你这婆娘可真叫刁……啊，天哪！”

他拍了拍手，走了，边走嘴里边念叨。过了一会儿，阿克西尼娅坐了起来，懊恼地叹了口气，站起来，抱起被褥，离开了板棚。

“你干吗把我嫁到这里来，好妈妈？”莉帕说。

“得嫁人，好女儿。这事你我都做不了主。”

母女俩只感到一种无可慰藉的屈辱。但是又觉得，高高的天上，在蓝天的星空，有人看着，乌克列耶沃发生的事，全被他看在眼中，时刻监视着。不管罪孽有多深重，夜毕竟是宁静的，美丽的。在这上帝主宰的世界里，真理是存在的，现在有，将来也会有的，这真理同样是那样宁静和美丽，世间的人唯有等待与真理融成一体，就像月光与夜融成了一起。

娘儿俩紧紧相依，安心地恬然入睡了。

六

消息早已传来：阿尼西姆因铸造并贩卖假币而被投入大牢。几个月过去了，大半年过去了，冬去春来，家里和村里人对阿尼西姆蹲大牢的事已见怪不怪了。有人晚上经过这个家或铺子时，都会想起阿尼西姆现在蹲在牢里。每当墓地响起钟声，不知为什么，也令人想起，阿尼西姆蹲在牢房里等待审判。

院子似乎蒙上了一层阴影。屋内阴暗，屋顶锈迹斑斑，铺子的门包上了铁皮，沉甸甸的，漆成了绿色，如今也黯然失色，正如聋子说的，“脱了层皮”了，老楚布金脸色阴沉。他很久都不理发刮脸，披头散发，胡子拉碴的，他已不再生龙活虎般地上车，也不再对乞丐吆喝：“向上帝要去，他会给的！”从老头的言行举止明显看出，他的精力已大不如前。大家都不那么怕他了。他的铺子在警察手中有了违警的记录，不过还是和过去一样，只收了他的钱，不作其他处理。他已三次被召到城里，审理他卖私酒的案子，只因证人没着落，案子一直拖着，折腾得老爷子好苦。

他常去探望儿子，雇人疏通，递呈文，求神拜佛，给监禁阿尼西姆监狱里的看守送银茶托，外加一只长柄茶匙，茶托上的珐琅题词上刻着“灵魂自有分寸”几个字。

“哪有人能出力，哪有人？”瓦尔瓦拉说，“唉嘿嘿……要不求哪位老爷，让他给管事的长官写封信……审判前放了他……干吗这么折磨小伙子？”

她也挺伤心的，可身体反倒胖起来，白起来，一如既往，点长明灯，保持家里的整洁干净，招待来客吃果酱和苹果软糕。铺子由聋子和阿克西尼娅管着，夫妻俩还筹划着新事业——在布乔基诺建砖厂。阿克西尼娅几乎天天坐着车往那里跑，亲自驾车，遇到熟人便伸出脖子，活像长出不久的黑麦田里的蛇，露出天真而神秘的微笑来。大斋节前莉帕生了孩子，她整天逗孩子玩。这孩子长得挺瘦小，可怜巴巴的，怪的是他还会哭会闹，会看，大家眼中他还是个人，甚至还给他取了个名字叫尼基福尔。小孩躺在摇篮里，莉帕向门口走了几步，对他鞠躬说：

“你好，尼基福尔·阿尼西梅奇！”

说罢赶紧跑回来，亲他个不停。过了会儿又跑几步，又对他鞠躬，说：

“你好，尼基福尔·阿尼西梅奇！”

他听了竟举起两条红红的细腿儿，哇哇叫，活像叶里扎罗夫那样，分不清是哭还是笑。

审判的日子终于定下来了。老爷子提早五天就赶了去。后来听说，村里有几个庄稼人，还有一个老雇工接到了传票，被召了去。

审判定在星期四，可过了星期天，还不见老爷子回来，音讯全无。星期二还不到傍晚，瓦尔瓦拉坐在敞开着的窗前，细听起来：老爷子是不是回来了？莉帕在隔壁房间里逗自己的孩子。她双手托着孩子往上抛，高高兴兴地说：

“你会长高长大的，长高长大的！出落个大男人！咱俩一起去打短工！”

“得了，得了！”瓦尔瓦拉恼了，“怎么想到了打短工，你这傻丫头？他将来可是个商人哩……”

莉帕轻声地哼着歌儿，慢慢地失了神，又说了起来：

“你会长高长大的，长高长大的！出落个大男人！咱俩一起去打短工！”

“瞧你又来这一套了！”

莉帕双手抱着尼基福尔出现在房门口，问：

“妈，你说我为什么会这么疼他？因为我可怜他吗？”她还是用颤抖的声音问，眼睛里闪动着泪花，“他是哪个？他会有什么出息？轻得像根羽毛，像片面包，我疼他，疼他，把他看成个真正的人。你看他啥也不会，话也不会说，可他会用眼睛说话，我一看就知道他想要什么。”

瓦尔瓦拉细听起来，听到了晚班的火车进站的轰隆声。老爷子是不是回来了？莉帕说了些什么，她没有听到，也听不明白，记不得时间是怎么过去的。她只是浑身哆嗦，这不是因为害怕，而是强烈的好奇心引起的。她看见一辆坐满庄稼汉的大车，隆隆地迅速过去。他们是从车站回家的证人。大车经过铺子时，那老雇工跳下了车，进了院子。听得见有人向他问好，问了他一些事……

“剥夺权利，没收全部财产，”那人大声说，“流放西伯利亚，服苦役六年。”

看得见，阿克西尼娅从后门出了铺子。她刚卖过煤油，一只手还拿着瓶子，另一只手拿着漏斗，嘴里衔着银币。

“爹在哪儿？”她问，声音含糊。

“在火车站，”雇工答，“他说：天黑些我回去。”

这下院子里的人都知道，阿尼西姆被判服苦役，厨娘在厨房里突然大声哭诉起来，像在悼念亡人。她觉得按规矩她得这么做。

“阿尼西姆·格里戈里奇，你这蓝天的鹰，这一走叫我们如何是好……”

家里的狗被惊得汪汪叫起来。瓦尔瓦拉被搅得六神无主，跑到窗口，扯起喉咙，大声喊厨娘：

“得了，斯捷潘尼达，别嚎了！看在基督分上，别折磨人了！”

茶炊也忘了烧，什么都顾不上了。只有莉帕懵懵懂懂，不明白到底出了什么事，还抱着孩子逗他玩。

老爷子从车站回来，谁也不问他什么了。打过招呼后，他一声不吭在各房间转了转，晚饭也不吃。

“没人出得了力……”只剩下瓦尔瓦拉和老爷子两个人时，她说，“我说过，去求求哪位老爷，可那时你不听……递个呈文也是好的……”

“我可找过人的！”老爷子说，摆摆手，“判刑后，我就去找给阿尼西姆辩护的老爷，他说：‘现在已无济于事了，晚了。’阿尼西姆也说晚了。我一出法庭，就跟一名律师说好了，给了他一笔钱……再等个把星期，再去见他，到时候听天由命吧。”

老爷子又到各房间转来转去，回到卧房，对瓦尔瓦拉说：

“兴许我害病了。这个脑袋……晕晕的，糊里糊涂。”

他锁上门，免得被莉帕听到，继续轻声说下去：

“我的钱也挺糟的。记得吗，阿尼西姆结婚前，复活节后的第一个星期，他给了我一些簇新的一卢布和半卢布的银币。当时我藏好了一个小包，其余的与自己的钱混在了一起……我的叔叔第米特里·菲拉特奇——愿他进天国——活着的时候，常去莫斯科，要么克里米亚办货，她妻子在他外出的时候，跟好几个男人私通。他们有六个孩子。我那叔叔喝醉时就笑着说：‘我就闹不清，这几个孩子中，哪个是我自己的，哪个是别人的。’你看他这人多随和。如今我也分不清，哪些钱是真的，哪些是假的了。看起来全是假的一样。”

“得了，求上帝保佑你！”

“我在车站买票，付了三卢布，心想，那些钱怕是假的吧。我怕得要命。看来是犯病了。”

“瞧你说的，我们大伙都在上帝眼下活着。嘿，嘿……”瓦尔瓦拉晃了晃脑袋，说，“这事倒得细细琢磨琢磨，彼得洛维奇……万一出了什么事，你也有大把年纪了。等着瞧吧，你一闭了眼，你那孙子准受人欺负，唉，我就担心，人家会欺负尼基福尔，准会欺负！你看，亲爹不在了，母亲又那么年轻，傻乎乎的……你不如立张字据，哪怕给那小娃娃一点儿土地，把布乔基诺给他吧。真的，彼得洛维奇！仔细想想吧！”瓦尔瓦拉继续劝说，“孩子多好，怪可怜的！明天就去办个手续。还等什么?”

“我也真把孙子给忘了……”楚布金说，“该去看看他。你说，孩子挺好，孩子不错?可不是，得让他好好长大。愿上帝保佑他！”

他开了门，勾起手指招呼莉帕过来。她抱着孩子到了他跟前。

“你，莉帕什卡，需要什么，尽管说。”他道，“想吃什么，吃去。只要你健健康康的，我们啥都舍得……”他说罢在孩子胸前画了画十字，“照应好我孙子。儿子没了，只剩下孙子了。”

泪珠儿顺着面颊纷纷滚下，他低声哭泣着离开了。过了一会儿他躺下去睡了，睡得很熟，他已经七个晚上没有好好睡了。

七

老爷子正打算进城去，时间不长。有人跟阿克西尼娅说，老爷子这是去找公证人立遗嘱的，说他要把她烧砖的那块布乔基诺的地遗赠给孙子尼基福尔。这话是早晨人家告诉她的，当时老爷子和瓦尔瓦拉坐在台阶附近的桦树下喝茶。她把铺子通街道和通院子的门关上，把归她保管的钥匙全收拢来，扔到了老爷子的脚下。

“我再也不为您干活了！”她大声嚷道，接着号啕大哭起来，“原来我不是您的儿媳妇，只是个打工的！大伙都笑话我：‘瞧，楚布金家找了个多棒的雇工！’我可不是你们雇来的，我不是要饭的，也不是什么贱货，我有爹有娘！”

她任凭泪水流着，不擦不抹，斜着泪眼，恶狠狠地盯着老爷子。她脸红脖子粗，脸绷得紧紧的，使劲扯起喉咙嚷着。

“我再也不给你们办事了！”她接着说道，“我累死累活！白天地里的活儿我要干，铺子里的生意我要操心，夜里还要去搞酒——这些全丢给我，可土地呢，给了那苦役犯的老婆和那鬼崽子。她成了这儿的主子，我呢，成了她的奴才！全给了这囚徒的老婆，让她吞不下去噎死吧！我走！你们再找别的傻瓜吧，一班千刀万剐的恶人！"

老爷子一辈子还没骂过人，没责罚过子女，压根儿没想到，家里哪个人会对他说粗话，不规不矩，这一听吓得他忙跑进屋里，在大柜子背后躲了起来。瓦尔瓦拉惊慌失措，待在原地不能动弹，只是双手乱舞，像是在赶毒蜂似的。

"老天爷，这是怎么了？"她大惊失色，说，"她乱嚷嚷倒是干吗？唉嘿嘿……人家全听到了！轻些好吗……唉哟，能不能轻些！"

"已把布乔基诺都给了囚徒的老婆，"阿克西尼娅照样嚷下去，"如今全都要给她了——我什么都不稀罕！你们全都要完蛋！你们是一帮土匪！我算是看透了，抢光了我！你们这帮强盗，劫了我，还要抢劫路过的人，抢了老的，还要抢小的！哪个没有执照卖起了酒？哪个使假钱？箱子里的假钱满满当当——如今用不着我了！"

敞开的大门外聚了大堆人，个个往院子里瞧热闹。

"让大伙都来看看吧！"阿克西尼娅嚷道，"我要让你们丢尽脸面！让你们羞得不得好死！到时候你们全给我下跪求饶！喂，斯捷潘，"她招唤起聋子，"咱俩这就回屋去，见我爹妈去，我不想跟囚犯生活在一起了！走吧！"

院子的晾衣绳上挂着衣服，她扯下湿淋淋的裙子和上衣，丢进了聋子的手里。然后发了疯似的在绳子上的衣服前后东奔西跳起来，见衣服就扯，不是自己的，就扔到地上，踩上一脚。

"唉嘿嘿，老天爷，拦住她！"瓦尔瓦拉哀声叹气道，"她要干吗？布乔基诺就给她，看在天上的基督分上，给她吧！"

"瞧这婆娘！"门口的人议论纷纷，"竟有这样的婆娘！发起飙来了——罪过！"

阿克西尼娅奔进了厨房，里面有人正在洗东西。只有莉帕一个人在洗衣服。厨娘上河边漂洗衣服去了。灶旁的洗衣槽和锅子里冒着热汽，厨房里热汽腾腾，闷热难当，一片模糊。地上放着一堆没洗的衣服，旁边的椅子上躺着尼基福尔，伸出两条红红的小腿儿，这样哪怕掉下来，也不会受伤。巧的是阿克西尼娅进来的时候，莉帕正从那堆衣服里取出阿克西尼娅的衬衣，放进洗衣槽里，她已伸手去拿摆在桌子上盛着沸水的大勺子……

“拿给我！”阿克西尼娅满腔仇恨，盯着她说，把自己的衬衣从槽里抓了去，“我的衬衣你不配碰！你是囚徒的妻子，到你该待的地方去！”

莉帕呆呆地看了看她，不知怎么回事，猛地她觉察到阿克西尼娅投向孩子的那目光，她明白了，顿时吓得魂飞魄散。

“你已拿走了地，这个也给你！”

阿克西尼娅说着，不由分说抓起盛沸水的勺子，向尼基福尔泼去。

紧接着是一阵惨叫，乌克列耶沃村从未听到过的惊叫，谁也不相信，莉帕这样弱小的人会发出这样凄厉的叫声。院子里突然变得鸦雀无声。阿克西尼娅一声不吭跑进了正屋，脸上还挂着往日那种天真的笑意。聋子手里抱着一堆衣服，在院子里走来走去，后来不慌不忙默默地把衣服晾上了绳子。厨娘从河边回来前，谁也没有勇气进厨房看看到底出了什么事。

八

尼基福尔被送到了地方自治局医院，傍晚他死在了医院。莉帕没等到家里人来接她，便把孩子用被子包好，抱着回家。

这是座新医院，刚建不久，窗子很大，高高地坐落在一座山上。夕阳照得医院闪闪发亮，像是里面有什么东西在燃烧。山下是村子，莉帕顺着道路下山来，还没到村子，便在一个小池塘边坐下来。有个妇女牵着马过来给马饮水，马不喝。

“你干吗不喝？”那女的轻声疑惑地问，“你这是干吗？”

一个穿红衬衫的男孩坐在水边，在洗父亲的靴子。除了这两个人，村子里、山上不见一个人影。

“不喝水……”莉帕看着马，说。

那女的和那孩子带着靴子走了，周围再没有什么人了。太阳身披火红和金黄色的锦缎躺下睡了。一条长长的红色和紫色的云团在高空蔓延开去，守望着太阳的安宁。远处，不知是什么地方，一只麻鸻叫了起来，听来像关在板棚里牛的叫声，又凄凉又低沉。春天常听到这种神秘鸟儿的叫声，但就是不知道它长得怎么样，待在哪儿。山上的医院里，就在池塘边的灌木丛中、村外和田野四周夜莺在引吭高歌，杜鹃在细数着某人的年龄，数着数着，老数错，便从头开始数起。池塘里的青蛙鼓起肚皮，怒气冲冲起劲叫唤着，此起彼应，甚至能听清叫唤什么：“好你个乖乖，好你个乖乖！”好不热闹。这些畜生像是故意在叫唤，在歌唱，好让人在春天的夜晚别睡觉，好让大家——连怒气冲冲的青蛙也不例外——珍惜并享受宝贵的分分秒秒。知道吗，万物的生命只赐给你一次！

半月的银辉在高空洒落下来，繁星点点。莉帕想不起自己在水塘边坐了多久，她起身离开时，村子里的人都进入了梦乡，整个村子见不到一丝灯光。离家大概还有十二俄里的路程，她已精疲力竭，想不出该如何回去。月儿时而在前方，时而在右侧出现，同一只杜鹃在不停叫唤，声音有点儿嘶哑，似带笑声，笑话她：“哦，瞧哪，她迷路了！”莉帕走得很快，把头巾也弄掉了……她看了看天上，心想，她孩子的灵魂现在在哪里，是跟着她走呢，还是在天上，在星星旁飞翔，再也不想念自己的娘亲？啊，夜里的田野里，听着杜鹃的歌声，而自己又不能唱，置身于万千的欢声笑语之中，自己高兴不起来，天上明月望着自己，它也是那么孤独，一切对它来说都失去了意义，是冬天还是春天，活人还是死人——此情此景是何等的凄凉……心中一旦有了伤心事，孤单一人踽踽而行特别不是滋味。要是有妈妈普拉斯科维娅做伴，那该多好，要么“拐棍儿”，要么厨娘或别的人伴在左右也行！

“卜！”麻鸻叫唤着，“卜！”

突然听到了人声：

“套车，瓦维拉！”

前面，大路旁生着一堆篝火。见不到火焰，只有些红红的火炭在闪闪烁烁。只听得马匹咀嚼草料声。黑暗中现出两辆大车——一辆装着一只桶，另一辆矮些，装着袋子，有两个人。一人牵着马去套车，另一个人一动不动，双手抄在背后，立在篝火旁。大车旁一条狗汪汪叫着，牵马的人站住了，说：

“路上好像有人过来。”

“沙利克，别叫唤！”另一人冲那狗吼道。

凭声音听出这另一个人是老头。莉帕立住了脚，说：

“上帝保佑你们！”

老头到了她跟前，过了一会儿才说：

“你好！”

"你那狗不咬人吧，爷爷?"

"没事，你过去吧。不咬人。"

"我从医院来。"莉帕过了一会，说，"我的儿子死在那儿。我抱着他回家。"

也许，老头听了这话不高兴，他赶忙从她身边走开，急匆匆地说：

"别难过，亲爱的，都是上帝的旨意。磨蹭什么，小伙子!"他回过头去对同伴说，"你还是给我麻利点!"

"你的马轭呢?"小伙子说，"我找不到。"

"瞧你真叫呆，瓦维拉!"

老头拣起一块火炭，吹了吹，炭火只照着他的眼睛和鼻子，找到了马轭后，他拿着火炭来到莉帕跟前，打量了她一眼，目光充满了同情和温情。

"你做了妈妈了，"他说，"哪个妈妈都疼自己的孩子。"

他说着叹了口气，摇了摇脑袋。瓦维拉往火堆抛了什么东西，踩了踩，顿时四周变得黑洞洞的，什么也看不到了，见到的只有田野、满天的星斗，听到的是打扰彼此睡眠的叽叽喳喳的鸟声。秧鸡在鸣叫，听来像是在篝火的地方发出来的。

但片刻后大车、老头和高个子的瓦维拉显现了出来。两辆大车上了路，发出叽叽嘎嘎声。

"您俩是圣徒吗?"莉帕问老头。

"不是。我俩是菲尔萨诺沃村来的。"

"刚才您瞧了我一眼，我的心就暖和起来了。这小伙子挺文静的。所以我寻思您俩是圣徒哩。"

"你离家远吗?"

"我去乌克列耶沃村。"

"上车吧。我捎你到库兹敏诺克。到了那里你一直走，我们向左拐。"

瓦维拉赶着装大桶的车，老头和莉帕坐另一辆。车子驶得不快，瓦维拉的车赶在前头。

"我的儿子折腾了整整一天，"莉帕说，"瞪着一双小眼睛，一声不吭，想说，可说不出。老天爷，圣母娘娘！我难受得老跌倒在地上。在他的床头站着站着就倒下去了。老爷爷，你说，娃娃死前为什么要受折磨呢？要是大人、汉子或女人受苦，他们犯的罪孽可以得到宽恕，娃娃干吗要受罪呢，他们可没有罪孽呀？干吗呢？”

“谁知道。”老人说。

接着三个人默默地行了半小时。

“干吗受罪，受的什么罪，用不着全都弄得一清二楚，”老人说，“鸟儿为什么不长四只翅膀，而只有两只，因为两只翅膀就可以飞了，人也一样，用不着什么都弄明白，只要知道一半，要么就一半的一半就够了。知道如何活着就够了。”

“老爷爷，我还是走着踏实，这会儿心里堵得慌。”

“没事，放心坐着。”

老人打了个哈欠，便对着嘴巴画了个十字。

“没事……”他又说了一句，“你那份罪算不上多大。今后的日子长着哩——往后还要遇上好事，坏事，什么事都会发生。俄罗斯多大！”老人说着，看了看道路两旁，“我跑遍了整个俄罗斯，什么没见识过？你得相信我说的话，好姑娘。好事，坏事全会遇上。我去过西伯利亚，到过黑龙江和阿尔泰。我曾在西伯利亚定居下来，在那儿开垦过荒地，后来因为想念俄罗斯母亲，回到故乡。我们是凭着双脚走回来的，记得有一次我们坐渡船，我精巴干瘦，破衣烂衫，光着脚，人都冻僵了，只啃面包皮过日子。船上有位路过的老爷——愿他死后上天国——看着我挺可怜的，泪水哗哗流下来。他说：‘唉，你啃的是黑面包，你过的日子准也是黑的。’我回到家，穷光蛋一个，婆姨倒是有过一个，可留在西伯利亚，葬在那里了。我只能靠打长工过日子。怎么样呢？跟你说吧，有过好事，也有过坏事。可我就不想死，好姑娘，我还想再活二十年哩，总的说来，还是好事多些。俄罗斯多大！”他说罢又看了看道路两侧，还回头望了望。

“老爷爷，”莉帕问，“人死后，他的灵魂在世上能留多久？”

“谁知道！咱俩问问瓦维拉——他念过书。如今学校里什么都教。瓦维拉！”老人叫道。

“什么事？”

“人死后，他的灵魂在世上能留多久？”

瓦维拉勒住了马，答道：

“九天。我叔叔基里拉死后，他的灵魂在我们家小木屋里待了十三天。”

“你怎么知道？”

“炉子呼呼砰砰响了十三天。”

“得了你，走吧，”老人说。显然，他压根儿就不信瓦维拉说的那一套。

快到库兹敏诺克，车子拐上了公路。莉帕一直往前走。天亮了。下到峡谷时，乌克列耶沃的农舍和教堂还隐藏在雾中，冷飕飕的，莉帕似乎觉得，那只杜鹃还在啼叫。

莉帕回到家，牲口还关在栏内，全家人都在睡觉。她在台阶上坐下，等着。第一个出来的是老爷子。他一眼就看出发生了什么事，好久说不出一个字来，只是不停地咂巴嘴唇。

“唉，莉帕，”他终于开口了，“你没有保护好我的孙子……”

瓦尔瓦拉被惊醒了。她拍起双手，号啕大哭起来，立即给孩子洗身换衣。

“多好的一个孩子……”她说，“唉嘿嘿……只有那么一个孩子，还没有护好，你多傻……”

早晚各举行一次超度祈祷。第二天葬了孩子，葬礼后客人和神职人员吃了很多东西，狼吞虎咽，仿佛饿了很久似的。莉帕侍候大家用餐，神甫举起叉着腌蘑菇的叉子对她说：

“别为娃娃伤心，这样的娃娃都会上天国的。”

客人全走了，莉帕这才彻底明白，尼基福尔没了，再也回不来了，想到这里她号啕大哭了起来。她不知道，自己该去哪个房间哭好，因为她感到，孩子死后，这个家已没有她待的地方了，她在这里已微不足道，完全是个多余的人了，别的人也有同感。

“我说，你嚎什么？”阿克西尼娅出现在门口，突然冲她吼起来。孩子葬礼时，她身穿新衣服，脸上还扑了粉，“给我住嘴！”

莉帕不想哭，但止不住，反而哭得更响。

“听到了没有？”阿克西尼娅嚷道，恼怒得跺起了脚，“我这是冲哪个说的？你给我滚出家，往后两脚别踩进我们的家门了，囚徒的婆娘！滚！”

“行了，行了，行了！”老爷子说，“阿克秀莎，别嚷嚷了，好人儿……她哭也是人之常情……到底是死了儿子……”

“还人之常情……”阿克西尼娅学着他的话，“今儿让她再过一晚，明天这里就没她待的地方！还人之常情哩……”她又说了一句，笑了笑，去了铺子。

第二天一早，莉帕就去托尔古耶沃村找自己的母亲。

九

现在铺子的房顶和店门都粉刷一新，亮光闪闪。和从前一样，窗台上开着艳丽的天竺葵。三年前楚布金家和院子里发生的事几乎全被人忘了。

如今格里戈里·彼得罗维奇还被看作是一家之主，可实际上，家里的事全都由阿克西尼娅一手掌控。买的卖的事她说了算数，不经她点头，什么事也办不成。砖厂经营不错，因为修铁路需要砖，一千块砖价格涨到了二十四卢布。村里的女人和姑娘把砖运到车站，装上车，一天可挣二十五戈比。

阿克西尼娅和小赫雷明合伙办起了工厂，取名“小赫雷明股份公司”。他们还在车站附近开了一家小酒馆。如今那架昂贵的手风琴演奏的地点已由工厂转到了这家酒馆，邮政局局长是酒馆的常客，他也在从事某种买卖，车站站长也不例外。小赫雷明送聋子斯捷潘一只金表，聋子时不时把表从口袋里掏出来放在耳边听着。

村里的人都说阿克西尼娅手握大权。确实如此，不管是她早上驱车上自家的工厂，满脸堆着天真的微笑，喜气洋洋，漂漂亮亮，还是后来在厂子里发号施令，都让人感到她大权在手，好不威风。不论是家里人，还是村子和工厂里的人无不怕她。她上邮局，邮政局长便跳起身子，对她说：

“敬请就座，克赛尼娅·阿布拉莫夫娜①！”

一次，一位鲜衣丽服的地主，穿一件薄呢外衣和高统漆皮鞋，已上了年纪，在卖给她马时，与她交谈甚欢，入了迷，居然按她提的价格，出手了。他久久握住她的手，眼盯着她那喜洋洋、天真而狡猾的眼

① 克赛尼娅·阿布拉莫夫娜：称呼阿克西尼娅的正名和父称，是对她的尊敬。

睛，说：

“在您这样女人面前，克赛尼娅·阿布拉莫夫娜，我愿满足您的任何要求。您说，什么时候在没人妨碍的情况下，您我见面？”

“随时听候吩咐！”

此后这位年纪一大把的花花公子几乎天天都来铺子喝啤酒。可啤酒糟极了，苦得像艾草。那地主直摇头，但还是把苦酒吞了下去。

老楚布金再也不管事了。他身边再也不带钱了，因为他分不清真钱和假钱，但他没说出来，他的这一弱点对谁也不说。不知怎么的他变得健忘了，要是人家不给，他自己不会要吃的。他不跟家人一起吃饭，此事大家都已习以为常了，瓦尔瓦拉常说：

“昨儿我们的老爷子又不吃饭去睡了。”

她这话说得漫不经心，成习惯了。不知为什么，冬天也罢，夏天也罢，老爷子总是身穿皮袄，只有在十分炎热的日子他才待在家里不出门。平日里，他穿上皮袄，翻起领子，掩上前襟，在村子里东游西逛，沿着大道往火车站去，或大清早起，在教堂附近的凳子上一坐就是一整天。他坐在那儿一动不动，路过的人向他点头致意，他也不理不睬，因为他还是和过去一样，不喜欢庄稼人。人家问他什么事，他答得客客气气，有条有理，但话不多，短短几个字而已。

村里议论纷纷，说他是被儿媳妇赶出家门的，不给吃的，似乎是靠布施过日子。为此有人高兴，有人同情。

瓦尔瓦拉越来越胖，越来越白，一如既往做好事，阿克西尼娅也不干涉。如今家里的果酱还是很多很多，新果子上来时，他们家的果酱还没吃完，都凝成糖渍块了。瓦尔瓦拉见了直想哭，不知该如何处理。

大家已忘了阿尼西姆了。有一次他寄回来一封信，写成了诗，写在一张大纸上，像呈文，同样是漂漂亮亮的笔迹。看得出来，他的朋友萨马罗多夫同他一起服苦役。诗的后面有一行字，写得歪歪扭扭，模糊不清：“我在这儿老害病，日子艰难。看在基督分上你们帮帮我吧。”

一次——是在秋天的一个晴朗的日子，还不到傍晚——老楚布金坐在教堂大门附近，翻起皮袄领子，只露出鼻子和帽檐。凳子的另一端坐着包工头叶里扎罗夫，他身边坐着的是学校看门人雅可夫，是个七十岁的老头，嘴里没一颗牙。“拐棍儿”和看门人在聊天。

“孩子得抚养老人，给吃的喝的……善待自己的父母。”雅可夫没好气地说，“她倒好，把自己的公公撵出家门，落得老爷子没吃没喝的——叫他怎么办？三天没吃的了。”

“三天？！”“拐棍儿”惊问。

“你看他这么一声不吭呆坐着，没半点气力。干吗不说话？上法庭告去——上了法庭准没人说她好的。”

“没说哪个好？”“拐棍儿”没听清，问。

“那婆娘倒没什么，挺卖力的。他们的买卖没她那一手还真不行……我是说不作孽还真不行……”

“被撵出了自家门，”雅可夫继续愤愤不平地说，“自己赚的钱，买的房子，然后被人撵出去。她呢，竟是这么个娘儿们，想不到吧！害人精一个！”

楚布金听着，还是一动不动。

“自己的家，别人的家，倒没什么，只要暖和，婆姨们不吵闹就行……”“拐棍儿”笑了笑，说，“当年我年轻时，对自己的纳斯塔西娅可疼了。我女人文文静静，老说：‘马卡雷奇，买座房子吧！马卡雷奇，买座房子吧！马卡雷奇，买匹马吧！’临死时还说：‘买辆车子吧，这样就用不着走路了。’可我只给她买过糖饼，别的啥也没买。”

“丈夫是个聋子，傻乎乎的，”雅可夫没理会“拐棍儿”说什么，径自说下去，“像只蠢鹅。他懂什么？哪怕往这蠢鹅头上敲一棍子，他也不明白。”

“拐棍儿”站起身，要回厂里去。雅可夫也站起来，两个人一起边走边谈。他俩走了约莫五十步，老楚布金也站起来，慢吞吞地跟在他俩后面，脚步不稳，像踩在滑溜的冰上一样。

村子已为暮色所笼罩，只有道路的上方闪着夕阳的余光，照得那路像蛇一样蜿蜒起伏，自下而上向山坡爬去。老婆婆们从林子里归来，跟她们一起的还有一班孩子。她们手中都提着篮子，里面盛着乳菇。女人和小姑娘成群结队从车站而来，她们是在那里的车皮上装砖的，鼻子和眼睛下那两块脸颊沾上红色的砖末。她们唱着歌儿。莉帕走在最前头，用尖细的嗓音唱着，歌声清脆。她眼望天空，兴高采烈，陶醉入迷，庆幸一天终于过去了，可以歇息了。她的妈妈、打短工的普拉斯科维娅也在人群中。她手里拿着一只小包，一如既往，还是气喘吁吁的。

“你好，马卡雷奇，”莉帕一见“拐棍儿”，说，“你好，亲人儿！”

“你好，莉帕什卡，”“拐棍儿”挺高兴，“娘儿们，丫头们，你们都爱上有钱的木匠吧！哈，哈！我的孩子们，孩子们（‘拐棍儿’哭泣了起来）。我可爱的小斧子们！”

“拐棍儿”和雅可夫往前而去，听得见他俩的交谈声。紧接着迎着人群走过来楚布金，大伙突然一声不吭了，立时变得静悄悄的。莉帕和普拉斯科维娅稍稍放慢了脚步，落在了人后。老爷子与她俩走在了一起，莉帕深深给他鞠了一躬，说：

“您好，格里戈里·彼得罗维奇！”

她妈妈也鞠了一躬。老爷子停下了脚步，一言不发，看了看娘儿俩。他的嘴唇在颤动，眼里饱含着泪水。莉帕从妈妈的小包里取出一块玉米馅饼，递给了他。他拿过来吃了起来。

整个太阳全都下山了。道路上空的余晖已消失。天开始变黑，变凉了。莉帕和普拉斯科维娅向前而去，一次又一次久久画着十字。

（1900年）

未婚妻

一

已是晚上十点来钟。花园上空一轮圆月朗照。按奶奶玛芙拉·米哈伊洛夫娜的吩咐，舒明家的人刚做完晚祷，娜佳便跑到花园里待了一会儿。只见大厅里已摆好桌子，放上冷盘；祖母穿着华丽的丝绸连衣裙正忙碌着。教堂大司祭安德烈神甫跟娜佳的母亲尼娜·伊凡诺夫娜在说话。隔着窗子望过去，母亲在傍晚的灯光下不知怎么显得十分年轻。安德烈神甫的儿子安德烈·安德列伊奇站在一旁，聚精会神地听着他们交谈。

花园里静悄悄的，凉爽异常，黑乎乎的树影静静地躺在地上。远处的蛙声隐约可闻，很远很远，怕是在城外吧。五月的气息浓烈，多可爱的五月！你深深地呼吸着，不由得会想：不在这儿，而在别处的天空下，在远离城市的地方，在田野和树林里，此刻万物正生机勃勃，春意盎然，大自然如此神秘、美丽、富饶而神圣，软弱而有罪之人怎能领会？不知为什么真想哭它一场。

她，娜佳，已经二十三岁。从十六岁起，她就非常想出嫁，现在终于成了安德烈·安德列伊奇的未婚妻——此刻他正站在窗子后面。她喜欢他，婚期已定在七月七日，可是她并没有欣喜的感觉，夜夜辗转反侧，再也快活不起来……从地下室厨房敞开的窗子里，可以听到里面在忙碌着，菜刀叮叮当当响个不停，滑动门砰砰作响。飘来阵阵烤火鸡和醋渍樱桃的香味。不知为什么她觉得今后的生活将永远这样下去，没有变化，无穷无尽！

有人从房子里走出来，停在台阶上。这是亚历山大·季莫费伊奇，人们简称他萨沙，他是十天前从莫斯科来这儿做客的。多年前，奶奶的一个远亲常来走动，请求周济，她叫玛丽亚·彼得罗夫娜，贵族出身的穷寡妇，瘦小多病。萨沙就是她的儿子。不知为什么大家都说他是一名出色的画家。后来他母亲去世，奶奶为了拯救自己的灵魂，便把他送到莫斯科的康米萨罗夫斯基学校学习，两年后他转入绘画学校，在那里差不多学习了十五年，最后才勉勉强强在建筑专业毕业。但他始终没有从事建筑工作，目前在莫斯科一家石印工厂做事。几乎每年夏天，他都身患重病，来祖母这儿休息和疗养。

这时他穿一件常礼服，扣子全扣上了，一条旧帆布裤子，裤筒边已经磨损。他的衬衫领子没有烫过，浑身一副萎靡不振的样子。他瘦削，大眼睛，十个手指又长又细，留着胡子，肤色黝黑。不过倒还算得上相貌堂堂。他跟舒明一家人已经处熟，把他们当自家人看待，他在这里就像在家里一样轻松自在。他住的那个房间早就被叫做“萨沙的房间”了。

他站在台阶上，见到娜佳，便向她走过去。

“你们这儿真好。”他说。

“当然好啦。您不如在这里住到秋天吧。”

“可不是，得住到秋天。也许要在你们这儿住到九月哩。”

他无端地笑了起来，坐到了她的身边。

“我坐在这儿，望着妈妈，”娜佳说，“从这边望过去，她显得多么年轻！我妈妈当然有她的不足之处，”她沉默片刻，又补充说，“可她毕竟是个不同寻常的女人。”

“是的，她人好……”萨沙同意道，“您的母亲自有其独特善良和可爱的一面，可是……怎么对您说呢？今天清早我去过你们家厨房，看到四个女仆直接睡在地上，没有床，没有被褥，盖着的是破破烂烂的东西，有一股难闻的气味，还有不少臭虫和蟑螂……跟二十年前完全一个样，一点变化都没有。哦，讲到奶奶，上帝保佑她，她到底是奶奶。要说您的妈妈，也许会讲法语，也参加业余演出，看来她应该明事理的。”

萨沙讲话的时候，喜欢把两个细长的手指伸到听话人面前。

“这里的一切都有点古怪，让人看不惯，”他继续道，“鬼知道怎么回事，这儿的人什么事都不做。您的母亲成天只知道走来走去，像一位公爵夫人，奶奶无所事事，您也一样。连您的未婚夫安德烈·安德烈伊奇也无所事事。”

这番话娜佳去年听过，前年似乎也听过，她知道除此之外萨沙再也讲不出别的什么。以前她觉得这些话很可笑，不知怎么的现在听来挺气恼。

“您说的都是老生常谈，早让人听腻了，”她说着站起身来，“您该想点新鲜的话才好。”

他笑了，也站起来，两人朝房子走去。她个子高挑，漂亮，苗条，此刻在他的身旁更显得健康，衣着华丽。她感觉到这一点，不禁可怜起他来，而且不知为什么有点不自在。

“您讲了许多不必要的话，”她说，“您刚才提到我的安德烈，其实您并不了解他。”

“‘我的安德烈’……去他的，去你的安德烈！我真为您的青春感到惋惜。”

两个人进了大厅，这时大家已经坐下吃晚饭。奶奶，或者按家里人的称呼，老奶奶，长得很胖，相貌难看，生着浓眉，还有一点点唇髭，大嗓门，光是听她说话的声音和口气就可以知道，她是一家之主。集市上的几排商店和这幢带圆柱和花园的老房子都归她所有。她每天早晨都要祈祷，求上帝保佑她别破产，祈祷时常常泪流满面。她的儿媳妇，也就是娜佳的母亲尼娜·伊凡诺夫娜，生着浅色头发，腰束得很紧，戴着pince-nez①，十个手指上都戴着钻石戒指。安德烈神甫是个掉了牙的瘦老头，从脸上的表情看他仿佛正打算讲一件十分可笑的事。他的儿子安德烈·安德烈伊奇，也就是娜佳的未婚夫，壮实而英俊，头发鬈曲，像一名演员或画家。他们三个人正谈着催眠术。

“你在我家住上一个星期就会复元，”奶奶转身对萨沙说，“只是你得多吃点儿。瞧你这模样！”她叹了一口气说，“你那模样真吓人！真的，你活像名浪子了。”

“挥霍掉父亲赠予的全部资财，”安德烈神甫眼里带着笑意，慢条斯理地说，“浪荡的儿子只好给人去放猪……”②

---

① 法语：夹鼻眼镜。

② 浪子的比喻出自《圣经》，见《路加福音》第十五章。

"我喜欢我老爹，"安德烈·安德烈伊奇拍拍父亲的肩膀说，"他是个可爱的老人，善良的老人。"

大家都没有出声。突然萨沙笑起来，用餐巾捂住了嘴。

"如此说来，您也相信催眠术了?"安德烈神甫问尼娜·伊凡诺夫娜。

"我当然还不能肯定说我相信，"尼娜·伊凡诺夫娜回答，她的神色变得十分认真，甚至有点严厉，"可是应当承认，自然界有着许多神秘而不可理喻的现象。"

"我完全同意您的看法，不过敝人还得补充一句：信仰了宗教，神秘事物的领域就大为缩小。"

端上来一只又大又肥的火鸡。安德烈神甫和尼娜·伊凡诺夫娜的交谈还在继续。尼娜·伊凡诺夫娜手指上的钻石戒指闪闪发光，后来她的眼眶里泪花闪烁，她开始激动起来。

"尽管我不敢同您争论，"她说，"但您得承认，生活中有着许多解不开的谜!"

"绝对没有，我敢向您担保。"

晚饭后安德烈·安德烈伊奇拉小提琴，尼娜·伊凡诺夫娜弹钢琴为他伴奏。十年前他在大学的语文系毕业，但是从来没有工作过，没有固定的职业，只偶尔参加一些为慈善事业而举办的音乐会。城里的人都叫他演员。

安德烈·安德烈伊奇拉着小提琴，大家默默地听着。桌上的茶炊烧开了，冒着气，只有萨沙一个人在喝茶。后来时钟敲响十二点，提琴上的一根弦突然断了。大家都笑起来，忙着起身告辞。

送走未婚夫之后，娜佳回到楼上的卧室，她跟妈妈住在楼上（楼下住着老奶奶）。楼下的大厅里开始熄灯，可是萨沙还坐着喝茶。他喝茶的时间总是很久，完全是莫斯科人的习惯，一回总得喝上七八杯。娜佳脱掉衣服，上了床，很久都能听到楼下女仆在收拾东西，老奶奶在生气。最后，一切安静下来，只偶尔从楼下萨沙的房间里传来他低沉的咳嗽声。

二

娜佳一觉醒来，大概已是凌晨两点，这时天色开始破晓。远处有更夫敲打梆子。她不想睡了，躺着，人软绵绵的，反而不舒服。像过去一样，五月之夜，娜佳都坐在床上想心事。可是她的那些想法跟昨夜一样，千篇一律，单调乏味，令人生厌，无非是安德烈·安德烈伊奇开始追求她，向她求婚，她同意了，后来渐渐地对这个善良而聪明的人评价很高。可是不知为什么到了现在，离婚期不到一个月了，她却感到心慌意乱，忐忑不安，仿佛等着她的居然是件说不明、道不清的苦恼事。

“笃……笃……”更夫懒洋洋地敲着梆子，“笃……笃……”

从古老的大窗子望出去，可以看到花园，远处是正在盛开的丁香花丛，花儿睡意蒙眬，冻得有点发蔫。一片白茫茫的浓雾，缓缓地朝丁香花这边漫过来，想要掩盖住它。远处的树林中传来睡意蒙眬的白嘴鸦的几声啼叫。

“我的上帝，为什么我的心这么沉重!”

也许每一个未婚妻在结婚前都是这般感受。谁知道呢！是受了萨沙的影响？殊不知，萨沙已经一连几年都说着同样的话，像背书似的，而且说话时显得又幼稚又古怪。那么为什么萨沙的形象总是挥之不去？为什么？

更夫早已不打梆子了。窗前的花园里鸟儿叽叽喳喳地叫起来，花园中的雾气已经消散，周围的一切沐浴在春天的晨光中，像是沉醉在欢声笑语之中。整个花园在阳光的爱抚下很快暖和过来，苏醒了，树叶上的露珠，像钻石般晶莹剔透，闪闪发光。这古老的、早已荒芜的花园在这个清晨显得生机勃勃、妩媚多姿。

老奶奶已经醒来。萨沙粗声粗气地在咳嗽。可以听到楼下有仆人端来了茶炊，在搬动椅子。

时间慢吞吞地过去。娜佳早已起床，一直在花园里散步。早晨还在延续。

后来尼娜·伊凡诺夫娜出来了，她泪痕斑斑，手里端一杯矿泉水。她对招魂术①和顺势疗法②很感兴趣，读了许多这方面的书，喜欢谈她心中生出的疑惑。这一切在娜佳看来都蕴含着深刻而神秘的内涵。娜佳

---

① 招魂术：一种迷信的法术，相信死人的灵魂可以召回，并能与之“交往”。

② 顺势疗法：用极微量药物来治疗疾病的方法，十八世纪末由德国医师哈内曼创立。

吻了吻母亲，跟她并排走着。

“你为什么哭了，妈妈？”她问道。

“昨天晚上我读了一夜的小说，里面讲到一个老者和他女儿的故事。老者在某地做事，他的上司爱上了他的女儿。书我还没有读完，可是里面有一处叫你忍不住落泪，”尼娜·伊凡诺夫娜说完，喝了一口矿泉水，“今天早晨我一想起那个段落，又哭了。”

“这些天来我心里老不愉快，”娜佳沉默片刻，说，“为什么我夜夜睡不好觉？”

“我不知道，亲爱的。每当我夜里失眠的时候，就闭上眼睛，瞧，就这样紧紧闭着，想象出安娜·卡列宁娜①的模样，想象她怎么走路，怎么说话，要不就想象古代历史上的某一事件……”

娜佳感到，母亲并不了解她，也理解不了。这是她有生以来第一次有这样的感觉，她甚至觉得害怕，真想躲起来。于是她一个人回到了自己的卧房。

下午两点钟，大家坐下来吃饭。那天是星期三，是斋日，所以给祖母送上的是素的红甜菜汤和鳊鱼粥。

萨沙故意跟奶奶逗乐，说她喝完荤菜汤又喝素的红甜菜汤。吃饭的时候，他不断开玩笑，不过他的玩笑都很笨拙，总带着道德说教，结果说出来的笑话丝毫不可笑了。每当他说俏皮话的时候，他总先举起他那又长又细、像死人一样的手指，使人不由得想到，他病得很重，也许将不久于人世，这时候你就会由衷地为他流下几滴同情的泪水。

饭后，奶奶回卧室休息去了。尼娜·伊凡诺夫娜弹了一会儿钢琴，也回房去了。

“唉，亲爱的娜佳！”萨沙照例这样开始饭后的闲谈，“您要是听我的话就好了！就好了！”

她深深地埋在老式的圈椅里，闭上眼睛，他则慢悠悠地在房间里踱来踱去。

“要是您能出去求学就好了！”他说，“只有做个受过教育的、圣洁的人才有意义，只有他们才是有用的。殊不知，这类人越多，天国就越快来到人间。到那时，你们的城市渐渐地就会片瓦不存——一切都要颠

① 安娜·卡列宁娜：托尔斯泰同名小说中的女主人公。

倒过来，一切都变了样，简直像施了魔法似的。到那时这里将出现无数宏伟的屋舍，奇妙的花园，非同一般的喷泉，优秀的人才……但主要的还不是这些。最主要的是，我们现在所理解的所谓民众，这种不幸的现象将不复存在，因为人人都有信仰，人人都知道他们为什么活着，再不会有人到民众中去寻求支持。我亲爱的，好姑娘，您走吧！您该向大家表明：您已经厌恶这种死气沉沉的、灰色的、罪恶的生活。您哪怕自己明白这道理也是好的！”

“不行，萨沙，我快要出嫁了。”

“哎，得了吧！谁需要结婚？”

两人进了花园，散了一会儿步。

“无论如何，我亲爱的，应该好好想想，应该明白，你们这种游手好闲的生活是多么肮脏，多么不道德，”萨沙继续道，“您要明白，譬如说吧，如果您、您的母亲和您的奶奶什么事都不做，那么这意味着，别人在为你们干活，你们这是在蚕食他人的生命，难道这是干净的？难道这不肮脏吗？”

娜佳本想说：“是的，您这话是对的，”她还想说，这些她都明白，可是泪水涌了出来，她突然不作声了，全身一阵瑟缩，回自己房里去了。

傍晚，安德烈·安德烈伊奇来了，他照例拉小提琴，拉了很长时间。一般说来，他不爱说话，喜欢拉小提琴，也许这是因为拉琴的时候可以不必讲话。十点多钟，他穿好大衣，准备回家。临别时他拥抱娜佳，热烈地吻她的脸、肩头和手。

“亲爱的，我的宝贝，我的美人儿……”他喃喃低语，“啊，我是多么幸福！我快活得要发狂了！”

可她觉得，这些话她早已听过，很早很早就听过，或者在哪本书里……在一本破旧的、早已抛在一边的小说中读到过。

大厅里，萨沙正坐在桌旁喝茶，五个长长的手指托着一只小杯子，老奶奶在摆纸牌算卦，尼娜·伊凡诺夫娜在看书。圣像前长明灯里火苗不时噼啪作响，一切都显得安宁而圆满。娜佳道了晚安，便回到楼上的卧室。她躺下后立即睡着了。可是，跟昨天夜里一样，天刚蒙蒙亮，她又醒了。没有睡意，心情不安而沉重。她坐了起来，把头伏在膝盖上，想起了未婚夫，想起了婚事……不知怎地，娜佳想起了她的母亲不爱自己已故的丈夫，弄得现在一无所有，只能依赖自己的婆婆，也就是老奶奶过日子。娜佳左思右想，怎么也弄不明白，为什么她至今把母亲看得那么特别，那么非同寻常，为什么没有发觉她其实是个普通的、平常的、不幸的女人。

萨沙在楼下还没有入睡——可以听到他在不断咳嗽。娜佳想到，这是个古怪而又天真的人，在他的幻想天地里，在那些美丽的花园和奇异的喷泉里，不免有些荒唐可笑的成分。可是不知为什么在他的天真里，甚至在他的荒唐可笑里，却蕴含着许多美好的东西，使得她一想到要不要外出求学的时候，她的整个心灵，整个胸膛便感受到一阵凉意，随即涌动着欢快、狂喜的感情。

“不过，最好不去想它，不去想它……”她小声说，“不该去想这种事。”

“笃……笃……”更夫在远处敲着梆子，“笃……笃……”

三

六月中旬，萨沙突然感到无聊乏味，打算回莫斯科。

“这个城市我无法再待下去了，”他闷闷不乐地说，“没有自来水，没有下水道！一吃饭我就恶心，厨房里肮脏不堪……”

“你再等等，浪子，”奶奶不知为什么小声劝道，“七号就要举行婚礼了。”

“我不想参加。”

“你说过愿在我们这儿待到九月的！”

“可现在我不想待了。我要工作！”

这年夏天潮湿而阴冷，树木湿漉漉的，花园里的一切看上去阴森凄凉，情绪低落，事实上人很想干活。楼上楼下的许多房间里，可以听到陌生女人的说话声，奶奶房里的缝纫机响得正欢：他们在赶做嫁妆。光是皮大衣就给娜佳做了六件，其中最便宜的一件，据老奶奶讲，就值三百卢布！这种忙乱激怒了萨沙，他坐在自己的房间里生闷气。不过大家还是劝他留下，他也答应七月一日以前不走。

时间过得很快。圣彼得节①那天下午，安德烈·安德烈伊奇和娜佳一道前往莫斯科街，想再看看那幢早已租下、准备给他俩做婚房的房子。这是一幢两层楼房，不过目前只有楼上已装修完毕。大厅里，镶木地板油漆一新，摆着维也纳式的椅子、钢琴和小提琴谱架。油漆气味弥漫。墙上的金边大画框里有一幅油画：一个裸体女人，身旁有一只断了柄的淡紫色花瓶。

"好一幅绝妙的画作，"安德烈·安德烈伊奇赞叹道，"这是画家希什玛切夫斯基的作品。"

旁边是客厅，有一张圆桌子，长沙发，几把圈椅都套着鲜蓝色的套子。沙发上方挂着安德烈神甫戴着法冠、佩着勋章的大幅照片。两人进了带酒柜的餐室，又去了卧室。卧室里光线暗淡，并排放着两张床，好像是人们在布置新房的时候，一定以为这里将永远美满，而不会有别的情况发生。安德烈·安德烈伊奇领着娜佳走遍了各个房间，并且一直搂着她的腰。她却感到自己虚弱、内疚，所有这些房间、床和圈椅都让她厌烦，那个裸体女人更让她恶心。此刻她已经清楚地意识到，她不再爱安德烈·安德烈伊奇，也许她从来就没有爱过他。可是这话该怎么说，对谁说，为什么说，她至今弄不明白，也不可能弄明白，尽管她日日夜夜都在想着这件事……他搂着她的腰，说起话来无比亲昵、殷勤，喜气洋洋地在自己的寓所里走来走去，而在她的眼里，这一切是那么庸俗，愚蠢而低俗得叫人无法忍受的庸俗，连他那只搂住她的手，她也觉得铁箍似的又硬又冷。她时刻准备逃跑，大哭一场，从窗子跳出去。安德烈·安德烈伊奇又把她领进浴室，一进去就拧开墙上的水龙头，水立即哗哗流出来。

"怎么样？"他喜笑颜开，说，"我吩咐人在阁楼上做一个大水箱，能存一百桶水，这样我们就能用上水了。"

最后他们穿过院子，来到街上，叫了一辆马车。尘土铺天盖地，眼看着就要下雨了。

"你冷不冷？"安德烈·安德烈伊奇问道，尘土吹得他眯起了眼睛。

她不作声。

"昨天萨沙，你记得吧，责备我无所事事，"他沉默片刻，又说，

---

① 圣彼得节：东正教节日，在俄历六月二十九日。

“真的，他说得对！对极了！我的确无所事事，也不会有所作为。我亲爱的，你知道这是为什么吗？当我一想到有朝一日额头上压上帽徽要去做事，心里就反感，为什么呢？为什么当我看到律师、拉丁文教员或者市参议会委员，我就那么不自在呢？哦，俄罗斯母亲，俄罗斯母亲！你的身上还背负着多少游手好闲、一无所用之人！有多少像我这样的人压在你身上，苦难深重的俄罗斯啊！”

他对自己的无所事事作了总结，认为这是时代的特征。

“等结了婚，”他继续道，“我们一块儿到农村去，亲爱的，我们在那里干活！我们买一块不大的地，有花园，有河，我们一块儿劳作，观察生活……啊，这将多么美好！”

他摘下帽子，风吹得头发飘了起来。她听着他的话，心里却想：“上帝，我要回家，上帝！”快要到家的时候，他们才赶上了安德烈神甫。

“瞧，父亲也来了！”安德烈·安德烈伊奇挥动帽子，高兴地说，“我喜欢我老爹，真的，”他说，付了车钱，“多么可爱的老人，善良的老人。”

娜佳回到家里，生着闷气，身子也不舒服，想到整个晚上将客人不断，她就得带着笑脸送往迎来，忙于应酬，就得听小提琴，听各种各样的废话——话题离不开婚礼。奶奶坐在茶炊旁边，穿着华丽的丝绸连衣裙，态度傲慢，目空一切——在客人们面前她总是这样。安德烈神甫面带狡黠的微笑走了进来。

“看到贵体安康，本人不胜欣慰。”他对奶奶说，说不清，他这是开玩笑，还是说正经的。

四

风不时敲打着窗子和屋顶。可以听到呼啸的风声，家神①在壁炉里闷闷不乐地小声唱着它的歌。已过了午夜十二点。家里的人全都上床了，可是谁也没有睡着。娜佳总觉得楼下好像有人在拉小提琴。忽然砰的一声，大概是一块护窗板掉下来了。不一会儿，尼娜·伊凡诺夫娜走

① 斯拉夫人信仰中住宅的守护神。

了进来，她只穿一件衬衣，手里拿着蜡烛。

“什么东西响了，娜佳?”她问道。

母亲把头发梳成一条辫子，面带胆怯的微笑，在这个风雨之夜显得老了，丑了，矮了。娜佳不由得想起，不久前她还一直认为自己的母亲不平凡，自己总是怀着自豪的心情聆听她说的话，可是现在怎么也记不起这些话了。凡是能记起来的也都平淡无奇，毫无意义。

壁炉里呜呜作响，像有几个男低音在合唱，甚至可以听到“唉，我的天哪!”的叹息声。娜佳坐在床上，忽然使劲揪自己的头发，号啕大哭。

“妈妈，妈妈，”她说，“我亲爱的妈妈，你要是能知道我出了什么事就好了！我求你，求你，让我走吧！我求你了!”

“去哪儿?”尼娜·伊凡诺夫娜问，她不明白是怎么回事，便坐到床上，“你要去哪儿?”

娜佳哭了很久，说不出一句话来。

“你让我离开这个城市吧!”她终于说，“不该举行婚礼，也不会举行婚礼，这点你要明白！我并不爱这个人……甚至都不想提起他。”

“不，我亲爱的，不，”尼娜·伊凡诺夫娜吓坏了，急切地说，“你冷静冷静，你这是心情不好引起的，会过去的。这是常有的事。大概你跟安德烈拌嘴了吧，可是小两口吵架，无非是图开心而已。”

“行了，你走吧，妈妈，你走吧!”娜佳又大哭起来。

“是的，”尼娜·伊凡诺夫娜沉默片刻，说，“不久前你还是个孩子，小丫头，现在就要做新娘了。自然界的一切物体总在不断更新。不知不觉中，你也会做上母亲和奶奶，你跟我一样，也会有个固执而任性的女儿。”

“我亲爱的好妈妈，你聪明，可你也不幸，”娜佳说，“你很不幸，为什么你尽说些庸俗的话？看在上帝分上，告诉我为什么?”

尼娜·伊凡诺夫娜本想说些什么，但却吐不出一个字来，她一声抽泣，跑回自己房里去了。壁炉里的男低音又呜呜地唱起来，忽然变得十分恐怖。娜佳从床上跳起来，赶紧跑到母亲房里。尼娜·伊凡诺夫娜躺在床上，泪痕斑斑，身上盖一条浅蓝色被子，手里拿着一本书。

“妈妈，你听我说!”娜佳说，“我求你好生想想，你会明白的！我只要你明白，我们的生活是多么庸俗、多么渺小！我的眼睛睁开了，我现在什么都看清楚了。你的安德烈·安德烈伊奇算什么人，他其实并不聪明，妈妈！我的上帝啊！你要明白，妈妈，他很愚蠢！”

尼娜·伊凡诺夫娜猛地坐了起来。

“你和你奶奶都来折磨我！”她哽咽着说，“我要生活！要生活！”她重复着，还两次用拳头捶胸，“你们还我自由！我还年轻，我要生活，可是你们把我变成了老太婆……”

她伤心地哭起来，钻进被子，缩成一团，显得那么弱小、可怜、愚蠢。娜佳回到自己房里，穿上衣服，坐到窗下等着天亮。这一夜她一直坐在那里思考着，院子里不知什么人不时敲着护窗板，还打着唿哨。

早上奶奶抱怨说，这一夜的风把苹果全吹落了，一棵老李树也被折断了。天色灰蒙蒙，阴沉沉，毫无生气，要是能点上灯就好了。大家都抱怨天冷，雨点敲打着窗子。喝完茶后娜佳去找萨沙，一句话没说，就在屋角的圈椅旁跪了下来，双手捂住了脸。

“怎么啦？”萨沙问道。

“我没法……”她说，“我不明白，以前我怎么能在这儿生活下去，我不明白，不理解！我瞧不起自己的未婚夫，也瞧不起我自己，瞧不起所有这种游手好闲、毫无意义的生活……”

“得了，得了……”萨沙连连应着，还不明白她出了什么事，“这无关紧要……这很好……”

“这种生活让我厌烦透了，”娜佳继续道，“我在这儿一天也待不下去了。明天我就离开这里。请您带我走吧，看在上帝分上！”

萨沙吃惊地望着她，足有一分钟之久——他终于明白过来，高兴得像个孩子似的，手舞足蹈，高兴得要跳舞了。

“太好了！”他搓着手说，“我的上帝，这有多好啊！”

她像着了魔似的，睁着一双充满爱意的大眼睛，着了魔似地瞧着他，等着他立即对她说出意味深长、至关重要的话来。他什么也没有说，但她已经觉得，在她面前正展现一个她以前不知道的新的广阔天地，此刻她满怀希望期待着新天地的到来，为此作好了一切准备，哪怕去死也在所不惜。

“明天我就动身，”他考虑了一会儿说，“您到车站去送我……把您的行李放在我的皮箱里，您的车票由我来买。等到打了第三遍铃，您就上车，我们一道走。我把您送到莫斯科，到了那里您一个人去彼得堡。

身份证您有吗？”

“有。”

“我向您发誓，您日后不会感到遗憾、不会后悔的，”萨沙兴奋地说，“您走吧，学习去吧，到了那边听从命运安排吧。只要您彻底改变自己的生活，一切都会有所变化的。关键是彻底改变生活，其余的都不重要。说好了，我们明天一块儿走？”

“啊，是的！看在上帝分上！”

娜佳觉得，此刻她异常激动，心情从来没有这样沉重，从现在起直到动身前她一定会伤心难过，苦苦思索。可是她刚回到楼上的房间，躺到床上，立刻睡着了。她睡得很香，脸上带着泪痕和微笑，一直睡到傍晚。

五

有人去叫出租马车。娜佳已经戴上帽子，穿好大衣。她走上楼去，想再看一眼母亲，再看一看自己的东西。她在房里还有余温的床边站了片刻，环顾四周，然后轻轻地走到母亲房里。尼娜·伊凡诺夫娜还在睡，室内静悄悄的。娜佳吻了一下母亲，理理她的头发，站了两三分钟……然后不慌不忙地回到楼下。

外面下着大雨。马车已经支上车篷，湿淋淋的，停在大门口。

“娜佳，车上坐不下两个人，”奶奶看到仆人把皮箱放到车上，说，“这种天气何必去送人呢！你还是留在家里的好。瞧这雨有多大！”

娜佳想说点什么，却吐不出一个字来。这时萨沙扶她上车坐好，拿一条方格毛毯盖在她腿上，他自己也在旁边坐了下来。

“一路平安！求上帝保佑你！”奶奶在台阶上喊道，“萨沙，你到了莫斯科要给我们写信！”

“好的，再见了，老奶奶！”

“求圣母娘娘保佑你！”

“唉，这天气！”萨沙说道。

娜佳这时才哭起来。现在她心里明白，她真的走了，而刚才去看母亲、跟奶奶告别的时候她还不怎么相信。再见了，亲爱的城市！一时间她想起了一切，想起了安德烈、他的父亲、婚房、裸体女人和花瓶。所有这一切已经不会再使她担惊受怕、心情沉重，所有这一切是那样幼稚、渺小，而且永远永远过去了。等他们坐进车厢、火车开动的时候，那显得如此庞大而严肃的过去，已经缩成一个小团，面前展现出宏伟而广阔的未来，而在此之前她却没有觉察出来。雨水敲打着车窗，从窗子里望出去，只能看到绿色的田野、闪过的电线杆和电线上的鸟雀。一股欢乐之情突然让她透不过气来：她想起她这是走向自由，外出求学，这正如很久以前人们常说的“外出当自由的哥萨克”一样。她又笑，又哭，又祈祷。

“没事，”萨沙得意地笑着说，“没事！”

六

秋天过去，接着冬天也过去了。娜佳非常想家，每天都思念母亲和奶奶，思念萨沙。家里的来信，语气平和，充满善意，似乎一切已得到宽恕，甚至被忘了。五月份考试完毕，她，身体健康，精神饱满，高高兴兴动身回家。途经莫斯科时，她下车去看萨沙。他还是去年夏天那副样子：胡子拉碴，披头散发，还是穿着那件常礼服和帆布裤，还是那双大而美丽的眼睛，但是一脸病容，显得疲惫不堪，他显然老了，瘦了，而且咳嗽不断。不知怎么娜佳觉得他变得平庸而土气了。

“天哪！娜佳来了！”他说着，高兴得满脸堆笑，“我的亲人，好姑娘！”

他们在石印厂坐了一阵，屋子里烟雾腾腾，浓重的油墨和颜料味令人窒息。后来他们来到他的住房，这里同样烟气熏人，痰迹斑驳。桌子上，一把冰凉的茶炊旁边，有个破盘子里放一张黑纸。桌上和地板上到处是死苍蝇。由此可见，萨沙的个人生活安排得很糟，马马虎虎，他显然不把居所的舒适和方便放在心上。要是有人跟他谈起他个人的幸福、他的私人生活，或者别人对他的爱，这时他便觉得不可理解，常常只是报之一笑。

“没什么，一切都很顺利，”娜佳急忙说，“妈妈秋天来彼得堡看过我，说奶奶已经不生气了，就是常常走进我的房间，在墙上画十字。”

萨沙看上去很快活，但不时咳一阵，说话的声音发颤。娜佳留心观察他，不知道他是真的病得很重，还是只是她的错觉。

“萨沙，我亲爱的，”她说，“要知道，您有病！”

“不，没什么。有点病，但不要紧……”

“哎呀，我的天哪，”娜佳激动起来，“为什么您不去治病，为什么您不爱惜自己的健康？我亲爱的萨沙。”她说时眼睛里闪着泪花，不知为什么她的想象中浮现出安德烈·安德烈伊奇、裸体女人和花瓶，以及过去的一切，尽管此刻她觉得所有这些像童年一样已十分遥远。她流泪，还因为在她的心目中萨沙不再像去年那样新奇、有见地、有趣味了。“亲爱的萨沙，您病得很重。我不知道自己该做些什么好让您不这么消瘦苍白。我是多么感激您！您甚至无法想象，您为我做了多少事情，我的好萨沙！实际上您现在就是我最亲切最贴近的人了。”

他们坐着谈了一阵。现在，当娜佳在彼得堡度过了一冬之后，她只觉得萨沙，他的话，他的笑容，以及整个人，无不散发出一股衰老陈腐的气息，似乎他早已活到了头，也许已经进入了坟墓。

“我后天就去伏尔加河旅行，”萨沙说，“然后去喝马奶酒①。我很想喝马奶酒。有一个朋友和他的妻子跟我同行。他妻子是个极好的人，我一直动员她、劝她外出求学。我也想让她彻底改变自己的生活。”

谈了一阵，他们便去火车站。萨沙请她喝茶，吃苹果。火车开动了，他微笑着挥动手帕，从他的脚步就可以看出他病得很重，恐怕不久于人世了。

中午时分，娜佳回到了故乡。她出了站台，雇了马车回家。一路上她觉得故乡的街道显得很宽，两边的房子却十分矮小。街上没有行人，只碰到一个穿棕色大衣的德国籍钢琴调音师。所有的房屋都像蒙着尘土。祖母显然已经老了，依旧很胖，相貌丑陋。她抱住娜佳，伏在娜佳的肩头，哭了很久都不肯放开她。尼娜·伊凡诺夫娜也苍老多了，变得不好看了，消瘦了，但依旧束着腰，手指上的钻石戒指闪闪发光。

“心肝，”她全身颤抖着说，“我的宝贝儿！”

然后大家坐下，默默流泪。显然，祖母和母亲都感到，过去的生活已一去不复返，无可挽回：无论是社会地位、昔日的荣誉，还是请客聚会的权利，统统不复存在。这正像一家人原本过着轻轻松松、无忧无虑的生活，忽然夜里来了警察，搜查一通，原来这家主人盗用公款，伪造

① 高加索一带时兴用马奶酒治疗肺结核。

钱币——从此，永远告别了轻松的无忧无虑的生活！

娜佳回到楼上，见到了原来的床，原来的窗子和朴素的白窗帘。窗外还是那个花园，阳光明媚，树木葱笼，鸟雀喧闹。她摸摸自己的桌子，坐下来，开始沉思默想。她吃了一顿丰盛的午饭，还喝了一杯浓浓的可口奶茶，可是总觉得缺了点什么，房间里空荡荡的，天花板显得低矮。晚上她躺下睡觉，盖上被子，不知为什么觉得躺在这张温暖柔软的床上有点可笑。

尼娜·伊凡诺夫娜进来了，她坐下，像有过错似的怯生生地坐着，说话小心谨慎。

“哦，怎么样，娜佳？”她沉默片刻，问道，“你满意吗？很满意吗？”

“满意，妈妈。”

尼娜·伊凡诺夫娜站起来，在娜佳胸前和窗子上画十字。

“我呢，你也看到了，开始信教了，”她说，“你知道，我现在在学哲学，经常想啊，想啊……现在对我来说许多事情像白昼一样明明白白。首先，我觉得，全部生活要像透过三棱镜一样。”

“告诉我，妈妈，奶奶身体好吗？”

“好像还可以。那回你跟萨沙一道走了，你来了电报，奶奶读后都晕倒了，一连躺了三天没有下床。后来她不住地祷告上帝，伤心落泪。现在没事了。”

她站起来，在室内走了一圈。

“笃……笃……”更夫敲打着梆子，“笃……笃……”

“首先，要让全部生活像通过三棱镜一样。”她说，“换句话说，也就是要在意识中把生活分解成最简单的成分，正如光能分解成七种原色一样，然后对每一种成分进行单独的研究。”

尼娜·伊凡诺夫娜还说了些什么，她是什么时候走的，娜佳一概不知，因为她很快就睡着了。

五月过去，六月来临。娜佳已经习惯了家里的生活。祖母成天围着茶炊忙忙碌碌，不住地叹气。尼娜·伊凡诺夫娜每天晚上谈她的哲学。在这个家里，她依旧像个食客，花一个小钱都要向奶奶讨。家里苍蝇很多。房间里的天花板好像变得越来越低矮。奶奶和尼娜·伊凡诺夫娜从来不出家门，害怕在街上遇见安德烈神甫和安德烈·安德烈伊奇。娜佳在花园里散步，到街上走走，她看着那些房子、灰色的围墙，她只觉得这个城市里的一切都已衰老、陈旧，等着它的只能是它的末日，要么开始一种富于朝气的全新的生活。啊，但愿那光明的新生活早日到来，到那时就可以勇敢地直视自己的命运，意识到自己的正确，做一个乐观、自由的人！这样的生活迟早要来临！现在家里一切都由奶奶安排，四个女仆没有住房，只能挤在肮脏的地下室里——可是总有一天，这幢老房子将片瓦不存，被人遗忘，谁也不会再记起它……只有邻院的几个男孩子给娜佳解闷，她在花园散步的时候，他们敲打篱笆，笑哈哈地逗她：

“喂，新娘子！新娘子！”

萨沙从萨拉托夫寄来了信。他用欢快、飞舞的笔迹写道，他的伏尔加河之旅十分顺利，可是在萨拉托夫有点小病，嗓子哑了，已经在医院里躺了两周。她清楚这意味着什么，她的内心已有预感，也可以说是确信，有关萨沙的预感和想法不再像从前那样使她激动不安，这一点也让她感到不悦。她一心想生活，想回到彼得堡，同萨沙的交往已经成了虽然亲切却十分遥远的过去了！她彻夜未眠，早晨坐在窗前，听着周围的动静。楼下当真有人说话：惊慌不安的祖母焦急地问什么。后来有人哭起来……娜佳赶紧下楼，看到奶奶站在屋角，在做祷告，她的脸上满是泪水。桌上有一封电报。

娜佳在房间里走来走去，听着奶奶哭泣，最后拿起那封电报，读了一遍。上面通知说，亚历山大·季莫费伊奇，简称萨沙，于昨日凌晨在萨拉托夫因肺结核病故。

祖母和尼娜·伊凡诺夫娜当即去教堂安排做安魂弥撒。娜佳在各个房间里走了很久，想了许多。她清楚地意识到，她的生活，正如萨沙期望的那样，已经彻底改变。她在这里感到孤单、生疏、多余。这里的一切她都觉得毫无意义，她同过去已经决裂，它消失了，像是焚毁了，连灰烬也随风飘散了，她来到萨沙的房间，站了很久。

“永别了，亲爱的萨沙！”她默念道。于是在她的想象中，一种崭新、广阔、自由的生活展现在她的面前，这种生活，尽管朦胧，充满了神秘，却吸引着她，呼唤她的参与。

她回到楼上房间开始收拾行装，第二天一早就告别了亲人，生气勃勃、高高兴兴地走了——正如她设想的那样，永远离开了这座城市。

（1903 年）

名师引读《契诃夫小说选》

他就像印象派画家，看似无意义的一笔，却出现了无法取代的艺术效果；他就像高明的外科医生，只需轻轻一刀，伪装的外套就能从小人物的身上滑落，字里行间，世间百态美丑立见。他就是世界级短篇小说巨匠，俄国十九世纪末最后一位批判现实主义艺术大师——契诃夫。同学们，让我们开启《契诃夫小说选》的阅读旅程，感受他“简练”的天才作品，领略其“含泪的笑”的独特艺术魅力。

《契诃夫小说选》中的每一篇都是俄国社会的缩影，都是一个精彩的世界。《小官吏之死》《胖子与瘦子》《变色龙》等，都是极具代表性的作品，深刻的揭露和有力的鞭挞常常隐藏在平静的语调和日常的生活集锦里，人物刻画鲜活生动，揭露现实入木三分。建议同学们在阅读契诃夫的小说时可以采用以下两种方法：

一、时空坐标阅读法

小说的创作通常都离不开特定的时间、空间这两个维度，作者创作的背景和语境，也决定了作者的视野、心态和角度，所以在时空坐标中阅读，才能更好地理解作者，读懂作品。读讽刺类的作品更是如此。作者讽刺了谁，又为何要讽刺他，的确与作者对所处时代社会的深入观察思考密不可分。所以同学们在阅读之前可以通过书籍或网络，先明确其创作的时空背景，再进行文本阅读。

例如《套中人》为我们塑造了别利科夫这个永远心神不宁，胆小怕事，害怕改变的人物形象。他总是把自己包裹在一个个套子里，哪怕是在艳阳天出门，他也总是穿着套鞋带着雨伞；他对一切没有政府明令禁止的事情，都觉得可疑、害怕；他时常挂在嘴边的口头禅是，“千万别闹出什么乱子”。如果离开了时空背景去看这个人物形象，你会觉得别利科夫的言行匪夷所思，不合常情。

但当我们明确了时空背景，我们就会发现，19世纪末是俄国历史上非常黑暗的时期。这时的俄国政治上虽然还算封建专制统治，但经济和社会生活已经进入资本主义社会，资本主义经济的发展加速了封建制的灭亡。在这种情况下，沙皇反动统治政权做着垂死挣扎，加大了书刊检查制度，秘密警察紧紧盯着人们的一举一动，不允许有任何反对言论，他们怕革命的火种蔓延开来，因此加大了对人们思想和行动的控制。在这样令人窒息的气氛里，人们的一举一动都会保持高度的警惕，每天小心翼翼地生活，所以就会出现像别利科夫这样顽固守旧、胆小怕事、固步自封的人。

二、细节深挖阅读法

细节是小说情节的最小单位，是小说中人物的性格、语言、行动以及事件发生、发展的具体表现。逼真细腻的细节描写，可以增强小说的生动性和真实感，有利于人物形象的塑造和主题的表达。尤其是讽刺小说，讽刺的利刃常常隐藏在精彩的细节描写中，深度挖掘这些细节，往往会有牵一发而动全身的效果。例如《变色龙》中四次写了奥楚美洛夫的大衣，抓住“脱大衣”与“穿大衣”的若干细节，可以了解其内心的惶恐不安，可以窥探出奥楚美洛夫见风使舵、趋炎附势、媚上欺下的形象特质。

细节的内容是精致的，鲜明的，生动的，对塑造主人公或者凸显主题有极大的帮助，是同学们阅读时应重点进行欣赏的。下面是契诃夫小说中常见的细节描写举例，为同学们阅读时找细节、品细节提供借鉴：

1. 肖像细节描写。《峡谷里》中契诃夫就以“蛇”这一个字来刻画女富农阿克西尼娅。她的外貌像蛇，她的内心也和蛇一样狠毒。阿克西尼娅生着天真的灰色眼睛，难得眨巴一下，脸上老是挂着天真的笑容。那对一眨也不眨的眼睛，长脖子的小脑袋，苗条的身材，都有点蛇的样子。

2. 动作细节描写。《脖子上的安娜》中安娜的丈夫，为显阔绰权衡半天才只买了一瓶矿泉水，却宁愿自己喝得流出眼泪也不给安娜一滴。这个细节刻画了一个吝啬虚伪的人物形象。

3. 心理活动细节。《苦恼》中的老人姚纳，新近死了自己唯一的儿子，在不被人理解的情况下，为了走出孤独和痛苦，只得把自己的悲痛之情向小母马倾诉。

4. 表情细节描写。《胖子与瘦子》中，瘦子知道胖子是三等文官，而自己才是八等文官，于是“脸色发白，目瞪口呆，但很快脸色舒展开来，现出喜气洋洋的笑容来，脸上、眼睛里似乎火星四射”。这个细节使瘦子阿谀奉承攀附权贵的卑微形象跃然纸上。

5. 环境细节描写。小说《姚内奇》里描写月夜：“白色的墓石，枯萎的花朵，连同树叶透出的秋意，无不透出宽恕、凄凉和安宁的气息。周围一片静穆，天上星星静静地俯视这片土地……”读者通过这些描写夜色的细节可以看到一个人的心境，他的心里正带着很多不可琢磨的念头。

同学们，还等什么？开始阅读《契诃夫小说选》吧！它不仅是十九世纪末俄国社会的万花筒，更是一面照射人心人性的哈哈镜，你一定会笑，但笑过之后，要学会思考。

（张梦丹　撰稿）

图书在版编目（CIP）数据

契诃夫小说选 /（俄罗斯）契诃夫著 ；姚锦镕译
. -- 武汉 ：长江文艺出版社，2020.12（2023.11 重印）
ISBN 978-7-5702-1984-1

Ⅰ. ①契… Ⅱ. ①契… ②姚… Ⅲ. ①短篇小说－小说集－俄罗斯－近代 Ⅳ. ①I512.44

中国版本图书馆 CIP 数据核字(2020) 第 238953 号

责任编辑：付玉佩　　　　责任校对：毛季慧
封面设计：于鹏波　　　　责任印制：邱　莉　杨　帆

出版：长江出版传媒 | 长江文艺出版社
地址：武汉市雄楚大街 268 号　　　　邮编：430070
发行：长江文艺出版社
http://www.cjlap.com
印刷：湖北新华印务有限公司

开本：640 毫米×970 毫米　1/16　印张：21.75
版次：2020 年 12 月第 1 版　　2023 年 11 月第 4 次印刷
字数：311 千字

定价：40.00 元

目录

结构梳理

契诃夫短篇小说选

- **早期作品**：多为短篇小说，主要再现“小人物”的不幸与软弱，劳动人民的悲惨生活和小市民的庸俗猥琐，如《万卡》《小官吏之死》等，还有嘲讽见风使舵的奴气，如《变色龙》等。
- **中期作品**：主要创作表现重大社会课题的作品，如《六号病房》猛烈抨击沙皇专制暴政，《带阁楼的房子》揭露沙俄社会对人性的毁灭。
- **晚期作品**：以细腻的笔触深入农村、工厂、小市民和知识阶层的日常生活，以此来暴露和否定资本主义，指出它的不合理性和不道德性。契诃夫此时的作品充斥着浓厚的时代气息和强烈的道德激情。

作者简介

安东·巴甫洛维奇·契诃夫（1860—1904），19 世纪末俄国伟大的批判现实主义作家。他出生于塔甘罗格市，祖父是赎身农奴，父亲开了一家杂货铺。1876 年，杂货铺破产，契诃夫全家迁居莫斯科。

1879 年，契诃夫完成高中学业，并获得了奖学金得以进入莫斯科大学医学系。年底，他写成了短篇小说《给博学的邻居的一封信》，这是他的处女作。1884 年，契诃夫大学毕业，他一边在医院认真工作，一边用业余时间写短篇小说。他的早期作品都触及社会问题，深受读者喜爱，如《胖子和瘦子》《苦恼》等。

契诃夫后期转向戏剧创作，主要作品有《伊凡诺夫》《海鸥》《万尼亚舅舅》等，这些作品都反映了俄国大革命前夕一部分小资产阶级知识分子的苦闷和追求。

1904 年 6 月，契诃夫因肺炎病情恶化，前往德国的温泉疗养地巴登维勒治疗，7 月 15 日逝世。

作者简介

本书中收录了契诃夫的《变色龙》《文学教师》《套中人》《牡蛎》《万卡》等 18 篇短篇小说。

《胖子和瘦子》（1883）、《万卡》（1886）再现了“小人物”的不幸和软弱、劳动人民的悲惨生活和小市民的庸俗猥琐，表现了作家对穷苦劳动者的深切同情。而在《变色龙》（1884）中，作者鞭挞了忠实维护专制暴政的奴才及其专横跋扈的丑恶嘴脸，揭示了黑暗时代的反动精神特征。

《套中人》（1898）揭示了 19 世纪 80 年代反动力量对社会的压制及他们的保守和虚弱，并鞭挞了当时存在的套中人习气。在《醋栗》（1898）和《姚内奇》（1898）里，他刻画了自私自利、蜷伏于个人幸福小天地的庸人空虚和堕落的心灵，并指出人所需要的不是 3 俄尺土地，也不是一座庄园，而是整个地球，整个大自然，只有在那广大的天地中，人才能尽情发挥他的自由精神的所有品质和特点。

人物形象

主要人物	形象特点	相关情节
拉京	一名正直善良的医生，曾经麻痹自己逃避现实，但后来也逐渐清醒。	《六号病房》 ①曾经想在医院建立一种合理又健全的生活秩序，但是没能做到，于是开始逃避生活。②受格罗莫夫的影响，他开始醒悟，可是后来他也因自己“疯子”的言行被关了起来，最后受迫害而死。
格罗莫夫	一个不起眼的小职员，在生活中饱受煎熬，他知识渊博、正直善良，能清醒地认识残酷黑暗的社会现实。	《六号病房》 他受到一队被押解而过的犯人的刺激，清醒地意识到沙皇俄国就是一座大监狱，他逃无可逃，感到压抑痛苦。因为他的言行不合于时，所以他被人们当成“疯子”，关进了第六病室。在那里，他曾愤怒抗议，即使他饱受迫害，也没有改变自己的思想。
奥楚蔑洛夫	见风使舵，厚颜无耻。对下专横跋扈，对上奴颜婢膝。	《变色龙》 小说的主人公，是一名警官，他在处理“小狗”的案件中，五次“变色”： ①第一次变色，他认为狗没有过失。依据：狗好像是将军家的。②第二次变色，他想要教训狗及狗主人。依据：有人说这不是将军家的狗。③第三次变色，他认为这是一条“名贵的狗”。依据：狗好像在将军家出现过。④第四次变色，他认为“这是野狗，应当打死。”依据：将军家的厨师明确表示这不是将军家的狗。⑤第五次变色，他认为“这小狗真伶俐。”依据：这条狗是将军哥哥家的。

续表

主要人物	形象特点	相关情节
别利科夫	保守顽固，胆小怕事。极力维护沙皇专制统治，害怕社会变革。	《装在套子里的人》（《套中人》） ①生活中让自己处在“套子”里：即使是晴朗的天气，他也要穿上棉大衣和雨靴，带上雨伞，把身边的东西装入一个又一个的“套子”中……②思想上处于“套子”中：一切被禁止的东西都让他感到心里踏实，他时常挂在嘴边的口头禅是 “千万别闹出什么乱子来”。③用“套子”思想去约束别人，如阻止瓦连卡姐弟俩骑自行车。
姚纳	身份卑微，遭遇不幸，孤独寂寞，渴望得到别人的同情与安慰。	《苦恼》 他接连遭遇不幸，思想上已近“麻木”，他只对自己的儿子留有慈爱之心。当儿子不幸早逝时，他渴望得到别人的一点点同情。可是，他所遇到的人，他所倾诉的对象，没有一个人肯对他施予怜悯，能够安慰他的只有那匹和他相依为命的老马。

真题汇编

1.（2023·青海海东）阅读下面的文字，完成下面小题。

六号病房（节选）

契诃夫

那是秋天的一个早晨，伊万·德米特里奇在一条小巷里，遇见两个戴镣铐的犯人，有四个带枪的兵押着他们走。不知什么缘故，他忽然觉得他也可能戴上镣铐，像那样走过泥地，被人押送到监狱里去。

在回家的路上，他碰见一个他认识的警官。那人跟他打招呼，两人并排顺着大街走了几步，不知是什么缘故，他觉得这很可疑。

他回到家里，那一整天都没法把那两个犯人和荷枪的兵从脑子里赶出去，一种没法理解的不安心理搅得他没法看书，也没法集中脑力思索什么事情。到傍晚他没有在自己屋里点上灯，一晚上也睡不着觉，他不住地暗想：自己可能被捕，被戴上镣铐，被送进监牢里去。他知道自己从来没做过什么犯法的事，而且能够担保将来也绝不会杀人，不会放火，不会偷东西。不过，话说回来，偶然在无意中犯下罪，不是很容易吗？而且受人诬陷，最后，还有审判方面的错误，不是也可能发生吗？在眼下这种审判程序下，审判方面的错误很有可能，没有什么可奇怪的。凡是对别人的痛苦有职务上、业务上的关系的人，例如法官、警察、医师等，时候一长，由于习惯的力量，就会变得麻木不仁，即使有心，也不能不采取敷衍了事的态度对待他们的当事人；在这方面，他们跟在后院屠宰牛羊却看不见血的农民没有什么不同。法官既然对人采取敷衍了事、冷酷无情的态度，那么为了剥夺无辜的人的一切公民权，判他苦役刑，就只需要一件东西，那就是时间。只要有时间来完成一些法定手续（法官们正是因此才拿薪水的），就大功告成了。事后，你休想在这个离铁路线有二百俄里远的、肮脏的、糟糕的小城里找到正义和保障！再者，既然社会认为一切暴力都是合理而适当的必要手段，各种仁慈行为，例如宣告无罪的判决，会引起沸沸扬扬的不满和报复情绪，那么，就连想到正义不也可笑吗？

到早晨，伊万·德米特里奇起床，他满心害怕，额头冒出冷汗，已经完全相信自己随时会被捕了。他想，既然昨天的阴郁思想这么久都不肯离开他，可见其中必是有点道理的。的确，那些思想绝不会无缘无故钻进他脑子里来。

有一个警察不慌不忙地走过他的窗口，这可不会没有来由。那儿，在房子附近，有两个人站着不动，也不言语。为什么他们会沉默呢？

从此，伊万·德米特里奇一天到晚提心吊胆。凡是路过窗口或者走进院子里来的人，他都觉得是间谍和暗探。中午，县警察局局长照例坐着一辆双马马车走过大街，从近郊的庄园到警察局去，可是伊万·德米特里奇每回都觉得他的车子走得太快，而且他的脸上有一种特别的神情：他分明急着要去报告，说城里有一个很重要的犯人。门口有人一拉铃，一敲门，伊万·德米特里奇就打一个冷战，每逢在女房东屋里碰到生客，就坐立不安。他一遇见警察和宪兵就微笑，打呼哨，为了显得自己满不在乎。他一连好几夜担心被捕而睡不着觉，可又像睡熟的人那样大声打鼾、呼气，好让女房东以为他睡着了。因为，要是他睡不着，那一定是他在受良心的煎熬：这就是了不起的罪证！

他开始过隐居的生活，躲开人们。他早先就讨厌他的职务，现在他简直干不下去了。他深怕他会被人蒙骗，上了什么圈套，趁他不防备往他口袋里塞一点贿赂，然后揭发他，或者他自己一不小心在公文上出了个错，类似伪造文书，再不然丢了别人的钱。奇怪的是在别的时候他的思想从来没有像现在这样灵活机动、千变万化过，他每天想出成千种不同的理由来认真担忧他的自由和名誉。可是另一方面，他对外界的兴趣，特别是对书的兴趣，却明显地淡薄了，他的记性也非常靠不住了。

春天，雪化了，有人在墓园附近的一条山沟里发现了两具尸体，尸体都带着因伤致死的痕迹。城里人不谈别的，专门谈这两个死尸和没有查明的凶手。伊万·德米特里奇为了不让人家认为是他杀了人，就在街上走来走去，微微笑着，一遇见熟人，脸色就白一阵红一阵，开始表白说再也没有比杀人更卑鄙的罪行了。可是这种作假的行为不久就弄得他厌烦了，他略略想了一阵，就决定处在他的地位，他最好是躲到女房东的地窖里去。他在地窖里坐了一整天，后来又坐上一夜和一个白天，实在冷得厉害，挨到天黑他就像贼那样悄悄溜回自己的房间里去了。他在房间中央呆站着，一动也不动地听着，直到天亮。

大清早，太阳还没出来，就有几个修理炉灶的工人来找女房东。伊万·德米特里奇明明知道这些人是来翻修厨房里的炉灶的，可是恐惧却告诉他说，他们是假扮成修理炉灶工人的警察。他悄悄溜出住所，没穿外衣，没戴帽子，满腔害怕，沿着大街飞跑。狗汪汪叫着在他身后追来，一个农民在他身后什么地方呼喊，风在他耳朵里呼啸，伊万·德米特里奇觉得在他背后，全世界的暴力合成一团，正在追他。人家拦住他，把他送回家，打发他的女房东去请医师。医师吩咐在他额头上放个冰袋，要他服一点儿稠樱叶水，忧虑地摇摇头，走了，临行前对女房东说，他不再来了，因为人不应该打搅发了疯的人。伊万·德米特特里奇在家里没法生活，也得不到医疗，不久就给送到医院里去，安置在一个病室里。他晚上睡不着觉，任性胡闹，搅扰病人，不久就由安德烈·叶菲梅奇下命令，转送到第六病室去了。

过了一年，城里人已经完全忘掉了伊万·德米特里奇，他的书由女房东堆在一个敞棚底下的一辆雪橇上，被小孩子陆续偷走了。

（有删改）

（1）下列对小说相关内容的理解，不正确的一项是（　　）

A. 伊万·德米特里奇与认识的警官并排而走，这让他觉得很可疑。回到家后，他再也没法安心看书，也没法安心入睡了。

B. 虽然伊万·德米特里奇从没有做过犯法的事，并且担保将来也绝不会主动犯法，但他还是很担心有被押送进监狱的可能。

C. 无论是经过窗口的警察、路过大街的警察局局长，还是女房东家里碰到的生客、路上遇到的宪兵，都令伊万·德米特里奇提心吊胆。

D. 伊万·德米特里奇开始过隐居的生活，他躲开人们，但为了洗刷自己杀人的罪名，他走上街头控诉杀人的恶劣行为，以示清白。

（2）下列对小说艺术特色的分析鉴赏，不正确的一项是（　　）

A. 伊万·德米特里奇本来是一个正常人，但一件小事打击了他，从此他陷入了越来越严重的惶恐之中，直到变成了一个“疯子”。

B. 伊万·德米特里奇认为，法官、警察、医师等人因为职业的习惯，已经对别人的痛苦麻木不仁，这反映了人与人之间冷漠的关系。

C. 伊万·德米特里奇常常因为担心自己被捕而一连好几夜睡不着觉，却还要装成像睡熟的人那样打鼾、呼气，表现了伊万·德米特里奇多疑的形象。

D. 伊万·德米特里奇明知道来人是修理工而不是警察，他还是被吓得衣着单薄地跑出门，这种好笑的描写中又透着普通小市民的可怜、可悲。

（3）伊万·德米特里奇回家后，小说对他的心理进行了详细的描写，这样写有什么好处？请结合小说进行简要分析。

（4）伊万·德米特里奇从一个正常人变成一个“疯子”，其心理变化过程是怎样的？请结合小说进行简要概括。

2.（2022·湖北襄阳）现代文阅读。

胖子与瘦子

（俄罗斯）契诃夫

①两位朋友在从莫斯科通往彼得堡的尼古拉铁路的一个站点上邂逅。两个人中一位是胖子，一位是瘦子。胖子刚在站点的餐厅用过午餐，嘴唇油光锃亮，活像两颗熟透了的樱桃。他身上散发出一股烈性葡萄酒和橙花的气息。瘦子呢，刚从车厢里出来，费劲地拖着提箱、大包小包和几只纸板盒子。他的身上则有一股火腿肠和咖啡渣的气息。他的身后，有个尖下巴的瘦女人在东张西望，那是他的妻子，此外还有他的儿子，一位高个子的中学生，眯着一只眼睛。

②“波尔菲里！”胖子一见瘦子，大声招呼起来，“是你吗？亲爱的！多少年没见了！”

③“老天爷！”瘦子惊呼起来，“米沙！我少年时的朋友！哪阵风把你吹到这儿来的？”

④于是两个老朋友亲吻了起来，吻了一次又一次，连吻了三次，眼望着对方的泪眼。两人无不为这次意外相遇而惊喜交集。

⑤“亲爱的！”亲吻之后，瘦子先开了口，“真没有想到！太意

外了！我说，你好好瞧瞧我！啊，你还是那么帅！那么倜傥风流，那么讲究打扮！啊，老天爷！你时来运转了？发财了？结婚了么？你瞧，我成家了……她是我妻子路易莎，娘家姓万岑巴赫……新教徒……他是我儿子，纳法奈尔，中学三年级学生。纳法尼亚[①]，这位是我小时候的朋友！中学同班同学！"

⑥纳法奈尔想了想，摘下帽子。

⑦"中学时的同学！"瘦子接着说，"你还记得，大家怎么拿你开心的事吗？大家管你叫赫洛斯特拉特[②]，因为你用香烟把公家的一本书烧了一个窟窿。我的外号叫厄菲阿尔特[③]，因为我喜欢告状。哈，哈……那时我俩还是少不更事的孩子呢！别害怕，纳法尼亚！走近点儿……这位是我的妻子，娘家姓万岑巴赫……新教徒。"

⑧纳法尼亚犹豫片刻，躲到了父亲的背后去了。

⑨"你好吗，朋友？"胖子得意洋洋地看着朋友，问，"在哪里高就？做到几品官了？"

⑩"是在供职，亲爱的！是八品文官，两年了。得过一枚斯坦尼斯拉夫勋章。薪水不算高……嗨，凑合着过呗。妻子教音乐。我呢，私底下用木料做些烟盒，挺不错的烟盒！一只卖一卢布。要是一下子买十只或更多的，可以让些价。凑合着过呗。知道吗，我原本是个科员，如今上调到本部门任科长……往后就在那儿任职了。我说，你呢？怕已是五品文官了吧？啊？"

⑪"不，亲爱的，还要高哩！"胖子说，"我已经是三品文官了……还得过两枚星章。"

⑫瘦子一听脸色发白，目瞪口呆，但很快脸色舒展开来，现出喜气洋洋的笑容来，脸上、眼睛里似乎火星四射。他整个人像是蜷缩起来，

弯腰弓背，矮了大半截儿……他的手提箱、大包小包和纸板盒全都蜷缩起来，现出条条皱纹来……他妻子的尖嘴巴越发尖了。纳法奈尔挺直了身子，扣上制服上所有的扣子……

⑬“我，大人……可是非常高兴！您可以说是我少年时的朋友，一下子青云直上，做了这么大的官！嘻，嘻，大人！”

⑭“得了吧！”胖子皱起了眉头，说，“干吗用这样的腔调！你我是少年时的朋友，何必用官场上的那套奉承？”

⑮“哪能呢……您说哪里去了……”瘦子的身子蜷缩得越发厉害了，笑嘻嘻地说，“承蒙您大人的好意……鄙人如沾再生甘露……大人，他是犬子纳法奈尔……这是贱妻路易莎，新教徒，某种意义上……”

⑯胖子刚想说句客气话，可只见瘦子脸上一副诚惶诚恐、低三下四的寒酸相，直要呕出来。他扭过脸，伸出手来告别。

⑰瘦子只握住对方三只指头，深深鞠了一躬，嘴里发出“嘻嘻”笑声。他妻子也莞尔一笑，纳法奈尔双脚咔嚓一声，挺身敬礼，把制帽也掉落到了地上。一家三口又喜又惊。

（选自长江文艺出版社《契诃夫小说选》）

【注释】①纳法尼亚：纳法奈尔的爱称。②赫洛斯特拉特：古代希腊人，他为了扬名于世，在公元前356年焚烧了世界七大奇观之一的阿泰密斯神庙。③厄菲阿尔特：古代希腊人，曾引波斯军队入境，出卖同胞。

（1）请用一句话概括选文的主要内容。

（2）结合语境，说说第⑫段加点词语的含义。

他的手提箱、大包小包和纸板盒全都蜷缩起来，现出条条皱纹来……

（3）“瘦子”是一个什么样的人？

（4）结合选文内容，说说这篇小说是如何运用对比的艺术手法表现出讽刺效果的？

模拟训练

一、填空题

1. 契诃夫是________国________主义作家，世界著名________大师。

2. 契诃夫一生写了 700 多篇短篇小说。其中有《万卡》《套中人》《姚内奇》《变色龙》等著名篇章。这些作品都是从俄国社会“________________”中取材。

3. 契诃夫与法国的_________、美国的________合称为“世界短篇小说三巨匠”。

4.《变色龙》是契诃夫著名的短篇________小说代表作品之一。

5.《套中人》一文，契诃夫塑造了一个________、_________的“守法公民”形象。

二、选择题

1. 契诃夫是 19 世纪（　）国的伟大的（　　　）作家。

A. 英　批判现实主义　　B. 俄　浪漫主义

C. 俄　批判现实主义　　D. 英　浪漫主义

2. 下列哪部不是契诃夫的作品？（ ）

A.《假面男子》　　B.《变色龙》

C.《万卡》　　D.《项链》

3. 下列哪部作品刻画了自私自利、蜷伏于个人幸福小天地的庸人形象？（ ）

A.《变色龙》　　B.《姚内奇》

C.《胖子和瘦子》　　D.《小坏蛋》

4.《小坏蛋》是契诃夫（ ）期的作品，语言幽默诙谐。

A. 早期　　B. 中期

C. 中晚期　　D. 晚期

5. 契诃夫的《庶务官》中，主人公是一个（ ）的小人物。

A. 贪婪吝啬　　B. 胆小怕事

C. 狐假虎威　　D. 欺压百姓

三、简答题

1. 请简单地介绍一下契诃夫。（至少写出三条相关信息）

真题汇编（答案）

1.（1）D （2）A

（3）①有利于向读者展示当时黑暗的社会现实和不公平的社会制度。在当时那种审判程序下，审判错误是很有可能的，且不可能在那个偏僻、糟糕的小城里找到正义和保障。②有利于塑造伊万·德米特里奇胆小多疑的形象。对伊万·德米特里奇的心理进行详细的描写，充分展现了他胆小多疑的一面。③有利于推动情节的发展。正是由于伊万·德米特里奇产生了种种担忧、恐惧的心理，才有后面许多匪夷所思的行为。

（4）①伊万·德米特里奇偶遇被押的犯人，开始怀疑自己也会被捕。②伊万·德米特里奇对现实和正义感到失望，乃至绝望。③伊万·德米特里奇满心害怕，每天提心吊胆，④伊万·德米特里奇开始躲避人们，担忧自由和名誉，对外界兴趣淡薄。⑤伊万·德米特里奇厌恶自己走上街头表白的作假行为，再次躲避人们。⑥见到修理工，伊万·德米特里奇感到极度恐惧，跑向大街。

2.（1）两个儿时好友在火车站邂逅的故事。(意近即可)

（2）示例:“蜷缩”是蜷曲而收缩的意思，行李本身不会“蜷缩”，作者通过这一动作描写，折射出瘦子的奴性。(意近即可)

（3）瘦子是一个奴颜婢膝、见风使舵(卑躬屈膝，趋炎附势)的下层官吏。

（4）①胖子和瘦子这两个人物的对比。比如小说开端，油光满面的胖子气派地出场和精瘦干瘪的瘦子拖家带口蠕动在人流中，通过对比，显现出胖子和瘦子不同的社会地位和生活处境；又如瘦子与胖子交谈时，瘦子“诚惶诚恐”的神态与胖子“得意扬扬”的神态进行对比，刻画出小官吏习惯性低三下四的奴性嘴脸。②瘦子在知晓胖子的真实身份前后的言行对比。初见面时瘦子的语言充满了亲切感，得知胖子身份后，瘦子的语言则变得敬重和谄媚，通过对比突出瘦子的奴性心理和善变的性格特征。

模拟训练（答案）

一、填空题

1. 俄　批判现实　短篇小说　2. 小人物　3. 莫泊桑　欧·亨利
4. 讽刺　5. 生性胆小　害怕变革

二、选择题

1.C　2.D　3.B　4.A　5.B

三、简答题

1. ①契诃夫是俄国 19 世纪末期著名的批判现实主义作家、剧作家。

②契诃夫在短篇小说方面具有极高的艺术成就，与法国的莫泊桑、美国的欧·亨利合称为“三大短篇小说巨匠”。③契诃夫的短篇小说代表作有《变色龙》《万卡》《套中人》《姚内奇》《胖子和瘦子》等。